U0560471

国家社科基金重大招标项目

"十四五"国家重点出版物
出版规划项目

湖北省公益学术著作
Hubel Special Funds 出版专项资金
for Academic and Public-interest
Publications

民国时期中国文学史
著作整理丛刊

丛书主编 陈文新 余来明

中国文学史解题

许啸天 著

江俊伟 整理

长江出版传媒｜崇文书局

图书在版编目（ＣＩＰ）数据

中国文学史解题 / 许啸天著；江俊伟整理 . -- 武
汉：崇文书局，2024.1
（民国时期中国文学史著作整理丛刊 / 陈文新，余
来明主编）
ISBN 978-7-5403-6591-2

Ⅰ . ①中… Ⅱ . ①许… ②江… Ⅲ . ①中国文学－文
学史研究 Ⅳ . ① I209

中国国家版本馆 CIP 数据核字（2023）第 197114 号

出 品 人　韩　敏
项目统筹　程可嘉
责任编辑　李慧娟
责任校对　董　颖
装帧设计　甘淑媛
责任印制　李佳超

中国文学史解题
ZHONGGUO WENXUESHI JIETI

出版发行　长江出版传媒　崇文书局
地　　址　武汉市雄楚大街 268 号 C 座 11 层
电　　话　(027)87677133　邮政编码　430070
印　　刷　湖北新华印务有限公司
开　　本　880 mm×1230 mm　1/32
印　　张　12.625
字　　数　300 千
版　　次　2024 年 1 月第 1 版
印　　次　2024 年 1 月第 1 次印刷
定　　价　55.00 元
（如发现印装质量问题，影响阅读，由本社负责调换）

前　言

　　许啸天（1886—1948），名家恩，字泽斋，号啸天，别署则华，浙江上虞人。早年追随徐锡麟、秋瑾，参与民主革命。后赴上海，投身"新剧"运动及通俗小说创作，创办《眉语》《红叶》等刊，曾以新式标点刊行"清初五大师集"（《黄梨洲集》《顾亭林集》《王船山集》《朱舜水集》《颜习斋集》）及《红楼梦》《三国演义》等小说，以白话注解《诗经》《战国策》《史记》等，皆由上海群学社出版。所撰《清宫十三朝演义》《明宫十六朝演义》《唐宫二十朝演义》及《民国春秋演义》等小说颇受读者欢迎。又创办啸天讲学社，讲授中国文学史，编有《国故讨论集》《名言大辞典》，著有《中国文学史解题》《文学小史》《中国文史哲学讲座》等。抗战爆发后，辗转流亡于苏、浙、皖、湘、桂各省。1946 年返沪，在私立诚明文学院任教，仍事写作。1948 年 12 月 13 日遭遇车祸，不幸身亡。①

---

　　① 按1948年12月14日，《申报》刊出《许啸天遭汽车猛撞，受伤极重命恐难全》简讯，谓车祸发生于"昨日午后四时五十分"，"据悉许受创过剧，性命堪虞"。（参见《申报》1948年12月14日第四版。）

许啸天《中国文学史解题》，上海群学社 1932 年 7 月初版，全书约 21 万字，分为《文学解题》《文学史解题》《中国文学史解题》三大部分，近 50 个专题。该书虽顺应以源自西方的文学观念为衡量标准、以西方式的书写范式为效仿对象的 20 世纪中国文学史著述"主流"，但也流露出对中国文学固有之思想传统与民族立场的关注与尊重，具有一定的学术史价值。

一、许啸天的个人气质与治学旨趣

许啸天不是一位单纯意义上的学者，也并不主要以学术建树名世。他曾说："我算不得是一个什么了不起的人物；但在我有生命以来所经过的四十六年，却确确实实是一个了不起的时代。"① "三千年未有之大变局"的时代背景，使他有机会成为近代中国革命的亲历者、现代戏剧改革的先驱者、畅销文学市场的弄潮儿；但旧时代的印刻与家族的传承，还是难免在他身上留下痕迹。梳理许啸天的人生经历，留意其个人气质与治学旨趣之间可能存在的联系，对于把握《中国文学史解题》这样一部具有鲜明时代特征及个人色彩的文学史著述是有益的。

（一）"革命青年"的现实关切

作为"鉴湖女侠"秋瑾的追随者与战友，许啸天常被视为近代中国民主革命的亲历者与见证人。与早年革命经历相呼应的，

---

① 许啸天：《人人应该写的——写在自传前的誓语》（自传在《红叶月刊》第一期上发表），《红叶周刊》1931年第60期，第2页。

是他毕生保有的某种热血气质。无论是其"强健"而"魁梧壮伟"[①]的体格，有"北方气概"且"年事虽超过花甲，但谈笑声宏，举步矫捷，绝无龙钟之态"[②]的精神面貌，还是学术撰述中念念在兹的现实关切，皆可视作这种气质的外化。

许啸天少年丧父，十二三岁时"依着阿兄，住在杭州地方"[③]，亲历当地"旗营"兵卒的"骄横"与"侮辱"，并"因为这一厌恨"[④]，十七岁剪去发辫，前往绍兴，在大通学堂半工半读，"跟着徐锡麟、秋瑾这班人闹起种族革命来"[⑤]。十九岁，已是光复会成员。[⑥]1907年7月，秋瑾殉难，许啸天亲历其事，侥幸逃脱，后在《〈秋瑾女侠遗容及就义图〉附志》中追述曰："当时啸天与女侠同校任教务。值暑假，啸天于五月三十日赴杭，临行时，女士犹殷殷送别也"，"别仅五日，便成永诀，徒于罪案中附骥尾之姓名"[⑦]。一些载述秋瑾生平的著述，

① 佚名：《悼许啸天先生》，《励进》1948年第1卷第1期，第7页。
② 徐碧波：《关于许啸天》，《永安月刊》1949年第117期，第24页。
③ 许啸天：《清宫十三朝演义·自序》，上海：上海古籍出版社2007年版，第1页。
④ 同上书，第2页。
⑤ 同上。
⑥ 许啸天：《我与话剧的关系》，参见袁进主编：《艺海探幽》，上海：东方出版中心1997年版，第310页。
⑦ 许啸天：《〈秋瑾女侠遗容及就义图〉附志》，参见秋瑾著，王灿芝编：《秋瑾女侠遗集》卷首，上海：中华书局1929年版。

曾提到他在秋瑾遗体收敛及第一次落葬中起到的作用[1]，但许氏本人的文字似未曾述及此事。无论如何，他确系"身历其境，熟知其事，对秋瑾自有着特别的关心与同情"[2]。辛亥革命以后，他编剧的全本《秋瑾》于1913年4月13日在绍兴公演，虽因当时"新剧"采取"幕表制"而无详细剧本，但从演出广告中亦可粗知剧情梗概。且广告语直言"秋瑾之亲戚故旧不可不看""秋瑾之同志共难者不可不看"[3]，不难看出他对此剧忠实还原秋瑾生平及就义过程的自信。这一份自信，自是建立在"我与女侠同工作，共患难，昕夕相处，对于他的全人格下过深刻的考察"[4]的基础之上。1929年，应秋瑾之女王灿芝邀约，许啸天为《秋瑾女侠遗集》作序《读秋女侠遗集的感想》。序文以"忏悔辞"形式回顾辛亥革命之得失成败，固是意旨遥深；但文中反复激

---

[1] ［日］永田圭介著、闻立鼎译《竞雄女侠传：秋瑾》："大通学堂的一名教师叫许啸天，清军认为他是个无关紧要的小人物，在搜捕时没有逮捕他。他亲眼目睹了秋瑾从山阴县衙走到刑场，最后英勇就义的全部过程，写下了题为《〈秋瑾女侠遗容及就义图〉附志》的文章，为后人留下重要的纪录。秋瑾死后，许啸天用钱买通监斩士兵，领回了秋瑾的遗体。"（北京：群言出版社2007年版，第322页。）李芸华《秋瑾传》："大通学堂的教师许啸天暗中贿赂刽子手，买回了秋瑾的尸体。他雇了一辆乌篷船，在清晨的薄雾中，驶向和徐自华约好的地方。7月15日上午，他们将秋瑾埋葬在绍兴府卧龙山西北麓'张神殿'背后。"（北京：时代华文书局2016年版，第123页。）

[2] 夏晓虹：《导读：二十世纪秋瑾文学形象的演化》，参见秋瑾著，王灿芝编，夏晓虹导读：《秋瑾女侠遗集》，贵阳：贵州教育出版社2014年版，第23页。

[3] 《模范剧场全本秋瑾》广告，《越铎日报》1913年4月11日。

[4] 许啸天：《读秋女侠遗集的感想》，参见秋瑾著，王灿芝编，夏晓虹导读：《秋瑾女侠遗集》，贵阳：贵州教育出版社2014年版，第59页。

赏秋瑾"豪侠的气骨"①，似乎更为动情。若将他念念不忘的
"我们在少年时代干的革命工作，那种拔剑裂眦，不可一世的气
概"②，与其晚年"蓄须鬑鬑，两鬓斑白，可是拊掌谈笑，还是
精神奕奕，绝无颓唐之气"③的形象对照以观，或见少年热血与
晚年风神的隐约关联。

　　尽管许啸天最受市场欢迎的通俗小说作品是《清宫十三朝演
义》④，但他以亲历者身份写成的《民国春秋演义》却别具一层
历史价值。毕竟，作为"民主革命的元老，他与旧民主主义革命
的志士秋瑾、徐锡麟、陶成章及绿林都督王金发是同志加朋友，
他以自己的亲身经历、见闻，凭着他的才气，铺衍成《民国春秋
演义》，可说是得心应手了"⑤。他将自己加入光复会，与秋瑾
等教练军队，以及亲身"担任了浙江光复会的敢死队"，挟弹直
入巡抚衙门，"顿时炸弹爆烈，火光直起"⑥等经历写入书中。

① 许啸天：《读秋女侠遗集的感想》，参见秋瑾著，王灿芝编，夏晓
　虹导读：《秋瑾女侠遗集》，贵阳：贵州教育出版社2014年版，第
　60页。
② 同上书，第57页。
③ 郑逸梅：《许啸天》，参见魏绍昌编：《鸳鸯蝴蝶派研究资料》上
　卷第四辑《民国旧派小说名家小史》，上海：上海文艺出版社1984年
　版，第578页。
④ 该书初版于1926年，国民图书公司印行，郑逸梅谓其"社会影响很
　大，经过一二十年，不知再版了若干次"。（参见郑逸梅：《死于飙
　轮下的许啸天》，《清末民初文坛轶事》，上海：学林出版社1987年
　版，第268页。）
⑤ 李本达：《民意春秋　民国风云——许啸天与〈民国春秋演义〉》，
　参见吉林文史出版社编：《文史书苑》，长春：吉林文史出版社1988
　年版，第87页。
⑥ 许啸天：《民国春秋演义》，上海：国民图书公司1930年版，第
　19页。

一方面，"这种把自己写入历史的'立此存照'式笔法，无疑会让读者感到亲切与信任"[1]；另一方面，这些"与革命志士共同奋斗，而且作为幸存者记录下了历史过往"[2]的笔墨，亦足以照见作者本人的精神气质。

不仅如此，许啸天学术撰述中对社会现实问题一以贯之的关切态度，也可与这段"闹革命，险一点被捕，险一点吃枪子"[3]的早年经历相映照。例如，他赞赏《老残游记》之"难能而可贵"，主要着眼于"在举国的读书人养长指爪、摇头晃脑、大踱其方步的时候，他能注意到国计民生、社会实状"；[4]他评论《水浒传》之优长，看重作者要为民众"索回人权"，"胜过卢骚《民约论》"；[5]他对《老子》的注解，"虽然也征引各家之说，进行文本的说解，但更主要的，是借《老子》发挥自己的思想，由此反映出鲜明的现实关怀精神"[6]；他对墨子的理解，也主要侧重其"同情心的深厚，义务观念的坚强，牺牲精神的伟

---

[1] 胡安定：《民国"时事型"历史演义小说的创作机制与传播效应》，《西南大学学报（社会科学版）》，2018年11月第6期。

[2] 同上。

[3] 许啸天：《八角钱：自传中的一节》，《红叶周刊》1933年第9期，第3页。

[4] 许啸天：《读〈老残游记〉》，参见袁进主编：《艺海探幽》，上海：东方出版中心1997年版，第248页。

[5] 马蹄疾：《水浒书录》，上海：上海古籍出版社1986年版，第154页。

[6] 刘固盛、刘韶军、肖海燕：《近代中国老庄学》，福州：福建人民出版社2014年版，第329页。

大"，对于当时的人心时局"是一剂对症的良药"。① 在《中国文学史解题》中，他也对身处的"文学革命时代"予以评述，并对"站在革命的立场看文学""站在文学的立场看革命"② 等诸家观点逐一点评。倘能体谅他所处的革命时代背景以及个人的革命经历，那么读到此类阐发文字，应该不至于感到过分突兀。

（二）"职业作家"的持论眼光

许啸天主要凭借在话剧、通俗小说领域的贡献，奠定自己在中国现代文学史上的地位。作为一位在文化消费市场大获成功的通俗文学作家与出版人，特殊的职业属性与丰富的创作经验很可能在一定程度上影响其学术研究的持论立场与眼光，使他得以对作家、作品及相关文学现象作出较为个性化的理解与把握。

许啸天与话剧结缘甚早，自述 19 岁时"在章太炎（炳麟）、邹蔚丹（容）所办的《苏报》上投稿"且"由章介绍给我几本翻译的剧本来读"。③ 秋瑾就义后，他因"名列当时之所谓罪案中"④，"逃到上海来参加新剧（文明戏）活动"⑤；又应于右任创办《民呼日报》约稿，"开始写第一部剧本《多情的皇

---

① 许啸天：《墨学的大概》，参见许啸天编辑：《国故学讨论集（一）》，上海：群学社1927年版，第317页。
② 许啸天：《中国文学史解题》，上海：群学社1932年版，第560—582页。
③ 许啸天：《我与话剧的关系》，参见袁进主编：《艺海探幽》，上海：东方出版中心1997年版，第310页。
④ 许啸天：《〈秋瑾女侠遗容及就义图〉附志》，参见秋瑾著，王灿芝编：《秋瑾女侠遗集》卷首，上海：中华书局1929年版。
⑤ 魏绍昌：《许啸天同秋瑾、胡适的关系》，《文汇读书周报》1999年第5期。

帝》"①。其后，陆续在《小说月报》《天铎报》《时事新报》上连载《美人心》《无心英雄》《卖花声》《虞美人》等剧本。他不仅擅写，也能演，每常"粉墨登场，声容并茂"②。1907年秋，春阳社以京剧形式演出许啸天据美国小说《汤姆叔叔的小屋》改编的《黑奴吁天录》。许氏本人"当时扮演的剧中人，是小黑奴"，"乌煤水，一直要涂到头发根和颈根子上，眼皮里面，厚厚的红嘴唇，连牙齿都涂上磁膏"③。"新剧"创作、排演的实绩，为许啸天赢得了一些社会影响；而通俗小说创作与相关刊物的创办则为他带来了文学声誉与可观的经济收入④。其小说创作大致被归入"鸳鸯蝴蝶派"之列，与夫人高剑华共同创办的《眉语》杂志，也被视为鸳鸯蝴蝶派的重要阵营。这个介于新旧之间，具有过渡性质的文学派别，因"上承清末小说界革命，下启五四新小说思潮，同时适应市民的欣赏趣味"而广受普通读者欢迎，"在一段时间内，无论是小说数量还是读者群体上，都是以骄人的业绩而压倒了新小说"⑤。今人分析"清末民

① 许啸天：《我与话剧的关系》，参见袁进主编：《艺海探幽》，上海：东方出版中心1997年版，第310页。
② 郑逸梅：《许啸天》，参见魏绍昌编：《鸳鸯蝴蝶派研究资料》上卷第四辑《民国旧派小说名家小史》，上海：上海文艺出版社1984年版，第577—578页。
③ 许啸天：《我与话剧的关系》，参见袁进主编：《艺海探幽》，上海：东方出版中心1997年版，第312页。
④ 按1934年见刊的《文艺界特讯：许啸天将开咖啡店》称许啸天"写作精神甚好，每月收入亦颇可观"。（参见《文艺界特讯：许啸天将开咖啡店》，《摄影画报》1934年第10卷第13期，第7页。）
⑤ 张振国：《民国文言小说史》，南京：凤凰出版社2017年版，第50页。

初时期，职业化的小说家群体"时，将林纾、吴趼人、包天笑等举为"依靠稿酬生活得十分优裕的典例"①，并将许啸天及夫人高剑华置于同列②。许啸天的《清宫十三朝演义》因"带有非常浓重的小市民趣味特征"③而广受欢迎；其《唐宫二十朝演义》亦被周瘦鹃推许为"殊不亚于《水浒》《三国》诸巨作"④，赞其"亦有大仲马之志"⑤。其夫人高剑华也不遑多让，以通俗小说、书法创作名世⑥。高剑华是清代名儒高学治（宰平）孙女，

① 马勤勤：《隐蔽的风景：清末民初女性小说创作研究》，天津：南开大学出版社2016年版，第221页。
② 按许啸天、高剑华夫妇的经济收入及写作、编书、办刊、卖字、兴办剧团、开办书店、创办函授学校及投资咖啡店等细节，马勤勤《隐蔽的风景：清末民初女性小说创作研究》一书第五章《当"才女"与"市场"相遇——从高剑华看民初文坛知识女性的小说创作》考证甚详。（参见马勤勤：《隐蔽的风景：清末民初女性小说创作研究》，天津：南开大学出版社2016年版，第214—236页。）
③ 谭光辉：《中国百年流行小说1900—2010（上）》，北京：商务印书馆2018年版，第249页。
④ 周瘦鹃：《〈唐宫二十朝演义〉序》，参见许啸天：《唐宫二十朝演义》，北京：北京古籍出版社1998年版，第980页。
⑤ 同上书，第981页。
⑥ 按高剑华擅长书法，有家学渊源，祖父高学治好金石，大伯高伯康亦以书法名世。李叔同曾为高剑华撰"书例"，谓其"书法摹米南宫，矫健飞舞，能得其神似"（参见李叔同：《俪华馆主高剑华女士书例》，《眉语》1914年第1卷第1号），徐碧波称其晚年"尤挥毫作王右军草书"（参见徐碧波：《关于许啸天》，《永安月刊》1949年第117期，第24页）。许啸天20世纪30年代创办的《红叶》杂志，不仅曾刊出高剑华的书例，所载高剑华照片亦署为"书家高剑华女士"。（参见许啸天摄：《书家高剑华女士》，《红叶月刊》1931年第1期。）

与许啸天"原属中表"①，约于1912年完婚。从二人笔下"自总角而订白头约，相爱不可谓不深"②"所幸贫贱夫妇，得欢笑无间，平安相守，镜台拾钗，晶帘画眉"③"嫁得夫婿是文人，天涯橐笔，形影相随"④等文字，可见志趣相投，琴瑟和鸣。时人更调侃许啸天"有誉妻癖"⑤。有学人将这对夫妇的文学编撰工作总结为："其一，追随白话文学潮流，为《红楼梦》《儒林外史》等古典小说添加新式标点、做白话注解，有时甚至以白话改写原作，如《聊斋志异》；其二，响应'整理国故'运动的号召，校订先秦诸子典籍、唐代诗集以及明清之际的文人著作，也常以白话注解；其三，编辑工具书、实用读本和消闲读物；其四，撰写历史小说和言情小说。这些书籍有一些非常受欢迎，且多有再版，甚至印行数十版次。"⑥自然，通俗读物的编撰占据了二人主要的时间和精力。

作为一位成功的职业作家，许啸天更倾向于结合本人的创作经验，从文学创作的规律出发，评述中国古代文学作家作品及相关文学现象。他对《红楼梦》及"红学"的判断就是其中一例。1923年，上海群学社铅印一百回本《红楼梦》（许啸天句读，胡翼云校阅），书前列有许啸天《〈红楼梦〉新序初稿》。许啸天直

---

① 许啸天：《新情书（十首）》，《眉语》1915年第1卷第4号，第5页。

② 同上书，第5—6页。

③ 同上书，第5页。

④ 高剑华：《俪华馆游记·越中风土记》，《眉语》1915年第1卷第4号。

⑤ 柳絮：《记许啸天夫妇》，《诚报》1948年12月17日第2版。

⑥ 马勤勤：《隐蔽的风景：清末民初女性小说创作研究》，天津：南开大学出版社2016年版，第223页。

言是根据自己的"一点感想，竟大胆把这一部《红楼梦》校读排印出来"①。所谓"感想"，剑锋直指当时风头正劲的索隐、考据诸家。他批评"考据家"道：

> 第一派：因为崇拜《红楼梦》，便崇拜到著《红楼梦》的曹雪芹，他丢了《红楼梦》的本题，去考据曹雪芹个人的历史……专一搬弄他的祖、父、子、孙、生、死、年、月，却不研究他的著作品，也未免入魔道。
> 第二派：因为崇拜《红楼梦》，便崇拜到《红楼梦》的版本……不惜费了许多精神笔墨，为一字一句作辩护士……这一派，专在版本上用工夫的，未免也入于魔道。第三派：因为崇拜《红楼梦》，便崇拜到《红楼梦》的结构……宝钗扑蝶，是坠胎，所以用小红、坠儿两个丫头的名字做陪衬……拿这种眼光去考据《红楼梦》，可算得神经过敏，也可算得太呆笨，太卑鄙！好好一部活泼文字，给他弄成个凌迟碎剐，拖泥带水，枯窘呆板；里面的人物，都变成了魑魅妖狐。②

这番"感想"，在今人眼中或有"矫枉过正的情绪化"③之嫌，但他对"索隐家""考据家"的批评，以及致力于从"'文

---

① 许啸天：《〈红楼梦〉新序初稿》，参见王国维等著，刘柳整理：《文化的盛宴：听大师讲〈红楼梦〉》，北京：新世界出版社2016年版，第142页。
② 同上书，第145—146页。
③ 陈维昭：《红学史诸论题的主要症结》，参见陈维昭著：《红学·学术·意识形态》，沈阳：辽宁人民出版社2019年版，第18页。

学'上的价值""'教育'上的价值"①读解《红楼梦》的主张，放在他所处的学术时空之下，自有其充分的现实考量与论争意义。特别是他谈及"红学"之索隐派时，直言"小说，原是游戏文章。兴之所到，涉笔成趣；并不是'铸经砾史'，须事事有来历，字字有根据……做小说，原不能无所本；但也不过是采集他的材料，穿插我的文章。初不问事之有无，人之甲乙"②，在今日仍大有市场的各种"索隐""猜谜"式"误读"衬托之下，更显其见解的通达。在《中国文学史解题》中，他对《红楼梦》的评述，也基本从文学本位出发，批评蔡元培之索隐、胡适之考据"成了一种癖，于《红楼梦》本身的文学价值上，没有什么关系"③。这种持论眼光，自是职业小说作家的身份使然。

（三）"老成书生"的志业倾向

尽管许啸天曾自谦"是一个没工夫读书的人，又是一个没有读书的学问的人"④，但他与同时代的许多文化名流一样，出生在一个较为典型的书香之家，一生的角色自认与志业倾向，仍深受家族文化传承、父祖言传身教的深刻影响。

---

① 许啸天：《〈红楼梦〉新序初稿》，参见王国维等著，刘柳整理：《文化的盛宴：听大师讲〈红楼梦〉》，北京：新世界出版社2016年版，第148页。

② 同上书，第144页。

③ 许啸天：《中国文学史解题》，上海：群学社1932年版，第424—425页。

④ 许啸天：《〈红楼梦〉新序初稿》，参见王国维等著，刘柳整理：《文化的盛宴：听大师讲〈红楼梦〉》，北京：新世界出版社2016年版，第142页。

许啸天的家族始因科举得第而发迹，后因科场失意而渐趋没落。据载，许氏曾祖"赤岩公"经商出身，祖父许正绶（1795—1861）"在三十五岁上中二甲二十三名进士"[①]，"前后做过两任湖州府教授，中间又做过一任严州府教授"[②]；父亲许传霈"八应乡试不中"[③]，"以道德文章见重于世"[④]。许父科场失意，对儿子的教育问题极为重视。许啸天回忆："我在六七岁的时候，父亲便拿洒扫、进退的事来训练我；一方面又很严紧的逼着我读书，装罐头似的，在十岁以前，把四书、五经，以及天文、地理、医药、诗文最粗浅的书，都装在我肚子里。"[⑤] 尽管父亲的早逝与"家寒力薄"[⑥]的窘境，使年少的许啸天不得不"内而扫除房屋，洗衣煮饭，外而籴米买菜，借债告帮，跑当铺子，什么事体不做过。一到 17 岁，便要自谋身计，奔走四方；吃尽苦楚，受尽风波"，[⑦] 但书香之家的遗泽仍令其受用一生。这一点，从他后来出版整理的书籍品类之驳杂，以及时人对其

---

① 许啸天：《自传——四十六年的巡礼(附图)》，《红叶月刊》1931年第1期，第6页。

② 同上书，第20—21页。

③ 许啸天：《顾亭林思想的研究》，参见许啸天编辑：《国故学讨论集（三）》，上海：群学社1927年版，第261页。

④ 许传霈遗著，许啸天附识：《一诚斋谜剩》，《眉语》1915年第1卷第10号，第1页。

⑤ 许啸天：《读书以外的事情》，参见袁进主编：《艺海探幽》，上海：东方出版中心1997年版，第174页。

⑥ 许传霈遗著，许啸天附识：《一诚斋谜剩》，《眉语》1915年第1卷第10号，第1页。

⑦ 许啸天：《读书以外的事情》，参见袁进主编：《艺海探幽》，上海：东方出版中心1997年版，第174页。

"博览多能"①的赞语中，不难找到参证。

自祖父辈传承而来的书生底色也对许啸天的性格与志趣产生了一定的影响。许啸天认为，其祖父一生以兴学为己任，作为一个浙东人，"深深地受了浙东学派的影响"②，"只知道切切实实地研究一点有用之学，循规蹈矩的做几件有益之事"③。在他看来，祖父"是一个拘谨的人"④，"因为要慎出处，要明哲保身，不愿平章军国，不恃才傲物，要做一点切近的事，要苦读书，所以他辞去了知县不做，要做教官。这一因为教官安闲，可以多读点书；二因教官无势无利，不容易走到贪赃枉法的路上去；三因教官最接近读书人，倒可以替国家做点兴学育才的根本事业；四因教官容易与地方人民接近，只叫你有心，却很可以做点有益于地方的事体"⑤。这些"事体"，主要包括"修志书""重修名宦乡贤祠""重修严州府城""救溺女""救灾民""设立书院"⑥等。许啸天尝言：

> 我决不夸张门户，穷教官的门户，也没有什么可以
> 夸张的。我也决不颂扬祖先，人的事业，留在社会上，
> 好坏自有社会上人来说的。我之所以要叙述我祖父的历
> 史，第一目的，是要借此说明人一生的行为，都寄在他

---

① 刘衍文：《书影撷记》，参见刘衍文著《寄庐茶座》，上海：汉语大词典出版社2004年版，第433页。
② 许啸天：《自传——四十六年的巡礼(附图)》，《红叶月刊》1931年第1期，第11页。
③ 同上。
④ 同上书，第14页。
⑤ 同上书，第16页。
⑥ 同上书，第16—29页。

的个性上。而人的个性，一半果然是由环境造成的，一半也是从他的祖先遗传下来的。我的个性，我自己可以下一个考语："拙直孤僻。"但是这个个性不是我自己造成的，是我的父传给我的。我的父又是我的祖传给他的。要说明我这四十六年中所表现的行为所得的结果，又非先把我的根掘一掘不可。①

无论是"拙直孤僻"的自我评价，还是时人对其"高尚的人格，横溢的热情，丰富的正义感，勤恳而虚心的写作态度，敏捷而生动的文笔""矍铄的精神，刻苦而严肃的生活习惯"②的描述，都提醒我们留意他身上的"读书人"底色。这一点，在许啸天的生平轶事中，也不难寻得佐证，无怪乎人称"老成书生"。③而唐志敏、王嗣余《忆许啸天在新干宣传抗日》一文，记有1938年三四月间许啸天在新干开展抗日救亡宣传活动的详情：他带领一支约30人的服务队，成员"大都是上海流亡的大学生"，"采取写标语、画漫画、唱歌、讲演、演街头戏等多种形式，向城乡人民进行抗日救亡宣传教育"，"既广泛开展了抗日救亡的宣传活动，又坚持了自力更生开荒种地的劳动锻炼。在驻地唐家村旁，

---

① 许啸天：《自传——四十六年的巡礼(附图)》，《红叶月刊》1931年第1期，第30—31页。

② 胡绣枫：《悼许啸天先生》，《现代妇女》1949年第1期，第17页。

③ 按柳絮《记许啸天夫妇》："许之著作中，其小说部分，多涉艳腻，如《微笑的涡》《一条腿》诸作，写'师生恋爱'故事尤多；春风桃李，人以为许之师道必有亏，行止必不检，实皆不然……终许一生，鲜有沾惹，夫人高剑华女士，能致专爱，今日报间讣告，仍由高女士出面，人谓其白头如新也。许之思想甚新，十年前，见其与人通信，以一老成书生，而写信却用白话体，当时即以为难得。"（参见柳絮：《记许啸天夫妇》，《诚报》1948年12月17日第2版。）

开垦了十多块荒地种杂粮"。①其间，他还曾在当地举行"稀粥聚餐会"，在官僚士绅"每人面前摆一碗稀粥，边吃粥边开会"，并"宣讲抗日救亡道理，进行捐资抗日动员，弄得这些官僚绅士很尴尬，只好纷纷认捐"。②

这种夹杂着实干热情与格外迂执的书生底色，我们并不陌生：它是"知其不可为而为之"的执着，也是"为天地立心，为生民立命，为往圣继绝学，为万世开太平"的自许。受儒家文化润泽的读书人，极易产生此类自我暗示与激励。许啸天早年投身革命的热血激情，终其一生对"讲学""修书"之事的热诚，或许皆与此有关。在《中国文学史解题》中，无论是原书选用的57幅插图中的压轴之作——题为《爱好文学的诸同志——啸天讲学社》的合影，还是后附一众书籍广告尤其是《啸天读书记》《中国文学史讲题大纲》《中国文化史讲题大纲》《中国哲学史讲题大纲》等内容，都可见出他对"讲学""治学"志业的热衷与看重。而这一切的起点，大约要从其祖父许正绶"主讲湖州经正书院、严州万松书院，并仿杭州诂经书院重建爱山书院"，"生徒负笈相从者甚多""争来从学"③的遗风说起吧。

---

① 唐志敏、王嗣余：《忆许啸天在新干宣传抗日》，参见中共新干县委党史资料征集办公室编：《新干党史资料》第3辑，海口：南海出版公司1990年版，第93页。

② 同上。

③ 黄逸：《湖州市教育人物传略》，湖州市教育志编纂委员会1992年版，第41页。

二、《中国文学史解题》的文学观念与文化立场

　　"中国文学史"这类著述在我国的最初兴起，原本就是近代中国学术与教育深受西方学科分类思维影响的直接产物。20世纪30年代，刘大白指出："在中国从前，除所谓正史的各种史书中，间或载有文苑传以外，向来没有系统的文学史，不过最近几十年来，因为中等以上各学校课程中，往往列有中国文学史一门，于是有些人从事编述，排印的，写印的，陆续出现。"①因此，较早出现的一批"中国文学史"著述在学术理念、撰著体例、写作方式与话语形态等方面存在较大的差异与分歧。这些分歧大量聚焦于三个问题：第一，什么是文学；第二，什么是文学史；第三，应该如何书写中国文学史。许啸天的《中国文学史解题》以"解题"标目，所设《文学解题》《文学史解题》《中国文学史解题》三个分目，恰好与之对应，所述所议，在一定程度上又兼具文学批评的意味。尽管这部著述对于中国文学发展进程的勾勒与介绍只能算是粗陈梗概，而《中国从来的文学界说》《文以载道的话是不对的》《中国人对于文学史界说的错误》诸节中涉及中国文学批评史的内容，若以今世之眼光衡估，其"论析往往比较简略，也缺少深度"②；但该书在中与西、古与今、新与旧之间的离合与折中，终不失为观察二十世纪二三十年代"中国文学史"写作的一例有趣样本。

---

　　① 刘大白：《中国文学史》，北京：知识产权出版社2012年版，第5页。
　　② 董乃斌：《近世名家与古典文学研究》，上海：上海大学出版社2005年版，第62页。

（一）"纯文学观"：《中国文学史解题》的立论衡尺

1931年，胡云翼在《新著中国文学史》之《自序》中说："在最初期的几个文学史家，他们不幸都缺乏明确的文学观念，都误认文学的范畴可以概括一切学术，故他们竟把经学、文字学、诸子哲学、史学、理学等，都罗致在文学史里面，如谢无量、曾毅、顾实、葛遵礼、王梦曾、张之纯、汪剑如、蒋鉴璋、欧阳溥存诸人所编著的都是学术史，而不是纯文学史。"[①] 以二十世纪二三十年代为转捩，"带有近代西方文化色彩的纯文学观被广泛认可，'中国文学史'中纯文学的比重逐渐加大，最终成为'文学史'的主体"[②]。许啸天《中国文学史解题》借以立论的文学观念，大致亦可归入"纯文学观"一派。这部著述的第一部分《文学解题》，即主要从文学的根本属性入手，讨论其性质、条件、方式、范围、分类等问题。而在第三部分所列《旧式的中国文学史观》《中国文学史上的两条线》诸节中，他不仅批评了"现在中国一般学者传统的思想，往往欢喜把一切哲学作品、史学作品，凡是用文字写成的作品，都归纳在文学一个统系里"[③] 的做法，更明确提出："倘然要用纯粹的文学眼光，定出一个文学统系来，便应该一方面排斥混浊不分的道统文章，一方

---

① 胡云翼：《新著中国文学史·自序》，上海：北新书局1932年版，第1页。

② 陈文新：《中国文学史研究的"古今"视野与"古今"问题——代前言》，参见陈文新主编：《中国文学史经典精读》，北京：高等教育出版社2014年版，第3页。

③ 许啸天：《中国文学史解题》，上海：群学社1932年版，第182页。

面排斥虚伪造作的骈俪文章，从真文学作品、真文学作家里面，去辟出一条中国文学的新途径来……搜集的标准，都要归纳在两点上：一是从自然的、白话的、时代的文体中表现出来的；二是从热烈的、真挚的、个性的情感中发挥出来的。"① 无独有偶，他在《文学小史》② 一书中也明确反对"在中国最近的所谓中国文学史作品中，很多很多把《礼》《易》《书》《春秋》及《战国策》等等，算是中国古代文学作品的；又把孔、孟、荀卿、老、墨、庄、韩等人，硬加上文学家头衔的"③ 的处理方法。

　　陈文新先生在评述文学史书写的"古今"问题时曾说："20世纪，中国文学史研究者大规模地采用纯文学观衡估古代文学，在文学史的撰写中表现出了两方面的特点：其一，强调诗、文、小说、戏曲为文学所特有的样式，文学史要以这四种文体为主要的叙述对象。符合现代文学观念的古代文体被划分到相应的领域，如诗、词、散曲属诗歌，古文、骈文、小品文属散文，等等。并按照'一代有一代之所胜'的思路，格外突出《诗经》、楚辞、汉魏乐府、唐诗、宋词、元杂剧、明清小说在文学史中的位置。其二，在著述方式上，强调文学史规律，大量采用现代文学理论的术语对古代作家作品进行分析评析，论述注重条理化

① 许啸天：《中国文学史解题》，上海：群学社1932年版，第290—291页。
② 按《文学小史》于1933年初版，上海新华书局刊行，是书分为《中国文学发源史》《文学介绍及批评》两部分，虽称"小史"，其实只涉及先秦时期。
③ 许啸天：《文学小史》，上海：新华书局1933年版，第3页。

和逻辑化。"① 这段总结，几乎可以算是许啸天《中国文学史解题》的"标准证件照"了。该书第三部分对中国文学发展史的勾勒，即基本遵循诗、文、小说、戏曲的文体分类展开。书中第二部分《文学史解题》，主要从文学史的研究视野切入，分析文学与时代、地域、作家个性的关系，并设《文学的分期》《古典派文学》《浪漫派文学》《自然派文学》《写实派文学》《颓废派文学》《新浪漫派文学》《无产阶级派文学》诸节。在这一部分的评述中，充分显示了作者在"纯文学观"驱使下，努力用"西洋文学名词，所谓古典派、浪漫派、自然派、新浪漫派等"② 适配中国"一时代所独盛的文学""秦汉的辞赋、六朝的骈骊、唐诗、宋词、元曲等"③ 的尝试。例如，以阮籍为"浪漫派"文学之典例，谓其"真可以算得中国浪漫派文人的代表。——晋朝陶渊明，唐朝陈子昂、张九龄，都是这一派，中国人称为'名士派'"④；将李白列于"颓废派"之列，畅言"在西洋颓废派文学的系统上，最初，自然派出于法国。后来这一派的文学家辈出，最著名的如诺尔陶、甲克生、易卜生、左拉、托尔斯泰、拉菲尔，以及王尔德、尼采、波特来耳、屠格涅夫、尤思曼等人都是的。而在中国，我可以举一个李白做代表"⑤。当然，借用来自西方的，后出的名词解释中国古代的、早出的作家作品，并非

---

① 陈文新：《中国文学史研究的"古今"视野与"古今"问题——代前言》，参见陈文新主编：《中国文学史经典精读》，北京：高等教育出版社2014年版，第3页。

② 许啸天：《中国文学史解题》，上海：群学社1932年版，第70页。

③ 同上。

④ 同上书，第80页。

⑤ 同上书，第98—99页。

许啸天的私家独创。他在书中对西洋文学诸派的认识与总结，也大多直接引用或化用章克标、方光焘《文学入门》及孙俍工《文艺辞典》等著述的相关段落。

若从所谓"新旧"之争的角度来分析，这种"以远西学说，持较诸夏"①的"新派"方式，在《十四朝文学要略》的作者、始终标举"用古典文学理论来检查古典文学作者和作品"②的刘永济眼里，大抵是一定要被打入"稗贩异国之作"③的行列了。当然，"新"与"旧"的孰是孰非，后人自有理性的观察与判断；但一代学人对本民族之文学、文化的思考却不宜轻易抹杀。

（二）民族立场：《中国文学史解题》的叙史线索

在文学观念的"新旧"分野中，许啸天无疑属于所谓"新派"，更曾因"几乎每篇都有'我的朋友胡适之说得好''我的老友胡适之'"被批为"拉大旗扯虎皮"；④但无论是他隶属的"鸳鸯蝴蝶派"通俗文学创作阵营，还是他本人的教育背景与情感倾向，都可见出与"旧派"斩不断的羁绊。这种在"新"与"旧"之间的徘徊，在《中国文学史解题》中较为明显的表现，就是一方面以"纯文学观"作为全书立论的衡尺，一方面又以倡

---

① 陈钟凡：《中国文学批评史》，上海：中华书局1927年版，第5页。
② 刘永济：《刘永济集·文学论　默识录》，北京：中华书局2010年版，第231页。
③ 刘永济：《刘永济集·十四朝文学要略》，北京：中华书局2010年版，第1—2页。
④ 刘衍文：《书影撷记》，参见刘衍文著《寄庐茶座》，上海：汉语大词典出版社2004年版，第432页。

言尊重民族文学特性为基本的叙述逻辑。借由这条贯穿全书的逻辑线索，《中国文学史解题》一书试图在源自西方的"纯文学观"与中国文学的发展实际之间实现某种意义的折衷与调和。他在该书《自序》中明确指出：

> 我们现在所忧愁的，便是"怎样有好的文学？"但这也很容易，只叫你不失去超然性、普遍性，更不失去你的时代性，不失去你的民族性。——尤其是民族性，一民族有一民族的特性，一民族的文学便是一民族特性的表现；我们要使适用于现代人生，改进民族生活，尤其要问一问：自己一民族过去文学的表现怎么样？现代的趋向怎么样？但要普遍的看，客观的看。[①]

在分析文学与时代、地域、作家个性的关系时，他虽兼引中西诸说，旁征名家观点，但主要着眼的仍是文学的民族特性这一根本立场：

> 因为文学是民族特性的表现。我们要明白自己是一种什么民族，便要明白我们的民族过去有些什么文学……尤其是对于文学有特别兴趣的人，明白了文学变迁的前因后果，便可以明白今后的文学是一种什么趋势。[②]

> 一民族性情的刚柔、文化程度的高低，都与他所住的地域有直接关系。文学，是民族特性的表现，当然也

---

① 许啸天：《〈中国文学史解题〉自序——再说几句》，参见许啸天著《中国文学史解题》，上海：群学社1932年版，第5—6页。
② 许啸天，《中国文学史解题》，上海：群学社1932年版，第45页。

不能超环境而自成。①

　　文学家的个性，无论如何强，总不能不受他的种族
色彩。这色彩是很鲜明的，很坚固的，同时外界的势力
也无法灭杀他的。②

在该书第三部分《文学上的国民性》《谈中国文学史的三种标准》《中国的国民性》《旧式的中国文学史观》《中国文人地理的分配》《中国从来的文学界说》《中国人对于文学史界说的错误》《中国文学史上的两条线》诸节论述中，也不难发现这种"调和"的尝试与努力。例如，在讨论哪些人、哪些作品有资格进入"中国文学史"的述评范围时，他所列出的三个条件中，首先标举的就是"要标出中国的国民性"③，其说虽受法人泰纳"三因素说"（种族、环境和时代）的影响，但未尝没有不忍在文化与学术领域"尽弃其所有以从人"④的情感因素。

　　于是，他一方面认定"在西洋学识集输入中国以前，'文学史'三字，几乎绝迹于中国的书籍中。我们要在那时候得到中国文的统系的知识，当然不可得"。另一方面又认为"在每一文学重心移转的时期，便有代表这时代文学态度的结集产生。我们从他集子的内容分类上，却可以看出每一时期的文学统系来，这便

---

① 许啸天：《中国文学史解题》，上海：群学社1932年版，第45页。
② 同上书，第63页。
③ 同上书，第164页。
④ 刘永济：《刘永济集·文学论　默识录》，北京：中华书局2010年版，第96页。

是中国文学史的稚形"。^① 对于以"黄帝子孙之嫡派许则华"^②为笔名的许啸天而言，置身于"新"与"旧"的纷杂中，可能更愿意保持一份对文学之民族特性的体认与尊重。

其《文学小史》一书关于中国文学史的评述，也保有类似的撰述立场。一方面，针对郑振铎《文学大纲》提出的"如果有人编著中国古代的文学史，他于叙述《诗经》与《楚辞》以外，对于几国历史家与哲学家的著作，也必定会给以很详细的记载；因为这些历史家与哲学的著作，不惟在历史与哲学上，有他们自己的很高的地位，即在文学上，也有他们的不朽的价值与伟大的影响"^③之类的观点，许啸天坦言："这种论调，我是不赞同的。我在啸天讲学社讲中国文学史，对于先秦文学一项，只有五个讲题：一、南北方文学的来源；二、古逸诗；三、北方文学的结晶《诗经》（我在讲词中声明，《诗经》是短篇的史诗，还不是纯文学作品。）；四、南方文学的结晶《楚辞》；五、古代神话的传说。而绝不提起六经与诸子。"^④另一方面，他又坦然承认"为研究中国的文学习惯，所以爱将六经的史学作品与诸子的哲学作品，拉在文学的园地里"^⑤的客观合理性。许啸天在其《中国文史哲学讲座（第一集）》之《做学问不要忘记民族特性》《中国学问与世界学问的关系》《中国不是真没有文化》诸节，

① 许啸天：《中国文学史解题》，上海：群学社1932年版，第255页。
② 郑逸梅：《死于飙轮下的许啸天》，参见郑逸梅著《清末民初文坛轶事》，上海：学林出版社1987年版，第268页。
③ 郑振铎：《文学大纲》，北京：商务印书馆1998年版，第184页。
④ 许啸天：《文学小史》，上海：新华书局1933年版，第4页。
⑤ 同上。

也特别强调："立国在世界上，当然不能不迎合世界的潮流，但也不要忘记民族的特性。一民族有一民族固有的文化与特性。虽说学问是世界的，但对于产生此学术的人、地，尤其有特别关系。"①

这种看上去自相矛盾甚至略显拧巴的处理方式，潜藏着一代学人的挣扎境遇：在"西方文学观念与中国本土文学观念的冲突，带给早期中国文学史家思想上的极大痛苦性"②之际，他们试图各自寻找解决问题的办法。无论他们做出怎样的选择，最终的成效如何，都自有其苦心孤诣。而许啸天的选择，始于学理，终于情感。其原因，或许就藏在《中国文学史解题》的结尾里：

> 中国难，万事不如人。而一国的文学，是一种民族特性的表现。我们东方民族，自有东方色彩的文学。只须在文学上尽量的自然的表现了我们的本色，无所谓好不好的分别。在最近，虽受了西方各种文学派别的影响表现出一种极紊乱的态度来；但这是每一种学术思想时代转变应有的现象。你看着，不久的将来，在中国的文坛上，要开出一朵灿烂的花来了。③

此种"呼唤民族文学的自觉"④的发声，被后人视为"20世纪上半叶古典文学研究随着民族危机的日趋深重而逐渐颂向于民族精

---

① 许啸天：《中国文史哲学讲座（第一集）》，上海：红叶书店1931年版，第19页。
② 李群：《近代中国文学史观的发生与日本影响》，长沙：湖南大学出版社2016年版，第339页。
③ 许啸天：《中国文学史解题》，上海：群学社1932年版，第582页。
④ 黄霖主编，周兴陆著：《20世纪中国古代文学研究史·总论卷》，上海：东方出版中心2006版，第38页。

神、爱国热情的弘扬"①的具体表现之一，也使这部文学史著述兼具了学理与情感的双重意义。

结　语

较之同一时期的诸多"中国文学史"名著，这部作者自谓"很简略而匆忙"②完成的《中国文学史解题》并不算十分"出众"，其学术影响力也相对较为有限。不仅在作者生前似未再版，近年来也仅见影印形式刊出。此次以上海群学社1932年7月初版为底本，在最大限度忠实于原作的基础上，以简体字、通行标点对该书进行排印整理，既出于为学术存史的初衷，也怀有对前贤的感怀与敬意。为了如实呈现著作原貌，对于原作中的人名、地名、职官、书名、译名及引文，除以古籍校勘符号整理部分明显讹误外，均未径改，必要之处均以脚注予以说明。特别指出的是，原作中有史实性、文学常识性等错误，亦未订正。为整理者水准所限，难免多有错漏失当，诚请方家批评指正。

江俊伟

2022年8月

---

① 黄霖主编，周兴陆著：《20世纪中国古代文学研究史·总论卷》，上海：东方出版中心2006版，第39页。

② 许啸天：《中国文学史解题》，上海：群学社1932年版，第6页。

目　录

中国文学史解题自序——再说几句

许啸天

提起文学，也够吵嘴的了！外国人吵外国人的嘴，中国人吵中国人的嘴，欧洲文艺复兴以前，不用说了；自文艺复兴以后，有什么古典主义、浪漫主义、写实主义、自然主义，又有什么象征派、颓废派、唯美派等等。而在中国，也有什么古文家、骈文家、汉魏文学、六朝文学、桐城派、阳湖派；在最近，更吵得厉害，有主张为艺术而文学的，有主张为人生而文学的，有主张为革命而文学的，有主张普罗列塔里亚文学的；你排斥我，我嘲骂你。吃饱了不费力不淌汗的饭，丢着人生实质不问，生产工作不做，只是整天的吵，满纸的骂。中国快要陆沉了！中国人快要灭种了！他们还不知道利用文学去救国去唤醒国人的渴睡，兀自闭着眼闹，闹得乌烟瘴气！文人真不是个好东西！文人真是个妖孽！怪不道汉刘邦要把溲溺盛在文人的帽子里，秦始皇和张献忠又要大杀文人；而在最近经济势力占据了整一个时代，大家便喊着"我们只要做工，不要写文章！"——这种侮辱，是眼下一班似是而非的文人所自己招出来的。

其实，文学决没有叫人这样讨厌；而文学的真意义，也决没有那样复杂而难讲。

文学，不但是不讨厌的，且是无法去讨厌他的。浅薄的人，只知道拿文字写在纸上，用蚊子调儿哼出来的，才算是文学；其实，文学自有他自身的伟大与自然：你看海在啸着，天风在吼着，小鸟在唱着，小儿在啼着；乃至牢狱中的犯人在呼号着，田地间的苦力在呻吟着。一切都是伟大，都是自然；一切都是生活的表现。文字的描写与表示，不过是偷窃了这自然表现的一部分，而给我们以人生一部分的认识罢了。我们不但无法讨厌他，且我们自身一切的表现，也不能脱离文学范围以外。我们要了解人生，要安慰人生，更进而要改造人生，我们要了解自身，要安慰自身，更进而要改造自身，都非先去认识文学而利用文学不可。因为，文学是情感的表现，一方（而）〔面〕又是生活的表现；惟有情感能改造生活，也惟有情感能安定生活。我们倘然不要文学，除非你不要生活，除非你没有情感；除非你不做人，不是人！

我们明白了文学是偷窃了自然表现的一部分，或是人生表现的一部分，我们更可以明白文学是表现自然、表现人生的一种技能，也可以说是一种工具。在文学说文学，我们应该先讲方法，后讲态度。——为文学而文学，是一种方法；为人生而文学，是一种态度。——人类生活的向上或落伍，果然关系于人生的态度；但我们在决定做人的态度以前，须先要问一问：我们做的是不是人？倘然连人形也不像，还讲什么做人的态度？这里我有一个譬喻：文章譬如衣服，文学的什么主义什么派，好似衣服不同的各式各样。我们果然要做时髦式样的衣服，我们尤须要懂得做衣服的方法。一个成衣匠，倘然连做衣服的方法也不知道，既不会缝，又不会补，领圈装在裤裆里，袖子装在背心上，衣服尚且不成一件衣服，还讲什么时髦不时髦？所以，文学是一种工具，用什么态度去表现文学，这又是一种工具的应用；制造工具和应用工具，完全是两件事，在别的事物上，制造工具与应用工具，可以分两个人去做；而在文学上，训练文学，去表现文学，却完全是一个人的事体。——在别人只有享用——所以我们在未讲怎样表现文学以前，先须讲一讲，怎样修养文学？文学是一种工具，是一种超然的工具；更进一步说，或是一种原料。譬如一块铁，你把铁打成刀，去杀人也好，把铁打成十字勋章，去做虚荣品也好，这铁是不问的。在练铁的人，只知道要练成一块好铁；拿好铁去打成刀，也便是一柄好刀，拿好铁去打成勋章，也是一个好勋章。在文学自身，也只是供给人拿去做宣传利器、表示利器的一种原料；这原料的好不好，先要问你训练得好不好。在训练的时候，他是不问你怎么样去用他的；他只知道要练得好，造得好，他是纯客观的，超然的。——艺术是至上的，是为艺术而艺术的。——待到训练成了好文学以后，你拿它去骂人也好，拿它去捧人也好，拿它去鼓吹普罗列塔里亚的痛苦也好，拿它去歌颂布尔乔亚的尊严也好；况且到了什么时代，应该歌颂什么，嘲骂什么，除非不是真文学，不然，它是时代的产儿，生活的表现，它总知道怎样歌颂怎样嘲骂的。这是自然的、现实的，根本用不到我们特别去提倡它，去鼓吹它。你这一提倡一鼓吹，便是不自然不真实；尤其不必费许多宝贵的光阴、值钱的纸笔而彼此舌（箭）〔剑〕唇枪的互骂。这一骂，反而充分的表示了是你们这一阶级的文学，又为你们所包办的文学。文学而成为阶级性，文学而为一阶级所包办，还要得吗？

所以"怎样用文学？"我们是不必忧愁的。——小孩子很会哭，女人很会笑，劳苦工人很会喊不平，被监禁的囚犯很会喊冤枉；这是很自然的，根本用不到我们去教他。——我们现在所忧愁的，便是"怎样有好的文学？"但这也很容易，只叫你不失去超然性、普遍性，更不失去你的时代性，不失去你的民族性。尤其是民族性，一民族有一民族的特性，一民族的文学便是一民族特性的表现；我们要使适用于现代人生，改进民族生活，尤其要问一问：自己一民族过去文学的表现怎么样？现代的趋向怎么样？但要普遍的看，客观的看。

这一本册子的写成，是很简略而匆忙的，只能说对文学每一题目的解释。虽是在第一、二段中，对于文学的方法略略有得说到；第三段中，对于中国民族文学略略有得叙述，但也只可以说是一部分的资料。要比较具体一点，还有我写的"中国文学史讲座"。至于我对于文学的态度怎么样，也趁此略略说起在上面。一切都希望同志指教！

民国二十一年七月十一日在沪西 Tames Neit's 咖啡室中流汗写

一、文学解题

文学是情感的产物

人是生活欲最高的动物，人的体力虽不见得胜于其他的动物，但这副灵敏精细的脑筋，正适合于扩大生活欲的用处；人如欲解决他的生活，便可以用他的思想。这思想的工作，却可分为绝然不同的两途：

一、是理知的。——哲学科学等。

二、是情感的。——艺术文学等。

思想向理知上发展，创造出哲学科学的方法来，去得到他肉体生活上的安慰；向情感上发展，创造出艺术文学的技能来，去得到他精神生活上的安慰。我们肉体生活需要的范围是有限的，精神生活需要的范围是无限的。——几乎可以说人为情感而生存：住了高厅大屋，吃的是油，着的是绸；而精神不痛快，一般的要憔悴至死的。从这上面，可以知道情感生活的重要。

哲学，是科学的母亲；文学，是艺术的一部分。——他的大本营是情感，情感有无上的魔力，无上的威权；在血肉模糊、宛转刀俎的时候，惟情感可以解除他的痛苦；在千军万马、剑拔弩张的时候，惟情感能消除他的愤气。这真是不可思议的，真是无限量的！

分析着说："情""感"二字的出发点，又是绝然不同的。情，是自我的，是主观的；感，是自他的，是客观的。直捷点说：情，是主动的，感是被动的；动了他的情，便发生出他的感来，同时他也能接触了他人的感，而发生出他的情来。这个情是纯感的，这个感是纯情的，循环不息的，没有限度的；他的效用在此，我们对于他的欣赏与安慰亦在此。

文学的公律

但要发动情感而得到安慰，便有一条牢不可破的公律：这公律便是一个"真"字。真了才美，美了才善。本来人做科学或艺术的工作，都是求真的工作；科学，使知识得到精确的理；艺术，使精神追求精确的情。如何是真的情感？是有普通性的、能与一般人的心理适合的。凡是一件好的艺术品或文学作品，没有不能引起多数人心弦上的共鸣的；但另一方面，艺术愈有普遍性的，他的意味愈高，技术愈难；不高不能得真，不难不能深入人心。所以我在这里先说两句警戒的话：

不富于情感的人，不要做文学上的工作。

不要拿文学上的工作，去解决物质生活。

文学不是人人可求的，也不必人人去做的；我们只须明了他的价值而得到他的安慰，便是我们研究文学普遍的意义。

文学既是精神生活，既是安慰内心的，他的出发点亦必要出于内心。子夏说："在心为志，发言为诗，情动于中而形于言。"不是动情的言，也决不能动人的情；不动情，便失了文学的意义与效用。萧子显说："文章者，性情之风标。"刘彦和亦说："情动而言形。"钟嵘说："气之动物，物之感人，（指）〔故〕摇荡性情，形诸舞咏。"所以情是文的根本，文是情的表现，感情到了最深的时候，只可意会，而不可言传；最高的情感表现，不但是无文，——所谓："至情无文。"——并且是无言无声的。我们常说的："含情默默。""相视而笑，莫逆于心。"男女爱恋，需要言语补充时，已起了两情的疑点；情感经过了这无言无声的最高潮点，渐渐用感叹嘻笑的单声，来表示他纯炽的情意来。

麦更奇（U.S.Mackenzie）说："原始之诗，音乐色彩颇浓，所表现种种情绪，往往为舞蹈音节所限制，以其能增加情素之活泼变化。故快感因之增加，且提高人类生活之价值；然最初发生，先有明晰之言词，言词未备的时代，人类以肉体振动与鸣声呼唤互相传递情感；及人类进化，言词肇造，意绪得以详明，其始声音未能如此清晰而合理，稍进，然后人类声音始稍合理，其后更进于明晰。"

《诗序》说："言之不足，故嗟叹之；嗟叹之不足，故咏歌之；咏歌之不足，不知手之舞之足之蹈之也。"情感表现的次序：先情后感，感深便现于色，色不足表现于音，音不足表现于言，言不足表现于歌唱，歌唱不足，便又用手舞足蹈去帮助他，而文学的能事尽矣。

有言的文，无言的乐，同时加入舞蹈蹦踊；所以竭力表示他中心的情感。举例在下面：

《吕氏春秋》——葛天氏之乐，三人操牛尾，投足以歌八阕：一载民，二玄鸟，三遂草木，四奋五谷，五敬天常，六达帝功，七依地德，八总万物之极。——都是有舞的乐。

《击壤歌》——日出而作，日入而息，凿井而饮，耕田而食。帝力于我何有哉！——尧时有老人击地唱此歌。

所说时代虽不十分可信，但乐舞先于歌唱，歌唱出于自然的情感，是很显明的了；且不独是歌唱，凡文学作品中如诗、词、小说、戏曲等，没有不是受了内心情感的逼迫，而有不容己于言的趋向。

"情""感"二字颇有深意。真情是寄于感的，不是可加以理知的（现）〔观〕察的。情感是无理知的、主观的、盲目的、迷信的、富于麻醉的，所以从来描写大诗人都是盲目的。如希腊的荷马，中国瞽献典（乐典）、腹赋（唱诗）、朦诵，都可证明。须知明眼的人，易为眼前的形色所引动，而失却真情对于事物是要用观察的，观察是理知的，是科学方法，科学是打破情感的。世间惟情感能安慰人，能鼓励人，又能从情感里面看出各个人、各个民族的特性来。

文学与哲学科学的比较

中国学术一向是不知用科学方法分晰的；因此文学往往与哲学相混，又往往与科学相混；现在我再把文学所以与哲学科学不同的地方，比较分析出来。

文学是非实用的，科学是实用的：说理明显，引证确实，才能达实用的目的。文学既不求实用，只图得情感的安慰，他说的话便以能感人为目的，初不求合于事理。如李白诗"白发三千丈""轻舟已过万重山"，人是否有三千丈的长发？经过的山是否万重，或九千九百九十九重？他都不管，他写这种诗句的时候，只求一时的快意罢了。

文学是自我的表现，科学是自他的表现：自我的表现，便是主观的表现；自他的表现，便是客观的表现；主观的表现也可以说是个性的表现。客观的表现，也可以说是共同性的表现。因为是自我的，所以一切以我为出发点，不问事理适合与否，只求我的快意。如科学家看植物，是可以分科的；而文学家却不问植物的种类及他的生理，只看他的外形，春柳如何的可爱，秋柳如何的可悲，宇宙间一切事物，一经文学艺术的描写，便觉有无限情趣，且他的个性十分浓厚。哲学家是辨是非的，科学家是讲真假。所谓是非真假，须合于事物的真相，得共同的承认方有价值。文学眼光则纯粹情感作用，所以若在同一现象，经两个文学家的观察，可以得不同的结果。有不同的描写，得丑以为美，翻美以为丑；且其艺术的表现，又各各不同。小仲马是小仲马，萧伯纳是萧伯纳，屈原是屈原，李杜是李杜；虽在千百年以后，开卷如见其人，与科哲学家发明公理，丝毫无个性表现的不同。

文学是具体的描写，哲学是抽象的理论：什么是善恶，什么是是非；组织成一有系统的学说，便是哲学的事业。——由抽象的理论达到具体的事实。——文学家最高的艺术，须把他最空灵的情感，用具体化描写；在事实上借真实的境地，感动读者得到性灵的共鸣。陆务观诗："新霜拆栗罅，宿雨饱豆荚。枯柳无鸣蜩，寒花有穿蝶。"王摩诘："倚杖柴门外，临风听暮蝉"，又

"渡头余落日，墟里上孤烟。"都是用具体的写法，引起人对于境地空灵的感想，得到精神上的安慰。

文学是无时间性的，科学是有时间性的：不但是科学，哲学也是有时间性的，世间一切真理，都跟着时间空间而改动。甲地以谓是的，乙地便以谓非；昨日以谓是的，今日便以谓非。最可靠的科学公律，最近经爱因司坦相对论的反击，便摇动起来了。文学却没有这种变动，《诗经》《离骚》，与今日的《茶花女》《少年维特的烦恼》，一样有感人的力量；我们今日读他，只有趣味的感觉，却毫无是非的观念。

文学是情感的，科学是理知的；文学是创造的，科学是证实的：狄昆西（De Quincay）说：文有二类。一是学识的文，一是感化的文。学识的文，便是中国所谓笔；感化的文，便是所谓文。普通的定义，文是属于感情的文字；笔属于记事或理解的文字。但情感的文字，何尝没有理解？只因他的理，是属于超实在的。普通人认实在是真，非实在是假；其实所谓实在，不过是一些混杂的散乱的表现，而文学所表写的，却是纯粹与清晰的真。没有文学天才的人，不容分辩整理出来。譬如吃酒的人，他的体温比平常人降低；物体下落，是因地心的吸力。除科学家以外，亦非平常人能够发明的。《儒林外史》中严监生临死时的伸两个手指；《红楼梦》中写宝玉挨打以后，黛玉的一双合桃似大肿的眼睛，都是深刻的描写、真情的搜获。所以粗浅的说，文学是非理知的；但精细的说，文学尤需要能攫得情感上的理知。

文学是间接表示的，科学是直接表示的：科学家所创造的器物，我们看了器物的表面，虽没有知识，也可领悟与享用。至于文学的动因，譬如我们说：我今天很烦闷，人家听了就不容易明白你所烦闷的究竟是什么，须得我把所以烦闷的原因详细的说出来，人家方能领会；须得把你受过的刺激使人同样的受到，才能发生文学的效能。科学只须把求得的结果，说出来便了事；文学的技能，是把原来的情感，重说一遍。所以科学的职务，是一重的；文学的职务，是两重的。

依上面六段的比较和解释，文学与哲学科学不同之点，并他自己的地位，我们便可以明白个大概。但文学是艺术的一种，我们还要说文学在艺术界中的地位，和他的特性怎样。我先画一个艺术分类表在下面，可以从比较上看出文学略线来。

艺术分类表

名称	雕刻	绘画	音乐	舞蹈	建筑	文学
表现方法	体面	色线形	声音	动作	位置	文字
地位	空间	时间	时间	空间节奏	空间节奏	时间

文学在学术界与艺术界的地位

我们看了这个表，便知道文学的地位是间接的，其他艺术都是直接的。我们用眼一看雕刻、绘画、跳舞、建筑等，便能直接受他的感动。因他表现的方法，是出于自身的。若文字自身不能直接给予人以情感，须得作者加以一番艺术，读者加以一番思索以后，从文字的意义上间接表现出他的情感来。而情感又是什么？他是根据人的经验，加上一种想象而显现出来的。所以最高的文学作品，便是最切于事实，最耐人想象的描写。如何是耐人想象？这里我要引证胡适之一句话："文学有三个要件：第一要明白清楚，第二要有力能动人，第三要美。"故意写文字艰深的作品，便是违背了第一个条件；写情不真，叙事不确，又是违背了第二个条件。从来说"真善美"，能真便善，能善便美，所以文学的力量便在一个"真"字。

虽说如此，但文字是间接情感的表示，无论如何真，总受了文学的一重障碍；因为要顾到文学的技能，那情感的真相，便要减去几分颜色。勃柴儿说："印字术使我们的文艺知觉，迟钝了许多。"金圣叹批《西厢记》说：

> 文章最妙，是此一刻被灵眼觑见，便于此一刻放灵手捉住。盖于略前一刻亦不见，略后一刻便亦不见；恰恰不知何故却于此一刻忽然觑见。若不捉住，便更寻不出。
>
> ——见《西厢记读法》

这话是阅历之谈。所以我们提笔为文，总须多抓住一分情感，少装点一些词句。

几个条件

上面我已把文学在学术界的地位与特性，在艺术界的地位与特性，约略说过了。接着要说的，便是个人对于文学，无论是作者或读者，所必须具备的条件。——你若无此条件，不但不能创造文学，且不能享受文学。

这条件是什么？便是所以产生文学的元素。文学的元素，社会学家与文学家有两种不同的看法；社会学家看成一切心理的表现，全是受物的环境所支配，所以文学的产生，以实际的生活为元素。例如说诗吧，他是发源于谢神的颂歌，或求爱的恋歌，或英雄的歌诵；戏剧，是起因于谢神，或庆祝胜利，或祈求幸福时的一种歌舞；小说，是一种故事的复述。这种说法，完全是从人类学、人种学、社会进化等目标中推演出来的；而文学家的看文学，则又是纯粹看成是心理的活动。

在这里我是不偏在任何一方面的，只就文学所以产生的元素而讲文学。便拿他分成四方面说：

一、自我的欲求。凡是人都有感想，有了感想都有一种发表欲；或发表在言语上，或发表在文字上。人到感情紧张的时候，——不论喜、怒、哀、乐，便有内心逼迫他急求发泄的倾向；一时找不到对话的人，便有自言自语的。这文学便是自言自语的代替物。但在同一环境之下，因各人的所含蓄的感情不同，个性不同，因之而对于描写方法也不同。——这可以说心的关系，也可以说物的关系。——现在只从中国从来诗人，对于描写月色种种不同的个性、不同的感想上看出来：

上官仪——《入朝洛堤步月》："鹊飞山月曙，蝉噪野风秋。"

李峤①——《中秋月》："圆魄上寒空，皆言四海同；安知千里外，不有雨和风？"

王维——《竹里馆》："林深人不知，明月来相照。"

孟浩然——《宿建德江》："野旷天低树，江清月近人。"

———————————
① 底本作"李山乔"。

李益——《水宿闻雁》："夜长人自起，星月满空江。"

不但是如此，便同是一人，同看一物，因时间上的心与物的环境的变动，也写出他不同的感想来。例如李商隐——即义山的写月：

《霜月》诗——"初闻征雁已无蝉，百尺高楼水接天。青女素娥俱耐冷，月中霜里斗婵娟。"

《嫦娥》诗——"云母屏风烛影深，长河渐落晓星沉。嫦娥应悔偷灵药，碧海青天夜夜心。"

《偶题》诗——"清明依微香露轻，曲房小院多逢迎。春丛定见饶栖鸟，饮罢莫持红烛行。"

《月》诗——"过水穿楼触处明，藏人带雨远含情。初生欲缺虚惆怅，未必圆时即有情。"

所谓自我的欲求，便是个性的表现。在厨川白村说："文学的个性，恰如用同种颜料染异种布匹；所染的颜色虽没有重大的分别，但总有浓淡的不同。"真是刘彦和所说的："各师成心，其异如面。"

这种表现，虽出于自我的欲求，但须把这欲求充分的表现出来。——便是真性情的流露。人的个性虽小有不同，而大致却没有差别；所以我的真情，也便是人类共通的真情。所以文人的情感，不能私有的。美国罗思丹——十九世纪美术评论家。——说："妒忌、怨恨、暴怒诸感情，为美术所宜禁，以其为自私的我的也。"不但是这样，这个情还要依节制方法用出来；我的欲求是因内心的逼迫，使他发泄出来得到人的共鸣，靠他减少我的痛苦，这是心理自然的表现。但这个情也要发得适可而止，留有余不尽的一步，使人低回唏嘘，达到文学上节奏的功效。"美人自古如名将，不许人间见白头。"便是文学上节奏的趣味，表现到事实上来的价值。希腊悲剧，何以在文学上占最高的位置？便是这个效用；不然，如村妇骂街，老妪絮语，一发无余，或刺刺不休，任你有如何丰富的情感，听的人只觉得讨厌而乏味。——子夏哭子而丧明，曾子讥他失礼，也因他太任性了，反得不到别人的同情心。

二、自他的表现。上一条说的自我的欲求，是主观的表现；主观的表现，只有我，没有人，只有我真情的进出，不暇顾到外界的响影如何。如："诗狂欲向天。"此时目空一切。又英国近代小说家薛开雷，他写《钮康家传》，说到钮康少佐死时，忍不住痛哭数日。我的朋友陈大悲表演戏剧下场时，常常见他泪流满面。这时他完全被内心的真情占据了去，不但不知有人，并不知有自己。自他的表现，却是纯客观的，客观的立场里，不容有我的表现；他要虚心静气的，接受自他的表现，从他的表现里体会出一个人我共通的真理真情来。这不但要虚心要排除我见，并要多多阅历。有了阅历，对于他的表现，才能真正认识。有了真的认识，才能给予一切万事万物以文学之生命，写来生龙活虎、直显纸上，使读者接触了这种真情真理，引起响应的情感来。因为文学上倘只有自我的表现，未免范围太小，如今再加上自他的表现，才能扩大范围扩大兴趣。

自他的表现，欲纯粹出于客观的描写，非有十分充足的（济）〔经〕验不可；有了经验，不但能描写，且能产生丰富的想象。鲍桑葵说："想象是依经验而结合，而追寻，被示种种可能性，或阐明此类心之活动状态。"文学在想象的意境中，凭着他经验的力量，专力于对象的描写，这时只有他的表现，没有我的欲求。——但也可分为数种：

（一）是创造的想象。他的想象，虽出于经验，但可凭他的经验，创造出另一个意境来，不必纯照所经验的丝毫不动的描写出来。据温确斯德——《文学评论之原理》作者——说："创造的想象，本是经验中所得的各分子，为自发的选择。"

文学家除了描写事物实象的工夫以外，为什么还要有想象的训练、创造的技能？这因为文学家从各方面收吸积聚了丰富的经验，对于直观的事物现状的描写，苦于太枯窘、太单调；所以把他平日积储着的经验中的美点，经过想象的技能而创造出一个情节曲折、情感丰富的幻境来，安慰自己的精神。如元曲马致远的一曲：

《天净沙》——"枯藤老树昏鸦，小桥流水人家，
古道西风瘦马。夕阳西下，断肠人在天涯。"

一是枯藤，二是老树，三是昏鸦，四是小桥，五是流水，六是人家，七是古道，八是西风，九是瘦马，十是夕阳西下，十一是断肠人，十二是天涯：每一种景物，必须有一番经验；这十二种景物，却不容易在同一时同一地经验到的，必是在同一时得到了夕阳西下的经验，在某一地得到了小桥流水的经验。这零碎片段的经验，收吸在平常人脑筋里，是唤不起他的连锁作用来的；只有收吸在有文学天才的脑筋里，他把这不同时地所积储的关于"秋郊"的十二个直观的经验，组织起来，写成了这想象完密、情感深厚的曲文。——你看他排列着十个景物，最后用一个夕阳来连锁住，使这作品有了血脉，有了活气；又用"断肠人在天涯"一句，完成了文学的使命。（因为若没有这一句，徒然排列着十个死的景物，便显不出全部的意义，唤不出全部的情

感来。）

但是要达于文学的创造力，又必须要经过以下的四个阶级：一、具体。将景物描写得很完密。——不要给读者找出破绽来。二、追忆。如能达到第〔一〕步工夫，便先要靠理密的追忆；追忆以前所经验而有价值的景物的特点。三、选择。经过上面两步工夫，还要用一番选择手段；不但要选择有价值的经验，还要选用那不违背背景的人物。四、排列。做过了上面三步工夫，他最重要而最后的一步工作，便是排列景物，使他疏密得致，前后得宜。例如《天净沙》曲的词，你若先说"断肠人在天涯"，不但与事理情理抵触，便也唤不起人的感慨来了。

此外还有一层，我们也要顾到的：便是用新的剪裁方法来描写旧的经验。我们割裂了旧的经验，凑成一篇新的创作，千万不要原封不动的把旧经验中的景物搬上去，露出割裂的痕迹来；我们须要用剪裁方法，给予他一个新生命。要裁成一件无缝的天衣，不可制出一件百结的鹑衣来。这便是韩愈所说的："惟陈言之务去，戛戛乎其难哉！"又李翱[①]《答王载言书》中有一段：

> 如山有衡华嵩恒焉，其同者高也，其草木之荣不必同也；如渎有淮济河江焉，其同者出源到海也，其曲直浅深色黄白不必同也……此固学而知者也，此创意之大归也！

这也是"惟陈言之务去"的意思。为什么要去陈言？这无非要达到文学上"真"字的一步工夫。不新鲜，不活泼，便是不真；不真，便没有"逼人性"的能力。西洋文学家洛克说："倘

---

① 底本作"李翊"。

13

然牛马能够塑像，一定塑出牛马的像来。"文学虽重在想象，但他也总不能根据他的经验去想象，万不能离他的经验而别造一个出乎人情之外的景象来。

（二）追溯的想象——又称再生想象，又称回想。看了这个名词，我们便可以明白他的意义。他便是把旧事重提的一种想象。他与创造想象不同：创造想象，是凭作者的创造力自由支配出一个新的意境来；追溯想象，是要把过去所经验的一事一物一人一地，原原本本的照样回想一遍，不能由作者自由支配。——便是所谓"实的描写"。总之他是一种纪录式的文学作品，如托尔司泰的《回想录》、卢骚的《忏悔录》，在小说里面，好像《茶花女》《西厢记》等，把作者过去的经历，很忠实的描写出来，再加上他文学的技巧。此外又如历史小说《侠隐记》《三国志》一类，也是追溯想象的作品。在诗歌一方面，如《孔雀东南飞》《木兰辞》等都是的。

例如《长干行》——"妾发初覆额，折花门前剧；耶骑竹马来，绕床弄青梅。同居长干里，两小无嫌猜；十四为君妇，羞颜未尝开！低头向暗壁，千唤不一回。十五始展眉，愿同尘与灰！常存抱柱信，岂上望夫台？十六君远行，瞿塘滟滪堆。五月不可触，猿声天止哀。门前送行迹，一一生绿苔。苔生不能归，落叶秋风早。八月蝴蝶黄，双飞西园草。感此伤妾心，坐愁红颜老。早晚下三巴，预将书报家。相近下道远，直至长风沙。"

这歌意全是从追溯中想象出来的，他只是忠实的描写，便能唤起作者的同情心。创造的想象，无论手段怎样高明，但总是赶不上追溯想象的出于自然。因为创造终究是出于人工，追溯的事实，却是出于天然。吾人欲从这一种追溯纪录中看出当时的社会现状、制度风俗等来，那尤不能看轻这个笔记式的文学作品。我再举一个例在下面：

杜甫《草堂》诗："……旧犬喜我归，低徊入衣裾；邻舍喜我归，酤酒携胡芦；大官喜我来，遣骑问所须；城郭喜我来，宾客隘村墟……"

（三）解释的想象。从一切事物现象中得到意义上的解释。如我们看见秋天的杨柳、秋天的荷叶、秋天的扇子，都引起了我们对于时代的解释，又得到生命的解释。孔子走在河边，见滔滔不绝的流水，便有"逝者如斯夫"的感叹；花谢水流，究与人事何干？但人每喜拿人生的意义去解释他。杜工部《咏胡马》诗："所向无空阔，真堪托死生！"这两句的解释，使马与人生起了连锁作用。这又称做"事物的人格化"，亦是给与事物以文学的生命，与科学家的专就各事物局部解剖成死的肢体的方法，完全不同。温确斯德说："解释的想象，是已知一物精神上的价值与意义，而将此种精神底价值所存部分，或性质表现而说明之。"

归纳上面各种想象的动因，便得到两种不同的方法：一是直写法，一是假托法。金圣叹说："《史记》以文运事，《水浒》因文生事。"——见《水浒》评。——以文运事，便是直写；因文生事，便是假托。传记、诗歌，是宜用直写法的；小说、戏剧，宜用假托法的。直写是受材料束缚的，假托是可以自由创作的。

此外，我对于文学的使命上，也须附带的说一说：在文学家写他的文学作品，因本有文学的天才，又受情感的逼迫，原是出于自然的，不知什么是使命。易卜生的写成他的《娜拉》戏剧，原是受他感觉的冲动。但无形中他的作品中，便担负了妇女解放运动的使命。当时有许多妇女去对易卜生说道："你实在是我们妇女的救星！我们应当怎样感谢你！"这真是文学上的人格，也是文学的真使命。

《荀子·不（荀）〔苟〕篇》里说："一人之情，千万人之情也。"因为如此，你的作品虽是个性的表现，也便能满足千万人的心意；——只怕你不是真情真性所表现的。——能满足读者的心理，仍旧是自他表现的真工夫，而文学的真使命，便起点于自我的欲求，而完成于自他的表现。——发动于唯我性，而完成于普通性。——作者与读者两相契合，一人说的话，便是千万人要说的话，一时代的作品，响应在千万代以后，在作者一方面，初不计他的是非成败与外界的影响如何，他原只求能发泄他的感情，足以安慰自己的心灵，但在读者一方面，有与作者处于同一环境之下的，便也得了他的安慰与开悟，并受到他人格上的感化。——文学家的人格，是自然伟大慈祥而侠义的。

心理学家说："人是人性的一束。"而人性活动的途（经）〔径〕，只有三条：

（一）是直觉的冲动，——一触即发，随起随落的。——

（二）是潜服的酝酿。——在忍耐中找他活动的目的。——

（三）是内迫的反动。——积极的暴动，与消极的不合作。——

因为政治手段，常要整齐社会，绝不容有个性的创造；所有人性自由的表现，常要去限止他压迫他，到那时人性的热火，只得去发泄在文学上面，虽然不能得到实际的安慰，但把精神，寄托在文学艺术上，无形中可以减去多少痛苦与扰害。这使命，这效力，不是别样什么学术、哲理、道理、法律所能够做到的。所以杜威博士说："把艺术当做涵养德性的东西用，那是冤枉他的；

因为这样说法，是使他做了人家能做的事，而他所能做的，人家不能做的事，倒因此遗忘了。"

几个方式

上面所说的，全是分析文学内在的性质，与认明他各种不同的来源，但文学最后的目的，便在表现，而表现也根据他的个性，形成三种不同的方式，现在附带的略说明在下面：

一是奔放式。

他是受内感的压迫，忍无可忍，一旦发泄奈放无余，慷慨悲歌，有不吐不快之势。岳飞的《满江红》词便是他极好的例证：

《满江红》词

怒发冲冠，凭栏处、潇潇雨歇。抬望眼，仰天长啸，壮怀激烈。三十功名尘与土，八千里路云和月。莫等闲，白了少年头，空悲切！

靖康耻，犹未雪。臣子恨，何时灭！驾长车，踏破贺兰山缺。壮志饥吞胡虏肉，笑谈渴饮匈奴血。待从头收拾旧山河，朝天阙！

二是起伏式。

他内心储蓄了丰富的情感，——不论哀乐。——用艺术的方式，回环曲折，用抑扬顿挫的方式，徐徐吐露出来；此种方式，最能代表女子的情感。作者把缠绵悱恻的情，表示在他的作品上，使读者一往情深，低回感叹。文学作品上用这种方法表示情思的，最是多数；而他的感力持续性，也是最长。南唐李后主《虞美人》词也是一个恰好的例证：

《感旧》（调寄《虞美人》）

春花秋月何时了？往事知多少！小楼昨夜又东风，故国不堪回首月明中！

雕栏玉砌应犹在，只是朱颜改！问君还有几多愁？恰似一江春水向东流！

三是螺旋式。

这又称剥蕉式。他把情感的最高点，深深藏入内心，起手用平常笔法，步步引人入胜，愈转愈深，至最中心处，使读者的情感，也沉醉在我的内心，恋恋不舍。——胡适拿他比剥笋，须剥到笋壳的内层，方有笋可吃。——古诗中《七哀诗》之一，我们可以看出他的例证来：

《七哀诗》

明月照高楼，流光正徘徊。上有愁思妇，悲叹有余哀。借问叹者谁？言是宕子妻。君行逾十年，孤妾常独栖。君若清露尘，妾若浊水泥。浮沉各异势，会合何时谐？愿为西南风，长逝入君怀。君怀良不开，贱妾当何依？

几种范围

上面已经把文学的内质及方法，约略说过了。现在要说到文学的界说，和他的分类。在未说我的界说以前，先看看别人的界说怎么样：

一、中国旧有的文学界说，大概可以作两类：一是作死的文字讲，一是作活的文章讲。

第一讲。《尚书序》说："古者伏羲之王天下也，始画八卦，造书契，以代结绳之政；由是文藉生焉。"《说文序》说："依类象形，故谓之文；其后形声相益，即谓之字。"《易经》："物相杂，故曰文。"

第二讲。《释名》（刘熙著）说："文者会集众彩，以成锦绣；会集众字，以成辞义；如文绣然也。"《文选》序："事出于沉思，义归乎翰藻。"梁元帝"吟咏风谣，流连哀思者，谓之文。"《文心雕龙》："文辞之事，章采为要；尽去既不可法，太过亦足招讥，必也酌文质之宜而不偏，尽奇偶之变而不滞。"

二、中国新有的文字界说，大概也可分作两类：一是混合的说文字作品，一是单独的说文学作品。

第一说。章太炎说："文学者，以有文（学）〔字〕著于竹帛，故谓之文，论其法式，谓之文学。"胡适说："文学有三个要件：第一要明白清楚，第二要有力能动人，第三要美。"

第二说。罗家伦说："文学是人生的表现和批评，从最好的思想里写下来的；有想像，有感情，有体裁，有合于艺术的组织。集此众长，能使人类普通心理，都觉得他是极明了极有趣的东西。"段凌辰说："文学者，以美丽之文辞，表达深挚之情感，及丰富之想象者也。"

三、西洋各派的文学略说。

（一）广义的。《牛津字典》："集字以表现思想之法。"弥尔敦："文字者，传布事物之有裨于知识者之工具耳。"韦思考："文字必适宜于表现完全视察之结果。"安诺德："凡经著录之知识，皆为文学。"安乐："文字为至广之名词，一切刊行散布之文字，均列其中，如游克理几何学，牛顿学理等，咸属文学。"

（二）狭义的。英国勃洛克："文学是聪明的男女底思想及感情的文字底表现，用了一种给与读者以快感的方法排列着的。"

英国鲍生脱："文学，是包（刮）〔括〕散文与诗底一切著述，其目的与其在反省，宁在想像的结果；与其在教育与实际底效果，宁在给与快乐于最大多数的国民。普通是排斥特殊的智识，而诉于一般的知识的。"

英国好坞脱："文学是通过了想像、感情、趣味等的思想的文字底表现，而使一般人底心能理解，是给予以兴味的，非技术（的）地排列起来的。"

说来说去，不论中西古今人定文学界说的，总不出两派：一是广义的，把一切讲学、说理、记事、写情的作品，都包括在文学范围以内。——凡一涉文字，都属文学的部落。——一是狭义的，专指情感上的表现作品为文学；这在中国自汉以至于六朝，渐渐把文学与非文学的界限分清楚。一切写情的文，称为文；说理记事的文，称为笔。"以为无韵者笔也，有韵者文也。"但也有把文看成是一切载道之器的。周敦颐说："文所以载道也，文辞艺也，道德实也；不知务道德，而第以文辞为能者艺焉而已！"这是看轻纯文艺的说法。也有看学问便是文学的，欧阳修："圣人之文，虽不可及，然大抵道胜者文不难而自至也。"道是什么？大概便是今日所谓主义思想一类的东西；但主义思想应当归纳在哲学里，所以专以搬弄文字、修饰词采的文匠式的作品，固然算不得是文学产物，但发表理想寄托主义的一种写物，何曾可以把他拉在文学范围里？"圣人之文不可及"，这不过假文学为手段，他的目的还是在"道胜"，所以我们应该把他归纳在哲理一类内。例如《南华经》的文学手段，未尝不高，但他总是哲学书；《史记》的组织，未尝不精，但他总是史学书；《水经注》的描写，未尝不美，但他总是一部地理书；《徐霞客游记》的笔墨，未尝不生动，但他总是一部记录：总之，说理的哲学，记事的是史学，与文学绝对不相干。——最近有无产阶级文学的名词，但他仍是以文学为手段，而求达到宣传主义为目的的一种理想写物。——在广义上说，凡是拿文字表现意思的，都是文学；但世界学术愈精，分系愈狭，界限也愈清。例如哲学的脱离宗教，伦理学、心理学的脱离哲学，文学也应该脱离形式的文字而独立。

但文学究竟是一样什么东西？现在我可以大胆定一个界说，他是超物质的超理知的，而纯是情感的表现；他的发源是感情，他的方法是想象，他的表现是文字。文字虽同，而他内心的寄托，与史学、哲学完全不同。我们无论何人，无论何时，与外界一切现象接触着，同时依各人不同的特性，起了三种不同的感应：一是欢喜研究内质的，便是科学与哲学的效用；一是欢喜问问他的来源的，便是史学作用；一是凭他的外形，而引起主观感觉的，便是文学作用。现在我引文学批评家温齐斯特所说的文学四种原质，来帮助我说明文学的界限：

一、情绪。他是文学形体的目的，有时为达到目的的一种方法。

二、想象。想象是激醒情绪的紧要条件。

三、思想。思想是很紧要的原质，因他是作品所以写出的动机。

四、形体。形体本身，不是一种目的；乃是思想或感觉藉以表现的方法，因从此可以看出作者的表现能力与艺术的手腕，也是很要紧的。

这四条里所说的第三条，觉得宽泛一点；因为思想是文学、科学所共同寄托的根源。但文学把情绪想像所得的结果，整理出一个头绪，使他合于形体表现出来，这便是文学领域内所需要思想的地方。

怎样分类

现在再说文学的分类上面，可以定为内心的分类，与外形的分类两方面说：

A. 内心的分类。

文学的内心，虽是全寄托在情感与想像上，情感是整个的，我们不能拿他和科学一般的分科分系；但文学的内心是受外象的激刺而起的，每一种情感都包含一种问题，我们可以根据他不同的外象而分类。我们看人类因外象而引起的情感有几种？——据英国韩德生《文学研究方法》上说："文学内涵的问题，几与人类生活本身相等。"但为实际上便利起见，我们勉强拿他分成五类：

一、是各个人的经验。——造成个人内部生活与外部生活所发生关系的事物。

二、是全人类的经验。——如生死罪恶、上帝命运等，与人类现实生活的关系。

三、个人与社会的影响。——我们个人与全人类间所发生的关系，影响于个人情感一方面的。

四、自然界与人类的关系。——从主观方面看的。

五、人类精神上对于艺术的努力。

根据上面的问题，可以分析出五种不同的内心表现来：

一、个性表现的文学。

二、全人生活共通的文学。

三、社会阶级性的文学。

四、描写自然而付与情感的文学。

五、讨论艺术批评文学的文学。

我们倘然根据这五种不同的内心表现来区分文学的类别，那么，从第一心理便产生抒情诗歌，及以个人观点写出的论文与批评文章。从第二种、第三种心理，便产生记传文与叙事诗，及一切描写社会现状的小说与戏剧，及游记、笔记等。第三种、第四种心理，便产生一切幻想，及宗教思想的文字。但这还是照内心不同的背景而分类的，其势不能有很明确的界线；要显明的从形式上分出文学作品的类别来，只有从外形的分类上说。

B. 外形的分类。

文学的界说，自然不是与文学同时产生的，——从广义说文学。——也不是与文字同时产生的。在未有文学以前，早有文学的表现；何况这死板的文学界说与体裁，这自然是有了文字若干时期以后。一班学者为便于实用起见，便拿他分成种种界线、种种名称，——无论什么学术都这样。——但文学为什么一定需要不同的外形？那我可以引证几种人的话在下面：

法国佛罗贝尔说："没有美的文体，便是没有美的思想，而且连他的反对也是没有的。……要从内容脱除文体，乃是不可能的事，因为内容是必须靠了文体才能存在的缘故。"

莫泊桑说："我们所要表出的是什么？这里只有唯一的字，可以表出他，说明他的动作的，只有唯一的动词……直到发见了为止，只是发见近于这字的字也是不能满足的。"

文却斯德说："作家把自己所有的思想，及情绪移于读者时，一切的方法手段为文学的形式。"

就文学形式的类别来定名称，当然逃不了两大类：一是韵文，二是散文。而韵文的成立，却早于散文不知多少年，进一步说，未有韵文的形式以前，便有韵文的声调。因为文是寄托于字的，字是寄托于言语的，语言是根据于情感的。人在世上不能没有悲哀与快乐，人的精神上一受刺激，便不自觉的发出笑声与叹声来，这笑声与叹声，便是一切诗歌的根源；——韵文的根源。——但人的生活，除了一部分精神上说以外，还有一部分肉体上说；肉体上的紧要，却偏重在物质上的了。——求生本能。——有了物质，便有实用的文章，这实用的文章，大部分是用散文发表出来的；因此又成立了散文的形式。——韵文又称乐语，散文又称直语，见姜亮夫《文学概论》。——现在把这两宗文体粗枝大叶的分析起来，大概成下面两种统系：

韵文——谣谚、箴铭、颂赞、哀吊、祝祭、诗歌、辞赋、词曲。

散文——论辩、序记、诏令、奏疏、题跋、书牍、碑帖。（见儿岛献吉郎《支那文学考》）

大概所谓韵文，是以情感为灵魂，以音调为骨干；散文是以事理为灵魂，以体制为骨干。但这句话也就不容易严格的说了！从来文人的艺术是神妙的，情感是流动的；尽有把叙事说理写成韵文的格式，表情寄兴也尽可以写成散文的格式。现在举两个例在下面：

一、叙事说理的韵文。

《千字文》——"天地玄黄，宇宙洪荒；日月盈昃，辰宿列张。寒来暑往，秋收冬藏。"——这明明是韵文，但你能对他发生情感吗？

二、表情寄兴的散文。

《庄子》——"君其涉于江而浮于海，望之而不见其涯，愈往而不知其所穷。送君者皆自崖而反，君自此远矣！"——这明明是散文，但他却包含着丰富的情感。

近人唐擘黄也说："文字之有诗体者，不必是诗；有散文体者，不必是说。有诗体而其实是说的文字很多。"像日本盐谷温的文体分类表。

散文——议论文（主观的），叙记文（客观的），小说（主观的客观的）。

韵文——抒情诗（主观的），叙事记（客观的），戏曲（主观的客观的）。

他又说："文章因其措辞的形式，可分为散文与韵文二种，又因作者的态度及著意的工夫，可别为主观的与客观的，及合此两者的三种，以形式为经，内容为纬。……不基于事实的议论，味如嚼蜡；不参以感想的叙记，是如死人一样，绝没有生气。"——参看孙俍工译《中国文学概论讲话》。

文学是以情感为源泉，泉水的喷发完全出于自然，因形势地位的不同，便幻成各种不同的形态：有如匹练的，有如奔马的，有如云雾的，有如线条，有如长蛇的，有如明镜的；讲到声音，有如千军万马的，有如龙吟狮吼的，有如琤琮的琴声，有如妇人的悲咽。他的变态声色虽各各不同，但他的内质与来源，是唯一纯粹不可分的。所以我们谈文学，倘然要在死的形式上去强分类别，这本是不可能。文学家的内心，最是变幻不测的，他用什么形式发表他的情思，完全要看他的个性与当时所感受的刺激而定。在粗浅的文学外形分类，虽有诗歌、词曲、小说、戏剧等等。在中国从来文人的习惯，也有把叙事的记录，与说理的议论，收在文学范围里面。——这弊病西洋文学家也是不能免。——但这个，我却绝端反对。因为议论是属于思想与哲学，记叙是属于科学与史学；与文学的来源绝没有可混合的性质。千句并一句：文学的来源是情感，他的表现方法，是歌唱，是描写是幻想。他这种情绪，用诗歌表现出来，固然可以，用记录方式表现出来，用议论方式表现出来，亦无不可。总之，他是要以文学为内心的，我们能认清他的特性，自然能够分辩他的外形。——便是不讲外形也无妨。

二、文学史解题

文学是时代的反映

文学，虽是个性的表现，但人是不能离时代的，所以同时也是时代的反映。在什么时代产生什么文学。文学的内心，完全受外界刺激而变化。这外界，是依附在事物上；事物是依附在时代上，所以文学是人生的写真，同时也是时代的反映。在这个立场上，而文学史的体干也便成立了。虽然，各个人有各个人的文学；但他的作风、气质、形式等，却不自觉的服从时代精神的顺序而集合而产生。如中国在元代，决不能产生辞赋；六朝决不能产生曲剧。西洋文艺复兴前，与文艺复兴后的文学，形式、精神种种，都很显然的划着一条界线。

《中国历史研究法》中说：

> 史者何？记述人类社会赓续活动之体相，校其总成绩，求得其因果关系以为现代一般人活动之资鉴者也。

我们看了这几句，那么文学史对于我们的关系，与我们今日为什么要研究文学史的意义大概可以明白一些。——因为文学是民族特性的表现。我们要明白自己是一种什么民族，便要明白我们的民族过去有些什么文学。且文学是顺着时代精神而变动的，我们要明白自己是到了一种什么时代了，我们更不可不知道我们的文学变动到什么地步了。尤其是对于文学有特别兴趣的人，明白了文学变迁的前因后果，便可以明白今后的文学是一种什么趋势。

凡此种种，不是三言两语可以说得明白的。现在我先要把所以组成文学史的几种原素说一说。

地域关系

一、地域的关系。一民族性情的刚柔、文化程度的高低，都与他所住的地域有直接关系。文学，是民族特性的表现，当然也不能超环境而自成。从最浅近的说：山上居民善唱樵歌，水边居民多闻渔歌，乡村居民多唱牧歌，农人多唱秧歌。"暮春三月，草长莺飞""胡天八月即飞雪"，这是很显明的地方。文学，不但是在他的词意上表示出地方色彩，便是在音调上也显露着地方色彩。《礼记·乐记》说："郑音好滥淫志，宋音燕女溺志，卫音趋类烦志，齐音敖辟乔志。"陆法言说："吴楚则时伤轻浅，燕赵则多涉重浊，秦陇则去声为入，梁益则平声似去。"《吕氏春秋》说："声音产乎人心，感于心则荡乎音；故闻其声而知其风，察其风而知其志，观其志而知其德。"地域与文学关系有这样的重大。所以孟子说："居移气，养移体。"这是自然的趋势，决非人力可以假造的。又如欧阳修说："东南之俗好文，故进士多而经学少；西北之人尚质，故进士少而经学多。所以科场取士，东南多进士，西北多经学者。"晁公武说："南学简约而得英华，北学深渊而穷枝叶。"怎样的地势，产生怎样的人性；怎样的人性，表现怎样的文学。不但是文学，就拿中国说：孔子的北派哲学，老子的南派哲学，此外一切南画、北画，南书、北书，南曲、北曲，南拳、北拳，南音、北音：何处不是受了地理上的限制？大概荒瘠苦寒的地方所歌咏的代表，例如《鸨羽》一篇："肃肃鸨羽，集于苞栩。王事靡盬，不能艺稷黍！父母何怙？悠悠苍天，曷其有所！"便可以明白。温和丰裕的地方所咏歌的，大都属于神仙幻想。《楚辞》是古代南方文学的代表，例如《山鬼》一篇："若有人兮山之阿！被薜荔兮带女萝！既含睇兮又宜笑！子慕余兮善窈窕！"不但是思想不同，便是形式、用句也是不同。北人用句，爱形式整齐，南人用句，爱辞句参差。当时楚国优孟唱的歌："贪吏而不可为，廉吏而可为者，当时有清名；而不可为者，子孙困穷被褐而负薪！贪吏常苦富，廉吏常苦贫；独不见楚相孙叔敖，廉洁不爱钱！"长短差落，何等生动？这便是南方歌谣的代表。

现在再从中国南北两派的词曲上看一看：

南派词如柳永的《雨（零）〔霖〕铃》："寒蝉凄切，对长亭晚，骤雨初歇。都门帐饮无绪，留恋处，兰舟催发。执手相看泪眼，竟无语凝咽。念去去，千里烟波，暮霭沉沉楚天阔。多情自古伤离别，更那堪冷落清秋节！今宵酒醒何处？杨柳岸，晓风残月。此去经年，应是良辰好景虚设。便纵有千种风情，更与何人说？"

北派词如辛弃疾《贺新郎》："绿树听啼鴂。更那堪杜鹃声住，鹧鸪声切！啼到春归无啼处，苦恨处芳菲都歇。算未抵人间离别。马上琵琶关塞黑，更长门翠辇辞金阙。看燕燕，送归妾！

将军百战身名裂。（自）〔向〕河梁回首，万里故人长绝！易水萧萧西风冷，满座衣冠似雪。（一）正壮士、悲歌未彻！啼鸟还知如许恨，料不啼清泪长啼血。谁伴我，醉明月！"

南派曲如施惠《拜月亭》【剔银灯】："（老旦）迢迢路，不知是那里前途去！安身在何处！（旦）一点点雨间着一行行凄惶泪！一阵阵风对着一声声愁和气！（合）云低。天色向晚，子母命存亡兀自尚未知！"【摊破地锦花】："（旦）绣鞋儿分不出帮和底，一步步提，百忙里褪了跟儿！（老旦）冒雨冲风，带水拖泥！（合）步步迟，全没些气和力！"

北派曲如关汉卿《佳人拜月亭》【油葫芦】："分明是风雨催人辞故国，行一步三太息。两行愁泪脸边垂，一点雨间一行凄惶泪，一阵风对一声长嘘气。百忙里一步一撒索，与他一步一提。这一对绣鞋儿分不得帮和底，稠紧紧黏软软带着淤泥！"

魏际瑞说："南曲如抽丝，北步如轮枪；南曲如南风，北曲如北风；南曲如酒，北曲如水；南曲如六朝，北曲如汉魏；南曲自然者如美人淡装素服，文士纶巾羽扇，北曲自然者，如老僧世情物价，老农晴雨桑麻。……南曲柳颤花摇，北曲水落石出；南曲如珠落玉盘，北曲如檐前铁马。"

因地势天气的关系而产生南北不同的民族性，因民族性的不同，所以他文学的表现亦不同。这不但关系于文学，且一切文化事业，都从这不同的地域的关系上表出不同的能力来。王季芗《古文辞通义》中说："大河流域，士风腿重；大江流域，士风轻英。轻英炳江汉之灵，其人深思而美洁，故南派善言情；腿重含河海之质，其人负才而敦厚，故北派善说理与记事。"我们根据他的话，且在中国的历史上找一些证据——只说西汉一个时期。

西汉北方文学家：

  晁错——颍川[①]人   司马迁——龙门人

  吾邱寿王——赵人   主父偃——齐人

  徐乐——燕郡人   严安——临菑[②]人

  终军——济南人   贾捐之——洛阳人

  贾山——颍川[③]人   邹阳——齐人

  路温舒——巨鹿人   董仲舒——广川人

  公孙弘——黄川薛人   刘向——长安人

  刘歆——长安人   谷永——长安人

  杜邺——魏郡人

      （他们的文章都是长于说理记事。）

西汉南方文学家：

  司马相如——成都人 严忌、严助——会稽吴人

  朱买臣——吴人   枚乘、枚皋[④]——淮阴人

  王褒——蜀人   扬雄——蜀郡成都人

      （他们的文章都是长于哀情的辞赋。）

  这种文学特性的表现，完全是受自然环境的支配：北方自然环境低劣，所以多出哲学家，靠他们的思想去补救环境的缺点；南方自然环境优胜，所以多出文学家，表现他们的情感去歌颂自然。但中国全境位置在温带上，地势虽有差异，而气候还没有甚

---

①③ 底本作"颕川"。

② 底本作"临普"。

④ 底本作"牧皋"。

寒甚暖的激刺。生长在这地方的人，他的脑筋还不至于冷得太麻木，热得太昏沉，而能自由表现出他的思想来，写在种种文学上。若在严寒酷热两处的人，便决没有文学天才产生的可能，这例证在外国人中找，如英国的莎士比亚、弥尔顿、柏伦、卫德威斯、唐勒生；法国的卢骚、胡歌弗、庞贝尔、莫泊桑、曹拉、圣伯甫；俄国的浦斯金、托尔斯泰、铎斯托夫斯基、屠格涅夫；德国的歌德、席勒、苏德曼、赫普德曼；意国的但底巴加奇、比的加拉；美国的欧文即法螺、霍桑、惠特曼；那威的易卜生、般生、鲍以尔：大概都是温带近寒带的人。在这群文学家里面，又可分为两派：一是歌颂自然的文学家，一是宣传主义的文学家。其实后者已不是纯粹的文学家了，俄国的托尔斯泰、那威的易卜生，都是把他的哲理用文学手段表现出来。他们为什么要这样，因为他们都是住在近寒带的地方，对于生活上感觉不满，便拿文学宣传的力量，普遍他的思想去救济他，这还是受自然环境影响的例。

　　但也有例外的，往往有许多文学家，受了迁居的影响而改变他的文学态度的。也有本非文学家，后因迁地关系，由环境启发了他的文学天才——这真如《周礼·考工记》所说的"橘逾淮而北为枳"、《淮南子》说"夫橘树至江北，化为橙"一样的物理了。——现在举几个人证在下面：

　　（一）托尔斯泰　他原是一贵族公子，初住在彼得堡，酒色征逐，还不是一个平常的纨袴子弟，并且在无形中犯了许多罪恶。后来他到高加索去探望他的哥哥尼古拉，一方面脱离了恶俗生活，一方面饱受了自然空气，日日与牛羊草木亲近，悟到天地的伟大，与宇宙生养万物的慈爱，便发明他的"博爱主义"。他著名的《幼时生活》和《少年回想录》《忏悔录》三书，都是他思想未变以来的供状。他自己说："一刹那间所见种种、所思种种，皆别有境界，庄严如山。莫斯科记忆中，羞悔懊恨；以及高加索之梦想，都消失殆尽！"这都是写他思想受环境变迁的实状。

（二）泰戈尔　他在度学校生活的时候，只觉到人生的厌倦与拘束；他父亲放他到喜马拉亚山中去，天天与大自然相接触，顿时把他的诗才奔放出来。这时他只十一岁，便能写极妙的歌颂，自然的诗；后来他的《新月》《园丁》等享大名的诗集，都是在幼年时候的环境改造成功的。

（三）莫泊桑　他的文学表现是在多方面的，因莫泊桑所受的环境，也是多方面的。他是一个旅行家，游高斯岛，旅行勃来台尼，又到意大利的西西里、盎凡尔等地方：他都有各地背景的文学作品发表。和他发生关系的，便是那（撒）〔撒〕哈拉大沙漠地方。他在一八八一年到北非洲，亲见沙漠上的日景，他便写成《太阳》《奥龙马》《福利波尼》《一夕》《摩洛哥》等名小说。

时代关系

二、时代的关系。一切学术，都是时代的产儿。文学当然也不能例外。但文学的产生，因以时代为背景；而他的效用，是永久的。我们一方面从他的作品上看出时代精神、时代作风来，一方面又从他的共通心理上面得到永久的安慰。梅光迪的《文学概论》里说："文学代表一时，亦足代表永久。"所谓时代的文学，便是朱熹所说的：

> 有治世之文，有衰世之文，有乱世之文；如《国语》，委靡繁絮，真衰世之文耳……至于乱世之文，则《战国》是也；然有英伟之气，非衰世《国语》文之比也。

汪琬也说："昌明博大，盛世之文也；烦促破碎，衰世之文也；颠倒悖谬，乱世之文也。"不但是这样，文学的气质，也有很显明的界线；大概时代愈古，他的文气愈质朴。魏禧说："自唐虞以至两汉，与世运递降者也。三代之文，不如唐虞；秦汉之文，不如三代。"魏源说："文章与世道为隆污：南宋之文，必不如北宋；晚唐之文，必不如中唐；两晋六季之文，必不如两汉；而东汉之文，必不如〔西〕京。"我们在客观的批评上说他不如，但在文学自身，完全是受时代的趋向。什么时代产生什么文学，是极自然的表现；在文学主观的批评上看来，凡是能充分表现时代性的文学，都是好文学，无所谓不如的。因为文体的变换，完全是受时代支配的。文齐其德说："时代精神，不特可以左右文学之性质与情感，且影响及其体裁。"《文心雕龙·时序篇》也说：

> 时运交移，质文代变，古今情理，如可言乎！昔在陶唐，德（感）〔盛〕化钧，野老吐何（方）〔力〕之谈，郊童含不识之歌。有虞继作，政阜民暇，《薰风》诗于元后，《烂云》歌于列臣。尽其美者，何乃心乐而声泰也！至大禹敷土，《九序》咏功，成汤圣敬，《猗欤》作颂。迨姬文之德盛，《周南》勤而不怨；大王之化淳，《邠风》乐而不淫；幽厉昏而《板》《荡》怒，

平王微而《黍离》哀。故知歌谣文理，与世推移，风动
于上而波震于下者……故知文变染乎世情，兴废系乎时
序；原始以要终，虽百世可知也！

这是刘勰说明文学是受时代影响的道理。但顾仲恭的《文章
关乎世运论》一文中，又说文学的兴衰，与时代的盛衰却成一个
反比例了。现在抄一段在下面：

文（章）之盛衰，非与世运合者也，乃与世运反者
也：何以明之？三代以前，吾不得而知已；春秋之时，
文莫盛于鲁，而鲁日以削；战国之时，文莫盛于楚，而
楚怀客死，顷襄东走于陈；文士之聚，莫盛于齐之稷
下，而齐湣至擢筋庙梁；秦〔燔〕诗书，尚耕战，遂以
混一六国；汉之文，莫盛于孝武，而海内虚耗，文景
之业替焉；成哀之世，书疏赋颂烂然也，而汉鼎为大盗
移矣，灵帝尚词赋，建（鸣）〔鸿〕都之学，而东汉遽
亡；建安之七子，足以旗古今矣，而魏祚竟不永；自晋
宋迄梁陈，几于人握灵珠，而南风卒不竞；唐之文，一
盛于开元，而玄宗有安史之厄；再盛于元和，而宪宗有
不得正其终之恨；宋之文，莫盛于熙丰之际，而党禁遂
起，宋业以衰，徽宗著《博古图》，铸鼎作乐，而举族
有北辕之祸；元之兴也，初无文字，逮至正之季，文乃
弥盛——此往事之彰明较著者也。

这一番话，是很有理由的；他和刘勰的话，初看是相反的，
其实是可以相通的。因为文学是情感的产物，在太平时代，人心
和平，生活安定，精神上不起如何的变化，情感上受不到如何的
激刺。从来说的："诗愈穷而愈工。"文学何常不是如此？必须

有艰辛郁勃的环境，才培养得出文学灿烂之花；没有冷风严霜，九风十雨，如何有春月春花的来到？但这一番话，其实太忠厚了。刘勰所说的一类太平文章，焉知不是受了政府严酷的压迫，而人民不敢把真实的内心表现出来？一面却含着一包眼泪，写出这歌功颂德粉饰的文字。——也须是一般文奴捏造的。——说也可怜！中国文学之神，被幽囚在狱底里已二千多年了；因受了种种束缚，不许他表现出时代个性来，一开口，一动笔，总是古文，总是摹仿。人不敢说真话，创新格，所以中国的文学，几乎表现不出时代性来，只在牢监底里低低的唱他的心曲——便是白话文——所以我们若真要看出中国时代的文学来，只有在那残余的民间文学上面去找寻。胡适的《白话文学史》上面说得好：

前天有一个学生来问我道："西洋每一个时代有一个时代的文学，一个时代的文学，总代表那一个时代的精神；何以我们中国的文学，不能代表时代呢？何以姚鼐的文章，和韩愈的文章，没有什么时代差别呢？"

我回答道："你自己错读了文学史，所以你觉得中国文学不代表时代了。其实你看的文学史只是古文传统史！……做文的只会摹仿韩柳欧苏，做诗的只会摹仿李杜苏黄；一代摹一代，人人只想做肖子贤孙，自然不能代表时代的变迁了。"

那么，我们应当怎样才可以看得到真正的时代文学呢？这很容易的，我们只须到民间去找，那民间文学产生的动机，完全出于情感的自然，不慕利的，纯粹表现个性的，不摹仿古人的。胡适说："因为不肖古人，所以能代表当世。"其实文学的个性，是极强的；时代的潜势力，是很大的；任你如何压迫，他总要表现在当世，流传在后世，使我们研究文学史的人，不得不注力在时代的关系上，且尤不得不注力在中下阶级的为文学作品上。——因惟有中下阶级能代表多数人的情感。现在把西洋最近十八文豪的出身举例在下面：

出世年代		作家的名姓		
西历	中历	贵族	中产	劳动
1806①	嘉庆十一年②			颇
1818	嘉庆二三年	杜格烈夫		
1821	道光元年		福罗贝尔	多思脱叶福思奇
1828	道光八年	托尔斯泰		易卜生
1832	道光一二年		彪伦逊	
1840	道光二〇年			左拿
1849	道光二九年			史特林柏路
1850	道光三〇年	穆拔山		
1856	咸丰六年		王尔德	苏德曼
1857	咸丰七年			捷鹤夫
1860	咸丰十年			侯勃德曼
1862	同治元年		梅特林	
1863	同治二年		达龙爵	郭尔祺
1868	同治七年			
1871	同治十年			安德侣夫

---

① 底本作"806"。

② 底本作"嘉庆十四年"。

个性关系

三、个性的关系。文学除受地域、时代两种力量的支配以外，还有受个性的一种支配。合这一方人的个性，表现而成为民族。——人性虽各个不同，而在一民族与他民族对举，则每一民族中各个人的个性，却是大概相同的，所以个性亦可以说是民族性，便是文学的源泉。法文学家唐努说："人种是文艺背景三要素之首。"那么，我们亦可以说人的个性亦是受民族性的影响的。如《文心雕龙·体性篇》里说：

> 是以贾生俊发，故文洁而体清；长卿傲诞，故理侈而辞溢；子云沉寂，故志隐而味深；子政简易，故趣昭而事博；孟坚雅懿，故裁密而思靡；平子（隙）〔淹〕通，故虑周而藻密；仲宣躁锐，故颖出而才果；公幹气褊，故言壮而情骇；嗣宗俶傥，故响逸而调远；叔夜俊侠，故兴高而采烈；安仁轻敏，故锋发而韵流；士衡矜重，故情繁而辞隐……

各人文学特性的不同，是由于各人个性的不同；而他个性之所以不同，却是不能脱他地方种族特性的关系。柏拉图说："一切好的文学作品，他的基础，完全须由他用忠实的态度写他的生活经验。"但试问这生活经验，是从什么地方得来的？还不是由于地方环境种族特性所造成的？所以文学家的个性，无论如何强，总不能不受他的种族色彩。这色彩是很鲜明的，很坚固的，同时外界的势力也无法灭杀他的。你看日本人虽竭力摹仿欧美礼俗，但他的文学，是脱不了日本民族性的；印度人受了英国长期间的侵略，但印度文学，总是非科学的民族性；俄国人生在寒瘠地方，人性刚猛，他的文学，总富于革命性；法国是富于艺术的民族，我们看他的文学表现，也很忠实的告诉了我们是富于艺术民族。——内中以法俄两国的民族性最有显著的区别。

现在引证两个人的说话在下面：

罗丽该说："法国人民俱有解文辞之特色，故法国占修辞散文第一等位置，法人本其敏达之思考，优富之言辞；无论其表内容奚若，皆有偏重辞令之倾向，因此散文能登峰造极。"

布兰兑斯说："俄罗斯人恒趋于两极端，一面为杀身殉道之正教徒，同时又欲当投炸弹之虚无党。"

但所谓民族性，并非全是受了地理的关系，还有特殊的风俗、习惯、政治、经济，经过悠久的薰淘，而不自觉的反出来的反应。当然这种反应，是人人同有的。但平常人是无法表现的，只有天才独具的人才有表现。泽布说："向来有人说天才家所以能成其天才家者，往往因其能结合所属民族的特别气质，与其一己所独赋的天才。例如莎士比亚，其基础为英吉利民族。其个人天才，即非一般英吉利人所共有的精神缩性。"一个文学家的养才，一半是个人的特性，一半是种族的特征。我们倘不能看出文学在民族、时代、地理上的三大关系，我们对于文学史，便要发生错误。——最直接表现出来的，便是民族性。民族性有刚柔两种的区别：刚性的文学，很浓重的表现出他伟大浩荡、奔放高古、强劲豪爽、酣畅淋漓、激昂慷慨等；柔性的文学，也能表现出他纤秾绮丽、清奇雅洁、婉转飘逸、抑扬顿挫、一唱三叹等。《文心雕龙》把这两种文学特性，区为八体：一典雅，二远奥，三精约，四显附，五繁缛，六壮丽，七新奇，八轻靡。而这两类文学的所以不同，决不是偶然。我们倘能稍稍注意，便可以看出他是受了民族性的大势力所趋使。在我们中国因南北民族性的不同，在人的行为上，所以有燕赵多慷慨的士，荆楚有丽靡之俗。南朝金粉，北地真脂。在妇女的装饰上，也很显然的区分了两种色彩。何况于文学，在个人的性情上，又有敏钝的区分。《文心雕龙》中有一段：

> 相如，含笔而腐毫；扬雄，辍翰而惊梦；桓谭，疾感于苦思；王充，气竭于思虑；张衡，研《京》以十年；左思，练《都》以〔一〕纪。虽有巨文，亦思之缓也。淮南，崇朝而赋骚；枚皋，应（诈）〔诏〕而成（贱）〔赋〕；子建，援牍如口诵；仲宣，举笔似宿构；（玩）〔阮〕瑀，据案而制（青）〔书〕；祢衡，当食而草奏。虽有短篇，亦思之速也。

魏文帝《论文》中也有一段：

> 王粲长于辞赋，徐幹时有齐气，然粲之匹也。如粲之《初征》《登楼》《槐赋》《征思》①，幹之《玄猿》《漏卮》《圆扇》《橘赋》，虽张（衡）、蔡（邕）不过也，然于他文，未能称是。（淋）〔琳〕、瑀之章表书记，今之隽也。应玚和而不壮，刘桢壮而不密。孔融体气高妙，有过人者，然不能持论，理不胜词，至于杂以嘲戏，及其所善，扬、班俦也。

> 常人贵远贱近，向声背实，又患暗于自见，谓己为贤。夫文本同而末异，盖奏议宜雅，书（理）〔论〕宜

---

① 底本作"《思征》"。

理，铭诔尚实，诗赋欲丽。此四科不同，故能之者偏也。

欲说："人同此理，理同此心。"但因各人的个性不同，而他的表现技术也有高下。大别起来了的个性，可以分刚、柔、敏、钝四种。就中国一方面说：南方人性格是属于柔的，北方人性格是属于刚的。刚性民族的文学，长于气势；柔性民族的文学，长于情感。便是在欧洲，南欧，如法国的文学价值，永远占修辞散文第一等位置。他有敏锐的感想，优美的艺术。北欧，如俄国他的文学充满了深刻坚毅的气势。不但是文学，他的人生态度，常趋于极端。如昔日血飞肉搏的虚无党，今日破釜沉舟的共产主义；至于敏钝的分别，也跟着刚柔质来的。从世界的文学上看中英两国，是迟钝性的文学。英法两国，同受文艺复兴的影响。但，英国则成了古典主义文学；法则成浪漫主义文学。倘然在好的一方面看：稳健审慎是他的长处；而迟钝退缩又是他的坏处；当于革命精神是敏锐的长处；而鲁莽灭裂则又是敏锐的害处。——所谓神经过敏。所谓文学史，他组成的原素逃不了地域、时代与个性的三种背景。我们要明了文学史的所以演成，必定要先谈一谈他的背景。因为文学这样东西不比得是科学、哲学，没有民族国家的界限。他是特别有地方色彩的，是主观的，不是客观的。——我们讲科学，可以不说某国的科学。独讲文学历史都要受地域、时代与民族特性的支配。离开了他的背景，便无从说起了。但说虽如此，他的背景虽不同，而文学发展的途径，却是有共通的线索可寻。现在再把不同的文学背景中，所共走相同的进化途径来说一说。

文学的五期

文学的发展，大概可以分作五期：一是文学意象期；二是文学初生期；三是文学长成期；四是文学（号）〔独〕盛期，五是文学普及期。

文学意象期。是说未有文字以前，虽极野蛮荒陋的人种，他不能不有情感与想象。跟着情感而产生的便是喜怒舞蹈；跟着想象而产生的，便是歌诵祈求。这一类歌哭欢舞便是文学的内蕴，也便是最深刻的文学背景。只因当时文字尚未发明，没有文学的技巧罢了。

文学初生期。初民时代，不但没有应用的文字，且没有可以充分发表他意思的言语。——大概靠着装手势。——后人数愈多，人事愈繁，历史愈长，经验愈深，语言也愈完全，终至语言也不能胜任。——如传久，与传远。——便根据他模仿故本能，象征的本能，而造出文字来。但那种文字，形式概不完备，应用也极简单，最多也不过模拟形声的几种字。——只可以说是语言的工具，还够不上说文学的技巧。所以说他是初生期。

（附注）象形字。依据形式不必说了；便是谐声字，也是模拟声调的。这里面可以分自然音与模拟音。如嘻、吁、嚇、啊、颗、颐、诺诺等，是发于人本音的，自然是说不出什么意义的；模拟音，是人有意模拟各种音调的，如乌鸦、青蛙、喜雀、牛、羊、水、火等字。

文学长成期。初有（圣）〔文〕字的时候，只能应用在省记忆、表意象的简单作用上面的。进一步，表示情感的歌谣、记录历史的篇章、表示思想的作品，都先后发生。但这还是长成时期。如人的只长成了外形，还没有丰富的阅历、特长的天才表现出来。

文学独盛期。这要分两方面说：一是阶级的独盛，二是时代的独盛。阶级的独盛，例如贵族，努力于贵族文学的装饰；平民文学的创造，各自发展他一方面的。——如中国汉以来的古文，及先秦以来潜伏在民间，到近代始发展的白话文。——至于时代独盛的文学，完全由于时代精神及文字自然势力的转变，以及当时文学家创造的天才，而产生一时代所独盛的文学。——如中国秦汉的辞赋、六朝的骈骊、唐诗、宋词、元曲等都是。西洋文学名词，所谓古典派、浪漫派、自然派、新浪漫派等，有一个独盛的时期。——这一时期，不但文学充分发展，而且技巧也完全成熟。

文学普及期。这是最近文学界，向平民努力宣传的一个时期。不但中国努力于白话的运动，是平民，都得享文学欣赏的幸福。便是东西洋近代的文学，趋向也是努力于大众化的。——所谓平民文学、劳动文学。

归纳起来说，世界文学发展的途径，都由简单到复杂，由少数进于多数。第一、第二两期，可以说人类自无文字，到有文字。自然的进化，只是一个文字，从产生而到完成的时期，还说不到文学关系上面去；只有长成期，与独盛期，是文学最有研究价值的一个时期。但这仅仅是从竖的文学历史上，分出一个最粗略的时期来。其实在每一个时期中，不知包涵有多少小时代；每一个小时代中，不知包含有多少不同的派别，和相同的派别。每一派别中，又有多少文学作家，显出他的特殊色彩来。一部文学

43

史，自纵横的文学作家堆积成各派，各派起伏绵延而成一时代，每一时代，都有他继承转变的因果，演化而成全历史。所以我们研究文学史的，倘然不认清时代，固是找不到一个统系，便是不明白每一个文学家的个性，还是不能明白这时代之所以成为这时代的真原因，与他的真价值。而所谓文学家之所以成为这样文学家，而不成为那样的文学家，他全是被时代所支配的。有许多专研究文学历史的人，或有专研究一个文学作家作品的人，倘然他不注意到时代与个性共通的关系上面，那他终是不能明了的。因为一派文学，或一个文学家的产生，决不是突然的。我们在未做欣赏文学、批评文学的工夫以前，还须问一问所以产生文学的人生每部作品里面，都含有作者的个性；每一种国民文学里面，也含有民族特性的。所以每一时代的文学里，都可以看出造成这时代的整个势力。——不但是文学，便是历史上的宗教、哲学、艺术等，所以表现成那样形式，都是这个时（作）〔代〕的综合势力在支配着（综合势力便是时代精神。）——所以英国民族心理学家太英，主张种族（Race）、环境（Milieu）、时代（Moment），是所以组合成文学史的三大元素。尤其是时代关系，我们只看见每一时代，各有他的精神表现。但我们再细细看去，才知道后一时代的精神，是潜伏在前一时代里的。而现在一个时代里的表现活动，却又潜伏着将来的时代精神。——有的相调和而更进一步，有的相冲突而别趋方向。——文学的时代精神，就是每一时代的文学派别。——现在附带把他的大略说在下面——是最重要的几派。

古典派文学

古典派。又称第一流派，或模范派；也有称尚古主义，拟古主义的。在西洋文学界是十七八世纪，英法各国流行的文学思潮的总称。这一派最显明的主张是重形式，不重情感。当时不但是文学，便是政治思想、人生哲学、宗教仪式上，都是把过去已经成功的法则，认做最可崇拜的。任何人都须屈服在威权之下。不论最微细的部分，也须守着古代的典型。当时西洋所谓古代典型，便是希腊拉丁的文学。这派特点，是在统一均齐明晰。凡是文学的形式和题材，都应当严〔守〕这个（格）〔规〕律。违犯这规律的，便斥他为邪道。例如不能遵守三一律的，便算不得戏剧。——剧中的时间、地方、动作，必要一致，所以称为三一。——奇怪的事迹与理想，不能作文学的题材。描写田野风景，是卑贱的作品。句调不齐整的，不能算是好文章。归纳起来说：古典派文学是专用（相）〔形〕式的技巧的，所以不重想像与感情，只重形式上的整齐划一。专重形式，所以看轻内容及个性而尊重模仿与普遍性；尊重实现，所以排斥那描写超于常识以外的事理。依这一派的主张，绝对用不到作者的天才。不许作者表现个性，只许依样葫芦的模仿古人的成法，写成没有时代精神，没有新生命的作品。这恰恰与"务陈言之是去"一句话站在反对方面。

刘勰的《宗经》一篇，也很显明的表示了他的古典主义。现在把他节录在下面：

《文心雕龙·宗经》——"是以往者虽旧，余味日新，后进追取而非晚，前修文用而未先，可谓'太山遍雨，河润千里'者也。故论说辞序，则《易》统（菲）〔其〕首；诏策章奏，则《书》发其源；赋颂歌赞，则《诗》〔立〕其本；铭诔箴祝，则《（记）〔礼〕》总其端；纪传铭檄，则《春秋》为根：并穷高以树表，极远以启疆，所以百家腾跃，终入环内者也。若禀经以制式，酌雅以富言，是仰山而铸铜，煮海而为盐也。故文能宗经，体有六义：一则情深而不诡，二则风清而不（离）〔杂〕，三则事信而不诞，四则义直而不回，五则体约而不芜，六则文丽而不淫。扬子比雕玉以作器，谓五经之含文也。夫文以行立，行以文传，四教所先，符采相济。励德树声，莫不师圣，而建言修辞，鲜克宗经。是以楚艳汉侈，流弊不还，正末归本，不其懿欤！"

有王元长《三月三日曲水诗序》一文，可以看出古典派文学注重形式的技巧来。现在写一段在下面。

……我大齐之握机创历，诞命建家，接礼贰宫，考庸太室。（出）〔幽〕明献期，雷风通缩。昭华之珍既徙，延喜之玉攸归。革宋受天，保生万国。《度邑》静鹿丘之叹，迁鼎息太坰之惭。绍清和于帝献，联显懿于王表。骏发开其远祥，定尔固其洪业。皇帝体膺上圣，运钟下武，冠五行之秀气，迈三代之英风。昭章云汉，晖丽日月，牢笼天地，弹压山川！……

【注】大齐——中国中古历史，从晋朝灭亡以后，全国四分五裂。中国北部有胡人互相并吞，立了许多国家，称为

北朝；南部又有宋、齐、梁、陈、隋五朝，互相起灭。王元长是齐国臣，所以称大齐。齐武帝在永明九年三月三日，带领臣下，游芳林园，饮酒写诗。王元长——名融，写这古典派的骈体文，专考究音韵对仗，又尽量的插入古典，当时颇得文人的赞叹。诞命——《尚书》里有"我文考文王，诞膺天命"。又有"永建乃家"。诞，是产生的意思。贰宫——贰宫，是说帝王的副宫。尧见舜在贰宫。"接礼贰宫"是说依礼接受前代的天下。考庸太室——太室，是明堂（帝王见客的屋子）中央的一间屋子。考，是说从前；庸字和用字通用。幽明——幽，是说地；明，是说天。武王伐纣的时候，天地雷风各神，都来帮助。昭华——尧帝把帝位让给舜，送他昭华之玉。延喜——舜王得玄圭玉，上有"延喜之玉，维王克殷，乃永叹曰：呜呼不淑，充天之对！"字样。昭华延喜两句，都是说从前朝得到天下的意思。度邑——度邑，是《周书》篇名，里面有一句："自鹿至于丘〔中〕，具明不寝。"是说包括一切地方的意思。鹿，是山脚，和麓字同；丘，是山顶。是说从低地到高地的意思。大坰——古时禹造九鼎，以后做帝王的，都得到九鼎。汤朝时，九鼎迁到大坰地方，国势已衰。《帝王世纪》里有："汤即天子位，遂迁九鼎于亳，至大坰而有惭德。"定尔——《诗经》有："天保定尔，亦孔之固。"是说天力保护你做帝王，是十分可靠的。上圣——墨子有："上圣，立为天子；其次，立为三公。"下武——武，是步字的意思；运钟下武，是说福气传在后代。

浪漫派文学

（二、）浪漫派。浪漫派对于古典派是表示敌对态度的。古典派，因崇拜古文明到了极点，不但是思想制度方法，极端摹拟古风；便是最富于个性表现的文学，也甘心被死的礼法所压住抽去活气，抑住热情，亦趋亦步的去效法古人作风。文学到了此时，只有形式的苛求，缺乏自然的趣味。经过了相当时间，以人类爱自由的精神，对于这一类刻板的作品，干枯的文辞，早已起了厌倦，跟着便起了一种反感，而产生所谓浪漫派文学出来。他最大的目的，便是卢骚所说的："归于自然。"他的特征，便是表现他反对客观的主观主义。反对因袭的自由主义。反对偏重法则、规范、理性和道德的，无拘束的感情主义。他不知有科学，有法律。只认文艺美术的自然表现，为人生最高的意义。现在从浪漫派文学与古典派文学比较上看出浪漫的特点来。

（一）古典主义，因于因袭为形式所限。浪漫主义最重自由，打破一切固定的形式与法则。

（二）古典主义，以模仿为能事；浪漫主义，最重创造精神。

（三）古典主义看重形式上的技巧；浪漫主义，最重人间自然情绪的表现。——尤其是以丰富的情绪为内心。

（四）古典主义，以现实作材料；浪漫主义，是最爱恣情的空想。明朝人苏伯衡[①]《答尉迟楚问文书》中的一段：

---

① 底本作"苏衡伯"。

圣贤道德之光华，积于中而发乎外，其言不期文而文；譬尤天地之化，雨露之润，物之魂魄以生华蔓羽毛，极（大）〔人〕力所不能为，孰非自然哉！故学于圣人之道，则圣人之言莫之致而致矣；学于圣人之言，非惟不得其道，并其所谓言亦且不能至矣。

唐顺之《与茅鹿门论文》[①]中的一段：

今有两人，其一人心地超然，所谓千古只眼人也；即使未尝操纸笔呻吟学为文章，但直据胸臆，信手写来，如写家书，虽或疏卤，然绝无烟火酸馅习气，便是宇宙间一样绝好文字。其一人，犹然尘中人也；虽其专专学为文章，其于所谓绳墨布置则尽是矣，然翻来覆去，不过是这几句婆子舌头语！索其所谓真精神与千古不可磨灭之见，绝无有也！则文虽工而不免为下格。此文章本色也。

上面两人的话，都是很显明重自然，反抗摸拟古人的。在西洋文艺上的浪漫主义运动，实在是一千七百五六十年间卢骚开始的。只因那时古典派文学的势力，也到极盛时期，所以唤起了有文学天才的反感。到一千九百以后，这种浪漫派的思想，已风靡了全欧洲。这一派有名的作家，在德国有哥德、海涅、席勒、尔克来斯特，在英国有威至威士、歌尔利治、岐次、司各脱、摆仑，在俄国有普希金、李门托夫，在法国有谢多勃良、拉马丁、嚣俄、戈低叶等，在中国三国时，有诗人阮籍，有文学天才，性情十分狂放，爱研究老庄的思想，爱酒，能弹琴。曹爽唤他去做

---

① 底本作"《与第鹿门论文》"。

49

参军，司马懿封他关内侯，他都不问，终日饮酒。阮籍有女，司马昭欲替儿子名炎的向他求婚；阮籍醉倒了六十日，使司马昭没有机会和他说话。阮籍又能做出青色白色两种眼光，看见俗人，他便用白眼。他常常独自赶着车子，随意走去；走到没有路了，他便哭着回去，称作"穷路之泪"。他有《咏怀》诗八十多首，诗中意义零乱，悲喜不定，真可以算得中国浪漫派文人的代表。——晋朝陶渊明，唐朝陈子昂、张九龄，都是这一派，中国人称为"名士派"。——现在写两首《咏怀》诗在下面，我们从诗里可以看出他的性情来：

　　阮步兵《咏怀》诗——修涂驰轩车，长川载轻舟。

性命岂自然，势路有所由。高名令志惑，重利使心忧。

亲昵怀反侧，骨肉还相雠。更希毁珠玉，可用登遨游！

一日复一夕，一夕复一朝。颜色改平常，精神自损消。

胸中怀汤火，变化故相招。万事无穷极，知谋苦不饶。

但恐须史间，魂气随风飘。终身履薄冰，谁知我心焦！

（阮籍年老时，官做步兵校尉，后人便称他为阮步兵。）

自然派文学

　　自然派。自然派与浪漫派所标示的，在名义上、性质上初看似乎没有什么分别。果然在自然派初期的意义，只主张返还人生天然状态，排斥人间所谓技巧。技巧，是斫伤天真的一种不自然的文明。这样说法，所谓自然主义的要素，同时也可以称为浪漫主义的要素。其实我们这两种性质，两两的对比起来，有以下种种的不同。

一、浪漫派是为艺术的，自然派是为人生的。

二、浪漫派是重技巧的，自然派是无技巧的。

三、浪漫派是［从］感情出发的，自然派是从理知出发的。

四、浪漫派是精神的表现，自然派是物质的表现。

五、浪漫派是空想的，自然派是实现的。

六、浪漫派是主观的看法，自然派是客观的看法。

七、浪漫派是奇异的凑集，自然派是平凡的叙述。

八、浪漫派多用韵文写出，自然派是多用散文写出。

九、浪漫派是游戏的，自然派是正义的。

总之：自然主义表现在文学上的，处处不忘他忠实描写的责任，但他又与写实主义不同。写实主义，只是很忠实的描写表面。自然主义，却要用深刻的观察写出一切，所以表现出表面的内心来。但这里也可分为两种态度：

一、纯客观的态度。便是极力照着客观原样，把事物描写出来的一种态度。——又称他是本来的自然主义。

二、插入主观的态度。又名印象主义。他是把作者的主观印象，寄托在自然现象上，使他再现。——极端的印派，却不在主张有精密的描写。

根据这个态度表现，在作品上可分为以下的六种：（一）科学的描写。——便是根据一切生理、物理，而描写他的常态与变态。（二）精细正确的描写。（三）暗面描写。——意义藏在文字里面的。（四）断片的描写。——日常琐事的记录。（五）个性与环境并重的描写。（六）人生问题的描写。——在西洋文艺界中属于第一项的，有迦尔间的《红花》，安得列夫的

《红笑》，易卜生的《群鬼》。属于第三项的，有莫泊三的《一生》，阿尔志巴绥夫的《沙宁》，属于第六项的，有易卜生的"人生问题剧"。

总之自然派文学的技巧，是在能为内心深刻的描写；不仅仅描表面与现在；因为表面与内心、现在与将来往往有极相反的实际。——例如：沉痛的滑稽，看他形状上，虽觉得滑稽可笑；而他所以表现这滑稽的言语或举动，是出于悲哀的心理。又如害肺病者的容貌，在一个时期里，却是十分红艳；而在生理上却是病的表现。我们倘然只看到他的现在，而不想到他的将来；看到他的表现面，而不考察他的内心，往往失去了他的真实；失去真实，便是失去自然。法国文学家佛罗贝尔说："人所以谓美的，我说他是腐败。人说是良心表现，我却说是为虚荣所遮蔽；因此，我常常看出人物的反面来。见了小孩子，便想到老人；见了摇篮，便想到坟墓；见了美人，便想到枯骨。"拿这心理表现在文学上，便是深刻的更进一层的描写了。在中国文学界，可以代表这一派作品的，有如白香山的《折臂翁》、杜甫的《石壕吏》等。

新丰折臂翁

新丰老翁八十八，头鬓眉须皆似雪。玄孙扶向店前行，左臂凭肩右臂折。问翁臂折来几年，兼问致折何因缘。翁云贯属新丰县，生逢圣代无征战。惯听梨园歌管声，不识旗枪与弓箭。无何天宝大征兵，户有三丁点一丁。点得驱将何处去，五月万里云南行。闻道云南有泸水，椒花落地瘴烟起。大军徒涉水如汤，未过十人二三死。村南村北哭声哀，儿别爷娘夫别妻。皆云前后征蛮者，千万人行无一回。是时翁年二十四，兵部牒中有名字。夜深不敢使人知，偷将大石槌折臂。张弓簸旗俱不堪，从兹始免征云南。骨碎筋伤非不苦，且图拣退归乡土。此臂折来六十年，一肢虽废一身全。至今风雨阴寒夜，直到天明痛不眠。痛不眠，今不悔，且喜老身今独在。不然当时泸水头，身死魂孤骨不收。应作云南望乡鬼，万人塚上哭呦呦。老人言，君听取。君不闻开元宰相宋开府，不赏边功防黩武。又不闻天宝宰相杨国忠，欲求恩幸立边功。边功未立生民怨，请问新丰折臂翁！

石壕吏

暮投石壕村，有吏夜捉人。老翁逾墙走，老妇出门看。吏呼一何怒！妇啼一何苦！听妇前致词：三男邺城戍。一男附书至，二男新战死。存者且偷生，死者长已矣！室中更无人，惟有乳下孙。有孙母未去，出入无完裙。老妪力虽衰，请从吏夜归。急应河阳役，犹得备晨炊。夜久语声绝，如闻泣幽咽。天明登前途，独与老翁别。

真情实境活跃在纸上。为什么能够有这样的成功？这不只是把几个字在形式上堆（石切）〔砌〕得好看。——如古典派，——可以做到的。这第一要有热烈的情感，做他的内心，有悲天悯人、非战止杀的内心；从内心上忠实的发泄出来，自然能够写成这样动人的文学作品。他与忠实主义仅仅描写表面的有很显明的区别。西洋文学家，有一部〔分〕人主张自然派与写实派的目的与手段是全然相同的；但自然派是内心的描写；写实派是外形的描写；自然派是全部的描写，——指精神上说。——

写实派是局部的描写。确如德国罗岑保格所说的：写实主义在描写上适用画家的描画、布置、彩色、明暗等。这是因为图画是表面的艺术；文学是内心的显出。写实派只摹写单纯的自然。而自然派，则除自然现象以外，还须加入一个心。换一句话说：写实派是把从现实所受的印象，丝毫不增减的再现出来。而自然派是把自然的印象，依着小主观的情趣，作一个全部的观察而描写出来。——就是依着为客观所刺激的情趣，使那自然充实成局部的描写，并不是自然派所要的本领。

写实派文学

写实派。这是紧跟着浪漫派而兴起的一种文学派别。有的与自然派并在一起说的。其实写实派还没有像自然派那一步精细而从内心描写的工夫，他只是看到浪漫派的太没有边际，太看重个性的表现，破弃了一切成法古型，放浪无羁，弄得不可收拾，便主张用客观方法去描写事物。本无论怎样的文学，你要做到纯客观的态度，是绝不可能的。在写实派文学家的希望中，是要做到尽量排除主观的色彩，——是要把个性为客观的描写。浪漫主义，是要把本身溶化于自然，任他性之所适，没有一定的法则。但写实派却认定自然界有不可变易的法则，把他这个法则忠实地表现出，便算尽了他的目的；倘然我们对于自然法则加以变或抽象的解释，这是大错。原来西洋学术到了十九世纪前半期，大家表示趋于实际的倾向。例如：讲生物学，有达尔文的进化论；讲哲学，有孔德的实证论；讲政治，有蒲鲁东的无政府主义；讲社会学，有马克思的唯物史观。大家已跑上脚踏实地的路。文学如何能独跳在例外？所以写实派，是去切实地观察人生，忠实地描写人生，他除出忠实于艺术以外，别无目的；他也不如自然主义的有内心的考察，也别无兴味。我们可以说，自然主义，是以艺术为手段；——为人生的艺术。——而写实主义，却是以艺术为方法的。——为艺术的艺术。——因为他有方法的，所以他把实际上所得的印象，加以艺术的剪裁。法国批评家爱弥尔·法盖（Emile Fiague）在《巴尔札克》中说："写实主义，是明确地、冷静地观察人间的事件；再明确地、冷静地将他描写出来的艺术主张。这并不是说将现实的全相，无选择地放进作品里面去。——因为这样是在自然也不可能的。写实的艺术，是毫不带情热地在真理之外，毫没有偏爱地从几千几万的现实事件之中选择出最有意味的事件，再将这些事件整理起来，使他们在我们心里生出和现象的事象同样或更强的印象。"——见沈译《欧洲近代文艺思潮论》。——贝利休也解释写实派的文学态度道：文学上的写实主义，是社会。——早已不能再相信有理想的社会。除出事实之外，不能承认宗教的社会；感觉以外，不能有信仰的社会；观察以外，不能有方法的社会——的表现，这不是很明了的吗？他是竭力避免主观的偏见，用冷静的头脑，极端在事实的状态上描写。使读的人从事实上去受到主义的感应。我们中国唐朝诗人高适，他的《走马川行奉送出师西行》诗，是很好的写实派的作品。我现摘写一段在下面：

　　君不见走马沧海边，平沙莽莽黄入天。轮台九月风夜吼，一川碎石大如斗，随风满地石乱走。匈奴草黄马正肥，金山西见烟尘飞，汉家大将西出师。将军金甲夜不脱，半夜军行戈相拨，风头如刀面如割。马毛带雪汗气蒸，五花连钱旋作冰，幕中草檄砚水凝！

他是照实的把事实写出来，因他艺术的感应力，自然使读者觉得北地高寒的苦境，而生出反对战争的思想来。还有唐诗人杜甫，他在同谷县作歌：

> 长镵长镵白木柄，我生托子以为命。黄精无苗山雪盛，短衣数挽不掩胫。此时与子空归来，男呻女吟四壁静！……

他只是用艺术手腕，忠实的写。但一种穷愁饥饿的死气，已从纸上袭来显出他无限的悲感、无限的阴森可怖。他表示非战主义的如《兵车行》：

> 车辚辚，马萧萧，行人弓箭各在腰。爷娘妻子走相送，尘埃不见咸阳桥。牵衣顿足拦（路）〔道〕哭，哭声直上干云霄。道傍过者问行人，行人但云点行频。或从十五北防河，便至四十西营田。去时里正与裹头，归来头白还戍边。边庭流血成海水，武皇开边意未已。君不闻汉家山东二百州，千村万落生荆杞。纵有健妇把锄犁，禾生陇亩无东西。况复秦兵耐苦战，被驱不异犬与鸡。长者虽有问，役夫敢申恨？且如今年冬，未休关西卒。县官急索租，租税何从出？信知生男恶，反是生女好。生女犹是嫁比邻，生男埋没随百草。君不见青海头，古来白骨无人收。新鬼烦冤旧鬼哭，天阴雨湿声啾啾！

努力于他（实）〔写〕实的艺术，用他的艺术，感起人的反应。如这一首《兵车行》，便是一篇很有力的非战主义作品了。——但他的作品里，却绝端不曾提起他的主义，这便是所谓冷静的手段。

颓废派文学

颓废派。在未说颓废派文学以前，须得先把所以产生这一派的背景说一说，原来颓废派文学家的产生时期，是在西洋十九世纪的后半期。那时有所谓世纪末的文学思潮勃兴起来，这原是一个很古怪的名词。他所说的世纪，便是指十九世纪这句话。最初是创造于法国。——Fin de Siecle——法国人是富于艺术性的民族。他看做生产儿童是一件累垂而丑劣的事体。因此分布在法国拉丁民族，一天一天的稀少起来。到了十九世纪的末期，在法国人间便起了一种灭种的恐怖；而这灭种的期限，便在十九世纪末。因此他们便大喊起"世纪末"的口号来。法国人撒下了这一粒种子，不久便靡漫了全欧洲。法国人的忧虑，成了全欧洲人的忧虑；法国人的世纪末日，成了全欧洲人的世纪末日。于是人人以谓末日将来，对于现实的世界，增加了他迷恋的情感，愈迷恋愈觉得是虚伪：在这里面起了恐怖、悲哀、厌倦、彷徨、颓废、失望、种种复杂的情感。真是德国文学家诺尔陶（Max Nordan，1849—1924）所说的："这个时代的特质，是非常的复杂，其中有热狂的不安、笨重的失意、可怕的预言及卑屈的绝望。不论什么时候，都感到好像世界就要消灭的样子；世纪末是一种忏悔，也是一种不平，在古代北方的信仰中包含一种叫做神们的黑暗的可怕的教义。到了现在人的思想，虽则有了进步，但是各种叫做国民的黑暗的芒漠的苦闷，还是存在。"归纳这一段话，我们可以知道所谓世幻末思潮者，全是一种对于人生的恐怖思想失望的思想。但也有把这名词，解释成无聊的意义的：例如诺尔陶《变质论》中的一节，——注意上段诺氏讲话，及下段引文全录自沈端先译日本本间久雄 [①] 著的《欧洲近代文艺思潮论》。

有一个国王辞了王位，住在法国巴黎，但在政治上，还把持一种权力。某日在游戏的时候，失却他全部的财产。他没有法子，只好和故国政府谈判，将政权以一万法郎的代价，却自己永远地做了一个庶民。你看这是何等"世纪末"的国王！

杀人犯蒲朗其尼被处死刑。有一个监刑的官吏剥了他的皮肤，来做自己和朋友们的烟草袋和纸牌盒子。这是何等"世纪末"的官吏！

有两个美国的男女，在瓦斯工场里结婚；结婚之后，立刻坐了轻气球去新婚旅行。这是何等"世纪末"的结婚！

某官立小学校的儿童，和两个同学一同散步，偶然走过他父亲常常因为欺诈破产而入狱的监狱。于是他含笑和他同学说："那处是我爸爸常常去的学校呢！"这是何地"世纪末"的小鬼！

两位同学的良家姑娘在路上散步；其中一个叹了一口气，她的朋友问她时，（他）〔她〕说："我和洛尔互相恋爱着呢！""那不是很好吗？这样的好男子，你为什么还要叹气呢？""因为他没有财产，所以爸爸妈妈一定要我嫁给有钱的男爵……那样蠢猪一般的东

---

① 底本作"间出久雄"。

西！""有什么不好呢？你和男爵结了婚，再使洛尔君做了男爵的朋友。……"这是何等"世纪末"的姑娘们！

因为世纪末日快到，一班神经过敏的文学家，看得世界上的一切，都是无价值无意义的。因此产生——两种心理：一（律）〔种〕是迷恋世界，一种是厌弃世界。任是何一种心理，都可以产生颓废思想的文学出来。

现在要说到颓废派的特性，英文中有一句"World Sorrow"，便是说苦世界的意思。因为他看得世界是苦的，所以观于现实的人生，感觉不到积极的兴味出来。英国提龙解说颓废派的特性道：

> 这一种心理状态之中，是初就对于现世的一切事物，失去了稳健的兴味，丧失了追求，目前的实际目的的欲望，只一心焦虑于如何解明人生的哑谜；但是也只一味焦虑而不循什么理路进行，而且在一方厌恶现在，另一方又任性地对于虚无憧憬。于是痛切地感到人类的悲惨无聊，对于人生的一切，不论成功或失败，总不过蜗牛角上之争，而彻悟最后总有一死……其结果不外乎经于发狂或沉溺于绝望之深渊。

> ——节录《文学入门·"世纪末"的思想》

我们读了这一段话，便可以感想得到所谓颓废派，是怎么样一种人。又为了再求明晰起见，更把颓废派文学的个性分析着说：

一、是看重自己。他们看世界是虚伪的，天力是不可靠的；尤其是科学所自诩的真实是最不真实的。——科学已经是整个的空虚，而科学还要求建设在这空虚的上面。——所可暂时看为真实，而得到安慰的只有自身。所以颓废派，也是自身快乐的追求者。——十一世纪罗马歌谣"明天的生命不能预知，我们应该尽量的享乐，世界上一切只有妇人醇酒"。这几句话已早潜伏了颓废的根性。——颓废派文学家中有一个白蕾说："我们在世界上能够真的知道而且的确是真的存在的，只有一种，这种可以接触的实在就是自己。"

二、是反对科学。颓废派的所以颓废，都因他的情感太深，他看世界是神秘的，是美丽的，是可迷恋的。自从科学精神一天一天倾入了自然的领域中，把这整个大自然的美，分析成机械式的尸体式的纯物质的毫无情感的一个死的世界。所谓神秘，所谓真美，一切艺术情感上殖民地，都被科学叛逆者践踏无余。他如何不恨，如何不反对，因此他们天天希望科学破产。用纯情感的和谐，来渡过最短促而又是唯一实在的人生。颓废派的批评家濮朗说："我们是被一种科学的力量所不能解释的伟大的未来世界所包围着，最少我们也是被一种要超越科学而阐明未知世界的热望所驱使着。"因此他们全不理会科学势力的，并且是反对科学的。——不但是这样，他们对于一切有组织的有规例的有范畴的如政治、道德、习惯、制度及宗教仪式等，都唤不起他的感情来，而一律斥为是机械的枯窘的违背人生意义的。

三、爱好技巧。他既然反对科学，那他所欣赏的自然，只有艺术；尤其是人造的艺术。因为惟有人造的艺术，才能把艺术溶合在人生里面。他又往往爱揭穿人类的黑暗，显露出他的丑恶来。他说人类的本相原是丑恶的，且无所谓丑恶，能描写人生丑恶方面的，才是得到人生的真意义。人生的真美，这也是为艺术而艺术的一种，与自然派的有意描写人生丑恶方面，寓有批判色彩的态度不同。——这在颓废派称描写人生丑恶的技巧为恶魔主义（Diabolism）的技巧。

在西洋颓废派文学的系统上，最初，自然派出于法国。后来这一派的文学家辈出，最著名的如诺尔陶、甲克生、易卜生、左拉、托尔斯泰、拉菲尔，以及王尔德、尼采、波特来耳、屠格涅夫、尤思曼等人都是的。而在中国，我可以举一个李白做代表：

李白，是一个狂放的诗人。他看做世界上的事，好似儿戏一般，他爱侠客，爱宝剑，爱酒，爱女人。他的行为，是不检点的。年轻的时候，便和市井无赖来往着，犯过几次杀人罪。因他的天才的豪放，诗才的阔大，被贺知章赏识，称他是"谪中仙"。唐明皇读他的诗，爱他的人，唤他到金銮殿上去相见。此时李白正醉倒在街头的酒店里。他见了明皇也算不了一回什么事，依旧当着皇帝喝他的酒，仗着酒胆，当殿喝令权势赫赫的高力士，替他脱靴。高力士出身卑贱——是做太监的——是讲究虚荣的人。受了这重大的侮辱，如何忍的他。便借李白《清平调》中的一句"可怜飞燕倚新妆"来毁坏李白的前程，说李白是有意侮辱杨妃，拿这淫贱的赵飞燕来比拟贵妃。从来女子小人，最爱做鬼鬼祟祟的事体。贵妃便常在明皇跟前毁坏李白。李白原也不爱功名，便辞官出京优游湖海，不幸他被永王欢迎了去。后来永王谋反失败，李白也带连得了罪，充军到夜郎地方去。李白赠韦太守诗中有"半夜水军来，浔阳满旌旆；空名适自误，迫胁上楼船！徒赐五百金，弃之若浮烟！辞官不受赏，翻谪夜郎天"。便是记他从得意到失意的经过。但在李白心眼中，原无所谓得意，无所谓失意；所以他在失意的时候，依旧歌唱他的"纱窗倚天开，水树（禄）〔绿〕如发；窥日畏衔山，促酒（善）〔喜〕得月！吴娃与越艳，窈窕夸铅红；呼来上云梯，含笑出帘栊！对客小垂手，罗衣舞春风！"——见《放流夜郎忆旧游书怀赠江夏韦太守良宰》诗中。——这寥寥几句里面，便说起酒，说起女人。酒与女人，是自来颓废派文人相依为命的。他们厌弃现在，憧憬天国，便从醉乡温柔郡中去追求他的梦境。李白也是其中之一，所以全部《李太白诗集》中，十有八九总提起酒，或提起女人，不然说些神仙快乐逍遥的话来麻醉自己的神经。现在举几条例子在下面：

酒的诗——"花间一壶酒，独酌无相亲。举杯邀明月，对影成三人。月既不解饮，影徒随我身。暂伴月将影，行乐须及春。我歌月徘徊，我舞影零乱。醉时同交欢，醉后各分散。永结无情游，相期邈云汉。""天若不爱酒，酒星不在天。地若不爱酒，地应无酒泉。天地既爱酒，爱酒不愧天。已闻清比圣，复道浊如贤。贤圣既已饮，何必求神仙？三杯通大道，一斗合自然。但得酒中趣，勿为醒者传。"（《月下独酌》诗）

女人的诗——"青楼何所在？乃在碧云中。宝镜挂秋水，罗衣轻春风。新妆坐落日，怅望金屏空。念此送短书，愿因双飞鸿。""远忆巫山阳，花明绿江暖。跻躇未得往，泪向南云满。春风复无情，吹我梦魂断。不见眼中人，天长音信短。""阳台隔楚水，春草生黄河。相思无日夜，浩荡若流波。流波向海去，欲见终无因。遥将一点泪，远寄如花人。""美人在时花满堂，美人去后余空床。床中绣被卷不寝，至今三载闻余香。香亦竟不灭，人亦竟不来。相思黄叶落，白露湿青苔。"（《寄远》诗）

神仙的诗——"海客谈瀛洲，烟涛微茫信难求。越人语天姥，云霓明灭或可睹。天姥连天向天横，势拔五岳掩赤城。天台四万八千丈，对此欲倒东南倾。我欲因之梦吴越，一夜飞度镜湖月。湖月照我影，送我至剡溪。谢公宿处今尚在，绿水荡漾清猿啼。脚着谢公屐，身登青云梯。半壁见海日，空中闻天鸡。千岩万转路不定，迷花倚石忽已暝。熊（吃）〔咆〕龙吟殷岩泉，慄深林兮惊层巅！云青青兮欲雨，水澹澹兮生烟。列缺霹雳，丘峦崩摧。洞天石扇，訇然中开。青冥浩荡不见底，日月照耀金银台。霓为衣兮风为马，云之君兮纷纷而来下。虎鼓瑟兮鸾回车，仙之人兮列如麻。忽魂悸以魄动，恍惊起而长嗟。惟觉时之枕席，失向来之烟霞。世间行乐亦如此，古来万事东流水。别君去兮何时还？且放白鹿青崖间。须行即骑访名山。安能摧眉折腰事权贵，使我不得开心颜！"（《梦游天姥吟留别》）

侠客的诗——"边城儿，生年不读一字书，但知游猎夸轻趫。胡马秋肥宜白草，骑来蹑影何矜骄。金鞭拂雪挥鸣鞘，半酣呼（膺）〔鹰〕出远郊。弓弯满月不虚发，双鸧迸落连飞髇。海边观者皆辟易，猛气英风振沙碛。儒生不及游侠人，白首下帷复何益。"（《行行且游猎篇》）

厌世的诗——"悲来乎，悲来乎！主人有酒且莫斟，听我一曲悲来吟。悲来不吟还不笑，天下无人知我心。君有数斗酒，我有三尺琴。琴鸣酒乐两相得，一杯不啻千钧金。悲来乎，悲来乎！天虽长，地虽久，金玉满堂应不守。富贵百年能几何？死生一度人皆有。孤猿坐啼坟上月，且须一尽杯中酒。悲来乎，悲来乎！凤鸟不至河无图，微子去之箕子奴。汉帝不忆李将军，楚王放却屈大夫。悲来乎，悲来乎！秦家李斯早追悔，虚名拨向身之外。范子何曾爱五湖，功成名遂身自退。剑是一夫用，书能知姓

名。惠施不肯（千）〔干〕万乘，卜式未必穷一经。还须黑头取方伯，莫谩白头为儒生。"（《悲歌行》）

颓废的诗——"处世若大梦，胡为劳其生？所以终日醉，颓然卧前楹。觉来眄庭前，一鸟花间鸣。借问此何时？春风语流莺。感之欲叹息，对酒还自倾。浩歌待明月，曲尽已忘情。"（《春日醉起言志》）"茫茫大梦中，唯我独先觉。腾转风火来，假合作容貌。灭除昏疑尽，领略入精要。澄虑观此身，因得通寂照。朗悟前后际，始知金仙妙。幸逢禅居人，酌玉坐相召。彼我俱若丧，云山岂殊调。清风生虚空，明月见谈笑。怡然青莲宫，永愿恣游眺。"（《与元丹丘方城寺谈玄作》）

最后，我们这位狂放的诗人——李白——他终于忍不得这虚伪恶俗可憎的世界，在大醉的时候，跳下水去，捉水底的月影，因而淹死了。

现在我再举一个西洋颓废派文学家波特莱尔出来做一个例证：

《恶之华》诗集的作者波特莱尔，他父亲是一个有天才的。所以也生了一个有文学天才的儿子。不幸波氏出世以后，他父亲便死了。从此波氏便随着他母亲在后父手中讨生活。他的后父是一个军官，不知文学是何物的。波氏因不得意于家庭，便终年在外面放荡，渐渐为那刻板的法律所不容，驱逐他出国；在印度住了几时，又重返巴黎。他对于世界加重了他的厌倦行为，更加放荡起来。他本身父亲所遗留给他的一份财产，早已被他拿去因结交一班颓废派朋友而化尽了。他们的同志常常聚焦在贝姆堂客店里喝酒，笑谈，放浪形骸，过着日子。波氏到三十七岁的时候（一千八百五十七年），写成一本诗集。便是著名的《恶之华》。他竭力攻击当时虚伪的所谓道德与法律，究竟受了当时官厅的惩罚，定了他紊乱公安的罪。但他诗中对于当时虚伪的一种深刻描写的技巧，终是在不喜欢地赞美内感（照沈译文）。

象征派文学

象征派。象征，是什么？若应用在文学上，便是一种暗喻的技巧。我们平常写文不能用直接表示情感的时候，只能假托在别的事物上间接地表示出意思来，适用这一种暗喻的技巧，但这是偶然的。现在的所谓象征派却是有意的利用这个方法，做他作品的根本意义。因为近世文学，是很显著的倾向到神秘色彩。这神秘是无法直说的，只能暗示在那漠然的恍惚的情调之中，而得到一种象征。说起象征派的情调，且先听我述说一件故事，在一千八百八十一二年间，巴黎拉丁区有某咖啡店的地下室中，聚集了一班无聊的文人。他们因环境的不得意，影响到情感上，他们只觉得事事悲观，终日沉迷在酒瓶中，醉了便唱他们悲愁的曲调。他们在文学上攻击自然派，自己便定了一个"希独洛泊司"（Tbydraqatbes）怪的名称，表示他们是超然的一派。但据旁人看来，他们的行为，是近于堕落的。因此又给了他一个 Decadant 的封号，这个字也有解释是颓废派的；但他们如何肯忍受这个难听的名词。因此便把他们的思想集中起来，表示出统一的精神，自称为象征主义派（Symbolism）。他们要用锐利的眼光，看出事物的内心来，因为每一种事物的表现，他都有所以表现的内心，只看他外形的表现，往往是不可靠的。很多事实告诉我们外形与内心往往适得其反。我们若不从内心去征明他的外象来，便很容易为外观的形式所欺蒙。象征主义，便是灵肉一致的看法，形式与内心合并的看法。西蒙史说："象征主义，是要灵化文学，而使之脱离修辞学和外形束缚的一种计划。为着要唤起魔术般的美的事象，所以他们排斥描写，为着要使言语能够自由地发展，所以他们毁弃了诗的节奏。"总之一句话，他们的态度，是对于外形修辞传统的文学，果然是反抗的，对于自然派实利的理智的内心描写，亦是竭力反对的。他们所主张的解放灵魂，纯情感的描写。

象征派是一种自我的联想。他们见了一种事物的外形，必要联想到他的内心。见了一种新的事物，必要联想旧的事物，再合并在自己的个性上，充分的发展出一种新情感，而以艺术手腕表现出来。这里面又可分为三种不同的表现法：一是本来的象征，二是高等的象征，三是情绪的象征。要说明这种种，现在我引一段《文学入门》的话在下面：

> 将文学上的象征，分类起来，大约可分为本来的象征、高级的象征和情绪象征三种。前者，是用有形的——具象的——事物来表现无形无象的事象的方法，所以内容的意义很多，而外形不过是一种符号。例如易卜生的戏曲《群鬼》里面用太阳来象征自由，《建筑师》里面用塔上的旗来象征理想一样。次者——高级的象征——和口述的不同，在外形里面已经表示出相当的意味。所以在表现人生一般问题的时候，应用这种刺激性的外形象征，可得到更深刻的效果。莎士比亚的《哈姆雷特》象征怀疑，歌德的《浮士德》象征解脱，都是这种方法。

以上所说的两种象征，都是以抽象的非感觉的事象为内容，而用具体的感觉的事物来表现。但是最后的一种——情绪的象征却和上面的两种完全不同，而直接用的情绪——以锐敏的神经、反官能为基础的情调——来象征世纪末的颓废派、象征派行家的神经，已经尖锐得和普通的思想感情不同，所以他们自有他们的幽玄神秘的世界。在这世界里面，普通用惯了的露骨的语言文字，已经不能适用于内的生活的表示。所以他们势非借重暗示不可。他们先用官能的手段刺激人们的神经，因为这种刺激而产生的情调，便可以暗示出官能的事象。换言之，作家心弦上所生出的震动——情绪——直接地传给读者，而使读者心里也生出一种同样的共鸣，这种方法就是象征派的技巧。

——见《文学入门·象征主义》64、65 页。

看了这一番话，我们也该把象征派的所以为象征派，象征出来了吗？象征派和颓废派虽同属于"世纪末"的一个思潮中所产生。但我们若略加注意，便可以知道颓废派是消极而消极的。象征派是（销）〔消〕极而积极的。颓废派一味的厌世，无艺术的，任意的表现。而象征派却有一种主张的，他的表现方法，是有幽默艺术的，他最大的特征，便是反对人造的格调，虚伪的形式。他说人生是神秘的，人对于人是无能为力，我们只须消极的客观的把人生自然表现出来便是了。他要表现出自然的格调来，他要揭去虚伪的形式，而看出他的内心来。他和自然派不同的地方，便是看出内心而止。至于如何利用内心，加以人生如何的主张，这是自然派的事。在象征的只须征明本来的象，便是艺术之至义，也便是人道之至美。日本文学家厨川白村的说浪漫、自然、象征三派的分别道：

> 我们假定一个爱人，在很远的地方不意地死了。拿了这个题目来，悲歌深切的苦痛是浪漫派。他们往往夸大情感，用以表示自己的思想，将恋人死去前后的事情，以及接到报告当时的情况，毫不泄漏地精密地描写出来的，这是自然派。但是象征派的诗人们，却绝不取这种手段，他们为着要再现出这种情调，往往描写出一种和人之死毫不相关的事实，而使读者也产出近似的情绪。例如在一个阴暗的傍晚，独自走过一条很冷清的道路，这时候在森林的彼方，一点风也没有，他折断了一枝树木，他们仅仅叙述这一点事情，已经可以使读者在心里感到一种和死了恋人同样的情调。这便是象征派的技巧。

这便是我所说的："有幽默的艺术。""是消积而积极的。"他们对于人生是毫无主张的，而对于表现人生的方法是有主张的。他们的主张，便是用种种方式来征明人生内在的象。他们因要充分表现他的艺术，表现他的人生，所以用声东击西的方式，变幻不测的去找显材，这颇象《诗经》中的"比体诗"。

《诗经·候人》——"荟兮蔚兮，南山朝隮。婉兮娈兮，季女斯饥。"（他拿茂盛的小草，清早南山的云，来象征奸臣。拿婉娈的季女，来象征忠臣。）

在西洋，象征派文学成一统系，是开始于莫累西斯。此外在诗人一方面，有魏伦孟代、马拉尔、梅兰波。小说家方面，有尤思曼、列尼亚、罗登、巴哈。在戏曲方面，有亚当姆、梅特林克；在德国的，有霍普特曼、乔治；在奥国的，有霍夫曼、斯太尔；在意大利的，有邓南遮；在比利时的，有梅来其、可夫斯。其内中戏曲家梅特林克，尤其充分的表现出象征派的色彩。所谓"静剧"，便是以幽默见长，他竭力避去烦复的动作和构造，专表现沉潜在人心内面的思想与情感。梅特林克说："假定一个老人，坐在一张靠手的椅子上面，傍边摆着一架灯台，而（狠）〔很〕耐心的坐着……垂着头听服他灵魂或运命的出现……我以为这个老人，虽则毫不行动，但是实际上他的生活，比较杀了情妇的情人、战胜了强敌的将军，或者'为自己的名誉，而努力的丈夫'的生活，更为深刻，更为普遍，更近人情。"他根据这种心理，写成了他一本最享盛名的戏曲——《青鸟》——他因此得到了诺贝尔的奖励金。

《青鸟》的梗概——这是描写几几儿和米几儿两兄妹在圣诞节前晚所做的梦，梦中是找寻青色鸟的故事。他把青色鸟象征了幸福和真理。第一幕，是兄妹二人梦见一老婆子给他们一顶小帽子——戴了这帽子，只须将帽子上的宝石一掀便可以看到一切的精灵——他们见了灵，一同从窗子爬出去找寻青色鸟——这是圣诞节的前一夜。——第二幕，是光明带了他到回想之国，见了他们已死的祖父母，家中找到了青色的鸟。几几儿捉住青鸟出来一看，那青色的鸟已变成黑色了。第三幕，是兄妹二人在夜之宫殿里找到无数的青鸟，但他捉到光明的精灵前一看，那青色完全死了。他们又跑到森林里去，因光明未来，在黑暗里受到树神的虐待——这由于猫的阴谋——后来光明赶到了，解了他的危急。第四幕，光明先带他们到了假幸福宫中，如"有钱人的奢侈""地主的奢侈""虚空的奢侈"都来诱惑他。几几儿一按宝石，那真幸福之宫立刻出来；如"欢喜""小孩子的幸福""家庭的幸福""健康的幸福""母性之爱"等。第五幕，兄妹二人到了坟场里，他们把宝石一按，坟场变成了净土，花香鸟语；他们又到（末）〔未〕来之国，见许多不曾出世的孩子，都在想象将来或不愿出世而忧虑时的来到。此时却毫不客气的挑选出那应该出世的孩子交给船夫载往世间。光明悄悄的对他兄妹说道："你们快逃，青鸟已经捉了藏在你的袋里。"他们便一同逃出。第六幕，他兄妹二人从未来之国捉得青鸟回来，那老婆子也带了他有病的女儿来求他的青鸟去治病。几几儿便取青鸟交与那女儿；那女儿的病，立刻好了。不料此时青鸟又突然飞去。几几儿这时便对台下人说道："请你们还了我的青色鸟，因为他便是我们的幸福。"

在中国文学界中，只有屈原，他处在悲愁幽郁的环境中便产生出好似西洋世纪末象征派的文学来。我们读他《离骚》里的一段：

> 余既滋兰之九畹兮，又树蕙之百亩。畦留（留）夷
> 与揭车兮，杂杜衡与芳芷。冀枝叶之峻茂兮，愿俟时乎
> 吾将刈。虽萎绝其亦何伤兮，哀众芳之芜秽。

他全篇都用香草美人来象征他的身世。百亩的蕙，九畹兰，又种五十亩——一畦五十亩——的留夷与揭车，杜衡与芳芷（留夷又名辛夷。揭车也是一种香草），都是天才的象征。但他希望发展他的天才，使功成业就以后，再归老死。枝叶峻茂，是发展天才的象征。俟时乎刈，是比方说成功以后而归老死。但他未展天才便遭奸人陷害，便好似众芳受了芜秽一般。这种暗喻的方法，正是象征派文学的技巧。

新浪漫派文学

这是反抗十九世纪的自然派文学而起的一大文学派别。自然派文艺是反抗主观的、情绪的、理想的、中古的、技巧的、虚饰的、精神的——总之：是反抗浪漫派所主张的一切——而主张用客观的、理知的、现实的、近代的、无技巧的、无虚饰的、重物质的，在十九世纪末，独占了文坛上的势力。但是物极必反。十九世纪末所号召的科学万能的势力，已渐渐衰退。所以自然派文学，也受了影响而踏上了穷迫的途径。从前被自然派所排去的浪漫派，到此时比从前更为深切更为有意义的复兴起来了。他们不满足于由科学支配的现实世界，而去憧憬那神秘的世界，这实是现代人对于一般环境而苦闷所引起的。他们说："灵的觉醒（Reveil de lame）。"又说："超越物质界，而逍遥于醉梦之国，脚踏黄金的道路，身浴于琥珀色之光中，这样性质的文艺。"英国赛梦兹说："文学跟着思想的变迁，其真髓和外形也一样变化，世界专注重于物质的考察和调整灵的方面，实在饥饿得不堪了。现在因为这灵重复归来，所以新新文学遂从而发生。这新文学的意义，是表明目所能见的世界，也不是现实所不能见的世界，也不是梦幻。"法郎士在伊壁鸠鲁底花园上面也说："在我们心灵所感得的一切妙趣里面，最感动我们的，是神秘。自身并不是赤条条的美，我们所最心爱的，是未知的东西。我们如果禁抑一切梦幻，那生差不多就堪难了。"这几句话，是充分的把新浪漫派的态度显示出来了。

便是新浪漫派和浪漫派究竟有什么分别呢？自从自然的势力

压到浪漫以后，人类的情绪，常为理知所虐待；主观常为客观所胁迫。自有新浪漫派起来，好似失去梦幻的人再得了新的梦幻。在意义上，可说新浪漫派是旧浪漫派的复活，但实际是有差别的；他差别的根源，是由于新浪漫派，是受了自然派的影响而产生的，与不曾受过自（忽）〔然〕主义的影响而产生的。浪漫派在气质上，是有〔相〕当大的差别。他的差别点我可以将两派比较的说出来：

> 浪漫派的特点：
>
> 梦幻的，浪憬的，空想的，
>
> 狂热的，奔放不羁的。
>
> 没有受科学的精神底陶冶的。
>
> 少年的传奇的皮相的享乐。
>
> 完全离开现实的。
>
>
> 新浪漫派的特点：
>
> 用了怀疑的态度，经过现实的苦闷。
>
> 不但沉静幽玄，而且是壮丽的。
>
> 曾为科学的精神所陶冶的。
>
> 壮年的根本的真髓美的直感。
>
> 不执着现实，也不离开现实。

要找例证，有一个挪威的戏曲家，易卜生（Lbsen Henrik，1828—1906）所写的人生问题剧《海上夫人》（The Lady from the Sea.1888）他所表示的主义是很合式的。现在我把这全剧的大旨，介绍在下面：

《海上夫人》全剧共有五幕，女主人艾梨姐，是个看守灯塔人的女儿。伊常同伊父亲居住在海滨，所以对于惊涛骇浪的大海，是看惯了的。伊觉得海景非常的有趣，无论什么时候，伊底心理总忘不了一个海字。而且到了夏天，伊不管天晴下雨，整天里都是要到海里去洗海水浴的。因为这个缘故，寺里的人，都叫做海上夫人。伊底丈夫范格尔是这市镇里一个外科医生。他是一位非常富于同情的高级绅士。艾利妲是他的第二妻。本来伊在未嫁给范格尔以前，已经与一个海船上的水手名叫弗利曼的发生恋爱，且订了婚约的了。后来因为弗利曼杀了一个船主，犯了罪逃走了，所以艾梨妲就嫁与范格尔。但这并非艾梨妲所愿意的，所以伊自从到范格尔家以来，便觉很不自由，很不舒服，天天想着弗利曼，想跟着他到海外去，过那海阔天空的生活，且有把这种意思，也曾对范格尔说明了。范格尔只是想种种方法来娱悦伊，无论如何，不让伊自由。直到后来，那弗利曼从海外回来接艾梨妲的时候，范格尔才许伊用自由意志选择伊自己的路。但是这样一来，艾梨妲的心完全改变了。伊终于拒绝了弗利曼，用了自己的自由意志，选择范格尔。她听了范格尔对他说道："我看清楚了。艾梨妲！你一步一步正从我这儿滑开了！……到而今，没有别的方法救济你了。所以我就当场取销我们的契约，现在你能选择你自己的路，本着完全自由……现在你的自由的真正生活，能够再回到他正路上去了。因为现在你能够自己选择，并且你还要自己负责任。艾梨坦！……"她听了这一番恳切而沉痛的话以后，立刻决定了她的态度。她对范医生说道："自由选择，还要我自己负责任，这样——这样一来，什么事都改变了！从今以后我决不离开你了！"到这里，那全剧便告终。

为迷恋情人，而减少了夫妻间的爱情。一旦情人归来，又因受了她旧时新的刺激，而舍弃平日所憧憬的，这便是表现人生神秘的梦境。这个梦境潜伏于人的生命中，新浪漫派便是要去追求这个梦境，这个经过现实的苦闷的梦境。

无产阶级派的文学

无产阶级派。无产阶级派的文学，便是所谓普罗文学。"普罗"二字是普罗列塔利亚（Proletariat）的简称。而这个名词，却与布尔乔亚（Bourgeois）相对而产生的。布尔乔亚，是代表有资产的阶级一方面；普罗列塔利亚，是代表无产阶级一方面的。所谓无产阶级，是指无产的工（银）〔人〕生活者。他因没有生产机关，只好出卖自己的肉体劳动力、头脑劳动力，靠这代价而维持生活。他对于将来，是没有生活上的保障的一阶级。因所有生产机关都被资本家侵占了去，劳动者不能为自己的目的而使用自己的劳动力。这里除脑筋劳动者以外，还包含有劳动阶级——都市劳动者、工场劳动者——农民阶级——自耕农、半自耕农、佃农——勤劳阶级——家内劳动者、俸给生活者等人。（参看《社会科学大词典》"无产阶级"条）

上面说明了无产阶级一名词的内涵意义后，那么，所谓无产阶级派文学，是很显明的指定无产这一阶级所表示的文艺，或同情于无产一阶级所表示出来的一种文艺而说的了。原来在十九世纪的后期的社会科学家马克思、昂克思等人，以经济的支配力说明社会现象以后，引起了一般人对于经济原动力的无产劳工一阶级给予了丰厚的崇敬与同情。而在社会的事实上，恰恰又是富于消费力的贵族阶级资产阶级支配了富于生产力的无产阶级劳工阶级。这虽由于社会进化分裂而成的，但在某一阶级或同情于某一阶级所发表出来的文学，总很鲜明的表示了某一阶级的色彩。例如：封建时代的文学，是骑士派的色彩；帝王时代的文学，是贵族派的色彩；资本主义时代的文学，是布尔乔亚派的色彩；到了如今，受科学支配经济势力占了全时代的时代，那多类的无产的劳工阶级，站在时代中心点的地位上，引起了一般人的注意——尤其是富于文学兴味的人，不期然而然的写了许多描写无产阶级的生活，或是同情于无产阶级而呼号的文学作品出来，成了反资产制度色彩很浓的一种文学派别，这也是很自然的趋势。在每一种不同的阶级里，都有他不同的思想与情感；因而根据他思想情感所发表出来的文学，也是不同了。但两种不同的阶级，同占据了时代的中心，又是很自然的表现了反抗色彩。如今日无产阶级文学的反抗资产阶级，而布尔乔亚一阶级的文学，又很猛烈的对于无产派施以攻击与压迫。但无产派对于资产派，不但表示了敌对的态度，且有取资本阶级派文学时代而代之的倾向。这不仅是文学的革命，简直是一种思想的革命。——文学的宣传，只是战略的一种。——例如主张贫穷者的权利，对于被压迫者的一种同情的呼声，对于无产劳工一阶级的人道主张，对于支配者的权力的反抗等等，都是无产阶级派文学中的绝好材料。现在把普罗列塔利亚文学特性与布尔乔亚文学特性，来下一个总括的比较：

普罗列塔利亚文学——注意占据多数社会的无产集团。不论是心的现象、物的现象，都是倾向于这集团的描写。他从普遍的描写，而表现了个人的苦闷。

布尔乔亚文学——注意占据少数社会的资产集团不论是心的现象，物的现象，都是倾向于这集团的描写。他从个人的描写，而表现了个人的享乐。

当然，文学表现，是阶级争斗中最有力的一种手腕；所以，无产阶级派文学，便是为无产阶级主义而争斗的一种工具。因为这一派是最近产生的，在普通文学史上提起他来，觉得有一种特殊的意味；其实，每一派文学在初产生的时间，都含有这一种意味的。久而久之，这种意味成了大众化以后，便也成了人类普遍的文学。——例如贵族文学成了大众化以后，人人都要咬文嚼字、搬古典、依套数做文章。——现在普罗列塔利亚与布尔乔亚两阶级对峙着成了尖锐化，所谓无产阶级文学，正是这一阶级独自运用着以为战斗的工具。还没有到大众化的时期。——但这里面在空间上可以分为两派：一是不是生活于无产阶级的作家。只因他信仰了马克思的主义，以马克思主义的立场来解剖、描写、分析、批判社会基本，而同情于无产阶级的一种文学的主张；一是本来是生活于无产阶级的作家，他因环境的包围，便自然的表现出他无产势力世界观的一种主张的文学来。在名称上，前一派的，称为意识的普罗列塔利亚文学；后一派，称为自发的普罗列塔利亚文学。而在时间上，又可以另分为两派：一是在无产阶级占了胜利以后，他们的文学色彩，是表示建设的，积极的，快乐的——例如苏俄：只有对于现政府歌功颂德的一派文学家可以站得住脚，所有旧时作家如安特列夫、梅其可夫斯基、科布林、蒲宁、巴里孟得这一班人都逃在国外。在国内的，只有接近无产阶级的文学家如高尔基一辈可以存身。——一是无产阶级正在奋斗而被压迫的时期中，他们的文学色彩，是表示了破坏的、消极的、苦闷的。——例如各资本主义发达的国家。

无产阶级派文学家，在被压迫的时期中，他所进展的路线，大约可以分为四方面：

第一方面，极力描写无产阶级的生活、状态，他如何受苦如何被压迫，在事实上反映出主义的色彩来。一方面唤起无产阶级的自觉，一方面又引起一般人的同情心，而发生无产阶级为什么要受苦受压迫的疑问。

第二方面，是极力暴露资产阶级的丑恶，揭穿他们假面具，而显示出他们黑暗的一方面来。——例如：美国人辛克莱的作风。

第三方面，如最近受战祸最剧烈的德法两国文学家，他们最近发表的作品，都是充分表示了非战主义，极力描写受战祸以后社会的痛苦，战时的军人痛苦。一方面暗示了军国主义者、资本家为扩大自己的欲望，争夺自己的权利，而牺［牲］民众的生命财产的罪恶。——例如德国的雷马克、法国的巴比塞，都是这一派的代表作家。

第四方面，是描写无产阶级斗士为主义而牺牲的一种悲壮情事，来唤起无产大众的奋斗精神的。

其实不独是无产阶级派，凡是每一派文学向外发展的时候，都是取一样的步骤。每一种主义，向他敌对一方面下攻击的时候，也同样的采用了这一种战略。在无产阶级派的文学家，所以下这样猛烈的奋斗精神，是希望要取资产阶级文学而代之，是希望占据了文学史上次一期的地位的一种正统文学。其实无产阶级派，对于资产阶级派，倘然要获得胜利，必须要待到资产阶级派完全失了支配者的地位以后才可以。试问现在资产阶级派的形势怎么样？无产阶级派称自己一派的文学为新兴文学，这确实是一派新兴的文学！——怕多数是属于思想的，少数是属于文学的。

他们是为人生而艺术的，不过借文学去做他们的工具罢了。因为无产阶级派的文学运动，不是一种关于表现技术的运动，而是一种关于宣传主义的运动。莫说他在新兴的时候无技巧可言，便是最近他们也施行阶级的分析，而应用技巧了——如法奇甫的《坏灭》——对于一件作品，也注意到结构描写等等，但他总是宣传主义的技巧，不是纯文学的技巧。——好似《庄子》的文学技巧，他终是一种为人生的艺术，不是为艺术的艺术。所以《庄子》一书终于成了一种哲学作品，而不是文学作品了。——因此无产阶级派，究竟是否文学史中的一派，抑或是哲学史中的一派，还是一个疑问。

若讲到中国无产阶级派的文学，那自发的普罗列塔利亚文学，可以说绝对的无有。——这大概因教育不普及，无产劳工阶级不认识字，不能表现他的呼号在文学上。至于意识的普罗列塔利亚文学，在几千年的文学作品中去找，虽可以找到几篇；但他也是发动于下意识的，并不像今日东西洋无产阶级文学家，以马克思社会学的立场，而为有意识的鼓吹。——在最近中国文坛中，也有几个。——现在我把中国历来可以勉强当得意识的普罗列塔利亚文学作品，就记忆得到的举几个例在下面：

在那《诗经》中意识的普罗列塔利亚文学的作品：

《伐檀》——"坎坎伐檀兮，置之河之干兮！河水清且涟猗。不稼不穑，胡取禾三百廛兮？不狩不猎，胡瞻尔庭有县貆兮？彼君子兮，不素餐兮！"（《诗经·魏风》）"伐檀"的是无产劳工阶级，那"不稼不穑"而有"三里廛"，"不狩不猎""庭有县貆"的是资产有闲阶级。资产阶级只能消费，劳工阶级却能生产。所以劳工是君子，因他是"不素餐"的。——做做吃吃的。

《大东》——"小东大东,杼柚其空!纠纠葛履,可以履霜。佻佻公子,行彼周行。既往既来,使我心疚。"(《诗经·小雅》)"葛履"为什么可以"履霜",公子为什么闲得"行彼周行"?这是很显明的表示出无产阶级与资产阶级的不平等来。

《葛屦》——"纠纠葛屦,可以履霜;掺掺女手,可以缝裳!要之襋之,好人服之。好人提提,宛然左辟,佩其象揥。维是褊心,是以为刺。"(《诗经·魏风》)"葛屦"履着霜,"女手"缝着裳,可以知道劳工的痛苦;但是享用的却是"好人"——资产阶级——他享用了劳工所供献的,还要摆着架子,"宛然左辟,佩其象揥"给无产阶级看。无怪诗人要刺他的"褊心"了!胡适说:"这竟像英国虎德的《缝衣歌》的节本,写的是那时代的资本家雇用女工,把那掺掺女手的血汗工夫来做他们的发财的门径。葛屦,本是夏天穿的,如今这些穷工人到了下霜下雪的时候也还穿着葛屦,怪不得那些慈悲的诗人,忍不住要痛骂了!"

此外,表示非战主义的,有左延年①的《从军行》:

《从军行》——"苦哉边地人,一岁三从军。三子到燉煌,二子诣陇西。五子远斗去,五妇皆怀身!"——因军国主义者、资本家,欲达到欲望,争权夺利而牺牲人民的生命,还要寡人的妻、孤人的子。"五妇皆怀身"一句,有如何深刻的意义啊!

又有白居易的《观刈麦》,也是替农人鸣不平的:

---

① 底本作"缪袭"。

《观刈麦》——"田家少闲月，五月人倍忙。夜来南风起，小麦覆陇黄。妇姑荷箪食，童稚携壶浆，相随饷田去，丁壮在南冈。足蒸暑土气，背灼炎天光，力尽不知热，但惜夏日长。复有贫妇人，抱子在其旁，右手秉遗穗，左臂悬敝筐。听其相顾言，闻者为悲伤！家田输（死）〔税〕尽，拾此充饥肠。今吾何功德，曾不事农桑？吏禄三百石，岁晏有余粮。念此私自愧，尽日不能忘。"

说到这里，总算把文学几个大派别的轮廓描出了一个大概。这几派的文学家，不但是支配了文学界的全地位，且占据了文学界的全时代。——在中国文学的历史上，虽没有这种种派别的名称，但这几个名称，也可包括了中国各文学家的特性。

文学上的小派别

此外，还有几个小派别在文学上，一时代一地位有相当价值而多少给予文学界上以影响的，在理也不能不附带的叙述在下面：（一）新古典派，最初是起于德国，他们是反对自然主义与新浪漫主义而产生的。因为自然主义，是带着浓厚的社会色彩，而偏于下层阶级的艺术。那新浪漫派又太不近人情。所以新古典派，便主张把文学从感情搬到理知的地域上去。因为这一派的中坚，都是中年人，与那狂放的青年不同。他们反对青年人无传统的思想，只知贩卖外国文学，因此，失却了文学的国民性。这显然是有意在保守祖国传统的古典主义了，所以称新古典主义。代表的作家，有诗人夕尔兹，戏剧家伊伦斯特、卢布林斯基等。（二）新理想派。因倭铿反对自然主义的新理想主义的哲学产生后，便影响到文学上去。文学上的新理想主义，与享乐主义相近；但享乐主义，是无理知的，是为艺术而艺术的。新理想主义，是有理知的，为人生而艺术的。又自然主义，是把人生看成机械的，又是消极的；而新理想主义，是积极的肯定人生，爱生命，努力把人生观引导到向上的地方去。所以新理想主义，又可以称为人道主义。如前一时期的托尔斯泰，后一时期的罗曼罗兰，是这一派的代表作家。（三）新象征派。新象征派与原来象征派不同的地方，便是他能渐渐把旧有一种高不可攀的内觉放松，也能留意到客观世界的力量。象征派诗人，是倾向于自由诗。新象征派的诗人，却不拘的。今日高兴写自由诗，明日高兴也可以写一首有格律的诗。又有半自由半格律的诗歌。他们的代表诗人，便是累内、新约勒、福特与加门斯等人。（四）辚辚派。原名是 Dada，所以也有译作驮驮派，或大大派的。这一派，初生在德国。这"辚辚"两字的意义，是很简单的；因为小孩子，初学说话的时候，还不能自由运用他的舌头，所以常发出辚辚的喊声来。安得来季得说："所谓辚辚派，不是有一定的主张的，只是一切艺术的破坏运动。"擦拉也说："我作了一个宣言，然而我什么也不探求，我只是说了一桩的事实，但是我是反对在主义上，而发宣言的。而且我对于主义，也是反对的。……我这种的宣言，是为欲表示人能在一呼吸间，把完全相反的两种动作同时做出来而作的。我反对动作，不是要抑制矛盾，也不是为的肯定。我不是赞成，不是反对，而且我不是说明为什么，因为我是厌恶意义的缘故。Dada 是追迫观念的言语，Dada 是把什么也不作成意义的。我们欲探求一种真正的强的、正确的，而且永久不能理解的事业。'论理'是错乱的东西。论理，是常恶的；对于我们神圣的东西，只是非人间的行动的觉醒。"许尔善伯也说："达达主义者，因为每天能够放弃他的生命，所以能爱生命者。死是达达主义者的一件大事，达达主义者，每天希望只要花瓶（从街市家屋上面）不堕落在自己头上就好。他是质朴的爱慕大都会的喧扰，是菜馆的长主顾……无论谁，都是达达主义者。达达派，不限于某种的艺术。一手筛酒，一手搔自己疮癣的曼黑坦酒馆的酒保，是达达主义者。游历过全世界七次，着雨衣的绅士，是达达主义者。在生活（行为）中转换他的思想的而能（澈）〔彻〕底的理解的人，是达达主义者。——达达主义者，是只由行为而生活的活动型的人类，因为是含有他底认识的可能性呵。"我们在这几个人的话里面，不但可以看出达达主义的意义。即达达主义的文体，也可以窥见一班。他作品的意义，虽一时不容易了解，但是无论在形式和内容方面，都是表示反对传统的。这一点，在艺术上，可以说是一致的。他们无论对于精神生活，经济生活，或对人的关系，也许全是因为要想创造一更新的世界，所以才从已然存在着的一切的感情与观念里求脱离。

（五）唯美派。这一派，起源在英国，他们所谓"象牙之塔"（Ivory tower）便是唯美派的象征。因为近来思想界趋向于唯物的色彩很浓，一切只问功利，不问趣味。因此，文学上也起了极大的变化，只有切实说理与记事的散文。所有表情的韵文，绝少发展。但纯粹的诗人是反对的，他们主张以主观来组织文学，是幽默内心的美。便是欲脱离社会恶俗的现象，而以艺术为艺术，这是很强烈的表现了个性，不求与环境妥协的。但他也不是厌世的一派，他是要求超出物质，在精神上得到强烈的快乐罢了。他们是深爱人生的，所以看人生是美的集合。但集合在精神上的，不是物质上的。——物质，只有痛苦。——因此他们也连带看轻了社会上一般呆板的道德。王尔德说得好："审美比道德尤高，乃属于更灵之世界者。所以美之鉴识，为吾人所欲到达之最高点。即以色彩之感觉而论，与正邪之念比较，在个性发展上更有重大之意义。"这一派的代表者，除王尔德外，如英国的斯本文莫理斯。但王尔德是唯美派的权威。王他常穿着美丽的衣服，插着向日葵、百合花，手执孔雀毛，在伦敦热闹市中来往着。我们从他的行为上便可以看出他意志的一班儿。（六）感伤派。这是浪漫的一支流，起于十九世纪的初期。他最显著的特点，有两处：一是感情非常颓废，而易受刺激；二是感情支配了心理，蔑视理性。这一派的诗人，大半以恋爱上缠绵悱恻的情，与人类一般悲伤抑郁的情为题材的。如英国的罗仑塞理，德国的诺伐利斯、梅涅，都是这一派的代表。（七）未来派。未来派，便是未来主义应用在文学上的一派，二十世纪初期，因反抗邓南遮一派，而发生于意大利。——邓是意大利自然派诗人。——因邓氏迷恋过去时代唯美主义的色彩。后因诗人马利讷提写了"未来主义者玛法卡"的小说，而遭政府的拘禁，便激起了文艺界的不平，结果马利讷提得胜。当马出狱的时候，他们同党都高呼"未来主义万岁！"因此，"未来"二字，便成了这一派的专有名词。从此，势力一天天庞大起来。自从他们在巴黎的 Figaro 报上发表了宣言以后，他们的主义，更是鲜明了。他们的根本主张，是赞扬近世的科学文明。——尤其是机械工业方面。——更称颂近世革命的政治社会运动激刺的生活，想把同样的格调——骚扰、喧嚣、速力等——作为创作艺术的中心。因此，他们喜欢各种的骚动。——如疾驰、冲突、激乱、狂热的大工场和汽车、自动车、飞艇、争斗、革命战争、无政府主义等。——他们所最反对的，便是沉静、休止、睡眠、幽默等现象。因此，他们一面寻求动的性质底事物为创作底对象，一面又竭力发挥作家自身底感觉和主观底复杂。而且流动的要素，欲在这上面去建设一种新艺术。——如未来派的诗、戏剧、音乐与图画。——总之，他们是最容易厌弃陈旧与静默，常常追求新的感情、狂热的精神，完全发出男性的暴力来。所以赞美战争、革命、暴动，否定自然。赞美人工与机械，否定恋爱，讴歌肉欲。（八）表现派。这是在德国（太）〔大〕战以后所流行的一种文学色彩。德国人民，迷恋了物质的享乐，而掀起了世界的战祸。战败以后，重复追求理想生活，而形成了这表现派的文学。他的主张，是极端的主观态度的表现。他们说："诗底任务，是把现实，从其现象的轮廓里解脱出来的，是克服现在的。然而这既不是以现实的自身作手段，也不是逃避现实。却是更热烈地，一面拥抱着现实，一面依据于精神的贯（澈）〔彻〕力、流动性与鲜明的憧憬，依据于感情底强烈与爆发力去征服现实、制御现实的。"又说："旧小说家，是欲依据其著作，给与以兴味与娱乐。新小说家，是欲给与以感动，而使其向上的。前者，是描写外的现实。后者，是改造实在，以完成高尚的实现。"根据这一派思想的文学家，在德国是盛极一时的。爱德席米德小说《玛瑙球》是这一派最著名的作品。

　　前一段所说的八大派，彼起此伏，支配了人类的全精神，而连续着组织了文学的整个统系。后一段所说的八小派，虽不能完全代表整个的文学时代精神，但在某时期某地方，都有他相当的势力。而所谓一时代的文学派别，多少也受着他的影响，而包涵着他的潜流。我们倘然尽搬弄着文学派别的名词，也还有许多可以搬弄。但有的于文学历史上，不发生若何影响的；有的仅是名称上的歧异，而实质是大同小异的。我可以不必再讲了。这里我所要附带说一句的，是凡有文学，没有不受当时生活底影响的，不论他是为艺术而艺术的，或是为人生而艺术的，都可以拿他归纳在厌倦现实生活，与希求未来生活的两种动机上面。因厌倦现实生活，便形成了超物质的、灵感化的文学；因希求未来的生活，便形成了重物质的、功利化的文学。——超物质的文学，如浪漫派、颓废派、新浪漫派、唯美派、碳碳派等；重物质的文学，如自然派、写实派、无产阶级派等。——但谁不是受了生活的影响？因生活的不满足，在消极的一方面，便表示出他的颓废厌世色彩来；在积极一方面，便表示出他的奋斗革命精神来。因生活的满足，在消积的一方面便表示出他的享乐修饰的态度来；在积极的一方面，便表示出他的整齐严肃的精神来。把这种表现在文学上，便成了种种不同派别的文学。但我们要看清楚：那颓废、厌世、享乐、修饰种种，都是情感的表现；那奋斗革命，以及整齐、严肃种种，都是理知的表现。文学的肥皂，是情感，不是理知。所以我们与其说鼓吹奋斗革命的是文学，无宁说他是一种主义；与其说整齐严肃的伦理政治等的规定是文学，无宁说他是一种条教。这一点，我们是要看清楚的。

三、中国文学史解题

文学上的国民性

不论一种什么学术里面，国民性多少总是不能磨灭的。不论是哲学、艺术、科学，在最初都是根据当地当时的环境而创造出来的。——尤其是文学，因他是情感的表现，赋予个性极强。National Literature（国民文学）这个名词，便根据了这种意义成立下来的。厨川白村说："原来各国的文学，不是说都是一样的；受同样的思潮，依国民的素质，自然生出几分不同来。……就是同一欧洲里面，像英国的国民很冷静；俄国的国民很急（燥）〔躁〕；北欧和南欧素质各各不同。"——见《近代文学十讲》——现在先把西洋各文学家说明国民性与文学必然的关系底话，列举在下面：

海尔巴脱说：

> 靠着文学便保存了国民性灵上生活所遗留下的生命：凡是他的呼号、欢乐与希望所团结成的精神，靠着文学从这时代过渡到那时代。在前一时代的人，要把他的人格思想等给予后一时代人的一个印象，这文学是最

好的方法了！在国民的传统势力中，文学传统，要算是最有力量的了！我们试把英国做一个例：英国文学有两种传统，直到现在都是很有力的。一是从莎士比亚、迭更斯到现在的却司透登，传布了文学上快乐精神的统系；一是兰格特到勃莱克、雪莱、拉司金等，传布了文学上社会道德生活的统系。一种国民性的精神，在文学上是不可抑制的，有时潜（服）〔伏〕在里面，有时显露在表面。文学的显露，便是国民性的表露。文学有活泼的气象，也便是国民性的活泼。文学精神消沉，国民的精神也消沉了。

泰纳在他的《英国文学史》序言上也说：

所谓人种，便是说人类所遗传的气质与体格不同的关系；因人种的不同，他的本质也便不同。这也与牛马一样，有天然的分别：有胆大的有胆小的，有聪明有愚笨的；有能发生高深的理想而创造种种事物的，有不能明白浅近的理论而做一点点小事的；有特殊能力的人，能做特殊工作的。这好似狗的种类，有善走的，有善吠的，有适用于打猎的，有适用于守夜的。人类虽因环境与时代的两种影响，而在本质上发生变化；但他的特征，是仍旧可以看得出来的。拿古代的阿利安人做一个例证：他们从干地斯河流很远的迁徙到布里台司，受了沿路气域地候的影响，显出他种种不同的智识阶级来，三千年来已经变换了他种种的气质，但阿利安人所特有的语言文字与思想，直传到他子孙身上，终是不可磨灭的。……动物初从地面产生，因为要适应他的环境——

空气、食料、温度等——便形成了种种不同的习惯、性质与本能。人类也是从最初定下了他的种性，传给他千万年后的子孙。种性是什么？便是一切过去行为与智慧的结晶品。

勒彭也说：

> 种族是一种超绝时间的永存底生物；这并不是专以生在某一定期间的个人组织的，是以那为个人的祖先的死者的长的系统组织的。所以要知道种族的真意义，不可不连着过去和现在来研究。不但死者的数多于生者万万；便是死者的力，也大于生者万万；死者是支配着广大无边的无意识界的。一国的人民，受死者的指导的要比受生者的更多。如种族，可以说是专由死者所造的。死者积许多的岁月造成我们的思想、感情，因而造成我们行动的一切动机。这意义，就是我们的功和过，都受于死者。

上面几个人说的话，都是要说明一切学术文化是受国民性支配的意义。——虽然，近世交通机关机器能力大发展，世界学术已有共通的倾向；但这只可以说方法的共通，而不是原质的共通，在文学上尤其可以看出各国不同的特色来：例如法国他是一个对于艺术特别有兴趣的民族，所以他的文字组织用精微的分析造成了美的词句，在全世界中占据了修辞学上第一流的位置。但他要如德国的科学化，英国的伦理化，是不可能的。讲到俄国，他是一个情感最容易受刺激的民族。他在一时期是极端专制的国家（帝国时代），另一时期又是极端自由的国家（苏维亚政府）。——勃兰兑克说："俄罗斯人一面似乎是杀身以殉其宗派的信条的盲目底正教徒，在另一面却是企图杀人投掷炸弹的虚无党员。他们无论是信心或不信心，爱或恶，服从或反抗，不拘何事都是极端派。"——在文学上，也极少有艺术的使命；大多数是生活的写实与主义的鼓吹。英国，独多有说明实际的文字。他的国民性是拘泥现实、因袭成法的，所以他们最爱常识的文字，一切情感深刻、理想高超的作品，他们是不需要的。但英国人的长处，便在看重传统的道德思想，能在长期间的保持着。德国人富于思考力，所以科学特别发达，科学的哲学也是充分的表现了他们的精神，与俄国相类的——是生活的写实与思想的寄托。

不但是一国各有他不同的国民性表现，在文学上便是某地域与某地域的人，因他的地势习惯不同，也各各表现出与这地方人气质相关的文学作风来。在《左传》有吴季札聘鲁观周乐的一段：

使工为之歌《周南》《召南》。

曰："美哉！始基之矣！犹未也！——然勤而不怨矣！"

为之歌《邶》《鄘》《卫》。

曰："美哉！（渊）渊乎［！］忧而不（固）〔困〕者也！吾闻卫康叔［、］武公之德如是，是其卫风乎？"

为之歌《王》。

曰："美哉！（愚）〔思〕而不惧，其周之东乎！"

为之歌《郑》。

曰："美哉，其细已甚，民弗堪也！是其先亡乎！"

为之歌《齐》。

曰："美哉，泱泱乎！大风也哉！表东海者，其太公乎？国未可量也！"

为之歌《豳》。

曰："此之（谓）〔为〕夏声。夫能夏，则大〔大〕之至也，其周之旧乎！"

为之歌《魏》。

曰："美哉，（讽讽）〔沨沨〕乎！大而婉，险而易行，以德辅此，则明主也！"

为之歌《唐》。

曰："思深哉！其有陶唐氏之遗民乎！不然，何忧之（深）〔远〕也？非令德之后，谁能若是？"

为之歌《陈》。

曰："国无主，其能久乎！"

自《郐》以下无讥焉！……

虽然季札说的一番话多少有主观的看法，但我们拿今日的地势为根据，去对证古代各诸侯国的风土人情，大致是不错的。季札观的是乐，比到间接表现的文学，更能看到深刻一层。我们现在拿西洋音乐、俄国音乐、日本音乐、中国音乐、印度音乐，以及南洋群岛土人的音乐等等来比较一听，那各各不同的种族特性，一个一个都好似活现在我们眼前。——再就我们中国各地方的歌乐，如北平、广东的戏曲，以及汉调、徽调、苏滩、越歌等等，谁不是充分的表现了他的地方色彩？

因这必然的定理，所以我们倘然忽视了一国的国民文学，而要对于这一国的国民性有深刻的认识，对这一国的国民性准备有力的改造，这当然不可能的。我们做了中国人，你说不当先认一认中国的国民性么？你说中国的国民性还不需要改造么？倘然说当得要得的话，那没对中国的国民文学，作一个轮廓的描写，统系的叙述，在今日我们准备接受溶合外来文化之先，这不能说是多事了。

为艺术为人生的一个先决问题

但这里有一个先决问题，也是最难解决的问题：便是"为艺术而艺术""为人生艺术"的态度的决定。文学，是艺术之一，而文学表现的动机，有截然不同的两方面：一是情感的表现，一是生活的欲求。前一方面是为安慰精神而表现的文学，后一方面是为解决生活而表现的文学。现在先把这两种体系，大略的说一说：

一、为艺术而艺术（包括为安慰精神而表现的文学的意义）Art for Art's sake，这是与"为人生而艺术"的主张站在反对方面的：他的主张，是说艺术应该是为艺术底本身而独立存在的，不附带别种问题的关系。这一派又称为艺术至上主义、唯美主义或耽美派等。在西洋文学家中最好的代表，是王尔德。他说："这里有三个意义：一是艺术须脱离实际生活才能表现得出来；二是艺术是为艺术本身而存在的；三是艺术在实生活以外自有他的目的与价值。"王尔德关于第一点意义的话有："一切不良艺术，是从归还于人生的地方发生的。""人在实行时，是傀儡；在记述时，是诗人。""在实行活动的一瞬，人已死灭，那是卑俗之事；此世，实为歌人为做梦人而创造的。""人生以环境哄骗我们，我们向人生求快乐，人生决不给予，而反给出痛苦来。我们再不要去求人生了！我们如要发扬人格，充实经验，我们须向艺术进行。"关于第二点意义的，也说："艺术除自身以外并不表出别的什么；艺术自有其独立的生命，而其展开，也在其艺术独有之路。"关于第三点意义的话，也有："美学，比论理学高尚；即色彩、感觉，也是优于善恶感觉的。"总之，这一派是完全[1]把文学看成是情感的产物，因为是情感的，所以愈超脱于实际生活，愈空灵而美妙。

二、为人生而艺术（包括为解决生活而表现的文学的意义）Art for life's sake，这是与"［为］艺术而艺术"的主张站在反对方面。他果然也承认文学或艺术是发生于人的情感；但同时他主张人的情感，是不能脱离实生活的。这一派最有力的代表，在西洋文学界中，要算托尔斯泰了。托尔斯泰说："艺术，是作者经验到的某种感情由外的记录而传给他人使起同样的感情。譬如说：有一小孩于此，在旷野中忽遇一狼，大为振恐，假定这小孩要他的恐怖战栗的感情传给他人，详细纪述周围的景况，及一头狼的突然出现于他面前之事；若该小孩由此记述使别人在心中起了与他所经验的相同的恐怖，那么就是艺术了。"（参看《文学入门》）照他的说法，艺术是不能脱离人生的。人生的问题又处处与社会的问题相关，所以艺术决不是个人的享乐，而是社会的共鸣——尤其是大众的表现。大众生活上的意义，便是艺术实质的意义。这简直以艺术或文学为宣传生活改革的工具，解决人生

---

① 底本作"全完"。

的工具，不是超人生的纯精神的安慰剂了。所以人生的艺术，是有所为而为的。与艺术的艺术纯是情感自然表现的主张，完全不同。他们反对为艺术而艺术的主张。他说那自然无意识的表现的艺术，是原始状态的艺术表现；在没有文化的野人，都是自然的发出他的情感在一切雕刻、歌舞上面。全是个性的表现的活动，与社会不发生什么关系，没有什么价值的。

归纳起来说，"为艺术而艺术"的主张，是着眼在趣味一方面的。他不问这艺术对于人生有何关系，他只图自己得到趣味。但是那"为人生而艺术"的主张，却又处处不肯离开实生活讲。他说一切学术都是为人生，于人生不发生关系的艺术，我们不要。这种说法，是着眼在功利一方面的。但是在折衷派用批评的眼光说"为艺术而艺术"的主张，未免太空虚。"为人生而艺术"的主张，又未免太把艺术的范围看小了，太把艺术束缚得不自由了。最近还有所谓普罗文艺——无产阶级文艺——他们把文艺看成阶级的。他们因厌恶资产阶级，连带也厌恶了资产阶级的文艺。称一般专供资产阶级享乐的文艺，为既成文艺。这既成文艺，是有闲阶级所独有的，是充满了贵族色彩的。人生是被支配在生活条件之下的，解决生活是靠劳工的，所以人生的意义只有劳工，文艺的意识也只有歌颂劳工，描写劳工，或为劳工而呼号。其实这种主张，完全是直觉的看法。艺术或文学的本身，决不是这样的：艺术，有如木料；所谓无产阶级、资产阶级等等，有如不同技巧的工匠。专造器用的工匠，把这木料造成椅桌种种人生实用的器物，那木料便成了为人生的木料。倘然这木料到了美术工匠的手里，拿他解剖、雕刻成种种的美术品、装饰品，那木料便［成］了为艺术的木料。这是名称上的不同，方法上的不同。在木料本质，是毫没有改变的。文艺也是这样：他一朝被资产阶级利用了，便成为资产阶级的文艺；一朝被无产阶级利用了，便成为无产阶级的文艺。在文艺的本质，依然是不变的，依然是独立的；并且是永久超然的，永久是超出人生以外的。我们要去得到他，又非先经过"为艺术而艺术"，不能达到"为人生而艺术"的实用。一个是属于原理的，一个是属于应用的。世界上没有超人生的学者，便没有可以应用于人生的学术。在艺术冲动的学说中，本来有一种游戏冲动的说法。Play Impulse，他在西洋哲学界中是一种有力的主张，自从康德起到斯宾塞都是说人类本来有所谓游戏本能这东西，这是所以使人类站在高过别种动物的位置的。在别的动物，是把全副的精力用在种族保存与生命保存上，在人类则还有所谓"精力的过胜"，这便是游戏本能的始原。而艺术不外乎这游戏本能表现。为了生命保存与种族保存的精力，使一切的生物超于实际活动。只有人，因为游戏冲动能够创造艺术的天地，这一点便是所以比别的动物属于更高尚的阶级，所以这游戏冲动说是当然的结果，说艺术对于实际生活，是没有什么关系的。康德的著名的"没利害感说"，结局也便从这意味出发的（参看章译本间久雄《文学概论》）。

为艺术同时也可以为人生

这种说法，我们拿他演绎到各种学术的原始冲动上面去，都可以归纳在同一原理之下：人类实生活所需要的一切衣食住行等消费材料，当他生存在自然界中，于人类实生活，最初是不发生什么关系的。——换一句话说，便是不是为供应人类生活而有自然界的。——便是最初学者的发明种种科学材料，也还不与人类实际生活发生什么关系。好似地心引力的发明、蒸汽动力的发明、电力的发明，完全由于精力的过胜与游戏的冲突。——便是兴味——在他发明的时候，只是学理上的快慰，初不计算到如何应用在人类实生活上面的。——便是不计功利的——一个诗人，一个科学家，他在努力创造，努力发明的时候，他眼前只有一个情，一个理，他决不想到可以卖几个钱。便是"为学问而学问"，不是"为功利有学问"。学问而一涉及功利，这个学问，他成了虚伪的，不进步的。唯其为学问而学问，他的学问愈伟大；不为功利而学，他功利价格也愈高。学问是第一步的事体，功利是第二步的事体；学问是第一转念，功利是第二转念。这好似《娜拉》作者易卜生，不期望有伸张女权的功利；他只有公道的主张，文学的兴味，所以他不承受一般妇女界的感谢。因为这样，什么事都发生于游戏冲动，而他的效力，是最进步的，最自然的。所以游戏冲动说，到了第二时期，便改善他以前的说法，成为游戏必要论。他说游戏决非只是对于实生活不必要的，所谓"精力的过胜"，却是最必要的精力。人类为了这游戏冲动，才能创造再新力，其结果可以赢得营生活的力和勇气。——这是山太耶奈、居友、玛萧尔等的说法——而美学家希伦，更把艺术看做是超游戏的永远支配人生精神的东西。他说："艺术，是游戏以上的东西。游戏的目的，在活力的过胜费完了以后，或其游戏底本能终结了一时的遂行时，即被达到。然艺术的机能，却不是仅以其制作的动作为限。正当意味的艺术，不论怎样的表现及形式，在一种东西已经造成及一种东西已经失却其形式之后，也当残存着。"他这种说法，不但承认人生是有艺术的，且主张艺术是必要的。

艺术是什么？是人受了自然界种种声色、态度印象的快感——乐与悲都是快感——而用人工的技巧，使他重复的，有组织的，象征的表现出来。使这印象成为人格化的、永留的、而为人类独有的享用。所以这种种声色态度，在自然界中，果然与人类实际生活不发生什么关系。而艺术的取得这种种象征，表现在一切雕刻、音乐、舞蹈、图画、文学等上面，他当时只有一种技巧的安慰，初不计较到在人类实际生活上的应用。但一人的快感，也便是全体人类的快感。人的肉体是物质的，而表现是精神的。精神是需要艺术去保养的，待艺术家的艺术成熟以后，给予全人类去享用以后，便成了人生的艺术。艺术家在为艺术而艺术的时候，是一种专门工作，是在潜伏态状中，不是大众可以理解的。艺术家也不需要大众去理解他的工作。这和科学家的在发明，哲学家的在思考，一般不是大众所理解。他在创造酝酿期中，他决不是有闲，他正是最辛苦的工作。我们不能因为大众不能理解他的内在，便说他是贵族式的。——使用电机享用电力的人，是否人人能理解电机电力的内在？是否人人必需理解它的内在？——我们只需问艺术是否人生所必需的？再问他这艺术是否人人可以享用的？至于艺术家的"为艺术而艺术"，是当然的，是可贵的。我可以说"为艺术而艺术"是一种方法，"为人生而艺术"是应用的。艺术怎样去应用，艺术家是不问的，且也不在艺术范围以内的。

现在我所要解答的，便是"人生是否必需艺术？"我可以说无论怎样的人生，都是必需要艺术的。衣、食、住、行四类，算是最实质的生活了。但我们所穿的衣服，除使他不受冻的意义以外，为什么还有颜色的考究、式样的翻新、质料的选择？这大部分是艺术的作用了。食，除了吃饱的一个意义以外，为什么还有味的研究、材料的变换，以及用精美的器皿去存贮？这当然也是大部分艺术在那里作怪。至于住屋建筑上的艺术，道路的整直与装饰的需要大部分的艺术，是更不必说了。在现时制度之下的劳工阶级，是最少艺术的享用了。但农人在田间，也要唱几句秧歌；工人在打桩的时候，也要喊几声"杭育"；在锅炉傍休息的时候，在豆棚上乘凉的时候，也免不了要听一套村曲，弹一套《孟姜女》。就是目下最时髦的什么革命文学、无产阶级文学，都也要利用文学上的技巧，使他宣传主义、鼓吹思想的文章写得情感格外深刻，组织格外严密一点。在这种种方面看来，艺术不但是有的，而且是必要的。——我们便是平常讲一句话，有艺术与无艺术，他的感动力相差几乎不可计算。——说明了艺术是人生必要的以后，再来解答艺术是否人人可以享用的问题。我可以说：艺术是必然的人人可以享用的，在艺术本身是超然的，又是普及的。——因为超然，方能普及。——现在一班人，感情用事，很不自然的把艺术分出阶级来。什么是资产阶级的，什么是有闲阶级的，什么是贵族的，什么是平民的，什么是普罗阶级的。其实，在艺术本身，何尝有这一回事？我早已说过：艺术是取自然界的声色形态的印象，用人工归纳出种种声色形态来象征他，而求发泄人类精神上的快感。这个快感，不但是不分阶级在人类中，并且不分阶级在生物界中的。当初，"舜乐一奏，百兽率舞。"我家中养了一头小狗，在小孩子嬉笑歌舞的时候，他也跳掷欢乐。这样看来，艺术的本身，是绝端没有阶级的。现在所以把艺术分成阶级式的表现，这完全是人类自私自利的罪。——资产阶级的私有艺术，与无产阶级的利用艺术，一样是不对的。——我们现在不要有阶级的艺术，要有人人可以享用的艺术。阶级的艺术，是束缚艺术灵魂的。而且真正的艺术，阶级也无法去束缚他的。艺术最高的技巧是什么？是自然，是天地的自然，人生的自然。所以最高的艺术，必能得到一切生物界心弦上的共鸣。任你拿阶级的势力来束缚他，也是关不住的。至于那某一阶级所私有的艺术，已经不是健全的艺术了。或竟不是艺术了。好像那某一阶级的歌颂文学，装点篇幅、搬弄古典、模仿俗套；某一阶级的呼号文字，无病呻吟、标榜主义、模仿洋化，这都是虚伪的、呆板的、死的、堆砌的、非艺术的！所以，我们必须要把文字与文学的界线看得清楚：文字，是死的，可以给人利用的，任人搬弄的；文学，是活的，无法利用的，无可搬弄的。我们不要误会，现在所谓某某阶级的文艺，已经不是文艺的本身了。真正的文艺，必定是人人心中所本有的，必定是大众化的，必定是无可反对的，必定是深入于人生而为人类实质生活终身的伴侣的。因为他是取得了人类灵感所共通的快慰。归纳起来说：不是艺术阶级的问题，是艺术真假的问题。只叫是真艺术，人人都是需要的：我们也无可反对的，也无法有占有的。但还有一点我们也不可忽略：艺术固然须应用于人生，而艺术自身却终究是艺术的，且是至上的艺术。我在上面说过：最高的艺术，是自然的表现，因其自然，所以能大众化。但是艺术要达到适合自然最高的技巧，他非有专门的训练、高深的修养不可。艺术家在创造艺术、修养艺术的时候，他的心眼中只有艺术的兴味，只知"为艺术而艺术"。至于拿这艺术去应用在人生也好，应用在狗生也好，这是使用艺术的人的事，艺术本身是不管的。这是形式的变换，本质是不变的。我们既然承认人生是需要艺术的，那么同时也要承认，艺术家"为艺术而艺术"的态度是当然的。这和科学家在实验室中用工夫，哲学家的根据理论在冥心思索的时候一样的。他眼中只有学术的兴味，不计人生的功利。后来的人就拿他的兴味去博取功利，这是一种手段，不是一种方法。艺术是自然的象征，自然不专为人而设的；人的利用自然，是人的手段，是人的事，与天地无干。人利用声光化电来增高生活作用，那是大自然中一部分的声光化电，而大自然中全部分的声光化电，这是自在，还是超然的自在，并且不与人所利用的声光化电同其价值。我们虽然赞美科学家利用声光化电的功效，同时也不能不承认大自然中无量数的声光化电原料的存在；又不能不承认大自然中声光化电与人所利用的另有他伟大的价值。——例如一雨润千里、一震沉大陆，人造的科学究竟可有这样的力量？即使将来科学发达到有同等力量，你也不能不承认你是窃取大自然的一部分，你是模仿大自然的，你还要承认大自然一切同时存在而更伟大。明白了这一层意义，才知（到）〔道〕我们把艺术应用于人生，是一种利用，在艺术本身，自有他超然的价值，超然的存在。唯其超然，所以才得利用。在艺术超然的态度上看来，我们同时又不能不承认"为艺术而艺术"的态度，是当然的了。

谈中国文学史的三种标准

归纳上面的一段话，我便可以定下以后叙述的标准，可以分作三点说：

一、因为文学是有国民性的，所以我所述说的中国文学史，是要标出中国的国民性。

二、因为文学是纯艺术的，所以我所述说的中国文学史，是要说出他的艺术价值来，同时也说到无艺术的假文学家来反映他。

三、因为我们要把文学利用于人生的，大众的人生的，所以我述说的中国文学史，是要侧重在普遍的平民文学一方面的。

一说到国民性，便与地方、时代、种族等等，都发生了连带关系。内中关系最深的，便是种族。中国的土地这么广，包括的种族又那么多，要说到中国的国民性，当然也很复杂。某一种文学是某一种人类生活及特性的表现，所以要说到中国的国民性文学是一种什么文学，这也很不容易一时定下断语来。况且种族是依着地理移传的，又是跟着时代而（化）〔划〕分的。一地方有一地方的义学——在空间上说——一时代有一时代的文学——在时间上说——所以要说明中国的国民性文学，也不是一句话、一个名词可以包办的。现在光说中国的种族。依习惯上的说法，全中国的人类，向分六大族：

一、交趾支那族——又称苗族。在上古期占优胜地位，他原是中国的旧主人，生性愚蠢，好勇斗狠，很适合于初民的生活，文化是没有的。后来汉族的势力侵入，他渐渐不支，退避到中国西南方，云南、贵州、广西及湖南西部、四川南部的一带深山中，保留了他原人时代的生活，保存了仅有的人种——有生苗、熟苗的分别。生苗住在深山中，不和汉人来往；熟苗住在山边，也学习耕田工作。

二、汉族——又称华族。他的文化支配了全部中国的历史，但因为生性文弱，常常受外族的欺凌。依西洋的人种学家说，汉族自从帕米尔高原来的，沿着黄河两岸，渐渐向东侵入中国全土。——当时汉族也有很强的武力，后因安居中国的日期太久了，受了环境的包围，渐渐变成文弱了。——因他全族人数有三亿八千三百万，所以掌握了中国大部的政教权，而创造了代表中国的一切文化学术。

三、通古斯族——又称满洲族。这是中国极东北地方的原有的一种族，他们沿着乌苏里河松花江流域，向西南逐步侵占下来，造成了中国近古时代的一大政治势力——金朝与清朝——现在朝鲜北部、东三省一带，还是他的根据地。有武力，很少文化。

四、蒙古族。他是中国最富于武力的一种民族。因他盘据了天山南北路及青海内外蒙古一带地方，所以便拿地名做了他的种名。他因地理的关系，营一种游牧的生活，因此也训练成他的武力，富于侵占性。在中国元朝一个时代，西洋人、俄罗斯人都受他的压迫，只因缺少文化，所以没有持久的能力。

五、突厥族——又称回族。这一种最初是从土耳其斯坦来的，所以有突厥族的名称。他进了中国以后，居住在天山南北路，渐渐达到黄河流域，及长江、西江流域各省，他们全是穆罕默德回教的信徒，有一部分是黄肤平面的通古斯族，一部分是白肌高鼻的西洋人种。实际他是一种宗教的集团，所以他的文化因限于宗教，也只到得半开化为止。

六、图伯特族——又称西藏族。这一族有十分顽固的宗教思想，他们信仰一种喇嘛教，前后藏、青海、天山南北路，都是他的根据地。膜拜教主以外，只营垦牧的生活。不爱文化，更缺乏文学的天才。

像上面这一种分类方法，是不很妥当的。因为我在书籍上找得到的证据，到西汉时代才有汉族的名称，到北周时代才有突厥族的名称，到唐朝才有蒙古族的名称，到元代才有藏族的名称：这很可以看出这种种名称都是一时代假定的——或因地域而假定，或因宗教派别而假定——决不是最初种族原有的名称。内中只有苗族、汉族，因他有悠久的历史，固定的地域，我们暂时承认他是中国人种的代表。尤其是汉族——这是拿朝代的私名来充作种族的公名，也不是妥当的；但我们现在并不是在讲中国人种学，所以也不再究研下去。——他不但是有多数的人口，几千年的历史，他又是最富于文化特性的民族；所以我们讲中国国民性文学，不得不拿他来做代表。——虽有时夹入别的种族色彩、宗教色彩、时代色彩，但大致还是表现汉民族国民性的地方居多数。

中国的国民性

中国的国民性怎么样呢？这当然是跟着生活、交通、政治、地理、宗教、时代而随时变化的。但从大体的说，也可以拿他划出一个轮廓来的。我引证一段缪凤林先生的话在下面。——见《史学》第一期《国史上之民族年代及地理述略》：

中国民性异常复杂，无论何时何代，举不能一语概括；然以世界为观点，则全民族又自有其共同之精神。——而优点所在，缺点亦写其中焉。

一曰家族主义。以孝为制行之本，远之事君则为忠，迩之事长则为悌，充类至义，至于享帝配天；原始要终，至于没宁存顺。历代之以家庭之肫笃，产生巨人长德，效用于社会国家者，虽不可胜纪；然其弊也，人以家族为重，以国为轻。甚或置国度外，惟见其家，不知有国。而有戚族之依赖投靠，官吏之贪墨任私，其原皆由是出焉！

一曰中庸主义。中国之名，始见《禹贡》，历圣相传，皆以中道垂教；故一言国名，而国性即以此表现。我民族能统制大宇，葆世滋大，其道在此。然其弊也，习于消极妥协，不能积极进取，吏多圆滑，民多乡愿，以因循为美，以敷衍为能，政治社会，奄无生气。

一曰世界主义。以平天下为理想，而以国治为过程。化育异族，施不责报；故非我族类，一视同仁，拥有广土，亦不以之自私。混合诸族，此为主因。然其弊也，有世界思想，而乏国家观念；外患洊臻，鲜敌忾同仇之心。

一曰和平主义。以不嗜杀人为政治上至高之道德。远人不服，则修文德以来之；寇则惩而御之；去则备而守之；既服之后，慰荐抚循，交接略遗，所费尤多。故声教之敷，不恃他力；而海陆奔凑，尽来师法，纯任自然，遂为各国宗主。然其弊也，流于文弱，与外国遇，常致失败。

一曰政治上之不干涉主义。以垂拱无为为执政者之信条。官之所治，惟听讼收税，而一切民事，悉听其自为，民因得以大展其才。政治虽腐败，民事仍能发荣滋长。然其弊也，以政治为少数人之专业，民不之问，政治遂永无改进之望。

一曰实用主义。以利用厚生，养欲给求为鹄。虽阜其财求，而不以浮侈为利。故锦绣纂组有禁，奇技淫巧有诛，务本舍末，习于勤劳。然其弊也，重实利而轻理想，可与乐成，难与虑始；不容有远识先知之士，或力求革新之事。而名理之学，研究者寡，遂鲜纯粹之科学。

此六者虽云未备，然民族得失之林，略可见矣。

缪先生对于中国民族思想的变动，也有一段话道：

舜戒蛮夷猾夏，禹列蛮夷于要荒，殷周外攘夷狄；吉金铭勒以为功，雅颂歌咏以为美。东周之世，异族杂处，霸者尤以攘狄为不世出之勋；故齐桓求三脊之茅，晋文干隧道之请，天子赐胙俎，锡彤弓，命随会，须黻冕，贺任好，播金鼓，春秋皆不以为讥。迨及战国，外竞弥烈，是曰民族思想发达时代。

炎汉初兴，匈奴为患，文帝戎服驰射，孝武大张挞伐，介胄之士，多言征战；而缙绅之儒，则守和亲。汉魏之际，招纳降夷，杂居中土。郭钦、江统徙戎之论，不用于晋；五胡之乱，南北隔绝，三百二十余年。流人世族，初犹志存恢复；刘裕之后，则绝兴复之念。大江以北，文公师儒，屈膝异姓。鬻周孔之学以市利禄者，项背相望。唐室受命，余用将帅胡汉杂糅，卒有安史之变。至于五季，侵染夷风；祖国山川，弃之如遗。认贼作父，右虏下汉，是曰民族思想日衰时代。

宋以名节为高，廉耻相尚，故靖康之变，志士勤王，临难不苟，所在有之。南宋诸儒，阐古经攘狄之义，每思尽驱北虏，一雪中原之耻；及其亡也，死义殉国之士，远轶前古。遗民遗儒，耻为臣虏，卓然不屈。洎乎元兴数十年，犹有黄冠草服，歌哭深山，冀感同族者。是曰民族思想复盛时代。

明祖攘除胡虏夷夏之防，普天同喻，交趾土木变，辽东陲边之难，殒首封疆者，未易更仆数。迨南都覆亡，历数已终；而闽粤监国犹然树蠹岛屿之中，抗颜鲸鲵之侧，落日狂涛，衣冠聚议，仗节全贞，蹈死不悔；江南列城，民兵四起，张皇奋呼，致命遂志，前仆后继，流血百万；孑余遗黎，或逃命海外，或投缁山林；或以文字寄其隐痛，或组会党以图兴复，是曰民族思想极盛时代。

清代诸帝，初以利禄为饵，起用臣靡，予之宠秩；继则假行仁政，文网森严。自明季诸臣，奏议文集上及宋末之书，靡不烧禁。反唇腹诽，皆肆市朝。儒生进退跋疐，则以"汉学"自隐。民心忘旧，习为降奴；虽以洪杨义师，揭檗报仇，而民族情绪，远逊其宗教思想。中兴硕彦，一时儒者，种族之义，亦不敌其名位之念。是曰民族思想销沉时代。

清政不纲，有志之士，外感列强压迫，内愤满廷绝望；又以西方民族思潮，传播东土，明季痛史野乘，广布社会种族思想，如响应声，卒以此光复禹域。然外人侵略，犹慑伏而不知抗；自中山先生提倡民族主义，吾民乃渐知抵抗列强，以求民族之自由平等。然家族、世界、个人主义之说盈天下，民族思想不绝如线。如何发扬普及，则我炎黄子孙所当常念也。

上面这一番话，虽有一部分的见地，但大部分不免太笼统一点，且戴着儒家礼教的眼镜，又有看重士大夫阶级的传统思想，只看见畸形虚伪的表面，而没有看到一般民族的实际心理与实际生活。不明了国民普遍的现状，与他所处的环境，所谓国民性的文学，也是看不出来的。照这样的说法，如何能说出文化的下层背景来？更如何能画出文学上的时代界线来？还有梁启超的所谓"中国历代民德升降原因表"，我们也可以从这表上看出中国国民文学所寄托的背景的变迁来。现在我把他附写在下面：

中国历代民德升降原因表（文学一栏是我加入的）

时代	国势	君主	战争	学术	生计	民德	文学
春秋时代	列国并立、贵族专制	权不甚重、影响颇少	虽多而不甚烈	各宗派虽萌芽而未甚发达，多承先王遗风	交通初开，竞争不甚烈	醇朴忠厚	纯文学未产生，只有政治记录及誓诰等官书
战国时代	列国并立，集权专制渐巩固	大率以尚武精神、外交手段两者奖励臣下	甚烈	自由思想大发达，儒、墨、道、法、纵横诸派互角，而法家、纵横家最握实权	商业渐兴，兼并大起，因苛税及兵乱，民困殊甚	其长在任侠尚气，其短在慓狡诈伪，破坏秩序	历史写物、哲学写物大增，文学亦由人生的迁转于艺术（如《诗经》与楚辞）

续表

时代	国势	君主	战争	学术	生计	民德	文学
秦代	中央集权,专制力甚强	以塞民智、挫民气为主		继续	屏弃群学,稍任法家	大窘	因君权的压迫,文学无生气
西汉	同	高祖承用秦法,专挫任侠,刻薄寡恩	少	儒老并行	文景间家给人足,武昭以后稍困	卑屈甚于秦时	在思想方面专造利于帝王的假经学,在文学方面专写装饰门面的辞赋死文字
东汉	同	光武明章奖励名节	少	儒学最盛时代,收孔教之良果	复苏	尚气节,崇廉耻,风俗称最美	
三国	本族分裂	魏武提倡恶风,吴蜀亦奖励权术	烈	缺乏	颇艰	污下	因曹操的提倡,在文学技巧上颇进步

续表

时代	国势	君主	战争	学术	生计	民德	文学
六朝	外族侵入	奖励浮薄侈廉之风	甚多，而本族率战败	佛老并用，词章与清谈极盛	憔悴	混浊柔靡	写些非人生的词章
唐代	本族恢复中央集权，旋复分裂	骄汰	上半期和平，下半期大乱	儒者于词章外无所事，佛学稍发达	上半期颇苏，下半期大困	上半期柔靡卑屈，下半期混浊	诗人的世界
五代	不成国	无主	战败于外族	无	民不聊生	最下	衰歇
宋代	主权微弱，外族频侵	真仁爱民、崇礼	战败于外族	道学发达最盛，朱陆为其中心点	稍苏	尚节义而稍文弱	词人的世界

续表

时代	国势	君主	战争	学术	生计	民德	文学
元代	外族主权，专制力甚强	以游牧性蹂躏本族	本族全败，战争与国民无与	摭朱学末流而精神不存	困	卑屈、寡廉耻	曲家的世界
明代	本族恢复，专制力甚强	太祖残忍刻薄，挫抑民气	战胜后，平和时代稍长	王学大兴、思想高尚	稍苏	发扬尚名节，几比东汉	一方面虚伪的八股大行，一方面写实的小说（长篇的）作风也极盛，同时翻译小说也兴起（多用文言）
清代	外族同化，主权专制力甚强	雍正乾隆以谿刻阴险威群下	战败后，平和时代稍长	士以考据词章自遁，不复知学，其黠者以腐败、矫伪之朱学文其奸	颇苏		

109

续表

时代	国势	君主	战争	学术	生计	民德	文学
现今	文明之外族侵入,主权无存	二十年来,主权者以压制敷衍为事	内乱未已,外患又起,数败之后,四海骚然	旧学澌灭,新学未成,青黄不接,谬想重叠	漏卮既甚而世界生计竞争风潮侵来,全国憔悴	混浊达于极点,诸恶俱备	白话文大兴,翻译创作的诗文小说甚多有平民化

　　梁先生是过渡时代人物,他又是所谓士大夫阶级受儒家旧礼教势力的薰陶很久;他上面写的表,依旧只看到政治的表面,而不曾深入民间。其实所谓国民性文学,应当从国民普遍的文学趋向上看出来的。——不但是文学,一切文化学术,都要这样看。——中国的国民性文学,是可以依着地域时代的变迁,文化势力的消长,而定出界线来的。最抽象的,可以依着文化在地理上的进展而分为三大时期:一是黄河流域的上古时代,二是长江流域的中古时代,三是珠江流域的近古时代。要说这个,先要把中国地理历史的大概说一说。

中国地理历史的大概

　　中国人种从帕米尔高原向东进展,到中国西面的边地,便分成两支:一支进入黄河的源头,一支进入长江的源头。长江的一支,到了如今四川的地方,东面有三峡的险,北面有秦岭的阻

隔，便在这源头停顿了下来；独黄河的一支，步步向东，先占据
了黄河上流，成了三代时期的居留地。他的文明中心点，是在现
在山西、陕西、河南、山东四省的交界地方。到战国时期，中国
人种又渐渐侵占了长江北岸流域，一方面向东北又侵入了辽河流
域。当时的文明中心点，是在今日的陕西、山西、河北、湖北和
淮河流域一带的地方。秦始皇时，南面去并吞了百越地方，中国
人种的势力，直进展到珠江流域和安南北面地界。向北又夺取了
匈奴的河套地方。当时的文明中心点，是在今日的陕西。汉朝时
候，东面侵略朝鲜国，北面灭去匈奴，全得到了内外蒙古一带地
方；西面又平服了西域，势力直达到今日俄国的中央亚细亚领
土。当时的文明中心点，仍在如今的陕西、河南两省地方。南北
朝时候，国势渐渐衰弱下去——因有长时期的内乱——国家土地
也被邻国侵占了很多：东面被高勾丽夺去，北面被柔然、突厥
夺去，西域又脱离了中国而独立，当时所称的中国，只有本部和
安南国北部地方。文明中心点渐渐向南移转，在长江以南。隋唐
的时候，中国人种的势力，又强盛起他所有东北的鸭绿江流域北
部的内外蒙古，西部的天山南北路中央亚细亚三方面的边地，仍
旧归属中国。因政治势力的向北移转，文明中心点也移到了今日
的陕西、河南地方。到五代时候，中国地界又缩小了。高丽自立
一国，契丹占据了满蒙一带地方成了一个大国，天山南北路和云
南地方，也脱离中国而独立，文化完全消灭。宋朝虽称是一统的
国家，但占有的地界很小。契丹侵略中国，夺去了如今河北、山
西地方。西夏夺去如今陕西、甘肃北部地方。安南也独立了。一
个国家文明中心点，又移到长江以南。到元朝，因蒙古人用武力
的结果，建立了中国历史上从来未有的大国。亚洲全部、欧洲东

部、非洲东北部，都属于中国。这时文明中心点，还在江南；而政治中心点却在黄河北岸。——这因为蒙古人习于北方生活的缘故——明朝时候，中国的领土又缩小，只有中国的本部和东三省南部地方。清朝是从东北侵入中国，又得了内外蒙古，天山南北路，青海、西藏一带地方，国界又扩大起来。

从这个历史上面很可以看到一个明显的例子：便是政府武力愈扩张的时代，那文化程度愈落后。此外内乱复杂，生计艰窘的时候，也是不利于文化事业的。所以在黄河流域的时代，地势高瘠荒寒，人民营的是垦牧生活，艰难辛苦。他们脑筋里时时回旋着的只是如何可以得到实际衣食的一种方法，或是祈求天力的保佑，因此便容易产生解决人生问题，解释宇宙问题的哲学思想，以及祷天祈神的歌颂。——总之还脱不了为解决生计而产生的思想与文学。——在长江流域的时代，天气温和，物产丰富，人民营的是耕种生活，农村制度极发达，人人安居乐业。所谓"精力的过胜"，依着"游戏本能"的发展，便产出富于情感的文学来。在珠江流域的时代，因地近热带，生产不全用人力，地势低下，水道交通十分便利，人性近于流动，人民营的是工商生活。因工商的发达，消费的增高，人人看重财货，缺乏情感，文学势力也因之消退。所以在时代上讲，在地理上讲，中国文学最茂盛的时期，便是在长江流域的中古时期。而居于上古、中古两时期之间，黄河、长江两流域之间，引导中国文学入于蕃殖时地的，便是战国末年的《楚辞》。楚国地居扬子江沿岸，享了天然美适的环境，更容易产生纯文艺的文学。在《楚辞》以前，虽还有产生《诗经》的一个文学时代；但《诗经》大部分是当时社会实生活的呼号，小部分又是后来歌功颂德的人假造的，只可以称他是史的诗，不是纯文艺的作品。——《诗经》与《楚辞》的研究，留在专篇里说。——至于在《楚辞》以前春秋战国时代，诸子百家的哲学著作、官书政史的时代记录，更不当混入在文学范围里面讲。郑振铎先生的《文学大纲》，从《诗经》《楚辞》说起。胡适之先生的《白话文学史》从唐以前的西汉说起，并不是故意把中国的文学时期缩短了，实实在在，可以当得"文学"二字的作品最早而成统系的，要算是《楚辞》了。《诗经》《楚辞》这个时候，可以称为中国文学的萌芽时期。但才得萌芽便立刻被两汉虚伪的辞赋所淹灭了。从此以后，文学便分两条路径进行：凡是虚伪点缀的死文字，便盛行在当时贵族士大夫的一阶级里；而所谓自然的活文学，便永永潜（服）〔伏〕在民间。虽然唐诗、宋词、明清的小说活文学也偶然在里面攒出头来，但总是断断续续的。

旧式的中国文学史观

这种看法，有一部分人是不赞同的。现在中国一般学者传统的思想，往往欢喜把一切哲学作品、史学作品，凡是用文字写成的作品，都归纳在文学一个统系里。其实，文学的意义，早发生在未有文字以前，而文字也并不是文学的专有工具。——这层道理，我到后面再说。现在先节录博文先生在《教育大辞典》里所写的《中国文学小史》在下面，我们可以从这上面看出中国一班人所说的文学统系来：

自唐虞至周秦，为文学孕育时期。又可分为二段：即春秋以前之文学，与春秋以后之文学。春秋以前之文献，具于六籍，即《书》《诗》《礼》《乐》《周易》《春秋》。春秋以后著作名家，则有儒、道、法、纵横等九家。儒家孔子，修订六经，集上古学术之大成。弟子曾参作《大学》，其孙子思作《中庸》，都以论理见长。惟以后孟子有浩然之气。总而言之：儒家文学多平实，不若道家之玄妙也。道家始于老子，其言多高奥；及后列御寇、庄周继之。法家托始于管仲，《管子》一书，尚平易近理。及申不害、商鞅、韩非辈出，始深刻周至。纵横家之领袖为鬼谷子，其徒为苏秦、张仪。此外尚有五家，如墨家之文质，名家兵家杂家之文碎，农家之文鄙，是也。

当春秋战国之时，尚有一事，即词赋是也。词赋尚词藻，其鼻祖为屈原与宋玉。原有《离骚》二十五篇，玉有《笛赋》《讽赋》《舞赋》《钓赋》等作。后世诗词学子，莫不推崇之。

赢秦一代，文字上受其摧残，惟李斯之改大篆为小篆，对于缮写方面，称为便捷而已。

自炎汉至隋唐，为文学辞胜时期。汉后词赋大盛，直至李唐历千余年，可谓文学辞胜时期。其原因有三：一因推崇《楚辞》，二因汉魏梁君主之提倡文藻，三因士大夫崇尚经学。汉初文化如郦食其、蒯通、隋何、陆贾等，不出苏张范围。至文景二朝，有贾谊、邹阳、枚乘（枚叔）辈等出。作品如《惜誓》《吊屈原》《鹏鸟》《长沙》《小川》《七发》等，多法屈宋。武帝溺爱文学，著名文人如董仲舒、司马相如、司马迁、严助、朱买臣、吾丘寿王等。董有《天人三策》，迁作《史记》；其文辨而不华，质而不俚。同时尚有李延年所作新声变曲，能感听者，武帝特设乐府任为协律都尉。宋元词曲，即导源于此。宣帝时蜀人王褒文多排偶，词赋变成排偶，即从此起。成哀间，扬雄出，文摹相如；继续而起者，有班固、张衡。固编《汉书》，衡著《两京赋》；刘向与王褒同时，作文博大贯通，其子歆亦如此。冯衍文亦以排偶出之，论理文从此用排偶。如王充之《论衡》，王符之《潜夫论》，仲长统之《昌言》，崔实之《政论》，荀悦之《申鉴》等骈文、随记始于此。

三国孙吴据江表，有虞翻、陆机、谢承、薛莹、朱应、康泰等十九人。蜀人才较少，如谯周、陈述、杨熙等，尤以诸葛亮最杰出。曹魏人才更多，曹氏父子、建安七子多以文鸣。魏武长于笔而不文，文帝窘于思而不宏；孔融长于笔，王粲长于赋，徐幹长于论，陈琳、阮瑀长于符檄，刘桢、应场长于笔记，曹子建兼综诸家之长。此后文学趋于绮艳，即始于此。东晋文学分三段：正始文学、竹林七贤与太康文学是。正始中王弼、何晏提倡老庄清谈之风，至太康全盛，有陆机、陆云、潘岳、左思诸人。尚有诗人陶潜，作品与左思相反，一顺自然。

南北朝时，南朝文学，专在字句用工，崇尚排偶声律，供一时之娱乐。著名之作有昭明太子之《文选》，任昉之《文章缘起》，刘勰之《文心雕龙》，钟嵘之

《诗品》。北朝文章，不如南朝。北魏惟章奏符檄尚可。孝文始注意文辞。有袁翻、常景、温子昇、邢邵、魏收诸家。北周宇文泰病文章游靡，命苏绰仿《尚书》作《大诰》，然后王褒、庾信派之势力入周，文风又入于粉饰一涂。

隋文帝不喜粉饰文章，下诏公私文翰皆须实录，过艳则付有司治罪；然文风不古不今，适得其俗。炀帝习于风流，文风亦近于淫靡。

李唐诗学最为特色，分为四期：从开国到开元，日初唐。开元到大历，日盛唐。大历到太和日中唐。太和以后，日晚唐。初唐虞世南与魏徵之诗风骨甚峻。王勃、杨炯、卢照邻、骆宾王四杰之诗，则词皆靡华，风格渐逐整齐，作品名日排律，及陈子昂出，一去靡丽，《感遇诗》风骨峻秀，古风体格斯成。后宋之问、沈佺期精研六律。七律诗多造端于此。盛唐之诗，乃玄宗开创之功，雄伟有力，风裁峻整。张说之七古诗，张九龄之五古诗，多沉雄清醇。嗣后王维、孟浩然、李颀、岑参、高适、王昌龄、储光羲等，皆一时作手。及李太白、杜工部出，登峰造极，兼有众长；二人作品，各有所精。及中唐则诗不如文；文人有韩愈、柳宗元二人。退之好为《六经》之文，古文之名因之而立，开宋以来理胜之文派。柳州之文，长于记山水、状人物，终逊退之。退之二弟子皇甫湜、李翱，能传师道，后有孙樵，亦以文名。至此期内之诗人，大历初有韦应物、刘长卿、顾况等。复有卢纶、钱起等十才子。元和以后，有白居易、元稹、刘禹锡、孟郊、贾岛、张籍、姚合诸人。其中以白为最特出。至于晚唐，诗格愈卑：许浑、赵嘏，专事琢句，皮日休、陆龟蒙，只工咏物。其中有自奋发者，仅有李商隐、杜牧、温庭筠数人而已！

五代世乱，无特出文学之可言。惟有两事，对于文学上不无贡献，即为：（一）蜀毋昭裔之创镂板，印刷术因此发达。（二）词曲体之成立，考词之起源于刘梦得之《竹枝词》，白乐天之《柳枝词》，及王建之《霓裳词》，李白之《菩萨蛮》词。至五代，词体渐臻完备。

自宋至明，为文学理胜时代。宋以后文风变以理胜之趋势，即骈俪文、记事文、诗词等类，亦皆以理相胜。特分为三期说明之：一古文兴盛时期，北宋初有鞠常、杨徽之、李若拙、赵邻几四人之骈文，流于疲弱；太宗时杨亿、刘筠起而变之，效法李义山，辞尚致密，一时为之风靡，所谓"西昆体"是也。开宝间柳开仿韩柳之笔法，后卢陵欧阳修出，擅长词赋，追摹韩文。南丰曾巩、眉山苏洵及其子轼、辙，与临川王安石闻风兴起，刻意摹古。以上六家，合唐朝韩、柳，世称唐宋八大家，古文于此极盛。骈文诗词，均受其影响。宋前犯文繁事略之弊，及薛居正修《五代史》，欧阳修作《新五代史》，司马光作《资治通鉴》，文笔简净、书法谨严。至于诗，则有卢陵，所作大抵摹韩、苏轼、黄庭坚，一意仿古，宋诗之体格以成。宋初词人晏殊、几道父子，艳诗言情，不免晚唐五季之风气。迨东坡出，豪情胜概，天机洋溢，词格可称高绝。后有秦七、黄九、晁补之、周邦彦诸人，其中邦彦为最佳。一古文中衰时代。南渡以后，文气不振；陈亮粗豪，叶适平实，楼钥、周必大二人空廓；若吕东莱之博议，陈传良之八面锋，其中俗句更多。可为南宋一大家者，当推朱熹。熹师法韩曾，出于自然；但继起无人，文气日萎。金文人有蔡珪、赵秉文及元好问等，虽才气高雄，然不免有失于支节之处。元朝之文亦如此。虞集、杨载、范梈、揭傒斯世称为元朝四杰，尤以集为首。明初文学，首推宋濂，后有方孝孺、杨士奇、杨溥等所作之文，博大昌明；后人效之，力不能及，古文遂衰。骈体作者兴起，当时有孙觌、汪藻、綦崇礼诸人最善。及李刘出，斯道遂衰。至元世之姚燧、虞集、袁桷、揭傒斯，及明初之刘基、宋濂等，不过扬南宋之余波而已！在此期内，学者多以白话应用于文。宋初周敦颐文重文言，自程颐、程颢，始以白话说理，名曰"语录"。元人不解文理，各种文告，均以白话作成。诗词之用白话作者，如邵雍之《击壤集》，黄山谷之词。此风既开，小说之变用白话，乃势之当然。吾国小说托始于汉武帝时之虞初初作，有《周说》九百四十三篇。直至元朝施耐庵著《水浒传》，明罗贯中作《三国志》，始全用白话。论及南宋之诗，以尤袤、杨万里、范成大、陆游为最著，而放翁称特出。金代诗人以刘迎、李汾、党怀英、赵秉文为著名。元朝有戴表元、赵孟頫颇能洗去宋金粗放之习，诗风为之一振。杨维桢出，专务奇丽，元诗遂坏。明初刘基、高启诗，又趋于古直。永乐以后，变为"台阁体"，诗道复衰。至于词，南宋最盛，辛弃疾、刘过①、蒋捷等学东坡，有姜夔者，追仿周、秦，气格极高。王沂孙词味浓厚，金元以后渐衰，曲代之以兴。金末年，董解元作《西厢记》，北曲之开山；后王实甫作《西厢记》，马东篱有《黄粱梦》，乔梦符有《金钱记》，邹德辉有《倩女离魂》，白仁甫有《梧桐雨》等，皆北曲。嗣因北曲不利于南，永嘉人高明作《琵琶记》为南曲之滥觞。至明嘉隆间，昆山有魏良辅起，南曲一变而为昆曲矣。一古文复兴时代。明孝宗时，王鏊、罗圮大倡宋唐之文，李梦阳、何景明、康海、王九思、徐祯卿、王廷相及边贡七人言倡复古，世称"宏治七子"。嘉靖初，王慎中、唐顺之等，亦大倡古文，然仅得皮毛而已。及归有光出，古文负盛名；当时骈文诗词，亦随之兴起。何伸默之骚赋启发，摹仿六朝。卢柟之骈赋，词皆幽远。王志坚选两汉六朝唐宋骈文成《四六法海》一书。张溥题《纪事本末》之论文，亦以骈俪为之。至于诗，李梦阳追摹唐诗，李东阳崇尚少陵，诗道因此复振。及陈卧子以"七子派"表率斯道，遂归于正。词则宏正，间有周用、夏言、王元美等；后有王好问、卓发、马洪等作词，皆有宋人风味，最后陈子龙出，不愧一代作者。

前清一代，为文学辞理并胜时期。辞理两派所以能

---

① 底本作"刘遇"。

同时并兴者，大概一因国势之影响，二因学术之关系。文人多尊重汉唐尚辞之文，又精研宋明尚理之学。研究汉唐文学者，有顾炎武、阎百诗、毛奇龄、朱锡鬯、胡渭、惠士奇、江永、何焯、焦循、惠栋、戴震、段玉裁、王念孙、王引之、钱大昕、王鸣盛、阮元、汪中、孙星衍、洪亮吉、赵翼等人。研究宋明之学者，则有孙奇逢、李颙、汤斌、陆陇其、李光地、张伯行、方道、蔡世远、陈宏谋、全祖望、姚鼐、彭绍升、汪缙等；其流风所及，有夏峰、梨洲、二曲、梓亭、杨园、程山、睢州、安溪、平湖、江阴、无锡、白田、闽中、广东、山左、山右、满洲、西湖诸学派。兹分类先述文，次述诗词、戏曲及小说。

清初古文家，以侯方域、魏禧、汪琬三家为最。同时有邵长蘅、顾炎武、黄宗羲、陈宏绪、彭士望、王猷定等，皆以文鸣于时；及方望溪、刘海峰出，古文之道大昌。乾隆中叶，古文大家姚鼐起，号为"桐城派"；同时有恽敬、张惠言二人，亦学古文，称为"阳湖派"。姚姬传弟子，以陈用光、梅曾亮、管同、吴德旋、姚椿、姚莹等最著。道咸间，曾国藩、吴敏树出，文风又振。其后有张裕钊、黎庶昌、吴汝纶，清末有康有为、章炳麟等。骈文家，则清初有毛奇龄、吴兆骞、陈维崧、吴绮等，后胡天游、袁枚等亦精。乾嘉之际，邵齐焘欲保存简洁清刚，风气为之大变。后如王太岳之简老，刘星炜之清妙，以及刘嗣绾、乐钧、彭兆荪、刘开等十大家，皆循规蹈矩，体格始正，而作者亦极一时之盛焉。

诗人清初有顾亭林、黄梨洲，同时钱谦益、吴伟业、龚鼎孳三人，亦善诗，称为江左三大家。后有宋琬、施闰章、王士禄、王士禛、程可则、汪琬、沈荃、曹尔堪等八人，其中以宋、施、士禛名最盛。乾嘉间有袁、翁、沈三家，随园得名最广。同时有蒋士铨、赵翼二人，气体实在袁上。后诗人沈归愚有《唐诗别裁集》《明诗别裁集》及《国朝诗别裁集》等著作，其后有舒位、王昙、孙源湘三君，张锦芳、黄丹书、黎简、吕坚四家，均称能手。

清初词家，龚鼎孳、梁清标最负盛名，而以吴伟业为第一。继起者，有宋徵舆、钱芳标、顾贞观、王士禛、纳兰性德、彭孙遹、沈丰垣之"前七家"；同时李雯、沈谦、陈维崧三人，合称为"前十家"。乾隆以后，如蒋士铨之粗劣，吴锡麒之脆弱，至于朱泽生、沈起凤，更不足称。及张惠言出，斯道复振。惠言与弟琦合选唐宋词一百六十六首，名为《词选》，于是"常州词派"以起。当时学张词之人，如恽敬、钱寄重、丁履恒、黄景仁辈，皆一时作家，继起者，有周济、龚巩祚、许宗衡、蒋春霖、蒋敦复六人，与张称为"后七家"。再合姚燮、张琦、王锡振三人，称为"后十家"。此三人之后，不及七家，更不如惠言。

戏曲沿明元之风，归庄有《万古愁曲》，李渔有《十种曲》，孔尚任又有《桃花扇》《小忽雷传奇》。康熙中洪昇作《长生殿》《天涯泪》《四婵娟》诸剧。

乾隆时蒋士铨作有《香祖楼》等九种曲。黄燮清作有《倚晴》等七种曲。及后顾天石之《南桃花扇》与钱思沛之《缀白裘》等，均为一时佳作。

小说一道，清极发达。有曹雪芹之《红楼梦》、吴敬梓之《儒林外史》、李汝珍之《镜花缘》、刘铁云之《老残游记》、李伯元之《官场现形记》、吴趼人[①]之《二十年目睹之怪现状》，在近代文学上占有重要之位置。

民国以后，为文学革新时期。民国成立，言论自由，思想界呈蓬勃气象，而白话文学，因此兴盛。然所有作品，大抵带有西洋文学之色彩。梁启超为近时之文豪，著有《饮冰室丛书》。陈独秀、胡适为现今提倡白话文最重要之份子，在《新青年》杂志上，发表文章，大抵关于文学改良及灌输西方文化。胡适又用科学方法，收我国古代哲学，编成《中国哲学史大纲》一书，纯用白话叙述。此类著作，尚不能十分成熟，仍在研究时期也。

这是一篇糊涂账！这是代表我们没有科学头脑的中国人所开的一糊涂[②]账！——理由请看下文。

中国文人地理的分布

我再照写铃木虎雄先生所制的《中国文人地理分布表》在

---

① 底本作"吴研人"。

② 底本作"涂糊"。

〔下〕面：

地　名	山东	直隶
周秦	孔子　颜回　孔伋　孟轲　宁戚　晏婴　孙武　驺衍　淳于髡	仓颉　荀况　乐毅
两汉	伏胜　辕固生　申培公　田何　高堂生　后苍　欧阳生　孟喜　梁丘贺　王式　公孙弘　东方朔　邹阳　主父偃　孔安国　终军　夏侯始昌　夏侯胜　韦贤　统直韦孟　匡衡　何休　郑玄	毛苌　董仲舒　京房　卢植　崔骃
三国	孔融　王粲　祢衡　仲长统　诸葛亮　刘桢　孙炎　王肃　王弼	
晋	左思　王羲之　王戎　徐邈　徐广	张华　张载　张协　成公绥　束皙　刘琨
南北朝	颜延之　王融　刘勰　何逊　徐摛　刘昭　任昉　崔浩　贾思伯　崔灵思　王褒　徐陵	高允　熊安生　郦道元　魏收　瓯琛
隋	颜之推	刘焯　刘炫　李德林　李谔　许善心

续表

地 名	山东	直隶
唐五代	房玄龄　段成式　刘沧　和凝　韩熙载　段文昌	魏徵　李百药　孔颖达　盖文达　啖助　李峤　张鷟　许敬宗　李华　李翰　高适　李德裕　李观　李翱　刘禹锡　贾岛　卢照邻
宋	王禹偁　石介　穆修　李格非　李易安　辛弃疾　晁补之　李成	柳开　宋白　李昉　邢昺
金	党怀英　马定国　张行简	王若虚
元	张养浩　潘昂霄	刘因　刘秀忠　郝天挺　李冶　潘迪　苏天爵　姚燧
明	边贡　李攀龙	宋讷
清	宋琬　王士禛　赵执信　孔尚任　蒲松龄　孔广森　颜元　桂馥　郝懿行　卢见曾　张英麟	孙奇逢　李塨　朱筠　谷应泰　徐松　曹雪芹　文康　李松石　吕熊　徐世昌　王树柟　舒位　宝廷

地 名	河南	山西
周秦	伊尹　太公望　管仲　李耳　列御寇　庄周　墨翟　子产　范蠡　卜商　端木赐　吴起　鬼谷子　尉缭子　公孙衍　韩非　李斯　申不害　商鞅　吕不韦	

续表

地　名	河南	山西
两汉	贾谊　贾山　晁错　河上公　丁宽　张禹　薛汉　应奉　郑众　许慎　服虔　宋均　焦延寿　桓宽　费长房　应劭　边韶　张衡　蔡邕　蔡琰　荀淑　荀彧　荀悦	郭泰
三国	阮瑀　阮籍　应玚　何晏　钟繇	关羽
晋	孙登　阮咸　山涛　潘岳　谢鲲　谢道韫①　向秀　郭象　干宝　李充	孙楚　孙绰　裴颜②　郭璞
南北朝	阮孝绪　江淹　范云　周颙　袁翻　庾肩吾　庾信	裴松之③　裴子野　陆凯　温子昇④　周续之
隋	郑译	薛道衡　王通　张正见
唐五代	沈佺期　宋之问　吴兢　李延寿　赵弘智　玄奘　郑虔　吴道玄　张说　萧颖士　元结　独孤及　韩愈　姚崇　司马承祯　贾至　梁肃　岑参　韦应物　元稹　白居易　韩翃　姚合　卢同　李商隐	王绩　王勃　薛收　薛稷

---

① 底本作"谢道蕴"。
② 底本作"斐颜"。
③ 底本作"斐松之"。
④ 底本作"温子升"。

125

续表

地　名	河南	山西
宋	宋庠　宋祁　王洙　陈抟　韩琦　尹洙　程颢　程颐　邵雍　谢良佐　聂崇义　郭忠恕　魏野　陈与义　贺铸　朱敦儒　岳飞　史达祖　徽宗①	孙复　司马光　温大雅　王维　王缙　柳宗元　卢纶　司空图　吕岩
金	赵秀文	元好问　李献甫
元	许衡　许有壬　姚枢　姚燧	郝经　张翥　萨都剌
明	李梦阳　何大复　高叔嗣　曹端	薛瑄
清	侯方域　汤斌　张伯行	阎若璩　张穆　何乃莹

地　名	陕西	江苏
周秦	岐伯　周公旦　尹喜	言偃
两汉	田何　韦玄成　司马迁　刘向　刘歆　马援　杜笃　班彪　班固　班昭　傅毅　马融　赵岐　贾逵　杨震　张骞　王符　冯衍　李陵　苏武	施仇　孟卿　严彭祖　翼奉　刘安　枚乘　严忌　魏伯阳　包咸
三国		韦昭　陈琳　张昭

---

① 底本作"徽宋"。

续表

地　名	陕西	江苏
晋	杜预　挚虞　皇甫谧　傅咸　傅玄　阴铿　苏蕙	葛洪　刘伶　陆机　陆云
南北朝	苏绰　辛德源	周处　顾恺之　鲍照　陶弘景　陆倕　张率　顾野王　皇侃　萧子良　萧子显　萧子云　萧统
隋	杨素　牛弘	曹宪
唐五代	姚思廉　令狐德棻　苏颋　乔知之　颜师古　颜真卿　杨炯　杜甫　严武　常建　杜佑　杜牧　白居易　权德舆　柳宗元　韩偓　孙思邈　王仁裕	陆德民　刘知幾　许景先　张旭　储光羲　陆龟蒙　蒋防　包融　包佶　张若虚　皇甫冉　戴叔伦　许浑　李煜　徐铉　徐锴
宋	寇準　吕大防　张载　李薦	范仲淹　胡瑗　孙沫　潘阆　王觌　范成大　尤袤　秦观　张耒　陈师道　叶梦得　洪兴祖　米芾
金		
元	余阙	倪瓒
明	王恕　胡缵宗	高启　宗臣　王世贞　唐顺之　归有光　王鏊　高攀龙　焦竑　陈子龙　陈继儒　文徵明　魏良辅

续表

地　名	陕西	江苏
清	李中孚　宋伯鲁	钱谦益　吴伟业　顾炎武　惠栋　焦循　江藩　万树　张坚　恽敬　张惠言　邵齐焘

地　名	浙江	安徽
周秦		管仲
两汉	王充	刘邦　文翁　桓谭　卫宏
三国	虞翻	曹操　曹丕　曹植　薛综　嵇康
晋	王羲之　王徽之　王献之	桓温　桓玄
南北朝	江总	谢朓　周兴嗣
隋	姚察　智永	
唐五代	褚遂良　虞世南　徐浩　骆宾王　钱起　丘为　陆贽　杜光庭　寒山　贯休	张籍　吴少微　李绅　曹松　杜荀鹤
宋	吴文英　高观国　张炎　罗贯　何基　王柏　林逋　周邦彦　张先　四灵　陆游　陈傅良　王十朋　叶适　王应麟	姚铉　王琪　王珪　梅尧臣　周紫芝　张孝祥　朱松　罗愿　程大昌　吕夷简　胡一桂　包拯　李公麟
金		

续表

地 名	浙江	安徽
元	杨载 赵孟頫 金履祥 柳贯 黄溍 杨维桢	贡奎 贡师泰① 胡炳文
明	宋濂 王祎 刘基 方孝孺 王守仁 胡应麟 茅坤 高明	薛蕙 赵汸 程敏政 程嘉燧
清	李渔 洪昇 朱彝尊 汤右曾 黄宗羲 万斯同 卢文弨 毛奇龄 章学诚 胡渭 陆陇其 姜宸英 胡天游 孙依言 孙贻让	戴震 江永 包世臣 鲍廷博 施闰②章 方苞 刘大櫆 姚鼐 姚莹 戴钧衡 戴开 方东树 吴汝纶 李鸿章

地 名	江西	湖北湖南
周秦		卞和 尹吉甫 屈原 宋玉 黄歇 公孙龙
两汉	张道陵	刘珍 谷永 王逸 王延寿 黄香 蔡伦
三国		孟宗
晋	陶潜 董奉 慧远	习凿齿③ 臧荣绪 罗含
南北朝	雷次宗 周续之	费昶
隋		智𫖮

① 底本作"贯师泰"。
② 底本作"施闰章"。
③ 底本作"习凿兰"。

续表

地 名	江西	湖北湖南
唐五代	王季友　吉中孚　郑谷　谢小娥	李善　李邕　杜审言　孟浩然　席豫　岑文本　许围师　李群玉　胡曾　李部　欧阳询　欧阳通　怀素　陆羽　罗公远　刘蜕　舒仲雅　齐己
宋	刘敞　刘攽　刘恕　刘奉世　晏殊　王钦若　潘兴嗣　欧阳修　王安石　黄庭坚　陆九渊　周敦颐　曾巩　杨万里　胡铨　文天祥　汪藻　马端临　乐史　谢枋得　姜夔　向子諲	魏泰　潘大临　路振
金		
元	吴澄　熊朋来　虞集　杨士弘　范椁　揭傒斯　傅若金　萧士赟	赵复　欧阳玄
明	胡居仁　胡与弼　胡广　危素　刘崧　解缙　杨士奇　罗纶　严嵩　何乔新①　汤显祖	杨溥　刘大夏　李东阳　何孟春②　袁宏道　钟惺
清	魏禧　彭元瑞　蒋士铨　吴嵩梁　文廷式　陈三立　易顺鼎	王夫之　魏源　邓显鹤　曾国藩　皮锡瑞　王闿运　张百熙③　王先谦　张裕钊　樊增祥　杨度

---

① 底本作"何乔斯"。
② 底本作"何梦春"。
③ 底本作"张百燕"。

地　名	四川	福建
周秦	尹吉甫	
两汉	司马相如　杨雄　王褒　严遵　张霸　杨统　李犬	
三国	谯周　陈寿　李撰	
晋	李密	
南北朝		
隋	何妥	
唐五代	陈子昂　李白　孙逢吉　孙光宪	周朴
宋	范祖禹　张栻　虞允文　陈尧佐　魏了翁　李心傅　李焘　苏易简　苏舜钦　苏洵　苏轼　苏辙　苏过　韩驹　文同　杨绘　唐庚	杨意　柳永　阮阅　游酢　胡安国　胡寅　刘子羽　刘子翚　杨时　刘勉之　朱熹　黄幹　蔡元定　蔡沈　罗从彦　李侗　真德秀　陈襄　陈师道①　胡宏　熊禾　李纲　陈淳　郑樵　黄公度　黄思伯　郑文宝　刘克庄　蔡襄
金		
元		白玉蟾
明	杨慎	蓝仁　林鸿　高样　康泰　王偁　蔡清　杨荣　王慎中　曹学佺
清	张问陶　刘光第　宋育仁	郑孝胥　林旭　严复　李光地　蓝鼎元　陈宝琛　陈衍　林纾

---

① 底本作"陈祥道"。

地　名	广东	广西
周秦		
两汉		
三国		
晋		
南北朝		
隋		
唐五代	张九龄	曹邺
宋		
金		
元		
明	孙蕡　陈献章　湛若水　丘濬　陈际泰	
清	陈恭尹　屈大均　梁佩兰　程可则　张维屏　朱次绮　黄遵宪　邓宾　麦孟华　梁鼎芬　康有为　梁启超	于式枚

我对于中国文学史的见解

上面这个表里，居然搜罗得人才济济，排列得时代整齐，初看着好似极完整的；其实，他依旧是一篇糊涂账。他不但糊涂得把政治人才拉在文学队里，把先秦的思想家也拉在文学队里，把两汉的史学家、宋明的理学家、清代的考据家，一裹脑儿都拉在文学的队里，他更糊涂得把与文人站在反对方面的武人，与无赖出身的帝王——如孙武、乐毅是一个有名的军阀，如刘邦是最恨文人的，拉下文人的帽子来撒尿的一个大无赖，如今也硬派他做一个文人——一律都加上文人的头衔。这不是糊涂，这简直是滑稽了！最滑稽的，是那元代纯文学的剧曲作家如关汉卿、王实甫、马致远、李好古、乔吉甫辈，还有作《西厢》北曲的董解元，作《黄粱梦》的马东篱，作《琵琶记》的高明一辈，连妇人孩子都知道他们名字的，而这个所谓"中国文人表"上反不给他一个地位。我真不懂铃木虎雄先生意想中的所谓文人，究竟是怎样的一个东西？至于博文先生最大的错误，便是在不肯放弃什么"辞胜""理胜"的传统思想，所以把九家的哲学作品，也拉在文学里面，把两汉的经学、班马的史学、宋明的义理、清代的史地考据学问，都拉在文学里面，弄得拖泥带水、经纬不分、界限不清。直到如今一班号称为学者的，一谈起中国文学来，开口便是什么孔子的六经、战国的诸子、两汉的经术、宋明的义理，等等。说得更玄妙一点，又是什么河图洛书，什么鸟踏兽迹！——如最近顾实的《中国文学史大纲》、谢无量的《中国大文学史》、曾毅的《中国文学史》等，都不免犯了同样的毛病。又据谭正璧写的《中国文学进化史》中所说："顾实的《中国文学史大纲》，有人说他完全贩自日本；胡怀琛的《中国文学史略》，为账簿式的；凌独见的《国语文学史》差误百出，赵景深的《中国文学小史》遗漏太多，赵祖抃的《中国文学沿革一瞥》见解太陈腐，胡毓寰的《中国文学源流》叙述过略……"那我可也不必再说了。我正不懂他们把《中国文学史》写成了这个样子。倘然他们再要写一部《中国哲学史》，或是《中国政治史》，或是《中国科学史》，不知又该怎样的写法。难道也是照例的把孔子的《六经》、战国的诸子、两汉的经术、宋明的义理，或是"辞胜理胜"的一类法宝依样葫芦的再搬弄一回不成？到了今日，世界整个的学术，都踏在科学一条战线上的时代，而我们以中国人谈《中国文学史》，还是用猜谜式的捉迷藏式的猜着，捉着，这岂不是中国的大羞辱！所以我在不曾分科讲时代文学以前，必须要把《中国文学史》的界线，很明确的划定下来，把他的色彩很鲜艳的表示出来。

中国文学界说的历史

我在第二节中——什么是文学史？——已说过在古代不能把文学定出一个清晰的统系来。这不独是中国，便是西洋初期各学者，也犯着同样的病，这原是不足怪的。一是还不知应用科学方法在文学分类上；二是因文学是最上层的表现。非生活发展、文化发达到相当的阶级，是没有文学表现的。所以初期的文学，是不健全的文学；我们要划出一个明晰的轮廓来，也是不能的。——初期只有文字表现，没有文学表现。——在中国文学与文字与学术界线浑合时期的经过，尤其是长久。《说文》说："文，错画也。"这是当做纹路花纹一样的解说。《尚书·尧典》说："钦明文思"注"经天纬地曰文"。这竟是包罗一切人的思想计划说的了。《国语·胥臣》说："文益其质，故人生而学。"这把文字来代表一切学术说的。《论语》里又有"文学子游子夏"，"博学于文""博我以文"，这也是包括一切学术说的。《荀子·大略》篇说："子贡季路，故鄙人也；被文学，服礼义，为天下列士。"这个文学，是把一切应世的虚伪的礼节，都包括在内了。至于墨子说的："凡出言谈由文学之为道也，则不可而不先立义法"，"是故子墨子曰：'今天下君子之为文学，出言谈也，非将勤劳其惟舌而利其唇呗也，中实将欲为国家邑里万民刑政者也。'"这是说发表思想创立制度的文字。《韩非子·显学》篇说："藏书策，习谈论，聚徒役服文学而议说世主。"这又是指政客纵横家的辩论文章说的了。原来这种种不同的说法，都是跟着时代走的。在上古时代，文字只为解决生活用的，所以拿他看作和符号一般；到春秋战国时期，一方面出了许多哲学家，一方面出了习谈话取功名的政客纵横家，所以文字的用处便大起来了。哲学家要拿他来发表思想，政客要拿他来逞才辩，直到司马迁、班固两个的时代，辞赋大兴，便把文学看成两方面的：一方面是装饰用的，一方面是宣传政教用的。

司马迁说："夫齐鲁之间，于文学自古以来，其天性也。""能通一艺以上，补文学掌故缺。""自此以来，则公卿大夫士吏斌斌多文学之士矣。""汉兴，萧何次律令，韩信申军法，张苍为章程，叔孙通定礼仪，则文学彬彬稍进。"

班固说："言语侍从之臣，若司马相如、虞丘寿王、东方朔、枚皋[①]、王褒、刘向之属，朝夕论思，日月献纳。而公卿大臣御史大夫倪宽、太常孔臧、太中大夫董仲舒、宗正刘德[②]、太子太傅萧望之等，时时间作，或以抒下情而通讽谕，或以宣上德而尽忠孝，雍容揄扬，著于后嗣。"

大概他所说的齐鲁之间的文学，汉与萧何一班人的文学，公卿大臣的文学，都是指发表思想创制礼教说的。他所说通一艺斌斌多文学之士，以及言语侍从之臣的文学，是指发抒情感、修饰辞句说的。这显然已可以分成是文学、非文学两派了。发抒情感的是文学，创制礼教或发表思想的非文学。——到三国时候，魏国出了大批文学的人才，所谓"建安七子"，大都是纯文学的作家。当时曹丕对于文学的见界是：

文以气为主，气之清浊有体，不可强而致。譬诸音乐，曲度虽均，节奏同检。

——见《典论·论文》

这几句话，还是"知其然而不〔知〕其所以然"的。到了晋朝，文学的气质日趋浮华，对于切实说理、明白记事的哲学文、史学文，显然分了两途。他们便应用化学上的定性分析的手段，也把一切文学作品定出两种不同的性来：称发表情感、修饰词采的纯文学作品为之文，称记事说理的杂文学作品为之笔。可以在下面几种书上去找例证：

---

① 底本作"牧皋"。
② 底本作"正宗刘德"。

《晋书·乐广传》说："请潘岳为表，便成名笔。""蔡谟文笔，议论有集行于世。"《成公绥传》"所著诗赋杂笔，十余卷"。《王珣传》："珣梦以大笔，如椽与之，既觉语人曰：'此当有大手笔事。'"

《宋书·傅亮传》说："高祖登庸之始，文笔皆是记（实）〔室〕参军滕演；北征广固，悉委长史王诞；自此而后，至于受命表策文诰，皆亮辞也。"

《南史·任昉传》说："既以文才见知。时人云：'任笔沈诗。'"《徐陵传》："国家有大手笔，必命陵草之。"《颜延之传》说："宋文帝问延之诸子才能，延之曰：'竣得臣笔，测得臣文'。"

《北史·魏高祖纪》说："帝好〔为〕文章诗赋铭颂，有大文笔，多马上口授，及其成也，不改一字。"

《魏书·温子昇传》说："张皋写子昇文笔，传于江外。"

《北齐书·李广传》说："广曾荐毕义云于崔暹。广卒后，义云集其文笔十卷，托魏收为之叙。"

《陈书·陆琰传》说："其所制文笔，多不存本，后主求其遗文，撰成二卷。"《刘师知传》说："师知好学，有当世才，博涉书传，工文笔。"《徐伯阳传》说："伯阳年十五，以文笔称。"

我们看上面这几条，都是把文与笔说成相对的名词。到这时，才把纯文学的作品，从一切文学作品里面提练出来，给了他一个正当的名称——文——直到南北朝，有梁朝昭明太子（萧统）选出一部纯文学作品的大集子来，定名《文选》——所选的有没有价值，是另一个问题——他在《文选》的序文里便给我们定下了一个很鲜明的文学界说道：

> 若夫姬公之籍，孔父之书，与日月俱悬，鬼神争奥，孝敬之准式，人伦之师友，岂可重以芟夷，加之剪截？老、庄之作，管、孟之流，盖以立意为宗，不以能文为本，今之所撰，又以略诸。若贤人之美辞，忠臣之抗直，谋夫之话，辨士之端，冰释泉涌，金相玉振。所谓坐狙丘，议稷下，仲连之却秦军，食其之下齐国，留侯之发八难，曲逆之吐六奇：盖乃事美一时，语流千载，概见坟籍，旁出子史。若斯之流，又亦繁博。虽传之简牍，而事异篇章，今之所集，亦所不取。至于记事之史，系年之书，所以褒贬是非，纪别异同，方之篇翰，亦已不同。若其赞论之综缉辞采，序述之错比文华，事出于沉思，义归乎翰藻，故与夫篇什杂而集之。

我们看他说来脉络分明，这一番话里，已隐隐的把一切文学作品，分成三条界线。一是"以立意为宗"的说理文章——哲学作品。二是"纪别异同"的记事文章——史学作品。三才是他所认定的"沉思翰藻"的纯文学作品。沉思，是说有丰富的情感；翰藻，是说有优美的技巧。一切文学作品，都逃不出这两个条件的。

中国学者对于文学概念的历史，到这里可以告一个段落。这里面可以区分为三个不同观察的时期；也可以分为三个不同概念的界说：

第一时期，把一切有文学形式的写件，都称为文学。

第二时期，把一切发表思想法制条文、事实记录的作品，都称为文学。

第三时期，才规定有情感、有技巧，而专表现个性的文章，称为文学。

这不是很有科学方法而进步的观念吗？但是后来，为什么又把文学的界说弄得糊涂起来呢？这又要怪自从汉魏以来的文人所谓辞赋家太注重形式太不讲性灵所招出来的反感。原来那时一班所谓文学家，虽是从杂货铺子里分发出来，而另开了一家专备文学货品的清一色的店，谁知店原是开出了，而外面挂着的一块"内有真正道地文学"的金字招牌，里面卖的却是假货。他们的作品，既没有情感，又没有兴趣，他们只有两块镀金招牌，一块是"死搬古典"，一块是"死讲词调"。靠着这两样法宝装点了他们的门户。搬古典，是西汉司马相如一班人已搬得很起劲了；讲词调，却在六朝时候讲得最热闹。缝缝补补、堆堆砌砌，那里像个文学家，竟是一个文匠罢了。反对的声浪第一个喊出来的，便是王充。他在《论衡》里说：

"故虚妄之语不黜，则华文不见息；华文放流，则实事不见［用］。故《论衡》者，所以铨轻重之言，立真伪之平，非苟调文饰辞，为奇伟之观也。"

"虚实之分定，而后华伪之文灭。华伪之文灭，则纯诚之化日以孳矣！"

"口则务在明言，笔则务在露文。高士之文雅，言无不可晓，指无不可睹。观读之者，晓然若盲之开目，聆然若聋之通耳。"

"言恐灭遗，故著之文字。文字与言同趋，何为犹当隐闭指意？"——装古典讲词调的文章愈说愈不明白，所以说隐闭指意。

"后人不晓世相离远。此名曰'语异'，不名曰'材鸿'，浅文读之难晓，名曰'不巧'，不名曰'知明'。"

"夫笔著者欲其易晓而难为，不贵难知而易造。"——古典都是辗转假借，所以说难知；词调都是呆拼死凑，所以说易造。——"口论务解分而可听，不务深迂而难睹。"

这样的冷嘲热骂，这冒牌文学的没有价值，便已可想而知。但是人心引入虚伪容易，返归诚实难，何况当时这班士大夫都靠这娼妓式的、鹦鹉式的装饰文字去哄骗帝王换得功名？一方面又因帝王专制的威权，日甚一日，祸福无常，喜怒不定，从来说的"伴君如伴虎"，谁敢在老虎面前说真心话、表真性情呢？因此有情感有风趣的活文学一天一天的淹没起来，粉饰太平、歌颂功德的死文字一天一天发达起来。但是公道自在人心，死文字愈发达，那骂的人也愈多。我举几个例在下面：

钟嵘说："古今胜语，多非补假，皆由直寻……大明、泰始中，文章殆同书抄，近任昉、王元长等，词不贵奇，竞须新事，尔来作者，寖以成俗。遂乃句无虚语，语无虚字，拘挛补衲，蠹文已甚。""今既不被管弦，亦何取于声律耶？齐有王元长者创其首，谢朓①、沈约扬其波……于是士流景慕，务为精密，襞积细微，专相陵架，故使文多拘忌，伤其真美。余谓文制本须讽

---

① 底本作"谢眺"。

读，不可塞碍；但令清浊通流，口吻调利，斯为足矣。"

萧纲说："未闻吟咏情性，反拟《内则》之篇，操笔写志，更摹《酒诰》之作，'迟迟春日'，翻学《归藏》，'湛湛江水'，遂同《大传》。吾既拙于为文，不敢轻有掎摭；但以当世之作，历方古之才人。……观其遣辞用心，了不相似，若以今文为是，则古文为非；若昔贤可称，则今体宜弃。"

裴子野说："其兴浮，其志弱，巧而不要，隐而不深……荀卿有云：'乱（世）〔代〕之征，文章匿而采。'斯岂近之乎？"好一个"巧而不要，隐而不深！"这把那专讲虚伪装饰文字的原形都显了出来！

元结说："近世作者，更相沿袭，拘限声病，喜尚形似，且以流易为辞，不知丧于雅正，然哉！彼则指咏时物会谐丝竹，与歌儿舞女生污惑之声于私室，可矣！若今方直之士，大雅君子，听而诵之，则未见其可矣。"

"与歌儿舞女生污惑之声于私室"，这还要骂得如何刻毒，无奈那班沉迷于功利的士大夫，原是没有廉耻心可以说的。"笑骂由他笑骂，好官我自为之。"像沈约、王融、谢朓这一班人，只知道写些虚浮杂凑的韵文词诗来博帝王的欢心，他们知道什么文学？死了心肠去求富贵，那里还知道人间有真性情。像沈约写的"凤龄爱远壑，晚莅见奇山！"（《早发定山》）算的是什么诗？史书上说：

宋明帝博好文章……每有祯祥及游幸宴集，辄陈诗展义，且以命朝臣。其戎士武夫则请托不暇，困于课

限，或买以应诏焉。于是天下向风，人自藻饰，雕虫之
艺盛于时矣！

这那里是文学？这一班那里还像个文人，竟是妓女对狎客唱
曲子劝酒罢了！文学到这时候，算是遭了一个大劫，斯文扫地，
也算扫地已尽了！物极必反，当时便产生出一个反抗时代的刘彦
和来，写一部《文心雕龙》，对于文学好似招了一招魂。他嫌那
时的文品太卑下了，他便来从新估定文学的价值。他说道：

> 夫宇宙绵邈，黎献纷杂，拔萃出类，智术而已。岁
> 月飘忽，性灵不居，腾声飞实，制作而已。夫有肖貌天
> 地，禀性五才，拟耳目于日月，方声气乎风雷，其超出
> 万物，亦已灵矣。形同草木之脆，名逾金石之坚，是以
> 君子处世，树德建言，岂好辩哉？不得已也！

他把文学看作是自然伟大的现象。文学家须有超万物的气
概，天地风雷一般的魄力；最后还要"树德"，才可"建言"。
这是如何的伟大？又是如何的尊严？但当时号称文学家的，
都是：

> 启心闲绎，托词华旷；虽存巧绮，终致迂回。宜登
> 公宴，本非准的，而疏慢阐缓，膏肓之病，典正可采，
> 酷不入情……缉事比类，非对不发；博物可嘉，职成拘
> 制。或全借古语，用申今情；崎岖牵引，直为偶说。惟
> 睹事例，顿失（情）〔清〕采。……次则操调险急，发
> 倡惊挺；雕藻淫艳，倾炫心魂。
>
> ——《南齐书·文学传论》①

---

① 底本作"《南齐书·文苑传论》"。

江左齐梁，其弊弥甚！……遂复遗理存异，寻虚逐微，竞一韵之奇，争一字之巧。连篇累牍，不出月露之形；积案盈箱，惟是风云之状！"

——《隋书·李谔传》

建武以还，文卑质丧，气萎体败，剽剥不让。俪花斗叶，颠倒相尚。

——《祭韩侍郎文》

为文之士，亦多渔猎前作，戕贼文史，抉其意，抽其华，置齿牙间，遇事蜂起。金声玉耀，诳聋瞽之人，徼一时之声；虽终沦弃，而其夺朱乱雅，为害已甚！

——柳子厚

像这种种情形，真是刘彦和所说的："去圣久远，文体解散；辞人爱奇，言贵浮诡。饰羽尚画，文绣鞶帨，离本弥甚，将遂讹滥！"刘勰的《文心雕龙》，是中国文学史上唯一的批评书。他看到当时的文人，只知俪花斗叶，趋于浮诡的末节，他便大声疾呼的叫一班文人去找他的心。文的心是什么？便是真情感。《文心雕龙》里说：

铅黛所以饰容，而盼倩生于淑姿；文采所以饰言，而辩丽本于情性。故情者文之经，辞者理之纬。经正而后纬成，理定而后词畅。

昔诗人什篇，为情而造文，辞人赋颂，为文而造情。何以明其然？盖风雅之兴，志思蓄愤，而吟咏情性，以讽其上，此为情而造文也。诸子之徒，心非郁陶，苟驰夸饰，鬻声钓世，此为文而造情也。故为情者要约而写真，为文者淫丽而烦滥。

你看他寄托何等高远？观察何等清楚？实可以使当时鬻声钓世的无赖文人读了淌汗！又在浑俗迷茫的文学界里指出一条明确的途径来！只可惜当时环境包围人的势力实在坚厚。刘勰——彦和——《文心雕龙》的立意，要人去求文的心，不要转讲文的躯壳。当时文的躯壳是什么呢？便是句仗工整，声调铿锵。而《文心雕龙》的大体，依旧是拿骈句写成的。再他因为要推高文学的地位，劈头几篇《原道》《征圣》《宗经》《正纬》，把极超然的文学，才脱了形式的束缚，又混入了道统的杂质；这固然是文学界的不幸，也是当时的局势使然。叫刘勰一个无权无位的人如何反抗得许多？——也许《文心雕龙》之所以得能流传到今日，还是靠他里面这一点骈句的形式、道统的思想。呜呼文学！

胡适的《白话文学史》中说道：

> 两晋南北朝的文人，用那骈俪化了的文体来说理、说事、谀墓、赠答、描写风景——造成一种最虚浮、最不自然、最不正确的文体。他们说理本不求明白，只要"将毋同"便够了。他们记事本不求正确，因为那几朝的事，本来是不好正确记载的。他们写景本不求清楚。因为纸上的对仗工整与声律铿锵，岂不更可贵吗？他们做文章，本不求自然，因为他们做惯了那不自然的文章，反觉得自然的文体为不足贵，正如后世缠小脚的妇人见了天然足反要骂"臭蹄子"了！
>
> ——《白话文学史（上）》（一五七）

中国文学到了这最腐化的时候，忽然从西南方杀进一般新势力来：便是佛家思想的灌输，与佛经文学的传布。——我们到现在写起文章来，还要用几个"一刹那""大千世界"等佛经字眼，可以知道佛经文学的普遍了。——佛教是一种迷信，他说的道理都是闭了眼睛的瞎说；愈是瞎说，愈要说得"像煞有介事"，这不能不利用文学上丰富的情感了。又因他要使佛家思想的普及，尤其要普及到下层的愚夫愚妇，更是要把文章写得明白清楚，因此又要利用文学上直率的体裁了。可怜一千年来被一班文妖乌烟瘴气所罩住的文学真面目，还是靠这无聊的佛力来得到一个显露的机会！那时上自帝王公卿，下至贩夫走卒，都受了这佛教的诱惑，大家都要念念经。经上的文章是用不到古典，用不到词采的。《法句经》序文上说：

> 仆初嫌其为词不雅。维祗难曰："佛言依其义不用饰，取其法不以严；其传经者令易晓勿失阙义，是则为善。"座中咸曰："老氏称'美言不信，信言不美。'"

像那搬古典凑词调的文字，信既不信，美也不美，所以佛家是不要他的。《高僧传》里说："义理明析，文字允正，辩而不华，质而不野，凡在读者，皆亹亹而不倦焉。"又说："审得本旨，了不加饰。"又说："理得音正，尽经微旨。""言直理旨，不加润饰。"所以佛经上的文字，倒能够率直明白的写出来；能够"言之有物"，不作"无病而呻"。但他如何能脱离环境而独立？在《白话文学史》上说，有四个理由：

> 一是因为外国来的新材料，装不到那对仗骈偶的滥调里去。二是因主译的都是外国人，不曾中那骈偶滥调的毒。三是因最初助译的，很多是民间的信徒。四是因宗教的经典，重在传真，重在正确，而不重在辞

藻文采；重在读者易解，而不重在古雅。

因他传布的广，信仰的多，便给后来中国文学史上很多的影响。依胡适的说法，可以分成三项：

一、在中国文学最浮靡又最不自然的时期，在中国散文与韵文都走到骈偶滥套的路上的时期，佛教的译经起来……用朴实平易的白话文体，来翻译佛经……宗教经典的尊严，究竟抬高了白话文体的地位，留下无数文学种子，在唐以后生根发芽开花结果。

二、佛教的文学最富于想像力，虽然不免不近情理……然而对于那最缺乏想像力的中国古文学，却有很大的解放作用。

三、印度文学往往注重形式上的布局与结构……这种悬空结构的文学体裁，都是古中国没有的。他们的输入，与后来弹词、平话、小说、戏剧的发达，都有直接或间接的关系。

——见《白话文学史》

这种影响不但是文学上形式的改变，竟是文学上内质的改变；深刻一点说起来，佛教的势力不但改变了中国人的思想，更是改变了中国人的国民性。——人人不努力于现世，而努力下世；人人不希望在地上，而希望到天上。——这如何要得！到了唐朝，便出了一个"文起八代之衰"的韩昌黎；他一只手要挽住自两汉以来经过了八个朝代的文学上专讲形式词调的颓风，他另一只手又要抵抗那从西方来的迷人心窍的佛教。我先说他的文学主张：

《答李翊书》："将蕲至于古之立言者，则无望其速成，无诱于势利，养其根而（竣）〔俟〕其实，加其膏而希其光。根之茂者其实遂，膏之沃者其光晔。仁义之人，其言蔼如也。抑又有难者：愈之所为，不自知其至犹未也；虽然，学之二十余年矣。始者，非三代两汉之书不敢观，非圣人之志不敢存。处若忘，行若遗，俨乎其若思，茫乎其若迷。当其取于心而注于手也，惟陈言之务去，戛戛乎其难哉……如是者亦有年，犹不改。然后识古书之真伪，与虽正而不至焉者，昭昭然白黑分矣，而务去之，乃徐有得也。当其取于心而注于手也，汩汩然来矣……如是者亦有年，然后浩乎其沛然矣。吾又惧其杂也，迎而距之，平心而察之，其皆醇也，然后肆焉。虽然，不可以不养也，行之乎仁义之途，游之乎诗书之源，无迷其途，无绝其原，终吾身而已矣。"

《答尉迟生书》："君子慎其实，实之美恶其发也不掩；本深而末茂，形大而声宏，行峻而言厉，心醇而气和，昭晰者无疑，优游者有余。"

《樊宗师墓志》："……多矣哉，古未尝有也。然而必出于己，不蹈袭前人一言一句，又何其难也。必出入仁义，其富若生蓄，万物必具，海含地负，放恣纵横，无所统纪。然而不烦于绳削而自合。呜呼，绍述于斯术，其可谓至于斯极者矣。……'惟古于词必己出，降而不能乃剽贼。后皆指前公相袭，后汉迄今用一律。寥寥久哉莫觉属，神徂圣伏道绝塞。既极乃通发绍述，文从字顺各（职）〔识〕职，有欲求之此其躅。'"

总之：他痛恨自后汉迄今的文人，都是虚伪摹仿，专讲词调，没有一言一句是出于己的。互相剽窃，前后相袭。所以他主张要写好文章，先要有深刻的修养。"二十年""终其身"，养得丰厚的文气，自然有茂实的文学。他说文气道："气，水也；言，浮物也。水大而物之浮者大小毕浮；气之与言犹是也；气盛，则言之短长，与声之高下者皆宜。"自两汉以后那种堆砌装饰的骈俪文章，是毫无活气的，所以韩昌黎一律排斥他。他在《进学解》里说自己文学的标准是："上规姚姒，浑浑无涯；周诰殷盘，佶屈聱牙。《春秋》谨严，左氏浮夸；《易》奇而法，《诗》正而葩。下逮《庄》《骚》，太史所录，子云相如，同工异曲。"他尤其是崇拜扬子云，所以张籍《遗韩愈书》中有一段道："宣尼没后，杨朱、墨翟恢诡异说，干惑人听，孟轲作书而正之，圣人之道，复存于世。秦氏灭学，汉重以黄老之术教人，使人寖惑，扬雄作《法言》而辨之，圣人之道犹明。及汉衰末，西域浮屠之法入于中国，中国之人世世译而广之。……自扬子云作《法言》，至今近千载，莫有言圣人之道者，言之者惟执事焉耳！"这几句话虽是出于张籍，但也是韩愈平日所标榜的。韩愈要把文章的作风回复到八代以上——所谓古文——又要把古文增加声价，便掮出他"道统"的牌子来，说什么"文以载道"；是说每写文章，都要有一个道在里面。道是什么？便是尧、舜、禹、汤、文、武、周公、孔子、孟子、扬雄，直到韩愈，一个统系所传下来的主张。其实那里有这许多人马？左右不过儒家之道罢了！尤其是汉儒所假托的虚伪的礼教之道罢了！而韩愈却要郑重其事的捧出这块镀金招牌来，打倒今文，打倒佛教，打倒杨朱墨翟之道；结果一切都不曾打倒，独打倒了从晋朝以来所分析出来的纯文学统系。从此文学的一名词，又被古文闹得乌烟瘴气的，泾渭不分，界限不清了。

我再说说这位古文大家反对佛教的主张，他的《论佛骨表》中已有了鲜明的色彩：

> 佛者，夷狄之一法耳！自后汉时流入中国，上古未尝有也。……惟梁武帝在位四十八年，前后三度舍身施佛，宗庙之祭，不用牲牢，尽日一食，止于菜果，其后竟为侯景所逼，饿死台城，国亦寻灭。事佛求福，反更得祸。由此观之，佛不足信，亦可知矣！……即位之初，不许度人为僧尼道士，又不许创立寺观。臣常以为高祖之志，必行于陛下之手，今纵未能即行，岂恣之转令盛也？……以故焚顶烧指，百十为群，解衣散钱，自朝至暮，转相仿效，惟恐后时，老少奔波，弃其业次。若不即加禁遏，更历诸寺，必有断臂脔身以为供养者。伤风败俗，传笑四方，非细事也！夫佛者，本夷狄之人，与中国言语不通，衣服殊制；口不言先王之法言，身不服先王之法服；不知君臣之义，父子之情。假如其身至今尚在，奉其国命，来朝京师，陛下容而接之，不过宣政一见，礼宾一设，赐衣一袭，卫而出之于境，不令惑众也。况其身死已久，枯朽之骨，凶秽之余，岂可直入宫禁？……乞以此骨付之有司，投诸水火，永绝根本，断天下之疑，绝后代之惑。使天下之人，知大圣人之所作为，出于寻常万万也。岂不盛哉！岂不快哉！佛如有灵，能作祸福，凡有殃咎，宜加臣身，上天鉴临，臣不怨悔！

他反对佛教，不知道从佛家思想的谬妄妨碍社会秩序、阻挠人群进化、荒废生产事业、迷惑愚夫愚妇种种实际上去说出一个切实的道理来去驳倒他；只是开口夷狄之法，闭口先王之道。夷狄之法怎么样？先王之道又是怎么样？夷狄先王，不过从主观的态度中定下来的一个虚名罢了。夷狄之法不见得一定是坏的，先王之道不见得一定是好的。又他的反对骈俪浮滥的文章，也不知道从艺术情感上把文学的真面目解放出来，只是开口"志于古"，闭口"志乎古之道"。韩愈《答李秀才书》里说："愈之所志于古者，不惟其辞之好，好其道焉尔！"又他《题欧阳生哀辞后》说："愈之为古文，岂独取其句读不类于今者耶？思古人而不得见，学古道则欲兼通其辞；通其辞者，本志乎古之道也。"古之道怎么样？今之道又是怎么样？一个时代有一个时代的精神表现，古之道不见得样样合于今，今之道也不见得样样不如古。况且解放文体便解放文体，把骈文解放成散文，岂不是很好的一件事？但他偏偏要抬出一个古字来想去压倒今，这是最笨的方法！老实说，韩愈也算不得一个好文学家，他自己也认不出文学究竟是一样什么东西来。他也并不是一个好思想家，他只知死抱住尧、舜、禹、汤、文、武、周公、孔子的道统。他不但说不清自己的道是一样什么东西，他并且连他所反对的佛老的思想是一路什么思想也莫明其妙。他总算能够觉得骈俪文的无聊，能够认得佛教的害人；但这是他的表面上的认得，不是深刻的认识，所以也无法深刻的去反对佛。这样的恶环境，那般的恶势力，只叫这一位老实人说几句浮泛的反对的话，有什么力量？不但没有力量，且从此又把古文的恶势力占住了文学界，使文学之神，才脱离了骈偶的形式的枷锁，又套上了一重古文的精神的枷锁。"非先王之法言不敢言，非先王之法服不敢服。"弄得寸步荆棘，死气沉沉。文学之魂至今还没有完全苏醒，倒是佛教能够以文学为手段，去宣传他迷人的宗教思想。文学间接受了他的影响，得到了许多活泼的精神，在一切诗文、戏曲、小说上面。郑振铎在他的《研究中国文学的新途径》一文上面说道：

> 韩愈曾努力的辟佛，保障儒道，踵其后的古文家也曾时时的为此同样的举动。然而他们的力竭声嘶的防御的笔战，仅足证明佛教思想之如何伟大而已！（？）毫不能给他们以致命伤！在后来的重要文艺作品上，几乎有一半是印上了这种印度思想的沙痕的。……在宋元之前，为什么中国没有发生过戏剧和小说的大作品？为什么这些重要的作品，直到了宋元之时，才突然的如雨后的春笋般的纷纷产生？许多文学史家对于这疑问都没有注意过。最近有一部分人用文学的眼光去研究印度的文学，尤其是他的小说与戏曲，于是才发现他们的小说与戏曲，其体裁与结构，与中国的有惊人的共同之点。

> ——见《中国文学研究》

佛教思想是否伟大？那是各人的见地有不同；至于他的文学比较中国能通俗化，能自由化，这是当然的。我不是说过了吗？"佛教是一种迷信，他愈是瞎说愈要说得像煞有介事，不能不利用文学上丰富的情感以及明白清楚的文学体裁。""佛教能够以文学为手段，去宣传他迷人的宗教。"他文学的技能愈高，惑人的手段也愈可怕。——再说下去，是中国哲学史范围以内的事，我在这里也不多说了。

因为韩昌黎的文学、技巧、道统、思想并不高明，样样都比不上佛教中人。他们有迷人的玄学，有技巧的文学，再加帝王极力提倡佛教，所以韩愈文学上的复古运动，不久便衰退下来了。到了宋朝，古文的运动又起来了。最有名的是欧阳修，但倡导的人是柳开、穆修一辈人。因为从唐朝经过五代，文学界依旧中了骈偶文体的毒，文气更是衰弱，文体更是卑下，柳开便起来提倡提古文，他说：

> 古文者，非在辞涩言苦，使人难读诵之，在于古其理，高其意，随言短长，应变作制，同古人之行事，是谓古文也。子不能味吾书，取吾意，今而视之，今而诵之，不以古道观吾心，不以古道观吾志，吾文无过矣！吾若从世之文也，安可垂教于民哉？亦自愧于心矣！欲行古人之道，反类今人之文，譬乎游于海者，乘之以骥可乎哉？苟不可，则吾从于古文，吾以此道化于民。……吾之道，孔子、孟轲、扬雄、韩愈之道；吾之文，孔子、孟轲、扬雄、韩愈之文也。

> ——《河东集·应责》

他只说要行古人之道，要作古人之文；他却不说为什么要行古人之道，要作古人之文。自然不能使人信服。且又因他的力量浅薄，他一人的呼号，引不起大众的注意；直到欧阳修以参知政事的地位来提倡古文，趋奉势利，人心是相同的，当时便有曾巩、苏洵、苏轼、苏辙一班古文大家来附和他，那古文的势力重又振作起来。欧阳修的提倡古文，他的方法完全模仿韩昌黎的，第一步也来一个辟佛。他的《本论》中说：

> 佛法为中国患千余岁，世之卓然不惑而有力者，莫不欲去之。……尧、舜、三代之际，王政修明，礼义之教充于天下，于此之时，虽有佛无由而入。及三代衰，

王政阙，礼义废，后二百余年，而佛至乎中国。由是言之，佛所以为吾患者，乘其阙废之时而来。此其受患之本也。补其（辟）〔阙〕，修其废，使其政明而礼义充，则虽有佛，无所施于吾民矣。……莫若修其本以胜之。昔战国之时，杨、墨交乱，孟子患之，而专言仁义，故仁义之说胜则杨、墨之学废。汉之时，百家并兴，董生患之，而退修孔氏，故孔子之道明而百家息。

因为要辟佛，所以要复古；因为要复古之道，所以要复古之文。实际的说，他们一班古文大家，并不是对于文学有什么主张，也不是有意要解放文体，他仍是以提倡古文为恢复道统的手段。欧阳修对于韩文最是崇拜，所以他说："见其言深厚而雄博。……见其浩然无涯若可爱。……喟然叹曰：'学者当然至于是而止耳！'"——《记旧本韩文后》——苏洵也说："韩子之文，如长江大河，浑浩流转；鱼鳖蛟龙，万怪惶惑而抑过蔽掩，不使自露。而人望见其渊然之光，苍然之色，亦自畏避不敢迫视。"——《上欧阳内翰书》——韩柳的文章，经欧苏一班人有力的提倡以后，便成了古文家的宗匠，韩柳以后，有欧、苏；欧、苏以后，有归、方、姚、曾；直到今日，古文派作家成了一个密接的系统，又支配了近千年的文学界。

归有光说："言恶乎宜？曰：宜于用，不宜于无用。言之接物，与喜怒哀乐均也；当乎所接之物，是言之道也。终日而谈鬼，人谓之无用矣，以其不切于己也，终日而谈道，人谓之有用矣，以其切于己也。"——《言解》

方苞说："《春秋》之制义法，自太史公发之；而后之深于文者亦具焉。义，即《易》之所谓'言有物'也；法，即《易》之所谓'言有序'也。义以为经而法纬之，然后为成体之文。……夫纪事之文成体者，莫如左氏；又其次，则昌黎韩子，然其后义法皆显然可寻。"——《书史记货殖传后》

姚鼐说："夫文无所谓古今也，惟其当而已；得其当，则六经至于今日，其为道也一。"——《古文辞类纂序》

曾国藩说："古文所以立名之始，乃由屏弃六朝骈俪之文，而返之于三代两汉。今舍经而降以相求，是犹言孝者敬其父祖而忘其高曾，言忠者曰：'我家臣耳，焉敢知国？'将可乎哉？"——《经史百家杂钞序例》

文以载道的话是不对的

我现在要说的，是韩昌黎、欧阳修一班人所遗留在后世的"文以载道"的流毒，到现在大部分研究中国文学史或文学的人，还不能把文从道的陷阱里救出来，而使他表现生命独立的精神。紧接着韩愈以后主张文以载道的人，如柳宗元说："文者以明道，是固不苟为炳炳烺烺，务采色，夸声音而以为能也。"欧阳修说："圣人之文虽不可及，然大抵道胜者，文不难自至也。"司马光说："君子有文以明道。"宋濂说："明道谓之文。"顾亭林说："文之不可绝于天地间者，曰明道也。"刘海峰说："作文本以明义理。"他们都想一个个的死了以后，去陪着孔二夫子吃冷牛肉，所以大家拉长了脸说这些"明义理""明道"的假道学话。他们都把所谓"道统""义理"弄得头脑冬烘了，心肠枯冷了！竟不知道人生天地间有情感的这样东西。他在洞房花烛夜的时候，也免不了要背两句"四书"；在苦块昏迷的时候，也要读几句《礼记》。虚伪也虚伪到极点，呆板也呆板到最高等！直到现在那班身任大学教师的什么文学大家、国学大家，一开手写起讲义来，什么"河图洛书""八卦两仪""三坟五典""八索九邱"之文；什么唐虞三代之文、六艺之文、周秦诸子之文、扬荀班马之文、宋明义理之文；东拉西扯、昏天黑地写成了一本中国文学什么什么史去骗得一口饭吃，误尽后生小子！你我瞌睡醒醒罢！你们要骗小孩子么？如今的小孩子不比从前了。他们有东西洋的文学书可以看，文学的背景是什么？什么时代产生什么文学？说得清清楚楚的。我们中国人同是人类，同是有高级文化的人类，这文学的历程，当然也不能在例外。你们要哄外国人么？如今的外国人，也不比从前了。他们能够应用科学方法来研究中国的学术，出了许多学者，写了许多书籍。可怜我们要研究本国的学问，还得到外国去找材料，翻译外国书本，请外国教师呢！——你不看见吗？那上海专研究中国学术的日本同文书院，他都请日本学者来教授那已经用科学方法整理过的中国学问，却不用着我们中国那种头脑冬烘、乌烟瘴气的"道统"先生去遗误人家的子弟！——中国的文学，也是一样的一塌糊涂！

文以寄情

他们以为"文以载道"是寄托最古，包罗最广，又是最老最

155

硬的一金块字招牌了；但我以为"文以寄情"这块开辟鸿蒙时候便竖起来的牌子，当然要比他们古得多、广得多、老得多、硬得多呢！你不听见说"大块文章"一句话么？原来有大块——天地——时候，便有文章；有万物时候，便有情感。文学的表现，文学的享用，不是我们人类所独有的。鸟啼花落，柳拽蝉鸣，这是自然的表现，也是自然的情感；这里面没有什么道统，也没有什么义理。人类的自然表现、自然情感，我们用文字去拿他间接显露出来，已是感觉到十分的不自然了，何况再加上种种的桎梏、种种的装饰？这文学清洁而活泼的灵魂，在十八层地狱底里，一声声的呼号着："还我自由！"你们难道不曾听到吗？所以艺术是人类取天地间自然美的一部分，以意识的复写出来的一种技巧。文学是取艺术中内心美的一部分，以意识的间接的描写出来，这已经是人类的私心作用了，所以文学最高的艺术，能多保全得一分自然是一分，能多表现得一分真情是一分。所谓中国文学史者，便是记录中国人在时间上用文学留下的自然真情的表现。他的真情表现，只是受中国地理、时代、民族特性的背景所支配，却并不受什么"道统""义理"的支配。因为道统是人造的义理，是虚伪的，他不配来支配我们的文学。可怜道统！可怜义理！他在左拥姬妾，右接苞苴的时候，早不知把他的道统、义理抛向什么地方去了。像我们以真性情为背景的文学，便光明磊（碌）〔落〕，清洁高超，无所不包，无时不在。从"小红低唱我吹箫"的时候，到"时不利兮骓不逝"的时候，都表现了文学的真情；从"大风起兮云飞扬"的时候，到"疏影横斜水清浅"的时候，都表现了文学的自然。你说满面堆着道学气的人，能否认他么？你说世界不到末日的时候，你能消灭他么？魂兮归来，我文学独立之神!

在道统派势力笼罩之下的文学界，我们看看还有几多人能真正认识文学的？我略说几个在下面：

黄梨洲说："文以理为主，然而情不至，则亦理之郭廓耳！"——《论文管见》

袁随园说："足下论文如射之有志，可谓识取舍者矣；而何以每足下于庄屈之荒唐，则爱之而诵之？于程朱之语录，则尊之而远之？岂足下之行与言违哉？以理论，则语录为精；以文论，则庄屈为妙；足下所爱，在文不在理。"——《答友人论文》

魏伯子说："诗文不外情、事、景；而三者，情为本。"——《论文》

章太炎说："可以感人者为文辞，不感者为学说；就言有韵，其不感人者亦多矣。……若荀卿《成相》一篇，其足以感人安在？乃若原本山川，极命草木，乃写都会、城郭、游射、郊祀之状，若相如有《子虚》，扬雄有《甘泉》《羽猎》《长杨》《河东》，左思有《三都》，郭璞、木华有《江》《海》，奥博翔实，极赋家之能事矣，其亦动人哀乐未也？其专赋一物者，若孙卿有《蚕赋》《箴赋》，王延寿有《王孙赋》，祢衡为《鹦鹉赋》；侔色揣称，曲成形相，嫠妇孽子读之不为泣，介胄戎士咏之不为奋！"——有韵文字，并不限于赋一类，而文学作品，也不必限于有韵一类。

疑古玄同说："大约中国之所谓文人学士，研究文学，即在此种地方。——指堆砌种种陈套语表象词说——故当其摇头摆尾、口角嘘唏，将甘蔗渣儿嚼了又嚼之时，专在改换字面，删削虚字；乃嚣嚣然号于众曰：'此句如何古奥！此句如何华赡！此句如何险峻！'吾见其人矣，吾闻其语矣，真叫我肚肠笑痛！"——可见文学不但不是载道的，更不是专讲浮词俗套的。

陈独秀说："文以代语而已，达意状物为其本义。文学之文，特其描写美妙动人者耳；其出义原非为载道有物而设，更无所谓限制作用及正当的条件也。"

在这里，我还要说起一个人，便是写《文史通义》的章实斋——《文史通义》虽不是一本专批评文学的书，且章先生是一位考据家，他对于文学的见界还是从史学方面看出来的，不可以算得是真正认识文学的人。但以中国文学批评书的少见（《文心雕龙》以后只有《文史通义》一书），中国学者对于文学见地的清晰，章实斋先生要算难能而可贵的了。——现在我引几段他的话在下面：

仆持文律，不外"清""真"二字：清则气不杂也，真则理无支也。此二语知之甚易，能之甚难。

古人文无定格，意之所至，而文以至焉；盖有所以为文者也。文而有格，学者不知所以为文，而竟趋于格；于是以格为当然之具，而真文丧矣。

余惟古人文成法立，如语言之有起止，啼笑之有收纵，自然之理，岂有一定式哉？文而有式，则面目雷同，性灵锢蔽，而古人立言之旨晦矣！

韩昌黎之论文则曰："文无难易，惟其是耳。"余亦谓文无古今，惟其是耳。

《易》曰："言有物而行有恒。"《书》曰："诗言志。"吾观立言之君子，歌咏之诗人，何其纷纷耶？求其物而不得也，探其志而茫茫然也。然而皆曰："吾以玄言也。""吾以赋诗也。"无言而有言，无诗而有诗，即其所谓物与志也；然而自此纷纷矣！

文欲见其事，未闻事欲如其人者也。尝见名士为人撰志，其人盖有朋友气谊，志文乃仿韩昌黎之志柳州也。一步一趋，惟恐其或失也。中间感叹世情反复，已觉无病费呻吟矣；末叙丧费出于贵人及内亲，竭劳其事，询之其家，则贵人赙赠稍厚，非能任丧费也；而内亲则仅一临穴而已，并未任其事也。且其子俱长成，非若柳州之幼子孤露，必待人为经理者也。诘其何为失实至此？则曰："仿韩志柳墓，终篇有云：'归葬费出观察使裴君行立。'又'舅弟卢遵既葬子厚，又将经纪其家。'附纪二人，文情深厚，今志欲似之耳！"余尝举以语人，人多笑之；不知临文摹古，迁就重轻，又往往似之矣！是之谓"削趾适屦"！

文人固能文矣，文人所书之人，不必尽能文也。叙事之文，作者之言也；为文为质，惟其所欲，期如其事而已矣。记言之文，则非作者之言也；为文为质，期于适如其人之言，非作者所能自主也。……善相夫者，何必尽识鹿车鸿案？善教子者，岂皆熟记画获丸熊？自文人胸有成竹，遂致闺修，皆如板印。与其文而失实，何如质以传真也。由是推之，名将起于卒伍，义侠或奋闾

间；言辞不必经生，记述贵于宛肖。而世有作者，于斯
多不致思！

　　古人文成法立，未尝有定格也。传人适如其人，述
事适如其事，无定之中有一定焉。知其意者，旦暮遇
之；不知其意，袭其形貌，神弗肖也。

这许多话，虽不见得完全合得上文学的界说，但他有几点是
可以使我们注意的：一是文气要清，便是须有充足的情感，一气
呵成。二是要出于自然，要怎样说便怎样说，一点不受格律的拘
束。三是不摹仿古人，只讲是非。四是要出于真情感，不可无
言有言，无诗有诗。——便是今日的应酬文字——五是要避去俗
套，文章是不受形式束缚的东西。六是要切实的描写，不必避忌
一切俗话俗情。有这六种意思，章先生生在清代（一七［三］八
年生，一八〇一年死）桐城派、阳湖派古文闹得乌烟瘴气的时
候，却能认出几分文学的真面目来，已是难能而可贵的了。至于
他主张以史实意义为文学的中心，而忘却了重要的情感。他说：
"要言之有物。""要言之有理。"这正是他看不起当时的骈俪
式、八股式、古典式虚伪的文章。原来当时把一切学术分成三部
分：一是考据之学，便是史学；二是义理之学，便是哲学；三是
辞章之学，便是文学。一、二两种，都是言之有物，言之有理；
只有辞章是虚伪雕饰的，所谓"雕虫小技，不合大人"，于是一
班爱好文学的人，要抬高文学的身价，便假托着史学或理学，
表见出来，使他言之有物，言之成理。——所以那时"文史"二
字，便发生了连带关系。其实他不知道文学也是人情的自然表
现，人生的精神寄托；他有他广大而永久的领域，正不必依草附
木、借重于人。

中国人对于文学史的错误

上面我已经把我国历来的学者，对于文学的见界，约略的说过；而中国文学史至今不能成立，文学至今不见发达，全是关系于这一班学者的见地不清晰，工夫不真实所至。一种学问的能够成立而发展，第一固然要靠他本身的努力，但也要看他的环境能否引导他、帮助他。我们中国的文学，正发见了一点萌芽的时候——如《诗经》《楚辞》的时代——便被两汉时代一班经师，用虚伪的六经之道来淹没了他；一方面又因所谓儒家的礼教，来做了专制政治的帮凶，把那活泼而自由的文学生机完全斩去。一班靠太监、女人而得意的无聊文人——如司马相如、朱买臣辈——便写些歌功颂德的滥调辞赋，便洋洋得意自命为千古独步的才子；从此文学二字，便永远被贵族阶级占据了去！富族里面有什么真性情？有什么真艺术？他们只有享乐，只有虚伪的享乐！从此文学一天一天的趋于机械化、脂粉化。一切平民直率的性情、热烈的呼号，直压迫在十八层地狱下面而不容他攒出头来！那文学的灵机，也消尽死绝，我们无处可以去找得。文品愈下，文心愈空。到了这时候——六朝骈文发达的时候——连"文以载道""六经之文"的假面具也不要了，人人都拿什么韵音啊对仗啊，来搬弄着、标榜着。他们又分什么纯文学、杂文学、硬文学、软文学；又是什么文啊，笔啊，自己却站在纯文学、软文学的地位，俨然成了文学的正统。——读《昭明文选》的序文便可以知道——这真是《红楼梦》里宝玉说的："正经叫做（侮）〔晦〕气罢！没得（沾）〔玷〕辱了好名好姓！"待到韩愈起来摒斥骈文，恢复古文，从此文学才脱离了寻声逐字的虚名，便又惹上了"文以载道"的实祸。经过了唐宋理学的时代，所谓文学，依旧是和六朝时候一样的虚伪。——一个是拿文字来堆砌篇幅，一个是拿文字来空讲心性。——这里面总算是因为佛经的外来势力，元曲的外来势力，在戏曲、小说方面露了一露文学的真面目。到最近中国的学术界，受了西洋文化的影响，大家起来提倡用白话写一切作品，在文学上也只得到形式上的一部分解放。至于内容，大家只看见隔园的花光，只是摹仿人家的，颂扬人家的，介绍人家的。像无产阶级文学，看做除人生以外无艺术，或得到了文学的功效，而不承认文学的立场。这可以算是变相的"文以载道"运动，成为"文以载无产大众"了！

一个从美国留学回来的中国学生，他见了夜间的月色，竭力称颂美国的月色。这虽是一个笑话，但近来称颂东西洋文学的人，确实是有这种心理。其实在科学上或政治学上，或许有中外优劣的分别；独有在文学上，绝端讲不到谁的好。因为文学是出于情感的自然，一国的文学，又是一国民族特性自然的表现。这里面只有一个真假的分别，却没有好坏的分别。凡是真的文学，没有不好的，我中国文学的园中，看不到文学的花光，这只是荆棘芳草掩蔽了他！什么六经之文、骈俪之文、载道之文，全是遮蔽真正文学的荆棘荒草！从事文学的人，又不知向真文学途径上去努力，那指导的人又把他引进到虚伪的路上去，批评的人又是绝少。一种学术的成功，全靠有多少批评家用正确严厉的眼光批评出来的。你看看中国的文学批评家有多少？除刘彦和的一部《文心雕龙》以外，只有章实斋的半部《文史通义》。像王充的《论文》、魏文帝的《论文》、陆机的《文赋》、挚虞的《文章流别》、颜之推的《文章篇》、王通的《论文》、李德裕的《文章论》、真德秀的《文章正宗》、唐顺之的《论文》、顾炎武的《论文》、顾禧的《论文》、刘大櫆的《论文》、钱大昕的《论文》、包世臣的《论文》、梅曾亮的《论文》等，都是零星短篇——他议论正确不正确且不去说他——中国人对于文学的见界如此错误！对于文学的兴趣如此缺乏！我们打算到什么地方去找完备的中国文学史？

在西洋学识集输入中国以前，"文学史"三字，几乎绝迹于中国的书籍中。我们要在那时候得到中国文的统系的知识，当然不可得，但在每一文学重心移转的时期，便有代表这时代文学态度的结集产生。我们从他集子的内容分类上，却可以看出每一时期的文学统系来，这便是中国文学史的稚形。——但只可以代表士大夫一部分的——中国文学作品上的结集，共有七次，现在排列在下面：

一、《诗经》——这是东周时代的民间歌谣与朝廷祭飨、君臣间酬酢乐歌的合集。《诗序》说："风，风也，歌也……上以风化下，下以风刺上，至于王道衰，礼义废，政教失，国异政，家殊俗，而变风变雅作矣。……雅者，正也，言王政之所由废兴也。政有大小，故有小雅焉，大雅焉。颂者，美盛德之形容，以其成功告于神明者也。"他已经被儒家强奸过了！那《雅》《颂》两部分的诗，完全是从贵族酬应、臣下歌颂的心理产生出来的，所以他的背景逃不了虚伪二字。便是《风》一部分，固然有很好的男女的恋歌，无产阶级的呼号，人民对于兵役虐政的厌恶和痛骂；但一律被儒家加上一个文王之化、后妃之德等谬误的解释，把一部好好的古代史诗的总集，深深陷入了十丈污泥中！

到今日一班有文学兴趣的人，竭力拿他来洗刷还洗不出一个真面目来；但他总是一部分纯文学的总集。——是中国文学第一次的结集——我现在把他的节目写出来：

《国风》一百六十篇，分十五国：

《周南》七十一篇，重要的如《关雎》①《葛覃》《卷耳》等。《召南》十四篇，重要的如《鹊巢》《草虫》《野有死麕》等。《邶》十九篇，重要的如《柏舟》《燕燕》《终风》等。《鄘》十篇，重要的如《墙有茨》《桑中》《相鼠》等。《卫》十篇，重要的如《淇奥》《硕人》《伯兮》等。《王》十篇，重要的如《黍离》《君子于役》《葛藟》等。《郑》二十一篇，重要的如《将仲子》《子衿》《出其东门》等。《齐》十一篇，重要的如《鸡鸣》《东方未明》《南山》等。《魏》七篇，重要的如《园有桃》《葛屦》《陟岵》②《伐檀》等。《唐》十二篇，重要的如《蟋蟀》《山有枢》《扬之水》等。《秦》十篇，重要的如《车邻》《黄鸟》《无衣》等。《陈》十篇，重要的如《东门之杨》《月出》《泽陂》等。《桧》四篇，重要的如《羔裘》等。《曹》四篇，重要的如《蜉蝣》等。《豳》七篇，重要的如《七月》《鸱鸮》等。

《雅》一百零五篇，分《小雅》《大雅》两卷。

《小雅》七十四篇。《鹿鸣之什》十篇，重要的如《鹿鸣》《四牡》《采薇》等。《南有嘉鱼之什》十篇，重要的如《南有嘉鱼》《车攻》等。《鸿雁之什》十篇，重要的如《鸿雁》《黄

---

① 底本作"《关雎》"。下同。
② 底本作"《涉岵》"。

鸟》等。《节南山之什》十篇，重要的如《节南山》《正月》
《小弁》等。《谷风之什》十篇，重要的如《谷风》《蓼莪》
等。《甫田之什》十篇，重要的如《青蝇》《宾之初筵》等。
《鱼藻之什》十四篇，重要的如《采菽》《都人士》等。

《大雅》三十一篇，《文王之什》十篇，重要的如《文王》
《大明》等。《生民之什》十篇，重要的如《民劳》《板》等。
《荡之什》十一篇，重要的如《荡》《江汉》等。

《颂》四十篇，分周、鲁、商三颂。

《周颂》三十一篇：《清庙之什》十篇，重要的如《清庙》
《思文》等。《臣工之什》十篇，重要的如《臣工》《丰年》
等。《闵予小子之什》十一篇，重要的如《闵予小子》《丝衣》
等。

《鲁颂》：《駉之什》四篇，重要的如《泮水》《閟宫》
等。

《商颂》共五篇，重要的如《烈祖》《玄鸟》等。

这种不拿诗的内心分类，拿阶级分类——主观的——当然是
不很妥当的。据他说：《雅》，是朝廷的歌，但《杕杜》^①的表
示征夫的痛苦；《菁菁者莪》《都人士》《裳裳者华》等诗，
都是极好的民歌；所以我主张拿诗的背景来分类——如情歌、家
庭、宫庭、兵役等。

二、《楚辞》　这是从战国到西汉时期的楚国的歌辞，及一
切摹仿《楚辞》作风的歌辞的总集。他是充满了地方色彩的文学
作品，创作的人是屈原，这《楚辞》中所搜集的大部分也是屈原

---

① 底本作"《林杜》"。

的作品。有人怀疑于《楚辞》中的《九歌》是在屈原以前早已流行楚国民间的一种巫歌,而屈原《离骚》等作品,也是摹仿《九歌》的,这一点我也赞同,至于自宋玉以下,如贾谊、王逸等的摹拟《楚辞》的作品,等于无病而呻,早已失去了文学上内心的凭依。现在最流行的是王逸本《楚辞》;我把他的节目写在下面:

楚国的巫歌——《九歌》十一篇:《东皇太一》《云中君》《湘君》《湘夫人》《大司命》《少司命》《东君》《河伯》《山鬼》《国殇》《礼魂》。

屈平的作品——《离骚经》《天问》《九章》(《惜诵》《涉江》《哀郢》《抽思》《思美人》《惜往日》《橘颂》《悲回风》《怀沙》)《远游》《卜居》《渔父》六种。

宋玉的作品——《九辩》《招魂》两种。

景差的作品——《大招》一种。

贾谊的作品——《惜誓》一种。在朱熹本的《楚辞》里,还有《吊屈原赋》《服赋》两种。

淮南小山的作品——《招隐士》一种。

东方朔的作品——《七谏》一种。

庄忌的作品——《哀时命》一种。

王褒的作品——《九怀》一种。

刘向的作品——《九叹》一种。

王逸的作品——《九思》一种。

这不必说了,所谓《九怀》《九叹》《九思》等,都是应声虫的作品,毫不担负什么使命的。便是《大招》以下的几种,也是人云亦云,把说过的话再说一遍,在文学上也说不出什么价值来。只有屈、宋二人及《九歌》等，纯粹是情感的自然表现，也是极富于内心的文学。到今日我们都上道屈原那种悲愁热愤的历史，与那楚文学变幻空灵的特性，还不会被什么儒家所利用，而套上一层虚伪的礼教假面具！

三、《文选》　他是从两汉到六朝纯文学的总选集。——虽然内中很多有毫无内心，只套上文字堆砌成的空壳子的——主选的人萧统（昭明太子）在他的序文上说道："椎轮为大辂之始，大辂宁有椎轮之质？增冰为积水所成，积水曾微增冰之凛，何（者）〔哉〕？〔盖〕踵其事而增华，变其（文）〔本〕而加厉。物既有之，文亦宜然。"——这是说明不选实质文学的意义。——"若夫姬公之籍，孔父之书，与日月俱悬，鬼神争奥，孝敬之准式，人伦之师友，岂可重以芟夷，加之剪截？老、庄之作，管、孟之流，盖以立意为宗，不以能文为本，今之所撰，又以略诸。"——这是说明不选哲理文字的意思。——"若其赞论之综缉辞采，序述之错比文华，事出于沉思，义归乎翰藻。"这是显明的表示他是纯文学选集了。但是他的分类，只依着题名区分的，现在也把他写在下面：

《文选》共分三十九类，归纳成九门：

辞赋门——分赋、骚、七难、对问、设论、辞、颂、赞、符命、史述赞、连珠、箴、铭十三类。

书牍门——分启、笺、书、移书四类。

传志门——分碑文、墓志、行状三类。

祭告门——分诔哀文、吊文、祭文三类。

论著门——分史论、论二种。

序跋门——分序一类。

诏令门——分诏、册、令、教、策、问、檄七类。

奏议门——分表、上书、弹事、奏记四类。

诗歌门——分诗一类（内又补亡、述德、劝励、献诗、公宴、祖饯、咏史、百一、游仙、招隐、游览、咏怀、哀伤、赠答、行旅、军戎、郊庙、乐府、挽歌、杂歌、杂诗、杂拟等种）。

四、《古文辞类纂》 这是以第二期古文复兴运动——桐城派古文家——的立场而选出的古文总集。他看到当时的八股家、骈文家，太落于虚浮俗套，桐城派的首领姚鼐，便起来以古文为号召，叫人切实说理，古朴立体。他不希望立刻恢复到先秦诸子时代那种醇厚的作风，只希望回复到西汉初期，以及宋代的那种平易自然的散文作风。所以他集子里所选的全趋重在这（西）〔两〕个时期。至于先秦诸子的文章，他一来因为容易起是非的争端！二来因"孔孟之道与文，至矣"，不是平常人可以摹仿的。——见他的序目中——至于这部文集产生的动机，我们在他的序文中可以看出来的，他说："夫文无所谓古今也，惟其当而已；得其当，则六经至于今日，其为道也一。知其所以当，则于古虽远，而于今取法，如衣食之不可释；不知其所以当，而敝弃于时，则存一家之言，以资来者，容有俟焉。"在这时期，文学的领域，久已被所谓"文以载道"的思想侵占了去。所以他根据"其为道也一"的眼光，选成这杂凑的集子。现在我把他节目写在下面：——共分十三类。

第一类，论辨。——《序目》说："原于古之诸子，各以所学著书诏后世。……录自贾生始。"

第二类，序跋。——《序目》说："不载史传，以不可胜录也；惟载太史公、欧阳永叔表志序论数首，序之最著。"

第三类，奏议。——《序目》说："周衰，列国臣子为国谋者，谊忠而辞美，皆本谟、诰之遗，学者多诵之；其载《春秋内外传》者不录，录自战国以下。……"

第四类，书说。——《序目》说："春秋之世，列国士大夫，或面相告语，或为书相遗，其义一也。战国说士，说其时主，当委质为臣，则入之奏议；其已去国，或说异国之君，则入此编。"

第五类，赠序。——《序目》说："所以致敬爱、陈忠告之谊也。唐初赠人，始以序名。……昌黎乃得古人之意，其文冠绝前绝作者。"

第六类，诏令。——《序目》说："原于《尚书》之誓、诰。……秦最无道而辞则伟；汉至文景，意与辞俱，美矣！后世无以逮之。光武以降，人主虽有善意，而辞气何其衰薄也！"

第七类，传状。——《序目》说："刘先生云：'古之为达官名人传者，史官职之，文人作传，凡为圬者、种树之流而已。其人既稍显，即不当为之传，为之行状上史氏而已。"

第八类，碑志。——《序目》说："其体本于诗，歌颂功德；其用施于（全）〔金〕石。志者，识也；铭者，所以识之之辞也。"

第九类，杂记。——《序目》说："亦碑文之属，碑主于称颂功德，记则所纪大小事殊，取义（如）〔各〕异。"

第十类，箴铭。——《序目》说："三代以来，有其体矣。圣贤所以自戒警之义，其辞尤质，而意尤深。"

第十一类，颂赞。——《序目》说："亦诗颂之流，而不必施之金石者也。"

第十二类，辞赋。——《序目》说："风雅之变体也。……是辞赋固当有韵，然古人亦有无韵者；以义（者）〔在〕托讽，亦谓之赋耳。……古文不取六朝人，恶其靡也；独辞赋则晋宋人犹有古人韵格存焉。惟齐梁以下，则辞益俳而气益卑，故不录耳。"

第十三类，哀祭。——《序目》说："诗有颂，风有《黄鸟》《二子乘舟》，皆其原也。楚人之辞至工，后世惟退之、介甫而已！"

序目后面，又有几句结束的话："凡文之体类（第）〔十〕三，而所以为文者八，曰：神、理、气、味、格、律、声、色。神、理、气、味者，文之精也；格、律、声、色者，文之粗也。然苟舍其粗，则精者亦胡以寓焉？学者之于古人，必始而遇其粗，中而遇其精，终则御其精者而遗其粗者……"他所说的精者，是包括一切说理、记事、表情，种种的内心，不是纯文学的内心。

五、《经史百家杂钞》这一部集子的产生，是和《古文辞类纂》同一个立场的。古文家既然拿复古做幌子，那他的寄托当然愈古愈好。曾国藩采集这一部选文的动因是嫌姚姬传的文只选到秦汉时的——有少数选《战国策》文的——寄托不古，所以他再来一部更古的，直把经史百家的文都选入。他的序例中说："近世一二知文之士，纂录古文，不复上及六经，以云尊经也；然溯古文所以立名之始，乃由屏弃六朝骈俪之文，而返之于三代、两汉。今舍经而降以相求，是犹言孝者敬其祖父而忘其高曾，言忠者曰我家臣耳，焉敢知国，将可乎哉？余钞纂此编，每类必以六经冠其端；涓涓之水，以海为归，无所于让也！"经和百家，大都是表示思想的文字。史，是显然的记录文字。其实都与文学不相干。自从《经史百家杂钞》的集子一出，后来弄笔的人，更认不出文学的真面目来了。现在把他的节目写在下面——共有十一类，分三门。

著述门　论著类——"著作之无韵者。经如《洪范》《大学》《中庸》《乐记》《孟子》皆是；诸子曰篇、曰训、曰览，古文家曰论、曰辨、曰议、曰说、曰解、曰原皆是。"词赋类——"著作之有韵者。经如《诗》之赋、颂，《书》之"五子作歌"皆是；后世曰赋、曰辞、曰骚、曰七、曰设论、曰符命、曰颂、曰赞、曰箴、曰铭、曰歌皆是。"序跋类——"他人之著作序述其意者。经如《易》之《系辞》，《礼记》之《冠义》《昏义》皆是；后世曰序、曰跋、曰引、曰题、曰读、曰传、曰注、曰笺、曰疏、曰说、曰解皆是。"

告语门　诏令类——"上告下者。经如《甘誓》《汤誓》《牧誓》等，《大诰》《康诰》《酒诰》等皆是；后世曰诰、曰诏、曰谕、曰令、曰教、曰敕、曰玺书、曰檄、曰策命皆是。"奏议类——"下告上者。经如《皋陶谟》《无逸》《召诰》，及《左传》季文子、魏绛等谏君之辞皆是；后世曰书、曰疏、曰议、曰奏、曰表、曰札子、曰封事、曰弹章、曰笺、曰对策皆是。"书牍类——"同辈相告者。经如《君奭》，及《左传》郑子家、叔向、吕相之辞皆是；后世曰书、曰启、曰移、曰牍、曰简、曰刀笔、曰帖皆是。"哀祭类——"人告于鬼神者。经如《诗》之《黄鸟》《二子乘舟》，《书》之《武成》《金縢》祝辞，《左传》荀偃、赵简告辞皆是；后世曰祭文、曰吊文、曰哀辞、曰诔、曰告祭、曰祝文、曰愿文、曰招魂皆是。"

记载门　传志类——"所以记人者。经如《尧典》《舜典》，史则《本纪》《世家》《列传》，皆记载之公者也；后世记人之私者，曰墓表、曰墓志铭、曰行状、曰家传、曰神道碑、曰事略、曰年谱皆是。"叙记类——"所以记事者。经如《书》之《武成》《金滕》《顾命》，《左传》记大战、记会盟，及全编皆记事之书，《通鉴》法《左传》，亦记事之书也；后世古文如《平淮西碑》等是，然不多见。"典志类——"所以记政典者。经如《周礼》《仪礼》全书，《礼记》之《王制》《月令》《明堂位》，孟子之'北宫锜'章皆是；《史记》之'八书'，《汉书》之'十志'及《三通》，皆典章之书也；后世古文如《赵公救灾记》是，然不多见。"杂记类——"所以记杂事者。经如《礼记·投壶》《深衣》《内则》《少仪》，《周礼》之《考工记》皆是；后世古文家修造宫室有记，游览山水有记，以及记器物、记琐事皆是。"

六、《文章正宗》　真西山氏的《文章正宗》，分类甚是简单，全部只分四大类：

第一类，辞令。——收容骈偶一类的文章。

第二类，议论。——收容思想一类的文章。

第三类，记事。——收容历史一类的文章。

第四类，诗歌。——收容有韵一类的文章。

七、《八大家类选》　这是储同人从唐宋八大家的所为古文作品中依着文的形式分类选出的。

第一，奏疏类。分六类：一书，二疏，三札子，四表，五四六表，六奏疏。

第二，论著类。分八类：一原，二论，三议，四辩，五解，六题，七策，八论著。

第三，书状类。分三类：一启，二状，三书。

第四，序记类。分三类：一序，二引，三记。

第五，传志类。分五类：一传，二碑，三志，四铭，五墓表。

第六，词章类。分五类：一箴，二铭，三哀词，四祭文，五赋。——无韵记文，附入传注内。

依《文选》的分类，太偏于词章；依《经史百家杂钞》的分类，太偏于考据和义理的。独有《古文辞类纂》的分类影响于近人的很大。有吴曾祺编《涵芬楼古今文钞》，他的文体分类，采用姚姬传《古文辞类纂》方法，更附入二百十三种细目。现在写在下面：

《涵芬楼古今文钞》文体分类：

一、论辨类　分二十四种：一论，二设论，三续论，四广论，五驳，六难，七辨，八义，九议，十说，十一策，十二程文，十三解，十四释，十五考，十六原，十七对问，十八书，十九喻，二十言，二十一语，二十二旨，二十三诀，二十四附录。

二、序跋类　分十七种：一序，二后序，三序录，四序略，五表序，六跋，七引，八书后，九题后，十题词，十一读，十二评，十三述，十四例言，十五疏，十六谱，十七附录。

三、奏议类　分二十八种：一奏，二议，三驳议，四谳议，五册文，六疏，七上书，八上言，九章，十书，十一表，十二贺表，十三谢表，十四降表，十五遗表，十六策，十七折，十八札子，十九启，二十笺，二十一对，二十二封事，二十三弹文，二十四讲义，二十五状，二十六谟，二十七露布，二十八附录。

　　四、书牍类　分十四种：一书，二上书，三简，四札，五帖，六札子，七奏记，八状，九笺，十启，十一亲书，十二移，十三揭，十四附录。

　　五、赠序类　分五种：一序，二寿序，三引，四说，五附录。

　　六、诏令类　分三十六种：一诏，二即位诏，三遗诏，四令，五遗令，六谕，七书，八玺书，九御札，十敕，十一德音，十二口宣，十三策问，十四诰，十五告词，十六制，十七批答，十八教，十九册文，二十谥册，二十一哀册，二十二赦文，二十三檄，二十四牒，二十五符，二十六九锡文，二十七铁券文，二十八判，二十九参评，三十考语，三十一劝农文，三十二约，三十三榜，三十四示，三十五审单，三十六附录。

　　七、传状类　分十二种：一传，二家传，三小传，四别传，五外传，六补传，七行状，八合状，九述，十事略，十一世家，十二实录。

　　八、碑志类　分十六种：一碑，二碑记，三神道碑，四碑阴，五墓志铭，六墓志，七墓表，八灵表，九刻文，十碣，十一铭，十二杂铭，十三杂志，十四墓版文，十五题名，十六附录。

　　九、杂记类　分十二种：一记，二后记，三笔记，四书事，五纪，六志，七录，八序，九题，十述，十一经，十二附录。

　　十、箴铭类　分八种：一箴，二铭，三戒，四训，五规，六命，七诰，八附录。

　　十一、颂赞类　分五种：一颂，二赞，三雅，四符命，五

174

乐语。

十二、辞赋类　分八种：一赋，二辞，三骚，四操，五七，六连珠，七偈，八附录。

十三、哀祭类　分二十（分）〔八〕种：一告天文，二告庙文，三玉牒文，四祭文，五谥记文，六哀辞，七吊文，八诔，九骚，十祝，十一祝香文，十二上梁文，十三释奠文，十四祈，十五谢，十六叹道文，十七斋辞，十八愿文，十九醮辞，二十冠辞，二十一祝嘏辞，二十二赛文，二十三赞飨文，二十四告文，二十五盟文，二十六誓文，二十七青辞，二十八附录。

自从中国人知道了有杜威的十种分类法以后，很有许多图书馆都依他的方法来分类。依杜威把文学分成八类，便是：诗歌、戏曲、小说、论文、演说、尺牍、讽刺文与滑稽文、杂文等。近人郑振铎再加改造，将中国文学分为九类，他的节目是：

第一类："总集"及"选集"。如诗文混杂的选本：《文选》《唐文粹》《宋文鉴》《元文类》；及总集，如《汉魏百三家集》等，都可列入。关于个人著作的总集，如《船山遗书》《朱子全书》《坦园丛书》等等亦可附录于此。

第二类："诗歌"。这更可分为下列的数小类：（甲）总集及选集——《诗经》《楚辞》《玉台新咏》《乐府诗集》《全唐诗》《疆村丛书》《词苑英华》《宋诗钞》。《阳春白雪》等民歌亦可列入于此类。（乙）古律绝诗的别集——四库中集部别集类的一大部分。（丙）词的别集——《东坡乐府》《稼轩长短句》《漱玉词》《饮水词》等。（丁）曲的别集——《乔梦符小令》《江东白苧》《花影集》《渔浮山堂词稿》等。（戊）其他——《会稽三赋》《汴都赋》等之辞赋一类，以及竹枝词、宫词、杂事诗、新兴的白话诗，都归入此类。

第三类："戏曲"。这更可分为下列的数类：（甲）戏曲总集及选集——《元曲选》《六十种曲》《盛明杂集》及《纳书楹曲谱》《集成曲谱》《缀白裘》等。（乙）杂剧——杂剧《十段锦》《四声猿》《后四声猿》《临春阁》《吟风阁杂剧》《坦庵四种》《祭皋陶》等。（丙）传奇——《琵琶记》《荆钗记》《杀狗记》《玉茗堂四梦》《桃花扇》《一笠庵四种》《李笠翁十种曲》《红雪楼九种曲》等。（丁）近代剧——《复活的玫瑰》《咖啡店之一夜》等。（戊）其他——皮黄戏之剧本，《庶几堂今乐》，各地流行之民间剧本，梆子调本等剧。

第四类："小说"。这亦可分为下列各种：（甲）短篇小说——如有下之三大派别：像《世说新语》《搜神记》《阅微草堂笔记》等之许多琐屑的故事集，只可附录在第一派内。第一派，传奇派唐之《李娃传》《霍小玉传》《灵感传》《柳毅传》，及裴铏之传奇，吴淑之《江淮异人传》，蒲松龄之《聊斋志异》等。第二派，平话派。如《京本通俗小说》《醒世恒言》《拍案惊奇》《石点头》《醉醒石》《西湖佳话》《西湖二集》《今古奇观》《今古奇闻》等。第三派，近代短篇小说。《隔膜》《超人》《缀网劳蛛》等。（乙）长篇小说——如《水浒传》《三国志》《西游记》《金瓶梅》《红楼梦》《绿野仙踪》①《蟫史》《儒林外史》《海上花列传》等等；或更把他们分（文）〔为〕历史小说、神怪小说、人情小说等等；我们却以为可以不必。（丙）童话及民间故事集——近来出版颇多，如

---

① 底本作"《绿我仙踪》"。

《中国童话》《世界童话》《徐文长故事》《鸟的故事》等等，都应归入此类。

第五类："佛曲""弹词"及"鼓词"。这三种作品，体裁都很相近，即都是以第三人的口气来叙述一件故事的。有时用唱句，有时用说句，有时则为叙述的；有时则代表书中人说话或歌唱，不类小说，亦不类剧本，乃有似于印度的《拉马耶那》，希腊的《依里亚特》《奥特赛》诸大史诗。这更可分为下列之数类：（甲）佛曲——《文殊问疾》《香山宝卷》《白蛇宝卷》《孟姜女宝卷》《蓝关宝卷》《王氏女三世宝卷》《秀英宝卷》《地藏宝卷》等。（乙）弹词——《廿一史弹词》《再生缘》《陶朱富》《义妖传》《双珠凤》《描金凤》《珍珠塔》《天雨花》《倭袍传》《节义缘》《梦影缘》《笔生花》等。（丙）鼓词——《乾坤归元镜》《宝莲灯》《馒头庵》①《十三妹》《三刺年羹尧》《八锤大闹朱仙镇》《白良关父子相会》等。（丁）其他——类于上列三种之各地小唱本，以及滩簧等。

第六类："散文集"。这可包括诗集外之一切，四库中之别集类，及总集类之一部分。可更分为：（甲）总集——《全上古六朝文》《全唐文》《古文辞类纂》《六朝文絜》《四六法海》《骈体文钞》《唐宋八大家文钞》等。（乙）别集——《韩昌黎集》《曾子固集》《王阳明先生集要》《归震川集》《姚姬传集》等。

第七类："批评文学"。这亦可分为下列之数类：（甲）一般批评——如《文心雕龙》等。（乙）诗话——《诗品》《渔隐

---

① 底本作"《鳗头庵》"。

丛话》《诗话总龟》①《六一诗话》《后山诗话》等。（丙）词话——《碧鸡漫志》《西河词话》《词苑丛谈》等。（丁）曲话——《曲话》《雨村曲话》等。（戊）文话——《四六丛谈》《论文集要》等。（己）其他——关系作家之研究（如《陶渊明》《平民文学之二大作家》），关于作品的研究（如《红楼梦辨》），关于一个时代之研究（如《中古文学概论》等），以及批评论文集等，均可列于此。

第八类："个人文学"。这是关于作家个人的著作，如日记、尺牍、自传等，可更分为下列数类：（甲）自叙传——在中国只有很短很短的自叙传。如《五柳先生》之流，却不会有过可独立为一册的著作。（乙）回忆录及忏悔录——在中国这一类的著作，也绝无仅有。（丙）日记——《曾国藩日记》《越缦堂日记》等。（丁）尺牍——《苏长公表启尺牍》《惜抱先生尺牍》《春在堂尺牍》《历代名人书札》等。

第九类："杂著"。凡不能列入于上面诸类者，或不能自成为一大类者，俱归入这一类内。（甲）演说——《梁任公演讲集》《李石岑演讲集》等。（乙）寓言——《百喻经》《中国寓言》等。（丙）游记——《徐霞客游记》《焦山记游集》等。（丁）制义——《钦定四书文》《船山经义》《榕村制义》等。（戊）教训文——《宗约歌》《闺戒》《戒赌文》等。（己）讽刺文——《热风》等。（庚）滑稽文——《游戏文章》等。（申）其他——《古谣谚》《越谚》等等。

看了上面几种不同的文学结集的节目，很可以推测到每一个

---

① 底本作"《诗话总鱼》"。

时代不同的文学观念来：《诗经》《楚辞》，是文学初生时代，从这里充分的表现了中国南北不同的国民性的文学。《文选》是纯文学到了末期的产物，所以里面很多有偏重形式虚伪的作品。像《古文辞类纂》《经史百家杂钞》两种，都是站在一个时代背景上的：他们一方面要复古，一方面要辟佛，继续了韩昌黎"文起八代之衰"的运动；所以左面挂起了"古文"的幌子，右面挂起了"道统"的幌子，来选定这两部文集。《经史百家杂钞》所寄托的，比《古文辞类纂》还要古；因为当时把所有学术分作三部分：一是义理之学，二是考据之学，三是词章之学。而词章之学所谓"雕虫小技"，为一般士大夫所看不起的，当然搬弄古典，造作腔调，毫无性灵，毫无情感的死文字，谁也不能唤起敬意来的。所以当时一班古文家，把所谓《尧典》《禹贡》一批古董搬出来，去抬高儒家的声价；又在每一种文字里面，装一点考据进去，装一点义理进去，更抬高了文学的声价。从此所谓文学的界线，更是划不清了！他们不知道搬弄堆砌的，果然算不得是文学；那说理记事的，——义理与考据——尤其算不得是文学！文学的真精神，自有他的情感性灵的大本营在，所以自《古文辞类纂》算起，什么《经史百家杂钞》，什么《文章正宗》，什么《八大家类选》，什么《涵芬楼古今文钞》等等，都算不得是文学的总集，只可以算是杂文的选集。自从西洋的科学精神，攒入了中国人的头脑里，一切学术的分科，都比较清楚些。郑振铎的九类分法，当然要高明些，但我这里有几句话得预先说一说。

文学是不能讲形式的

文学是性情的产物，灵感的表现，不是形式可以范围他的。专讲声律、对仗、古典、章节的空形式，果然不是文学；专讲古文、笔法、载道的记事的杂作品，更不是文学！若讲到文学的分类，这更是一件困难的事体：因为文学是最空灵的，最不受拘束的，无孔不入，无所不在。你说这种体裁的作品是真文学，倘然叫一个没有文学天才的人去模仿着写出来，只见他的呆板，只见他的枯窘，一点点也染不上文学的气息。你倘然说那种体裁的作品是杂文学，但你叫一个富于文学天才的人去写出来，他无处不显露了文学的天机。同是一张卖画的润单，同是一篇谕僮仆的帖子，但从郑板桥、王褒手里写出来，便成了一样绝妙的文学作品；同是一张请客单，用六朝人写小品文的技术写出来，便可以使人流连吟咏。文学作品中要限定什么体，要分出多少类来，这纯是骗人的事体，也是不得已的事体！所以我们研究文学，第一步工夫是要认识文学的本身；文学的本身只是一个情字。人情的广漠与深奥，已经不是世上所有一切文字所能包办。但我们要把这个情表示出来，其势又不能不假托文字：文字上用字愈自然一分，人的真情愈保留一分；用字愈造作一分，人的真情也愈失去一分。后来人孜孜兀兀的在文字修饰上用工夫，斤斤较量的在文体分类上用工夫，都是屠杀文学灵魂的笨事体！《文心雕龙》的《情采篇》里说：

> 昔诗人什篇，为情而造文；辞人赋颂，为文而造情。何以明其然？盖《风》《雅》之兴，志思蓄愤，而

吟咏情性，以讽其上：此为情而造文也。诸子之徒，心
非郁陶，苟驰夸饰，鬻声钓世：此为文而造情也。故为
情者要约而写真，为文者淫丽而烦滥。而后之作者，采
滥忽真，远弃《风》《雅》，近师辞赋；故体情之制日
疏，逐文之篇愈盛。故有志深轩冕，而泛咏皋壤；心缠
几务，而虚（迷）〔述〕人外。真宰弗存，翩其反矣。
夫桃李不言而成蹊，有实存也；男子树兰而不芳，无其
情也。夫以草木之微，依情待实；况乎文章，述志为
本：言与志反，文岂足征？是以联辞结采，将欲明经；
采滥辞诡，则理愈翳。固知翠纶桂饵，反所以失鱼。
"言隐荣华"，殆谓此也。

　　说理的作品，固然算不得是文学作品；记事的作品，固然也
算不得是文学作品；敷衍世俗、凑字堆句的作品，更算不得是文
学作品。便是真正表现性情、寄托感想的文学作品，也应当竭力
避免词句的修琢、体裁的拘束。所以词采的堆砌、体裁的限制，
都是使文学加上一道捆绑的绳索。老实说：我是不很赞成文学精
细的分类的，不得已拣他适宜于表现文学的文体。在中国的文学
历史上说：如歌辞、乐府、诗词、戏曲、神话、故事、小说、
传奇等，这几种分类便够了。——不但是中国，你便是翻尽东西
洋的文学书籍，所谓文学的中心，也无非是这几样名目。——再
（澈）〔彻〕底的说：区区这名目上的区分，如何能包括得尽文
学的体系？便指诗一种体裁说，你倘然要硬指有韵的便是诗，无
韵的便是说；那没如陆机的《赠弟诗》："于穆予宗！禀精东
岳。诞育祖考，造我南国。南国克靖，实繇洪绩。惟帝念功，载
繁其锡。"这是有韵的诗了，但他里面读得出什么诗味来？唤得

起什么情感来？又如刘祁的《归潜堂记》："故朝岚夕霭，千态万状；其云烟吞吐变化，窗户间门前流水数枝，每静夜微风，有声琅琅，使人神清不寐！……"还有他的《游林虑西山记》，"泉自石门以下，初势甚微，已而散布半空，特诡异。其始来也，如飘风扇雪，弥漫一天。少焉，如骤雨落云，淋漓万壑。或如飞涑千尺，腾挪不收；又如珠帘百幅，联翩卜坠，乍散乍聚，乍缓乍急，乍去乍来，乍矩乍细。霏微滴沥，溅面洒肌；浩荡铿鍧，惊心动魄。可以起壮志，可以醒醉魂，可以洗尘纷，可以平宿愤。"这是无韵的说了，但他里面充满了情感，充满了诗意。你倘然要硬指说理记事的不是文学，独有表情的是文学，那么西洋的《荷马史诗》，何以永占着文学最高的地位？中国《庄子》《列子》等说理书，何以满含着文学的兴趣？蔡琰的《悲愤诗》："汉季失权柄，董卓乱天常。志欲图篡弑，先害诸贤良。逼迫迁旧邦，拥主以自强。海内兴义师，欲共讨不祥。卓众来东下，金甲耀日光。平土人脆弱，来兵皆胡羌。猎野围城邑，所向悉破亡！"这种史诗，竟是一片烂账，唤不起读者的想象美来。又如《华严经》里的："譬如有良医，具知诸方药；自疾不能救，多闻亦如是。譬如贫穷人，日夜数他宝，自无半钱分，多闻亦如是。譬如聋瞽人，善奏诸音乐；悦彼不自闻，多闻亦如是。譬如盲瞽人，本习故能画；示彼不自见，多闻亦如是。"这是说理诗，我们读了，只觉他生硬而又枯窘；不但是枯窘，且是平庸！其实文学作品，也未尝不可说理，不可纪事，但总要以情感为前题。作者有很丰富的情感，寄托在这个理里面，这桩事里面，使读者也从这理里面、事里面，读出很丰富的情感来，才算是尽了文学出神入化的能事。所以严既澄说：

文学的作品，除篇幅极短的近体诗而外，大概都是兼任记事和抒情的。纯粹抒情的作品，篇幅总不能过长；而若专力于纪事，则又容易变成历史式的文字，丧失了文学的价值。《离骚》是一篇自传体的记事诗，其中纪事之处极多；然即在纪事的辞句中也无往而不带着很浓厚的感情，所以成为卓绝千古的第一篇纪事诗！

这种作品——诗人作品——并不是拿说理纪事来做主要的目标的。有许多诗人，都喜欢借着纪事或说理，来做发挥感情或唤起感情的工具，所以说的理，大概都是极浅薄的理；所记的事，不怕是极寻常的事。若果真拿这种浅薄的理，和寻常的事来做一篇诗歌的灵魂，这诗歌就可算是恶劣到不能入目了！惟其不恃这种材料来做诗中的骨干，所以……一入了名家的手笔，自然会化臭腐为神奇，可以作成一篇极好的诗歌。这都是借说理和纪事来做面目，而骨子里却另有其感情的灵魂的结果。

——见《韵文与骈体文》

这是一种普通说法。但是文学家的性情是很狡诡的，手腕是很灵活的，方法是很自由的；他不但可以把寻常的事、普通的理化成神奇，他更能把极深奥的理说成很有情感，极特别的事写得很有风趣。他竟要把说理、记事两个领域侵占了去，成了文学版图，但这终是不可能的。这正是严既澄所说的："中国的文辞，在说理和记事的两种文章上，很不高明。说理首重透辟，必不使读者望文生义，有所误解，才可以说得是一篇好的说理文。记事首贵详细，必要大小不遗，叙述到精细明畅的地步，才可以算得是一篇好的记事文。而中国的文辞的组织，最没有精密的文法；而且作文的人，都要顾虑到'文气'和'格调'等等的问题，便不免粗疏挂漏。……"但这一番话也有一部分不对的地方：照他的意思，中国因没有科学式的文法，所以没有好的说理文、记事文；那么纯文学的表情文，难道竟用不到严密的文法了吗？反过来说，西洋各国都有严密的文字组织法，尤其是法国的词性，分得最严；那么他们的文法，竟不适合于写纯文学的表情文了吗？这在我以为是文体的改造问题，不是文法的有无问题。我们写文，要把理说得透，事叙得明，情表得真，一样的要有适用的文体来帮助他的。至于文学与非文学的区分不是在有文法与无文法上看的，是在有情感与无情感上面定的。用情感去说理，用情感去记事，都成了主观的、宣传的、文学的、非理知的；这可以说是文学性以寄托的说理记事文。所以我们现在用呆板的方法，来规定说理记事的文章是非文学的，表情的文章是文学的，这是不可能的。现在我有一句打趸儿的话：

我们应当用科学的眼光，来分析文学的内性；——

只问是不是带情感的作品——不当用科学的方法，来分

析文体的外形。——不问他用什么体裁写成的。

但这个话，是不便于对初研究文学的人说的，也是不适合于文学史的叙述的。——尤其是对于中国文学史的叙述。

叙述中国文学历史的，素来有两种不同的派别：

一是硬文学的系统——便是所谓"道统"。

从伏羲八卦说起：六书、六经、诸子百家、《史》《汉》、韩愈古文、欧阳修古文、宋理学、明道学、清考据学、义理学、制艺。

一是软文学的系统——便是所谓"词章"。

从文字的音韵律吕说起：《诗》《骚》、辞赋、乐府歌词、骈赋、唐诗、宋词、元曲、传奇、戏剧、明清小说。

中国文学史上的两条线

现在投机的讲师，便把硬文学与软文学并在一块儿讲：一回儿是三代的文学，一回儿又是两汉的辞赋；一回儿是韩愈的古文，一回儿又是六朝的骈文；一回儿是义理之学，一回儿又是词章之学；真是五花八门，应有尽有，看不出一个统系来，定不下一条界线来的。我们倘然要用纯粹的文学眼光，定出一个文学统系来，便应该一方面排斥混浊不分的道统文章，一方面排斥虚伪造作的骈俪文章，从真文学作品、真文学作家里面，去辟出一条中国文学的新途径来。这里又可以分作两条线进行：一条是士大夫的文学，一条是平民文学。而搜集的标准，都要归纳在两点上：

一是从自然的、白话的、时代的文体中表现出来的；

二是从热烈的、真挚的、个性的情感中发挥出来的。

那么第一部真文学的平民的而且是代表时代的作品，便要数到所谓《诗经》了。只是我们读《诗经》，先要打倒儒家"经"字的礼教观念，什么"文王之化，后妃之德"这种曲解我们都不要，还有那种风雅颂的分类方法，我们也不要。我们把全部《诗经》归纳在三种背景上：一是民间的歌谣；二是当时诗人的创作；三是帝王夸张门面、贵族歌颂功德、后人假造礼教的虚伪作品。除却第三类没有文学真性灵的我们不要，此外诗人的诗、平民的诗，都是出于自然，有丰厚情感的。

【附】诗人的诗，如《十月》《节南山》《嵩高》《烝民》①《四月》《何人斯》《鸱鸮》②等篇；民间的歌谣，如《七月》《甫田》《大田》《行苇》《既醉》《无羊》等的农歌，如《静女》《中谷》《将仲子》《东门之杨》《十亩之间》《子衿》③《伯兮》等的恋歌，如《关雎》《桃夭》《鹊巢》的新婚歌都是。贵族夸张歌颂的诗，如《下武》《文王》《思文》《云汉》《庭燎》《鹿鸣》《伐木》《车攻》《吉日》等都是的。

第二部真文学的士大夫的而且代表地方的作品，便要数到所谓"楚辞"了。《楚辞》的作者，除创造的屈原以外，有宋玉、景差、庄忌、贾谊、淮南小山、朱买臣、王逸一辈，全是士大夫阶级的。但除屈原、宋玉二人以外，全不是楚国时代的人，也不是楚国地方的人；他的作楚辞，完全出于摹仿的，满纸堆砌，满纸虚伪，讲不到文学的价值上去。所以我们拿文学的眼光去读《楚辞》，也只有屈原、宋玉的作品可读，而他两人的所以写成这样的作品，完全又是受了地方环境的影响。屈原的名著，人人知道是《离骚》；但《离骚》的作风，还是脱胎于《九歌》。我

---

① 底本作"《蒸民》"。
② 底本作"《鸱鹗》"。
③ 底本作"《子矜》"。

们今日读《楚辞》中的《九歌》，觉得他完全是祭神的巫歌。楚国地在长江中部，民间风俗多情感，信鬼神。九歌中的《东皇太一》《云中君》等，每一歌有一个神道做他的内心。他有很强的想像力，很婉转的情感，很美妙的言词。但九篇歌中，没有一字一句，与屈原的身世相关的。而屈原的作品，却很深刻的感受了他的作风。所以我们说《九歌》是屈原以前的作品，而《离骚》等写物是完全摹仿《九歌》的。

【附】真正屈原的作品，据我们从作品的背景上看来，只有《离骚》《天问》《九章》三点。——《九章》又分为《橘颂》《抽思》《悲回风》《惜诵》《思美人》《哀郢》《涉江》《怀沙》《惜往日》九篇。——《离骚》是屈原的自传，他假托香草美人来表示他的清高与贞洁，满纸写来，悲愤怨慕；又真挚，又婉转，是富于情感的作品。《天问》是屈原的神经受了极大的刺激，思想错乱，他文字里面呵神问鬼，愈是没有秩序，愈见得他的感情热烈，一肚子牢骚，都对着天发出来。《九章》的背景，可以分为两期：《思美人》以前的表示他还未十分绝望的心情，以后的已到了山穷水尽的地步，表示了他完全绝望，真是一字一泪，叫人读了，不由得不引起富厚的同情心来。——还有《远游》《卜居》《渔父》三篇，虽也托是屈原作的，但我们从他的文意中，显然的看出是后人追诉的。——至于宋玉，也是一个富于情感而不得意的人，他的作品收在《楚辞》里的，有《九辩》《招魂》两种。——《九辩》也分为九篇——他文中描写秋景，是他身世潦倒的象征。他做过楚国的大夫，后被免职，他所以处处又表示了思君的情感。《招魂》是招屈原的魂，因他的身世与屈原相同，所以对于屈原特别表示他的同情心。宋玉的作品不曾收入《楚辞》的，还有《风赋》《高唐赋》《神女赋》《登徒子好色赋》《笛赋》《大言赋》《小言赋》《讽赋》《钓赋》《舞赋》十篇和《对楚王问》《高唐赋》两种，大半收入在《昭明文选》里，这又是偏重在文字的装饰一方面了。

在这时期中，还有一部分所谓"古诗"的，他所寄托的时代，比《诗经》《楚辞》还要古远。什么"葛天氏之民，操牛尾投足而歌八阕"，还有古孝子的"断竹续竹"歌，《击壤歌》《康衢歌》等。见于《史记》的，有舜帝时的《南风歌》《股肱元首歌》《卿云歌》等，大半见于《古诗源》的第一卷。但我以谓他寄托的时代固然可疑，文字在进化的历程上也属可疑。且每一古诗，都有一件故事做他的背景，不如拿他归纳在古代的神话传说一类中去，也拿他当神话传说一类看。

说起"神话传说"，原是一切文学作品、艺术作品的大本营，在各国都是异常发达的。——希腊神话，支配了西洋几千年来的全艺术界。——在我们中国，只须读一读《楚辞》中的《九歌》《天问》以及《庄子》《列子》书中所引说的，便可以知道。我们古代神话传说的领域也不小；无奈出了一个道学气满面的孔子，他把什么尧舜文武周公之道一笼罩，再加两汉的经师来做个帮凶，把这一点点初期萌芽的神话传说，一律给他一个格杀勿论。所以庄子所说的《齐谐》，列子所说《夷坚》等神话传说的专书，都失了踪迹；偶然漏网的只有《山海经》《穆天子传》

一两样残缺不全的书。——这两书产生的时间也还有问题——鲁迅说中国古代神话所以不发达的原因：

> 中国神话之所以仅存零星者，说者谓有二故：一者华土之民，先居黄河流域，颇乏天惠；其生也（动）〔勤〕，故重实际而黜玄想，不更能集古传以成大文。（三）〔二〕者孔子出，以修身齐家，治国平天下等实用为教，不欲言鬼神；太古荒唐之说，俱为儒者所不道，故其后不特无所光大，而又有散亡。

文学到汉朝已是第二个时期，中间有荀卿、贾谊、扬雄一班人做了媒介。他们一方面迷恋经师的头衔，拉长了脸儿，讲他们的今文经学；一方面又摹仿屈原的作风，写了诸多赋。尤其是荀子的《成相》篇，他扮着儒家的面目，来唱辞赋的调儿。"汉赋"自从他开了门户，贾谊一手写《治安策》，一手写《吊屈原赋》。——贾谊也遭谗受贬，身世和屈原相同，因此他居然以屈原第二自居，处处摹仿《楚辞》的腔调。——扬雄也一手写《太玄经》，一手写什么《羽猎赋》《长杨赋》《河东赋》《甘泉赋》。其实扬雄的写赋，处处摹仿着司马相如。汉赋的铺张空虚，全是司马相如开的恶例：他的《子虚赋》，几乎把辞典上所有的字，分类的搬了上去，接着什么《上林赋》《大人赋》《哀秦二世赋》，全是歌功颂德，奴颜婢膝，虚伪铺张的文学！中他的毒的，有枚乘、枚皋、东方朔、严忌、严助、刘安、吾丘寿王、朱买臣一班人，都称辞赋大家，他们因汉武帝好文学，便个个卖去了灵魂，咬文嚼字、搬字过纸的，写许多死文章来投皇帝的所好，个个都博得高官厚禄。其实，他们这许多人，还不及一个汉武帝，武帝的《李夫人歌》《秋风辞》《落叶哀蝉曲》等，写来情致缠绵，音调自然。原来一切文学，都须要有真实的内心。汉武有一爱恋的李夫人死了，所以他写的诗甚是哀恻动人。

《李夫人歌》——"是耶非耶？立而望之，翩何姗姗其来迟！"

《落叶哀蝉曲》——"罗袂兮无声，玉墀兮尘生；虚房冷而寂寞，落叶依于重扃。望彼美之女兮，安得感余心之未宁？"

《秋风辞》——"秋风起兮白云飞，草木黄落兮雁南归。兰有秀兮菊有芳，怀佳人兮不能忘。泛楼船兮济汾河，横中流兮扬素波。箫鼓鸣兮发棹歌，欢乐极兮哀情多。少壮几时兮奈老何！"

【附】司马相如自己是一个无赖文人，仗着隔屏的琴声，挑动了那多情女子卓文君的心弦，便抛弃了他的锦帏绣阁，来私奔这一贫如洗的司马相如。两人在临邛市上开设酒肆，男亲涤器，女自当炉，司马相如终究敲诈得他丈人的百万钱财，去结交狗监杨得意，献了他一篇《子虚赋》与汉武帝。司马相如的文虽不足传，但卓女当炉的一段艳事，却添了后来诗歌、小说、戏曲上不少资料。

这班文人，只知装点词句，趋奉势利，反不如李延年的组织"乐府"，在这里面保存不少民歌。文学中只有民歌最能表示时代的精神，也最能充分的表现了他的内心。德国文学家斯托姆说："这些歌，决不是编出来的。她们是生出来的。她们从空中落下，如像晴霁一样，飞到地上；东一飞西一飞，各地方的人，同时都唱起来。我们自家的工作和苦恼，都全在这些歌里，就好像我们都帮着他们做出来的一样。"那我们研究文学的人，第一便当注意到民歌了。《诗经》的《国风》里，总算保留了民歌的一部分；《楚辞》的《九歌》，也算是湘楚间的民歌搜集。在现时《古诗源》中一部分的古诗，有的很像民歌，但多少是有人托古假造的，多少是载着儒家礼教的面具的。从此以后，所谓儒家占据了势力；他们只讲些六经的训诂工夫，他们很瞧不起黄牛背上牧童唱的短歌，三家村里小姑娘唱的情歌。因此他们不但无意于搜集民歌，又因民歌处处要揭穿礼教的假面具，便有意去毁坏他。幸得汉武帝能够认识文学的真面目，又遇到这李延年是出身娼家。娼家是一个民歌的保存所，一般不认字的平民，真率地唱出他们的歌来，真率地说出他们的故事来。这种歌和故事，轻易不能传到帝王耳中的。恰巧武帝宠爱了一位李夫人，连带宠用了这个李延年。李延年没有什么可以孝敬的，便搜了许多民间故事歌谣到宫中去。刘彻——武帝——又是一个有文学天才的人，他听了这许多民歌，自然比什么《长门赋》《羽猎赋》新鲜得多了，活泼得多了，便使李延年成立了一个乐府，专事搜集民间的歌谣。又自己创制了许多，各各配上乐器，唱奏起来。这乐府所搜集的大约可分为三个部分：

一、鼓吹曲。据说是从北方的狄人传来的，是黄帝歧伯所作。见蔡邕《礼乐志》。夹漈郑氏曰："中国所用的鼓角，盖习胡角而为。"也是一种军乐。他的用途，行道路时骑在马上吹的，称做骑吹；排列在殿廷里吹的，称做鼓吹；赏赐有功的诸侯时，在军中唱的，称做短箫铙歌。他的歌辞，共有《朱鹭》等二十二曲。至于伴奏的乐器，在汉朝用中国的铙、匈奴的笳——又称篥——魏朝用长箫、短箫节等。梁朝时用龙头大枫鼓、中鼓、独揭、小鼓。隋朝时候用的乐器更多：分枞鼓、铙鼓两部。枞鼓部，有枞鼓、金钲——中国乐器。——大鼓、小鼓——大鼓十五曲，小鼓九曲，是鲜卑曲。——马鸣角——羌乐——吹鸣角、大角——七曲是鲜卑曲。——铙鼓部，共十二曲，乐器用鼓、箫、笳等。

二、横吹曲。据说是张骞通西域时传来的。他是一种马上吹奏的军乐，在军队中行阵演武时用的。乐辞上有张骞的《摩诃兜勒》一曲、李延年的《新声二十八解》《黄鹄》等十曲、《关山月》等八曲，但现已完全亡失。伴奏的乐器，在汉朝有中国的鼓、匈奴的角、青海的双角和簸逻回①。在晋朝用匈奴的胡角；在隋朝又扩充，分大横吹、小横吹两部。大横吹，是匈奴的笛、匈奴的角，中国的节和鼓箫，羌的笛，龟兹国的筚篥，高丽的桃皮筚篥。小横吹也用匈奴的笛与角、羌笛、中国箫、龟兹筚筑、匈奴笳、高丽桃皮筚篥。

三、相和歌。是纯粹的中国民歌。他的体裁，有辞、声、解三种。辞是叙事用的。全体分三段：一是艳——便是引子。二是辞——便是本辞。三是趋乱——便是尾声。声，是说和声，如羊吾夷、伊那何、几令吾、微令吾等声调。解，是说每音曲中的一段落。这些民歌，大概出于赵、代、秦、楚一带地方，他音调的分类，有相和六引——宫引（已失）、南引（有声无辞）、角引（已失）、徵引、羽引（有声无辞）、茎篌引（高丽人作），相和曲大都是神秘思想和死的恐怖，如《薤露歌》等；吟叹曲大都是吟历史中悲哀的事，如明君、楚妃等；四弦曲——张女四

---

① 底本作"簸暹回"。

弦、李延年四弦、严卯四弦、蜀国四弦（都已失传）；相和五调——平调曲、清调曲、瑟调曲（周房中三调）、楚调曲（汉房中乐）、侧调曲、大曲等六种。他性质的分类，大约可分社会、征战、写情、神秘（理想的、恐怖的）、颓废、历史（宫庭的、民间的）、道德等七类。

现在这几首相和歌的作品，写在下面，也可以看出他作风的一班。

《华山畿》——"君既为侬死，侬生为谁施？欢若见怜时，棺木为侬开！"

《夜相思》——"投壶不停箭，忆欢作娇时；未敢便相许，夜闻侬家论，不持侬与汝，懊恼不堪止！上床解要绳，自经屏风里；啼着曙，泪落枕将浮，身沉被流去。别后常相思，顿出千丈阙，题碑无罢时。奈何许！所欢不在间，娇笑向谁绪？"

《隔津叹》——"牵牛语织女，离泪溢河汉！"

《啼相忆》——"泪如漏刻水，昼夜流不息！无故相然我，路绝行人断。夜夜故望汝，一坐复一起；黄昏人定后，许时不来已。不能久长离，中夜忆欢时，抱被空中啼；腹中如汤灌，肝肠寸寸断，教侬底聊赖？相送劳劳（诸）〔渚〕，长江不应满！是侬泪成许。奈何许！天下人何限，慊慊只为汝！"

《松上萝》——"愿君如行云，时时见经过。"

《夜相思》——"风吹窗帘动，言是所欢来。"

《长鸣鸡》——"谁知侬念汝，独向空中啼；腹中如乱丝，愤愤适得去，愁毒已复来！"

《三洲歌》——"送欢板桥弯，相待三山头；遥见千幅帆，知是逐风流。风流不暂停，三山隐行舟；愿作比（自）〔目〕鱼，随欢千里游。湘东酃酿酒，广州龙头铛。玉樽金镂碗，与郎双杯行。"

《估客乐》——"郎作十里行，侬作（十）〔九〕里送；拔侬头上钗，与郎资路用。有信数寄书，无信心相忆；莫作瓶落井，一去无消息！"

幸得李延年用了这一番搜集的工夫，把当时民间的歌谣，继续了《诗经》与《楚辞》的事业，保存在乐府里。这乐府的组织，经过了魏、晋、隋、唐，还是继续着；以后虽废去了乐府的制度，但我们今日读各种文学作品，里面被引用的古歌谣，大都是那时间保留下来的。

现在我要说一说汉朝时候的诗。汉诗实在是大不高明，他已脱离了古诗的风气、乐府的精神，成了一种士大夫间的应酬文字，渐渐的趋于格律化了。——这也是受了堆垛式辞赋的影响——古诗大概是四字一句的，——如《诗经》——偶然有长短的句子，也是出于例外；到了汉朝时候，便规定了五字七字的诗句方法，称为五古七古，多数是五字一句。我们在苏武、李陵的诗上，及徐陵的《玉台新咏》、枚乘的古诗上，都可以看出来。

苏武诗——"结发为夫妻，恩爱两不疑。欢娱在今夕，燕婉及良时。征夫怀远路，起视夜何其？参辰皆已没，去去从此辞！行役在战场，相见未有期。握手一长叹，泪为生别滋。努力爱春华，莫忘欢乐时。生当复来归，死当长相思。"——四首中的一首（《别妻》）

这种诗虽说已被格律所拘束，但他的情感还是很真挚的，用句也还自然的；这原来有极哀感动人的事实做内心的。苏武久留在胡地十九年工夫，以五千人与三万匈奴兵相周旋，屡战屡胜；武帝听信了谗言，既不发兵援救他，也不叙他的功。苏武到兵尽力竭的时候，不得已投降了匈奴，武帝竟把苏武的一家老小杀死。这样悲愤的背景，怎不要写出几首好诗来？但一面你读武帝和文武大臣联句写成的《柏梁诗》。

《柏梁诗》——"日月星辰和四（诗）〔时〕（武帝），骖驾驷马从梁来（梁孝王武王）。郡国士马羽林材（大司马）。总领天下诚难治（丞相石庆）。和抚四夷不易哉（大将军卫青）！刀笔之吏臣执之（御史大夫倪宽）。撞钟伐鼓声中诗（太常周建德）。宗室广大日益滋（宗正刘安国）。周卫交戟禁不时（卫尉路博德）。总领从宗柏梁台（光禄勋徐自为）。平理请谳决嫌疑（廷尉杜周）。修饰舆马待驾来（太仆公孙贺）。郡国吏功差次之（大鸿胪壶充国）。乘舆御物主治之（少府王温舒）。陈粟万石扬以箕（大司农张成）。徼道宫下随讨治（执金吾中尉豹）。三辅盗贼天下危（左卫翊盛宣）。盗阻南山为民灾（右扶风李成信）。外家公主不可治（京兆尹）。椒房率更领其材（詹事陈掌）。蛮夷朝贺常舍其（典属国）。柱枅欂栌相枝持（大匠）。枇杷橘栗桃李梅（大官令）。走狗逐兔张罘罳（上林令）。啮妃女唇甘如饴（郭舍人）。迫窘诘屈几穷哉（东方朔）。"

哈！好一个"枇杷橘栗桃李梅！"真是要"迫窘诘屈几穷哉"了！倒还不如王褒的《僮约》"仡仡叩头，两手自搏，目泪下落，鼻涕长一尺"来得自然而滑稽。可惜他后来势利熏了心，一做了宣帝的待诏，便专做古董式的歌颂。所以汉朝的文学，除堆垛的赋以外，成了诗与散文特别不发达的时期。直到三国时候，魏国的曹氏父子三人——曹操、曹丕、曹植——能表现出他诗人的天才来。曹操的诗雄壮，曹丕的诗婉约，曹植的诗清高。曹操有"烈士暮年，壮心不已！""对酒当歌，人生几何！"的句子，曹丕有"俯视清水波，仰看明月光；天汉回西流，三五正纵横！"等的句子；曹植有"新人虽可爱，无若故所欢！行云有反期，君恩倘中还。"的句子，无怪他们要做建安七子的领袖了。建安七子便是：曹丕、曹植、陈琳、王粲、阮瑀、刘桢、应玚七人。他们所写的赋，都是应酬帝王的，毫无价值；他们的价值，是在制作乐府歌辞，是在用古乐府的旧曲改作新词。胡适说的："以前的文人，把做辞赋看作主要事业；从此以后的诗人，把做诗看作主要事业了。以前的文人，从仿做古赋颂里得着文学的训练；从此以后的诗人，要从仿做乐府歌辞里，得着文学的训练了。除上面的七个人以外，还有孔融是浪漫的诗人；他的'归家酒债多，问客餐几行？高谈满四座，一日倾千觞！'便可以看出他的个性来了。刘桢是一个清新的诗人，他的'亭亭山上松，瑟瑟谷中风；松声一何盛，松枝一何劲！'便可以看出他遗世独立的气概来，他从此也开了颓废派的风气。"

文学到了晋朝，已转入了第三个时期。这时期的文人，不是势利的，是颓废的；他的作品，不是堆砌的，是空虚的。——大概是受了晋朝人好谈老庄思想的影响——所以他把文笔两派，分辨得最是清楚。晋朝人眼中的文，是吟风弄月，不食人间烟火的。这一点在文学的本身上说，不能不承认他有相当的认识。只是太颓废了些！第一派便是所谓"竹林七贤"，阮籍、嵇康、山涛、向秀、刘伶、阮咸、王戎这七个人，生在军阀专政——司马昭——人心死尽的时候，便灰心失意的从消极一条路上走去。内中要算阮籍是一个代表：他生在思想言论最不自由的时势里，愈觉得自然的可贵，他的诗文处处表现出崇拜自然的意志。他的《咏怀诗》有"鸿鹄相随飞，飞飞适荒裔。双翮临长风，须臾万里逝。朝餐琅玕实，夕宿丹山际。抗身青云中，网罗孰能制？岂与乡曲士，携手共言誓！"但人生终是烦恼的，自由终是不可得的，他一转念便成了厌世的思想。他的"丘墓蔽山冈，万代同一时；千秋万岁后，荣名安所之？"便造成了晋朝人永日清谈、淡于名利的风气。阮籍爱饮酒，爱做诗。因为他努力于做诗，五言诗的格局，便在他手里立定了。

接着竹林七贤的，有张华、陆机、潘岳、左思一班人，称为"太康八诗人"。陆机有一个弟弟陆云，潘岳有一个侄子潘尼；另有张载、张协弟兄二人，都是一班厌世文人，当时称为"二陆，三张，两潘，一左"。

张华的情诗："游目四野外，逍遥独延伫。兰蕙缘清渠，繁华荫绿渚。佳人不在兹，取此欲谁与？巢居知风寒，穴处识阴雨。不曾远离别，安知慕俦侣？"

陆机的《赴洛道中作》："揽辔登长路，呜咽辞密亲。借问子何之？世网婴我身。"又他在文学上最有价值的，便是他的《文赋》中，有一段反对虚伪的文字道："应感之会，通塞之纪，来不可遏，去不可止，藏若景灭，行犹响起。方天机之骏利，夫何纷而不理？思风发于胸臆，言泉流于唇齿。"——这是主张文学是出于内心自然表现的。钟嵘评陆机说："才高辞赡，举体华美……尚规矩不贵绮错，有伤直致之奇。"

　　潘岳的《悼亡诗》："望庐思其人，入室想所历；帏屏无髣髴，翰墨有余迹。流芳未及歇，遗挂犹在壁。怅恍如或存，周惶忡惊惕。"

　　左思的《招隐诗》："非必丝与竹，山水有清音。何事待啸歌，灌木自悲吟。""爵服无常玩，好恶有屈伸。结绶生缠牵，弹冠去埃尘。惠连非吾屈，首阳非吾仁。相与观所尚，逍遥撰良辰。"

我也不多说了，总之，他们的作品，在文学的立场上看，虽觉得软弱些，但也还能保存真率的本性。因为太软弱了，所以由他们造因，后来结了两个果：一个是善果，一个是恶果。

善果便是成为陶潜、谢灵运一班人的山水文学，应璩一派的白话诗，也是人心恬淡所得到的结果。现在先说应璩他兄弟应场，据《文心雕龙》说，他有《文论》，现在是不可见了。但应璩的《百一诗》，至今还保存在《昭明文选》里。

　　应璩《三叟》——"古有行道人，陌上见三叟。年（如）〔各〕百余岁，相与锄禾莠。住车问三叟：'何以得此寿？'上叟前致辞：'内中姬貌丑。'中叟前致辞：'量腹节所受。'下叟前致辞：'夜卧不覆首！'要哉三叟言，所以能长久！"

这虽有一点道学气息，但他确是一首通俗化的近白话的诗。这种白话式的古诗，当然是受了乐府的影响。所以当时很有一派叙事式的通俗诗，在前一期的有蔡邕的女儿蔡文姬。——她少年守寡，被匈奴人掳云，住在胡地十二年，已生有两个儿子；后曹操用金璧把她去赎回来。——她《悲愤诗》里，叙述别子的惨状道：

> 蔡文姬《悲愤诗》——"有客从外来，闻之常欢喜！迎问其消息，辄复非乡里。邂逅徼时愿，骨肉来迎己。己得自解免，当复弃儿子。天属缀人心，念别无会期。存亡永乖隔，不忍与之辞。儿前抱我颈，问母欲何之。人言母当去，岂复有还时。阿母常仁恻，今何更不慈。我尚未成人，奈何不顾思。见此崩五内，恍惚生狂痴。号泣手抚摩，当发复回疑。"（诗意文姬在匈奴，一般有夫妻儿女的快乐；如今硬叫她抛夫别子，精神上的痛苦，当然不是别人可以知道的。这诗的描写别离惨状，好在他能用通俗体忠实的写出。他感人的力量，决不是"蛮夷朝贺常舍其"一类硬凑的联句可比！）

与蔡文姬一类的叙事诗，有左延年的《秦女休行》。

> 左延年《秦女休行》——"步出上西门，遥望秦氏庐。秦氏有好女，自名为女休。休年十四五，为宗行报仇。左执白杨刃，右据宛鲁矛。仇家便东南，仆僵秦女休。女休西上山，上山四五里，关吏呵问女休，女休前置辞：'平生为燕王妇，于今为诏狱囚。平生衣参差，当今无领襦。明知杀人当死，兄言快快，弟言无道忧。女休坚词，为宗报仇死不疑。'杀人都市中，徼我都巷西。丞卿罗列东向坐，女休凄凄曳梏前。两徒夹我持，刀刃五尺余。刀未下，瞳胧击鼓赦书下！"——后诗人傅玄，也作一篇《秦女休行》。

叙事诗中最伟大的、自然的要算《孔雀东南飞》了。诗中叙述庐江府小吏焦仲卿有妻刘氏，他俩口原是十分恩爱的，只为不容于他的婆婆，被婆婆休回娘家。那刘氏因恋着仲卿的爱情，不愿再嫁别人。但刘氏的父母，眼看着年轻的女儿，守着空房，如何忍得？便逼她转嫁；刘氏一时气愤，便跳在池里死了。仲卿得了这个消息，便也悄悄的去吊死在院里的树上。便有当时的诗人，替他写了一首叙事的长诗；说来有条有理，宛转动人，固然是他文学技能的伟大，也是他背景的充实的缘故。内中最有价值的句子：

三日断五匹，大人故嫌迟；非为织作迟，君家妇难为！

府吏长跪告，伏惟启阿母："今若遣此妇，终老不复取！"

举言谓新妇，哽咽不能语："我自不驱卿，逼迫有阿母！"

"人贱物亦鄙，不足迎后人；留待作遗施，于今无会因。时时为安慰，久久莫相忘！"

"新妇初来时，小姑始扶床；今日被驱遣，小姑如我长。勤心养公姥，好自相扶将；初七及下九，嬉戏莫相忘！"

下马入车中，低头共耳语："誓不相隔卿，且暂还家去。吾今且赴府，不久当归还，誓天不相负！"

"君当作盤石，妾当作蒲苇；蒲苇纫如丝，磐石无转移。"

新妇识马声，蹑履相逢迎。怅然遥相望，知是故人来。举手拍马鞍，嗟叹使心伤！……"我有亲父母，逼迫兼弟兄，以我应他人，君还何所望！"府吏谓新妇：
"贺卿得高迁！磐石方且厚，可以卒千年；蒲苇一时
纫，便作旦夕间。卿当日胜贵，吾独向黄泉！"新妇
谓府吏："何意出此言！……黄泉下相见，勿违
今日言！"

"我命绝今日，魂去尸长留！"揽裙脱丝履，举身
赴清池！——府吏闻此事，心知长别离。徘徊庭树下，
自挂东南枝。

两家求合葬，合葬华山傍。东西植松柏，左右种梧
桐。枝枝相覆盖，叶叶相交通。中有双飞鸟，自名为鸳
鸯，仰头相向鸣，夜夜达五更。行人驻足听，寡妇起彷
徨。多谢后世人，戒之慎勿忘！

这种作风，直影响到六朝时候的《子夜歌》。六朝把中国土
地的统治权，分作南北两个区域：北方民族性是刚强的，南方民
族性是柔顺的。《子夜歌》是一种儿女的文学，可以代表南方民
族性的。——子夜，是一个女子的名字，是她第一个创造这一类
歌体的。——和《子夜歌》同类的，有《华山畿》《懊侬歌》
《乌夜啼》《碧玉歌》等，都是写儿女私情的。《子夜歌》中有
几首道：

宿昔不梳头，绿发被两肩；婉伸郎膝上，何处不
可怜！

揽枕北窗卧，郎来就侬嬉；喜时多唐突，相怜能
几时？

夜长不得眠，明月何灼灼？相闻欢唤声，虚应空
中诺。

途涩无人行，冒寒往相觅；若不信侬时，但看雪上迹。

同时北方的歌词，也表示了他英雄的气概。如《敕勒歌》：

敕勒川，阴山下。天似穹庐，笼盖四野。天苍苍，野茫茫。风吹草低见牛羊。

又《企喻歌》中的两节："放马大泽中，草好马着膘。牌子铁裲裆，鉌矛鹨尾条。前行看后行，齐着铁裲裆。前头看后头，齐着铁鉌矛。"这不独表现了北方民族的特性，且又表现出北方民族的生活来。便是北方女儿的情歌，也另有一种刚健的风味。如：

《折杨柳枝歌》——"门前一株枣，岁岁不知老；阿婆不嫁女，那得孙儿抱？敕敕何力力，女子临窗织。不闻机杼声，只闻女叹息。问女'何所思？'问女'何所忆？''阿婆许嫁女，今年无消息！'"（问女两句，全套《木兰辞》，因《木兰辞》也是北方的儿女文学。）

文学作风自晋朝以来，脱尽了贵族气，句句表现了他的自然，个个显示他的天性。因一班文人功利心的淡薄，而民间文学也得了出头的机会。上面所引出的自《悲愤诗》以下，全是当时的民间文学。所谓纯文学，也只得在这时候舒了一口气。接着我再补说陶潜、谢灵运的山林文学——他们也是受了时代影响而表现的。

从晋到唐的文人，都是崇拜自然，因此也看重个性，看重气节。他从文学作品里面，表现出他自然的个性来，也表现重气节的人格来。陶渊明爱饮酒，爱写诗，因家穷，便去做彭泽县官，因"彭泽公田之利，足以为酒。"——见《归去来辞序》——却不道你一踏上势利场，便有势力来逼人。当时有府里派下来的督邮，要陶渊明去束带拜见。陶说："我岂能为五斗米，折腰向乡里小儿？"他便丢下官不干，回家去享他的田园乐趣。我们读他下面的两首诗，一可以看出他的气节，一可以看出他的风趣。

《咏贫士》——"万族各有托，孤云独无依。暧暧空中灭，何时见余晖？朝霞开宿雾，众鸟相与飞。迟迟出林翮，未夕复来归。量力守故辙，岂不寒与饥？知音苟不存，已矣何所悲！"

《杂诗》——"结庐在人境，而无车马喧。问君何能尔？心远地自偏。采菊东篱下，悠然见南山。山气日夕佳，飞鸟相与还。此中有真意，欲辨已忘言。""秋菊有佳色，裛露掇其英。泛此忘忧物，远我达世情。一觞虽独进，杯尽壶自倾。日入群动息，归鸟趋林鸣。啸傲东轩下，聊复得此生！"

谢灵运是南朝人。他因家穷，不得不做官，而做官又耐不住俗事的束缚。他先做永嘉太守，不问政事；后做秘书监，也不去修《晋书》，只是一天到晚带着一班同伴游山玩水，探峻问幽。最有趣的，他带领了几百人，从始宁南山砍树掘路，一路来到临海。因贪玩一路的山景，又因工作辛苦，竟忘了修饰容貌。他的面貌本来是丑陋的，此时弄得须发蓬松，面目黧黑。临海太守认做是山鬼现形了，不由得大吃一惊。但谢依然歌唱他"白云抱幽石，绿筱媚清涟。葺宇临回江，筑观基曾巅。挥手告乡曲，三载期归旋。且为树枌槚，无令孤愿言"的游山诗。

《登江中孤屿》的好句："……怀新道转迥，寻异景不延。乱流趋正绝，孤屿媚中川。云日相晖映，空水共澄鲜。表灵物莫赏，蕴真谁为传！……"

《道路忆山中》的好句："不怨秋夕长，常苦夏日短。濯流激浮湍，息阴倚密竿。怀姑旦新欢，含悲忘春暖。凄凄明月吹，恻恻广陵散。殷勤诉危柱，慷慨命促管！"——危柱是琴，促管是笛。平心说来，谢的诗比陶诗不自然得多了，怪不得惠远和尚不要他入白莲社（当时的诗社）。

与谢灵运同一派的诗人，如谢弟惠连及颜延之、鲍照等都是的，当时称为"颜谢鲍"，但究敌不过陶渊明的幽静自然。所以直到唐朝的王维、孟浩然、韦应物、柳宗元一班诗人，都染了陶诗的风气，写着真率恬淡的性灵诗，能不受当时堆辞砌句的恶影响。

恶果也是由当时文学作风太软弱而来的。有一班既无天才又无学术的斯文败类，他要冒充风雅，肚子里却空空如也，不得不在诗文的形式上弄些对仗、古典、音韵、八病等的把戏。他们一方面把文学的灵魂幽囚起来，一方面套着文学的假面具，却骗富贵！他们一写文，便是骈俪；一做诗，便是格律。从此打倒了真朴自然的古诗，而创造了凑句对字的律诗。第一个罪人便是沈约，谢朓、王融、周颙一班人是从犯，他们规定了"平上去入"的四声谱，又说做诗要避去八病：

一、平头病　第一、二字不得与第六、七字同声。

二、上尾病　第五字不得与第十字同声。

三、蜂腰病　第三字不得与第八字同声。

四、鹤膝病　每四字不得与第九字同声。

五、大韵病　前九字不得与第十字同韵，惟第五字有时是例外。

六、小韵病　除末一字外，九字中不得有两字同韵。

七、正纽病　十字中不得有正纽双声字。

八、旁纽病　十字中不得有旁纽双声字。

不但是这样，每逢为文写诗，都要把古典堆砌在里面；他们的写作，既不是内心的要求，更没有真率的天性，只是七零八碎的杂凑成篇。这种作风，恶也是恶到无可再恶了，他们却自称为"永明体"！又与谢朓、王融、任昉、范云、萧琛、萧衍、陆倕一班人结成"竟陵八友"。——因他们都在竟陵王萧子良门下骗饭吃，正经叫做"八骗子"罢了。

钟嵘说死讲声律的害——"古曰诗颂，皆被之金竹，故非调五音无以谐会……三祖（魏武帝、文帝、明帝）之词，文或不工，而韵入歌唱；此重音韵之义也，与世之言宫商异矣。今既不被管弦，亦何取于声律耶？……齐有王元长者创其首，谢朓、沈约扬其波。三贤咸贵公子孙，幼有文辩，于是士流景慕，务为精密。襞积细微，专相陵架。故使文多拘忌，伤其真美。余谓文制本须讽读，不可蹇碍，但令清浊流通，口吻调利，斯为足矣。"

钟嵘说死搬古典的害——"夫属词比事，乃为通谈。若乃经国文符，应资博古。撰德驳奏，宜穷往烈。至乎吟咏情性，亦何贵于用事？'思君如流水'，即是即目。'高台多悲风'，亦唯所见。'清晨登陇首'，

205

羌无故实。'明月照积雪'，讵出经史？观古今胜语，多非补假，皆由直寻。颜延之、谢庄尤为繁密，于时化之。故大明、泰始中，文章殆同书抄。近任昉、王元长等，词不贵奇，竞须新事。尔来作者，寖以成俗。遂乃句无虚语，语无虚字，拘挛补纳，蠹文已甚。"

这真是裴子野所说的："其兴浮，其志弱；巧而不要，隐而不深。"荀卿说："乱世之征，文章匿而采。"你们看："逝矣经天日，悲哉带地川！""邈矣垂天景，壮哉奋地雷！"这是什么话，这真是晋人好虚谈所结的恶果！钟嵘说：

永嘉时贵黄老，稍尚虚谈；于是篇什理过其辞，淡乎寡味。

文学复古时期

所以韩昌黎忍不住了，便起来高喊复古。这时文学已转入了第四个时期，复古运动甚是有力；他们主张恢复到汉魏以前的作风，承接孟子、扬雄的道统。从此古文与道统并为一谈：凡为文，他的外形要古，他的内心要有道，所谓文笔的区分，从此又混合了。那纯文学的作品，这班复古家是不承认的；他们主张文章的体裁备于六经，我们若欲作文，便该效法六经。李习之说："建武以还，文卑质丧，气萎体败，剽剥不让，拨去其华，得其本根。包刘（汉）越嬴（秦），并武同殷。六经之风，绝而复新；学者有归，大变于文。"后世苏东坡更赞叹得厉害："匹夫而为百世师，一言而为天下法；是皆有以参天地之化，关盛衰之运！自东汉以来，道丧文弊，历唐贞观、开元而不能救；独公谈笑而麾之，天下靡然从公，复归于正。文起八代之衰，道济天下之溺，岂非参天地而独存者乎？"其实韩昌黎文的长处，只在忠厚率直；他的古文派所以有这样的威力，都是仗着尧、舜、禹、汤、文、武、周公、孔子的"道"做幌子，而竭力制造假古董罢了。他反把道去抹煞了文学的性灵，而他所要打倒的佛老，反得利用文学的技巧，普及到民间去。——便是韩昌黎最知己的，最称同志的朋友柳子厚，也信佛了！——当时和韩昌黎同派的，除柳子厚外，如孟郊、张籍，还有称弟子的贾岛、刘义、李翱、李汉、皇甫湜、沈亚之一辈人，都能帮着他摇旗呐喊。其实韩昌黎的文，还不如他的诗来得自然——少道学气——现在我抄几首在下面：

《落齿》——"去年落一牙，今年落一齿。俄然落六七，落势殊未已。余存皆摇动，尽落应始止。忆初落一时，但念豁可耻。及至落二三，始忧衰即死。每一将落时，懔懔恒在已。叉牙妨食物，颠倒怯漱水。终焉舍我落，意与崩山比。今来落既熟，见落空相似。余存二十余，次第知落矣。倘常岁落一，自足支两纪。如其落并空，与渐亦同指。人言齿之落，寿命理难恃。我言生有涯，长短俱死尔。人言齿之豁，左右惊谛视。我言庄周云，木雁各有喜。语讹默固好，嚼废软还美。因歌遂成诗，时用诧妻子。"

《庭楸》——"庭楸止五株，共生十步间。各有藤绕之，上各相钩联。下叶（如）〔各〕垂地，树颠各云连。朝日出其东，我常坐西偏。夕日在其西，我常坐东边。当昼日在上，我在中央间。仰视何青青，上不见纤穿。朝暮无日时，我且八九旋。濯濯晨露香，明珠何联联。夜月来照之，蔼蔼自生烟。我已自顽钝，重遭五楸牵。客来尚不见，肯到权门前。权门众所趋，有客动百千。九牛亡一毛，未在多少间。往既无可顾，不往自可怜。"

诗意虽拙笨，但也还自然。韩昌黎压根儿不是有文学天才的人，胡适说他："作诗如说话。"这是在特意提倡白话诗语文的人，固然要借重他这样说法的。宋朝人沈括说："韩退之诗，乃押韵之文耳。虽健美富赡，然终不是诗！"格不近诗，还是无关紧要的；只怕没有文学的天才，没有诗人的意境，这简直够不上文学家的资格！所以韩昌黎在唐朝只是一个道统家，而不是诗文学家。唐朝的文学中心原是在诗，"唐诗"已成了一个名词。——我们读《全唐诗》，竟有九百卷，诗有四万八千九百首，作家有二千二百多人，所以诗便成了唐朝文人的专有品了。

唐诗时代

话又须分开来说，唐朝初期的诗人，像所谓四杰——王勃、杨炯、卢照邻、骆宾王——和沈佺期、宋之问一班人，都是势利薰心、虚名标榜的诗匠。王勃是只会写"南昌故郡，鸿都新府"的骈体死文字。杨炯只会写"张平子之略谈，陆士衡之所记""潘安仁宜其陋矣，仲长统何足知之？"的"点鬼簿"。卢照邻原是一个有风疾的废物，他只会写"夫何秋夜之无情兮，皎晶悠悠而太长！"等摹仿《楚辞》的废文！骆宾文的写《讨武曌檄》，虽是写得气势甚旺，但他是代徐敬业写的，他便等于无病而呻了。他写的赋，竟是捉死对，什么"秦地重关一百二，汉家离宫三十六"；所以也无怪有人称他是"算博士"了。当时女皇帝武则天，爱听几句没人气多媚骨的粉饰诗歌，唐朝又是用诗来考取官员的。于是一班逐臭之夫，如李峤、阎朝应、徐彦伯、张说、崔湜、富嘉谟、房融、崔神庆、崔融、杜审言、薛稷、员半千等——沈佺期、宋之问也在里面——大家脸上敷着粉，嘴里唱堆垛式的诗句，去哄着这个女妖精——则天娘娘——那沈、宋二人，更创造出律诗来，使诗体多一层束缚。

唐朝到了开元、天宝年间（约七世纪时），才有真正的诗人出现；他们的诗都有诗人的意境，都表现得出个性来，都有丰富的感情。他的长处，便在坦白自然。我现在介绍谭正璧先生的一段话在下面：

> 唐代诗歌的惟一特色，就在民间文学和文士文学的混合。……所谓纯粹的民歌，也决不全是不识字的人所作，至少须经文人的润饰，方得在当时流传。不过这种文人，都是无名作者，在朝廷没有一官半职，所以他的作品被采入乐府时，他的名字已经遗失。到了重视诗人的唐政府时代，民间能作诗的人，都为当地官长所注意而提拔，或竟因此而引荐为大官；这样自然好像这时没有民间文学了，诗人个个都高升了，个个都闻名了，民间自然再也不会有无名的诗人了。而且民间诗人的作品，因诗人地位的抬高，不必朝廷去采入乐府，他们自会编成集子去献给朝廷。
>
> ——见《中国文学进化史》

胡适之却说这个时候，是一个白话诗的时期。他说（见《白话文学史（二一七——二一九）：

　　　白话诗有种种来源：第一个来源是民歌。这是不用
细说的，一切儿歌，都是白话的。第二个来源是打油
诗。就是文人用诙谐的口吻互相嘲戏的诗。……嘲戏总
是脱口而出，最自然最没有做作的。第三是歌妓。在那
"好妓好歌喉"的环境之内，文学家自然不好意思把
《尧典》《舜典》的字和《生民》《清庙》的诗拿出
来献丑。唐人作歌诗，晚唐五代两宋人作词，元明人作
曲，因为都有这个"好妓好歌喉"的引诱，故自然走到
白话的路上去。第四是宗教与说理。宗教要传布得远，
说理要说得明白清楚，都不能不靠着白话。散文固是重
要，诗歌也有重要的作用。诗歌可以歌唱，便于记忆，
易于流传，皆胜于散文作品。

　这话是对的，你不听得那时有一段"旗亭画壁"的故事吗？
这故事是说有高适、王昌龄、王之涣三个诗人，他们诗虽做得
好，但人还是穷的。遇到一个下雪的天，他三人忍不住冷气，便
同到旗亭去买一碗酒吃。恰巧有四个妓女，和一班梨园伶官，在
隔座唱着诗句劝酒。第一个伶官唱的正是王昌龄的诗，昌龄便拿
笔在壁上画下一条做符记。他三人约定，听唱谁的诗多，谁便是
第一诗人。接着又有一个伶官唱起高适的诗来，高适也画着壁。
王之涣却不服气，便悄悄说道："此等潦倒乐官，唱的都是下等
诗歌，怎么能唱出好诗来？"又暗指一个绝色的妓女说道："个
人儿倘启朱唇，定唱我的诗。"说话时，那梳双鬟的美妓，果然
在唱着王之涣的《凉州词》了。

　　《凉州词》——"黄河远上白云间，一片孤城万仞

山。羌笛何须怨杨柳，春风不度玉门关。"

唐时的诗人太多了，我一时也说不得许多。依中国文学历史的习惯，分初唐、盛唐、晚唐三时期。沈骐《诗体明辨序》里说：——他分初唐、盛唐、中唐、晚唐四期。

> 唐以诗名一代，而统分为四大宗：王魏诸人，首开草昧之风；而陈子昂特以澹古雄健振一代之势。杜审言、刘希夷、沈佺期、宋之问、张说、张九龄，亦各全浑厚之气于音节疏畅之中。盛唐稍著宏亮，储光羲、王维、孟浩然之清逸，王昌龄、高适之闲远，常建、岑参、李颀之秀拔，李白之朗卓，元结之奥曲，咸殊绝寰伦；而杜甫独以浑雄高古自成一家，可以为史，可以为疏。其言时事，最为悚切，不愧古诗人之义，盖亦诗之仅有者也！中唐弥矜琢炼，刘长卿以古朴开宗，韦应物、钱起之隽迈，卢纶①、顾况、刘禹锡之扬及元白唱和之作，韩柳古风之体，张籍、贾岛、孟郊之清刻，李贺之怪险，是其最也。晚唐体愈雕镂，杜牧高爽欲追老杜；温李西昆之体，婉丽自喜；皮陆鹿门诸章，往往超胜。若夫诗余之体，肇于李白，盛于晚唐；然晚唐之诗，不及其词，亦各有其嫩也！

他这样的分期和论断，虽不见得准确，但唐朝重要的诗人，大概都说在里面了。尤其是李白、杜甫、白居易、杜牧、王维、高适、刘长卿、李长吉、李义山、元稹这一班人，支持了全唐时期的诗坛。现在再约略叙述在下面：

---

① 底本作"卢伦"。

诗豪李白——他是一个狂放的诗人，好酒好色，好侠客，又好神仙。他犯过杀人罪，又在大醉时候见过唐玄宗与杨贵妃。他又曾喝令最有权力的高力士脱过靴。最后，他也曾充军到夜郎地方去度过凄凉的岁月。但他依旧狂放，一切富贵穷困，都不在他意中。他的诗最好的如《将进酒》："君不见黄河之水天上来，奔流到海不复回。君不见高堂明镜悲白发，朝如青丝暮成雪。人生得意须尽欢，莫使金樽空对月。天生我材必有用，千金散尽还复来。烹羊宰牛且为乐，会须一饮三百杯。岑夫子，丹丘生，将进酒，杯莫停。与君歌一曲，请君为我倾耳听。钟鼓馔玉不足贵，但愿长醉不用醒。古来圣贤皆寂寞，惟有饮者留其名。陈王昔时宴平乐，斗酒十千恣欢谑。主人何为言少钱，径须沽取对君酌。五花马，千金裘，呼儿将出换美酒，与尔同销万古愁。"

诗圣杜甫——杜甫生在乱世，天性又多愁；所以他写的诗，大都是愁苦的。因他带了妻儿东奔西走，眼见人民颠沛流离，所以他的诗又大都是描写社会实状、切近人情的。我们今日读他的作品，大可以作史诗读。他的非战诗《三吏》（《新安吏》《潼关吏》《石壕吏》）、《三别》（《新婚别》《垂老别》《无家别》）最是能动人。他的《哀江头》，最能描写乱离后的惨状："少陵野老吞声哭，春日潜行曲江曲。江头宫殿锁千门，细柳新蒲为谁绿？忆昔霓旌下南苑，苑中万物生颜色；昭阳殿里第一人，同辇随君侍君侧。辇前才人带弓箭，白马嚼啮黄金勒。翻身向天仰射云，一笑正坠双飞翼。明眸皓齿今何在？血污游魂归不得。清渭东流剑阁深，去住彼此无消息。人生有情泪沾臆，江水江花岂终极？黄昏胡骑尘满城，欲往城南忘南北！"

白话诗人白居易——白居易的诗，明白如话，老妪都听得懂。白自己说："自长安抵江西三四千里，凡乡校逆旅行舟之中，往往有题仆诗者；士庶僧徒孀妇处女之口，每有咏仆诗者。"他的诗，是很鲜明的要在人生上求实现。他最反对吟风弄月，不切人生实际的诗人。所以他说："晋宋以还，得者盖寡。以康乐之奥博，多溺于山水；以渊明之高古，偏放于田园。江鲍之流又狭于此。……于时六义浸微矣！"他同情于平民的色彩，在他的诗上，随处可以看出。他的《轻肥诗》："意气骄满路，鞍马光照尘；借问何为者？人称是内臣。朱绂皆大夫，紫绶或将军。夸赴军中宴，走马去如云。罇罍溢九酝，水陆罗八珍。果擘洞庭橘，脍切天池鳞。食饱心自若，酒酣气益振。——是岁江南旱，衢州人食人。"

狂放诗人杜牧——杜牧的个性，与他的作风，都很像杜甫，所以有人称他为小杜。他生在晚唐的时期，晚唐诗的作风，都趋向于香艳一派；独杜牧能保存他傲岸清逸的气概。傲岸的诗如《寄张祜》："百感中来不自由，角声孤起夕阳楼。碧山终日思无尽，芳草何年恨即休？睫在眼前长不见，道非身外更何求？谁人得似张公子，千首诗轻万户侯。"清逸的诗，如《街西长句》："碧池新涨浴娇鸦，分锁长安富贵家。游骑偶同人斗酒，名园相倚杏交花。银秋骒袅嘶宛马，绣鞅璁珑走钿车。一曲将军何处笛？连云芳树日初斜。"

自然诗人王维——王维是最能描写自然的诗人，又是画家，所以人家说他的诗中有画，画中有诗。他的诗都是不食人间烟火的，好似太戈尔与安徒生的作风。我们无法说明他，只有举出他的诗来，使他自己证明："寒山转苍翠，秋水日潺湲。倚杖柴门外，临风听暮蝉。渡头余落日，墟里上孤烟。复值接舆醉，狂歌五柳前。""空山新雨后，天气晚来秋。明月松间照，清泉石上流。竹喧归浣女，莲动下渔舟。随意春芳歇，王孙自可留。"这是何等神来之笔！——和王维一个统系的，还有孟浩然、储光羲、韦应物、柳宗元、元结一班诗人。

边塞诗人高适——文学是直接受时代与地方色彩的。高适当哥舒翰的书记，久住边地，所以他的诗，很多是描写边塞风景的。如《登百丈峰》："朝登百丈峰，遥望燕支道。汉垒青冥冥，胡天白如扫。忆昔霍将军，连年此征讨。匈奴终不灭，寒山徒草草。唯见鸿雁飞，令人伤怀抱！"与高适同一派的，还有岑参，他的描写边地风景，与高完全不同。他的《使交河郡》："暮投交河城，火山赤崔嵬。九月尚流汗，炎风吹沙埃。"但是意境是相同的。

苦吟诗人刘长卿——刘长卿是晚唐特出的诗人。他的诗很坦白的表现了自己的性情，不用古典，不用生字，不用险韵。只是他的身世和屈原相同，终生郁郁不得志，但诗中十有七八，是诉说自己的痛苦。汤鏊[①]说他："诗罔不自悒悒怀抱者为之。"他的《小鸟篇》："藩篱小鸟何甚微，翩翩日夕空此飞。只缘六翮不自致，长似孤云无所依。西城黯黯斜晖落，众鸟纷纷皆有托。独立虽轻燕雀群，孤飞还惧鹰鹯搏。自怜天上青云路，吊影徘徊独愁暮。衔花纵有报恩时，择木谁容托身处？岁月蹉跎飞不进，羽毛憔悴何人问。绕树空随乌鹊惊，巢林只有鹪鹩分。主人庭中荫乔木，爱此清阴欲栖宿。少年挟弹遥相猜，遂使惊飞往复回。不辞奋翼向君去，唯怕金丸随后来！"他的身世，也算得可怜了。

---

① 底本作"阳鏊"。

冷僻诗人李长吉——李贺是一个可怜的诗人，他写的诗，无处不是悲观，生性也是孤僻，怪不得到二十七岁上便死了。他的写诗，大都在游行时候；每天跨着小驴，后面跟着一个童儿，肩上负着锦囊。长吉触境生情，想得了一句诗，便写在诗笺上，丢入锦囊中，回家来再把锦囊中的诗句整理出来，便成好诗。他的诗思十分敏捷，韩愈、皇甫湜二人去到他家中，立逼着他做诗，长吉便写成《高轩过》诗："华裾织翠青如葱，金环压辔摇玲珑。马蹄隐耳声隆隆，入门下马气如虹。云是东京才子，文章巨公。二十八宿罗心胸，元精耿耿贯当中。殿前作赋声摩空，笔补造化天无功。庞眉书客感秋蓬，谁知死草生华风。我今垂翅附冥鸿，他日不羞蛇作龙！"

香艳诗人李义山——李商隐满肚子艳丽的情感，作诗常常爱写女子和花鸟。但他好用艰深的字句，是他一个大病。他的《锦瑟》诗，至今还叫人猜不到是指的谁。诗道："锦瑟无端五十弦，一弦一柱思华年。庄生晓梦迷蝴蝶，望帝春心托杜鹃。沧海月明珠有泪，蓝田日暖玉生烟。此情可待成追忆，只是当年已惘然！"他的无题诗都写得十分香艳，诗道："相见时难别亦难，东风无力百花残。春蚕到死丝方尽，蜡炬成灰泪始干。晓镜但愁云鬓改，夜吟应觉月光寒。蓬山此去无多路，青鸟殷勤为探看。"

美化诗人元稹——元稹境遇甚好，富于美感。他诗中最多是艳体诗和宫词。最有名的是《故行宫》："寥落故行宫，宫花寂寞红。白头宫女在，闲坐说玄宗。"何等哀艳！当时宫中妃嫔，都热读他的宫词，称他为"元才子"。他最有名的是《连昌宫词》。

宋　词①

　　紧接着唐诗而转变的文体，便是宋词，这是文学入了第五个时期。虽然词体的创立，不是从宋朝起的。唐朝的李白，竟是词体的创造者。同时宋朝也不是绝端不产生诗人的，因宋朝是词体极盛的时期，但当时词人又大都兼做诗人。现在先说说宋朝的诗人：宋朝初期的诗人有徐铉，而杨亿、刘筠、钱惟演三人都摹仿李义山的作风，称为"西昆体"。在一部《西昆酬唱集》里，搜集了十七个作家的作品。王禹偁，学《长庆集》作风，称为"白体"。寇準、林逋、魏野、潘阆学晚唐作风，称为"晚唐体"。到苏舜钦、苏舜元、梅尧臣一辈诗人出来，他都竭力摹仿杜甫的作风。欧阳修是文章复古第二期的中坚人物，所以他的诗，也倾向于复古，专意摹仿李白和韩愈。在当时最能表现独立的诗才的，便是三苏，苏洵、苏轼、苏辙：诗才、文才、词气都是奔放的。与三苏同一统系的，有黄庭坚、秦观、晁补之、张耒②一流人，当时称为"苏门四学士"③。又因黄是江西人，后人摹仿黄诗的，自成"江西诗派"。——吕本中写《江西诗社宗派图》共有二十五人。到南宋时候，又有四大诗家出来，便是陆游、尤袤、范成大、杨万里四人。——陆、范、杨三人，又称南宋三大家——此后又有"四灵"诗派，便是徐灵晖④、徐灵渊、翁灵

---

　　① 标题为整理者加，"元曲""小说"亦如此。
　　② 底本作"张来"。
　　③ 底本作"苏黄"。
　　④ 底本作"除灵晖"。

舒、赵灵秀四人；这四灵的诗，故意写得堆砌做作，极不自然。总之，在宋朝，诗的时代已过去，除三苏略有表见以外，大都是依草附木之辈，实在算不得是诗人。

提起词的作家，最早要算是三李，一是李白，二是李煜，三是李清照。词称为诗余，又名长短句，大约是从乐府进化的。李白先写下《菩萨蛮》《忆秦娥》两词：

《菩萨蛮》——"平林漠漠烟如织，寒山一带伤心碧。暝色入高楼，有人楼上愁。玉阶空伫立，宿鸟归飞急。何处是归程？长亭更短亭。"

《忆秦娥》——"箫声咽，秦娥梦断秦楼月。秦楼月，年年柳色，灞陵伤别。乐游原上清秋节，咸阳古道音尘绝。音尘绝，西风残照，汉家陵阙！"

李煜便是终日以泪洗面的李后主，他有文学的天才；身遭亡国的痛苦，宋太祖把他幽囚起来，他自然写出满纸凄怨的词句来了。最后因为"春花秋月何时了？往事知多少。小楼昨夜又东风，故国不堪回首月明中。雕栏玉砌应犹在，只是朱颜改。问君还有几多愁？恰似一江春水向东流！"一词，触怒了宋太宗[①]，给他吃毒药死了。李煜在未亡国时写"烂嚼红茸笑向檀郎吐"的词句，何等艳丽！可知文人的作风，完全是跟着环境走的。李清照是中国数一数二的女文学家；她是一个多情女子，一个乐观文人。无奈环境太刻薄了，使她失了恋人，不得不使她在词中说出许多哀伤的话。她虽哀伤，她还不肯抛弃她的希望；她虽哀伤，她还希望着恋人归来以后的快乐。她和她爱人，是一对

---

① 底本作"宋太祖"。

患难的伴侣；他俩都是读书种子，家贫时候便典尽衣服去买书来读。后来爱人做官了，书更买得多了，他家中的归来堂，便是她俩读书的地方，夫妻二人往往读到夜深人静，还不肯罢休。这样的美满光阴，自然遭了天的妒忌，后来她丈夫死了，这可怜的女词人，便流落天涯，四海为家。但她的性情也愈豪爽了，她的见识也愈高超了，渐渐的成了男性化。她爱饮酒，常有"沉醉不知归路""东篱把酒黄昏后""酒意诗情谁与共""要来小酌便来休"等句子。她自号易安居士，便可见得她性情的一般。现在附记她的《别愁》词在下面：

《别愁》——"红藕香残玉簟秋。轻解罗裳，独上兰舟。云中谁寄锦书来？雁字回时，月满西楼。　花自飘零水自流。一种相思，两处闲愁。此情无计可消除，才下眉头，却上心头。"（【一剪梅】调）

《别愁》——"泪湿罗衣脂粉满，四叠阳关，唱到千千遍。人道山长山又断，萧萧微雨闻孤馆。　惜别伤离方寸乱，忘了临行，酒盏深和浅。好把音书凭过雁，东莱不似蓬莱远。"（【蝶恋花】调）

但在初期词的有力的作家，不得不数温飞卿。温是一个潦倒的词人，也是诗人。一身在妓院中厮混，写的词大半是供妓女歌唱的；在道学家看他是一个无品的文人，但在温却是满腹艳情，不吐不快。他的诗词都写得哀艳动人，像《兰塘词》"团圆莫作波中月，洁白莫为枝上雪。月随波动碎潾潾，雪似梅花不堪折。李娘十六青丝发，画带双花为君结。门前有路轻别离，唯恐归来旧香灭！"他的词最艳丽的还有：

《酒泉子》——"罗带惹香，犹系别时红豆。泪痕新，金缕旧，断离肠！　　一双娇燕语雕梁，还是去年时节。绿阴浓，芳草歇，柳花狂！"

《南歌子》——"转眄如波眼，娉婷似柳腰。花里暗相招，忆君肠欲断，恨春宵！　　懒拂鸳鸯枕，休缝翡翠裙。罗帐罢炉熏。近来心更切，为思君！"

从此以后，词家愈来愈多，几乎占据了两宋的全时代。但南宋与北宋比较，北宋远胜于南宋。北宋的词格，自然而婉约；南宋的词格，晦滞而牵强。我现在取柳永、秦观、苏轼、欧阳修、辛幼安、姜夔六人来说说：

写白话的词人柳永——柳永（耆卿）的词，等于白香山的诗，能普及在民间。真是西夏归朝官说的："凡有井水处，即能歌柳词！"这岂不是因他能用白话为词，使妇人小孩子都能欣赏的效力吗？柳永还有一种古怪脾气：他宁可不做官，宁可受人唾骂，但他不能不狎妓，不能不写情词。他有一句"忍把浮名，换了浅斟低酌！"后来仁宗皇帝便嘲笑他说："此人风前月下，好去浅斟低酌，何必浮名？"谁知柳永却以情词艳句，享尽浮名。他的《婆罗门令》："昨宵里、恁和衣睡。今宵里、又恁和衣睡。小饮归来，初更过、醺醺醉。中夜后、何事还惊起。霜天冷，风细细。触疏窗、闪闪灯摇曳。空床展转重追想，云雨梦、任敧枕难继。寸心万绪，咫尺千里。好景良天，彼此空有相怜意，未有相怜计。"最有名的是《雨霖铃》："寒蝉凄切，对长亭晚，暮雨初歇。都门帐饮无绪，方留恋处，兰舟催发。执手相看泪眼，竟无语凝噎。念去去，千里烟波，暮霭沉沉楚天阔。多情自古伤离别，更那堪，冷落清秋节！今宵酒醒何处？杨柳岸，晓风残月。此去经年，应是良辰好景虚设。便总有千种风情，更与何人说？"词，本来是诗体进一步的解放；但在《花间集》一派的词人，还不敢用曼声长调，自从柳永用曼声长调以后，词体到了更进一步的解放了。——柳永的结局甚是凄凉，他客死在襄阳，便有一班同流落在风尘中的妓女，凑起钱来，收殓他的尸身，埋葬在枣阳县的花山上。每到清明时节，一般的到这词人坟上来祭扫。柳耆卿在风尘中得知己，却也可以瞑目了！

幽默的词人秦观——秦观便是秦少游，当时与苏东坡、黄庭坚都享词人的大名，但秦观的词实在高出苏黄以上。他的幽婉情艳，受李煜的影响最大。生平淡于功名，当时党派的倾轧又是很凶，所以秦观更专心写他的好词，从词中表现出他幽默的个性来。我最爱他的《鹧鸪天》："枝上流莺和泪闻，新啼痕间旧啼痕。一春鱼雁无消息，千里关山劳梦魂。无一语，对芳尊。安排肠断到黄昏。甫能炙得灯儿了，雨打梨花深闭门。"更有《满庭芳》一阕，有异曲同工之妙："碧水澄秋，黄云凝暮，败叶零乱空阶。洞房人静，斜月照徘徊。又是重阳近也，几处处，砧杵声催。重帘外，风摇翠竹，疑是故人来！情怀增怅望，新欢易失，往事难猜。问篱边黄菊，知为谁开？漫道愁须殢酒，酒未醒、愁已先回。凭栏久，金波渐转，白露点苍苔！"

浪漫的词人欧阳修——欧阳修的词和文，恰恰站在一个相对的地位；他的文章摆着一副道学面孔，而写词却又情致缠绵起来。有人说他的词写得很浪漫，可见得凡是真正文学，没有不是表现作者个性的；又可见得那种虚伪的道统文学，便不是真文学了。欧阳修的词不但是浪漫，而且是真率自然。他的《春情》："海燕双来归画栋。帘影无风，花影频移动。半醉腾腾春睡重。绿鬟堆枕香云拥。翠被双盘金缕凤。忆得前春，有个人人共。花里黄莺时一弄。日斜惊起相思梦。"他的别恨："把酒祝东风，且共从容。垂阳紫陌洛城东。总是当时携手处，游遍芳丛。聚散苦匆匆，此恨无穷。今年花胜去年红。可惜明年花更好，知与谁同？"这那里有一点点道学气？

豪放的词人苏轼——苏东坡写的词，须关西大汉，执铁绰板，唱大江东去，可见他词气的豪放了；但婉转幽默，是词的本色，所以有人嫌苏轼的词太粗豪了。我们读他有名的《赤壁怀古》："大江东去，浪淘尽，千古风流人物。故垒西边，人道是，三国孙吴赤壁。乱石崩云，惊涛掠岸，拥起千堆雪。江山如画，一时多少豪杰。遥想公瑾当年，小乔初嫁了，雄姿英发。羽扇纶巾，谈笑间，樯橹灰飞烟灭。故国神游，多情应是笑我生华发。人间如寄，一尊还酹江月！"虽说这词里，能看出他豪放的个性来，但我却爱他一阕《西江月》："世事一场大梦，人生几度秋凉。夜来风叶已鸣廊，看取眉头鬓上。酒贱常愁客少，月明多被云妨。中秋谁与共孤光？把盏凄然北望！"来得浑脱自然。像苏东坡这样盘屈的作风，称谓词家中的北派；苏轼且是北派的首领。——辛弃疾便是这一派所产生的。

有气节的词人辛弃疾——辛稼轩生在南宋兵荒马乱的时代，也曾为国家尽力。他是一个文弱书生，因为保护国家起见，竟能追杀凶僧义端，可以知道他是一个有气节的人。但乱世里讲气节的人，往往不得志的，他只得把满腔忠愤，尽发挥在词句中了。他的《登京口北固亭》："何处望神州？满眼风光北固楼。千古兴亡多少事？悠悠，不尽长江滚滚流。年少万兜鍪，坐断东南战未休。天下英雄谁敌手？曹刘，生子当如孙仲谋！"我觉得这种豪爽的句子，便是苏东坡也写不出来。但他的《村居》："茅檐低小，溪上青青草。醉里吴音相媚好，白发谁家翁媪？大儿锄豆溪东，中儿正织鸡笼。最喜小儿无赖，溪头卧剥莲蓬！"又是十分清新的。

清高词人的姜夔——姜白石的词，寄托清高，写来缥缈惝恍，在若有若无之间。文学的妙，原在能超出实际的意境，憧憬空灵，倘然处处拿写实的眼光去看，自然不能合适。王国维说："白石词虽格韵高绝，然如雾里看花，终隔一层。"但我独爱看这雾里的花。他的《金陵感梦》："燕燕轻盈，莺莺娇软，分明又向华胥见。夜长争得薄情知？春初早被相思染。别后书词，别时针线，离魂暗逐郎行远。淮南皓月冷千山，冥冥归去无人管。"

上面所举六个词家里面，可以看出南北宋两时期的作风来，任是何人总是爱北宋时期的作风的。此外如晏殊、晏几道、张先、陆游、周邦彦、刘过、苏氏一门，都是好词手；但有的是同派的，有的太爱雕饰的，我也不多说了。总之，词的整个时期，我们可以拿他分作三段说——绝对不是从朝代上分段落的。

一是词的产生时期。　一切文学都是产生于民间，词何独不然？词的起源，是由民间歌谣化成的；歌谣采入乐府，乐府是可以合上音乐去歌唱的。最初的词，也是可以歌唱的。但是民间自生的词调，是有限的；便有一班词人，专为歌伎、歌僮，创作了许多可以歌唱的词，所以这时期也可以说"歌人的词的时期"。歌词的代表作家是温飞卿，代表的作品是《花间集》，集中五百首，没一首不可以歌唱的。

二是词的发展时期。　普通所谓北宋词人，大概各人本着他的天才，在各样不同的个性上，竭力求发展。有的幽默，有的豪放，有的婉转，有的率直；词人辈出，各逞奇观。但这时期的词，都是自由填写，因为要求意境上的发展，大都是不合音乐而不可唱的。

三是词的摹仿时期。 这一时期，经过很长。大概自南宋以后，直到现在；陆续出的词人，原也不少。如元好问、张翥、赵孟頫、吴梅村、毛西河、朱竹坨、郑板桥一辈，虽也能写几首好词，但他们都不能自立宗派，已难免落前人窠臼。此外，偶然能写几首词的文人，自宋以后，多得计算不清；但大都是硬凑直写，或是搬弄古典，或是讲几句道学话，毫没有词人幽婉的风味；词的生命，可以说早已消失了！

文学是人类情感的表现，世界上有一天人类，便有一天文学；有一天生物，便也有一天情感。所谓诗啊，词啊，不过是文学的寄托物。文学的性灵，总是一天一天趋于解放的；他的寄托体，也跟着他一天一天演变而进化。诗走到格律化狭隘的路上去，不适合文学自然的发展了，便有更进化的词体出来；词走到了格律化生硬的路上去，不适合文学自然的发展了，便又有更进化的曲体出来供给他发展的用。

元 曲

紧接着宋词而转变的文体，便是元曲，这是文学入了第六个时期，当然词体的创立，也不是从元朝起的。那姜白石因为自己能吹箫，所以他写的词已有曲的气味。曲体原是从词体中（悦）

〔蜕〕化出来的，所以曲又称为词余。词的所以不能不变作曲，原是要满足文学上的三个要求：一是文体的解放。词须依着词谱填写，多一字不得，少一字不得，在形式上十分拘束，在情感上也不能充分发挥。曲虽也有曲谱，但他句子中间，可以加衬字，已是解放了；可以把几首词连写起来，成了套数，可以尽量的叙事写情，这更是解放了；他还可以把一切土话白话，夹用在中间，在每一段曲中间，可以加上一段对白式或叙事式的说白，这愈是解放了。二是音乐的合奏。大套的曲，都合得上乐谱的。中间所谓曲破，且只有乐没有曲的，这不但是便于歌唱，且可以加入舞蹈。文体到了曲，已是充分可以帮助表现文学的内心了。三是叙事的便利。那词体每首短的十几字，长的也不过百余字；不但不够叙繁复的事，且也不够表曲折的情。自从有了曲，把几个大套联结起来，任你叙事表情都够用了。但曲的初期，也只是几阕小令，后进步到中令、长令。但这个都是散曲，有的和填词一般写一两首小令，有的联合几首小令成了套数，这都是文人偶然写着遣兴的。至于戏曲，是用曲连缀起来，中间加上说白。长篇的叙事剧，这里面可分为杂剧和传奇；他的曲句要适用于歌唱，他的道白要适用于表演，这是曲的最后的进步了。

最初曲的试验作品，是赵令畤的《商调蝶恋花》、董解元的《西厢拷弹词》，这只是为弹唱和歌舞用的。宋朝人也有把几首词连缀起来，唱着舞着的，但没有说白，没有表演，所以算不得是戏曲。戏曲的组成，一方是音乐，一方面是表演，一方面是唱句。音乐是从乐府转变下来的，唱句是从词体转变下来的，至于表演，在春秋时候，已有优施、优孟，汉朝有倡人，晋朝有优人；都是搬演故事，夹着歌唱或滑稽的言语与动作，大半是很短的，没有统系的叙事。到宋朝已有杂剧，在金代已有院本，大概都拿词来演的。到了元朝，曲的体裁完备，杂剧便十分发达。他不但是在格式上面解放，他又把一切俗语、土语、平民故事，尽量的采入曲中，使大众能了解，大众能享用。而元曲也得了大众的拥护，得流传到现在。

讲到曲的作家，又可以分作南曲、北曲；在南曲、北曲中，又可以分为散曲、戏曲。南曲音调柔靡，北曲音调高亢；南曲多用文词，北曲多用白话。在散曲里面，也有许多好的作家，只因他不便于搬演，词句又太文雅，本来没有普遍性的。后来戏曲起来，又是通俗，又便于搬演，为一般人所欢迎，那散曲也归于无形消灭。散曲作家的名姓知道的也就少了。现在我要说的，便是几个有名的戏曲作家。

关汉卿　他的代表作品，便是《续西厢》与《窦娥冤》两曲本。窦娥杀死以后，天便下大雪，是描写冤屈到了十分，连天也感动起来。《续西厢》是把王实甫的《西厢》续上最后的四折，使莺莺与张生，从离别后又得团圆。此外有《拜月亭》《玉镜台》《谢天香》《金线池》《鲁斋郎》《救风尘》《蝴蝶梦》《望江亭》《西蜀梦》《单刀会》《调风月》《绯衣梦》十二种留传到现在。在他作品的名目中，我们现在所知道的，有六十三种。——关汉卿与白朴、马致远、郑光祖三人，称为"元曲四大家"；也有加入王实甫与乔吉二人，为六大家的。

王实甫　他最有名而到今日尚有相当的价值的作品，便是《西厢》。张生在普救寺遇到绝世美人莺莺，又因他友人白马将军的兵力，解了孙飞虎的围，他两人便发生了爱情，在西厢中私通着。后来被老夫人发觉，逼着张生上京城去，求得了功名，才许他做女婿。长亭送别一段，最是惨恻；西厢幽会一段，最是艳丽。《酬简》中一节："绣鞋儿刚半折，柳腰儿恰一搦，羞答答不肯把头抬，只将鸳枕挨。云鬟仿佛坠金钗，偏宜鬏髻儿歪。我将你钮扣儿松，我将你罗带儿解，兰麝散幽斋，不良会把人禁害。哈！怎不回过脸儿来？软玉温香抱满怀。呀！刘阮到天台，春至人间花弄色。柳腰款摆，花心轻折，露滴牡丹开。蘸着些儿麻上来，鱼水得和谐。嫩蕊娇香蝶恣采。你半推半就，我又惊又爱，檀口揾香腮。"《哭宴》中一节："霎时间杯盘狼藉，还要车儿投东，马儿向西，两处徘徊，落日山横翠。知他今宵宿在那里？有梦也难寻觅！"《太和正音谱》里说王实甫的曲，有如花间美人。但他成功的作品，也只有《西厢》一种；此外有《丽春堂》等，已远不如《西厢》了。

马致远　他是厌倦于人世烦恼的人，他的作品中大都是寄托神仙的境界，所谓"山列着屏，草展着茵，鹤看着家，云锁着门。"——见《陈抟［高］卧》剧本——是何等清幽的境界！他成名的作品有《汉宫秋》《青衫泪》《荐福碑》等。最叫人动情的，便是叙述那汉元帝遣嫁明妃到匈奴去的故事的《汉宫秋》。剧中有一阕《梅花酒》："呀！俺向着这回野悲凉，草已添黄，色早迎霜。犬褪得毛苍，人搦起缨枪，马负着行装，车运着糇粮，打猎起围场。她！她！她！伤心辞汉主！我！我！我！携手上河梁。她部从入穷荒，我銮舆返咸阳。返咸阳，过宫墙；过宫墙，绕回廊；绕回廊，近椒房；近椒房，月昏黄；月昏黄，夜凉；夜生凉，泣寒螿；泣寒螿，绿纱窗；绿纱窗，不思量！呀，不思量，除是铁心伤，铁心伤，也愁泪滴千行！"做一个汉家天子，因受外族的压迫，而不能保护一个在初恋时期的美貌妃子——王昭君——生生的把她遣嫁到匈奴去。元帝心中的难受，也只有马致远这枝深刻的笔能够表写得出来。马氏的作品，见于《元曲选》目录里的，还有《岳阳楼》《黄粱梦》《还牢末》《任风子》等；但已远不如《汉宫秋》了。

白仁甫　白仁甫作曲的艺术，高于马致远，但情感没有马致远的深。但他的《墙头马上》，叙述少年裴少俊遇美人李千金，在花园中幽会，那多情的女仆放他们双双逃去。但裴少俊家有严父，深怕受父亲的谴责，便将千金深藏在书房中。七年的长时间，生了端端和重阳两个孩子，事情终于败露了。裴的父亲逼着少俊，把千金退回母家。幸不久少俊中了状元，又重去迎接千金来家。到这时才发现千金原是裴父替少俊聘下的未婚妻，弄得裴父反在媳妇面前赔罪。这剧情先悲后喜，颇能动人。此外还有一种《梧桐雨》，是叙述唐明皇在杨贵妃死后一种凄凉的情味。一段听雨的《叨叨令》："一会价紧呵，似玉盘中万颗珍珠落；一会价响呵，似玳筵前几簇笙歌闹；一会价清呵，似翠岩头一派寒泉瀑；一会价猛呵，似绣旗下数面征鼙操；兀的不恼杀人也么哥，兀的不恼杀人也么哥。则被他诸般儿雨声相聒噪！"写来又细腻又爽利；只可惜白的作品，传在后世的，只有上面的两种。——白仁甫名白朴。

郑光祖　写《倩女离魂》的郑德辉，他的作风旖旎委宛有如《西厢》。《王粲登楼》《周公摄政》《㑇梅香》等虽也是他的作品，但声誉没有《倩女离魂》的大。他的剧情是说倩女恋爱王文举后，王文举到京师去考试，倩女的魂灵不自觉的脱离了躯壳，随着他的恋人到京师去。经过长久的时间，那灵魂依旧与躯壳相合。离奇变幻，尽文学上的能事。但《㑇梅香》里也有一段好曲文："你听那禁鼓冬冬将黄昏报，等的宅院里沉沉都睡却；悠悠的声揭谯楼品画角，珰珰的水滴铜壶玉漏敲，刷刷的风飐芭蕉凤尾摇，厌厌的月上花梢树影高。悄悄的私出来房离绣幕，擦擦的行过阑干上甬道霍霍的摇动珠帘，你等着巴巴的弹响窗棂怎时节的是俺来了。"一个顽皮而多情的丫鬟，已活现在纸上了。

　　曲到了元朝一个时期，因有活泼而自然的本体，已把文学上活泼而自然的精神，充分的表现出来。元曲的所以能这样盛行，依《中国文学进化史》说，有三种原因："一、元主系蒙古人，不像其他君主，好提倡圣经贤传以涂饰声誉而禁碍俗文学。二、北人好质不重文，元代为北方人，执政时期当然提倡重质轻文的曲本。三、元人废除科目，一般文人的才力无所用，且欲趋合时尚，遂竞为杂剧文字。"又说："元曲的长处，在于作者均熟知社会世故，所以描写的对象很平民化。作者非风雅之文人，不希传之万世，故体裁不拘于谨严而自然，不但都可应用于演唱，亦可供文人的欣赏。"至于曲的作家，依王国维说，可分为三期：第一期是蒙古时代，从太宗窝阔台取中原起，至世祖忽必烈底南北统一止，约五十年。第二期是一统时代，从世祖底至元起，至顺帝底后至元止，约六十年。第三期是元末时代，指顺帝底至正年间元曲的。现在根据《录鬼簿》所记的三个时期中元曲作者的姓名，和他作曲的种数，写在下面：

　　第一期的作曲家——关汉卿五十八种；高文秀三十二种；郑廷玉二十三种；白仁甫十五种；庾吉甫十五种；马致远十二种；李文蔚十二种；李直甫十一种；吴昌龄十九种；王实甫十四种；武汉臣十种；王仲文十种；李寿卿十种；尚仲贤十种；石君宝十种；杨显

之八种；纪天祥六种；于伯渊六种；戴善甫五种；王廷秀四种；张时起四种；费君祥一种；费唐臣三种；赵子祥三种；姚守中三种；李好古三种；赵文殷三种；张国宝三种；红字李二三种；李郎二种；赵天锡二种；梁进之二种；王伯成二种；孙仲章二种；赵明道二种；赵公辅二种；李子中二种；李进取三种；岳伯川二种；康进之二种；顾仲清二种；石子章二种；侯正卿一种；史九散人一种；孟汉卿一种；李宽甫一种；李行甫一种；江泽民一种；陈宁甫一种；陆显之①一种；狄君厚一种；孔文卿一种；张寿卿一种；刘唐卿二种；彭伯威一种；李时中一种。

第二期的作曲家——宫天挺六种；郑光祖十七种；金仁杰七种；范康二种；曾瑞一种；沈和五种；鲍天祐八种；陈以仁二种；范居仲、施惠、黄天泽、沈拱、赵良弼一种；陈无妄、廖毅、乔吉甫二种；睢景臣三种；吴本世、周文质四种。

第三期的作曲家——黄公望、吴仁卿四种；秦简夫五种；赵善庆五种；张可久、钱霖、徐再思、顾德润、汪勉之、屈子敬五种；萧德祥五种；陆登善二种；朱凯二种；王晔三种；王仲元三种；吴朴、孙予羽一种；张鸣善二种；钟嗣成七种。

元曲到了第三期，已渐渐有了衰败的气象，这里有两种原因：一是因元人住在中国的日子已久，渐渐染了文弱的习气，那

---

① 底本作"陆头之"。

元曲粗豪雄肆的特性，早已失去。到了第二、三期，南方的作者渐多，元曲的作者从平民移转到文士的手中，大家在词句上修饰，反失去了浑朴的原气。所谓杂剧，也只保存了一个形式，遗失了他的精神。二是文体上的求解放。杂剧的规律，大都每回限四折，每折限一宫调，又只限一人唱。在文学的天性上、剧情的支配上，都有不自由的痛苦。到元朝末年，便有传奇一派作风出来。他也用曲敷演成套数，成本数，中间夹入说白；但他一剧不限定折数的，一折也不限定在一个宫调里的。且不但可以几个脚色合唱一折，更可以几个脚色合唱一曲。因为这个改变，那曲的重心，渐渐移转到传奇一方面来了。最有名的传奇，在元明之间的，有所谓《荆》《刘》《拜》《杀》四大曲；合上《琵琶记》，成五大曲。《荆》，便是《荆钗记》。朱元璋的儿子丹邱所写，叙述宋朝王十朋，他用荆钗聘定妻室钱玉莲。玉莲貌美，十朋家贫，又有富人孙汝权贪玉莲的美色，也欲娶玉莲。玉莲的继母和姑母，都逼着她去嫁孙汝权；玉莲在匆促间与王十朋结婚。十朋到京中应考，又将玉莲寄在母家。十朋中状元，丞相万俟欲招十朋为婿，十朋不肯。但孙汝权却已私改了十朋的家信，说已娶万俟丞相之女，欲休玉莲。因此玉莲的继母又欲逼玉莲改嫁汝权，玉莲大怒，投江自尽，幸遇救，入钱安抚衙门中。万俟丞相不满意于王十朋，便降下十朋的官。后十朋升吉安县官，钱安抚欲将玉莲妻十朋，十朋不知此中经过，便也拒绝这亲事。后又经过了许多波折，他夫妻才得重逢。《刘》，便是叙述《白兔记》中刘知远的事。刘知远被继父驱逐流落在外，在一庙中遇李文奎，收养在李家。李知刘他日必大贵，便将女三娘嫁与知远。到文奎死后，三娘的哥李洪一，逐知远出去，反逼知远写休妻的信。知远没有安身的地方，便替洪一看守瓜园。知远在园中得了天书宝剑，便去从军。三娘被兄嫂屡次逼嫁，三娘不从；便逼她日间挑水，夜间推磨，十分劳苦。在磨坊生一子，因用口咬去脐带，便取名咬脐郎。因有便人，三娘便托将咬脐郎送与刘知远。刘这时已贵为九州安抚使，另娶有妻室。咬脐郎也长大，在沙陀村打猎；因追一白兔，遇见他母亲。刘知远便迎三娘同住。捉得三娘的嫂嫂，用一百丈麻布，五十斤香油，裹住她身体，活活的烧死。《拜》，便是《拜月亭》。叙述蒋世隆、蒋瑞莲兄妹二人在家读书，忽有金朝大臣陀满海牙的儿子兴福逃进他家来。原来这时金帝听信了奸臣的话，杀死了海牙，又欲杀死兴福，兴福逃入蒋家避难，与蒋世隆拜为兄弟。后兴福做了大盗。这时蒙古兵侵入，金兵大败，百姓逃难，蒋家兄妹流落在外，认为假夫妻。在路中遇兵部尚书王镇的妻女，女名瑞兰。这时王镇奉命到边地去，瑞兰母女二人得蒋氏兄妹的照护。忽世隆与瑞兰被山盗捉去，盗魁便是兴福，反得赠送金钱，放下山。世隆与瑞兰，便在客店中结为夫妻，王镇从边地回来，不承认他女儿的婚事，便强迫瑞兰回家，瑞兰的母亲也带瑞莲回家。不久兴福亦遇赦，寻得了世隆，二人同到京中考试，中了文武状元；王镇便招他两人，做瑞兰、瑞莲的丈夫。瑞兰不知那文状元便是他旧日的夫婿，便一味拒绝；后经瑞莲说明了，便重复行起婚礼来。《杀》，便是《杀狗记》。元人杂剧里面，原有《杀狗劝妻》。《杀狗记》便采用他的剧情。叙述富人孙华，贪酒好色，虐待他的弟弟孙荣。但孙华的妻杨氏，却很有德性，她要感化丈夫，用计杀死一狗，却说杀死了一人，把狗的尸身包裹起来。孙华大醉回来，见家中出了命案大事，十分恐慌，欲将尸身抛弃，消灭他的罪状；但又因一人力弱，掮不起尸身。孙华平日往来的，全是一班无赖小人，毫不讲交情的。这时孙华求他平日的好友帮助，却没有一个人肯答应他，他弟弟孙荣住在破窑里，便来帮助他哥哥，把尸身搬到城外去掩埋；孙华大感动，从此兄弟和好，孙华也与他一班无赖朋友绝交。不料有两友人，因怨恨孙华，便去控告孙家兄弟的杀人罪。官厅到城外去发掘尸体，见是狗尸，那朋友反得了诬告的罪，而孙氏却得了帝王的褒状。《琵琶记》，是明朝人高则诚（名明）写的，是叙述唐朝人蔡邕的故事。蔡邕与赵五娘新婚只五个月，因父亲的逼迫，蔡邕到京中去考试，中了状元。牛太师欲招他做女婿，蔡邕百般推辞；最后由天子做媒人，强迫蔡邕与牛小姐成了夫妻。赵五娘在家中穷苦不堪，日夜做着苦工去养活她的公婆，她自己却瞒住公婆，吃些糠粃。后来公婆都已死去，赵五娘剪去她的一头美发，卖得了钱，收殓她的公婆；用麻裙包土，亲自筑着坟墓。她画着公婆的像，负在背上，手中抱着琵琶，沿路求乞到京里去，探访她的丈夫。她历尽艰辛，找到了牛相府。幸得牛小姐十分贤德，接见赵五娘，两人谈得甚是投机；赵五娘也谅解她丈夫的苦心，一夫二妻回家去扫墓，从此过着安乐的日子。杂剧一变了传奇，全成了文人消遣的事体，从元到明中的作家很多。上面所说的五种作品，只是这个时期的代表。他们把每剧四折的格律解放，每一种传奇，往往多到十几出，这可以说是戏曲上的一大变迁。

接着《荆》《刘》《拜》《杀》的，便是《临川四梦》。曲家汤显祖，他是临川人，写有《牡丹亭》《南柯记》《邯郸记》《紫钗记》四种传奇。每种里面都写梦境，所以说四梦。到这时元朝所盛行的北曲，全完亡去；当时文人所写的南曲传奇，也不是完全合于音律的。在明朝时候，有王世贞、梁辰鱼、郑若庸、张凤翼、屠隆、沈璟、任诞先、陆采、梅鼎祚、汪延讷、徐复祚、顾大典、王玉峰、谢谠、冯梦龙、阮大铖——阮写《燕子笺》《春灯谜》等剧，极有名。——到清朝，又有袁于令、李玄玉、吴伟业、李渔、孔尚任、洪昇、万花农、蒋大铨、夏纶、黄宪清一班人。内中如李渔的十种曲——《奈何天》《比目鱼》《蜃中楼》《美人香》《风筝误》《慎鸾交》《凰求凤》《巧团圆》《玉搔头》《意中缘》——孔尚任的《桃花扇》、洪昇的《四声猿》，最是有名，尤其是孔的《桃花扇》，叙述侯方域与李香君的艳事，寄托在亡国的背景上面。明末时奸臣阮大铖，结交诸公子，借妓院为联欢之地。公子侯方域与妓女李香君一见倾心，但与阮大铖依旧是处于敌对的地位，仇怨日深。当时清兵进中国，明兵势不能支；北京陷落，崇祯帝自杀，福王在南方称帝。阮大铖有大权，捕杀诸公子，侯方域逃去。有田仰欲娶李香君为妾，香君恋着侯公子，因反抗田抑，倒地大哭，头破，血流在扇上；有杨友龙依着血迹，画成桃花，寄与侯公子。后侯公子虽得与香君相见，但已是国亡家破，他二人便削发入山，做了尼僧。

到了明朝中期，所谓南曲，都是在昆曲中表演出来。《雨村曲话》里说：

《弦索辩论》：三百篇后变为诗；诗变而为词，词变而为曲。诗盛于唐，词盛于宋，曲盛于元之北。北曲不谐于南，而始有南曲，南曲则大备于明。明时虽有南曲，只用弦索官腔。至嘉隆间，昆山有魏良辅者，乃渐改旧习，始备众乐器，而剧场大盛；至今遵之，所谓南曲，即"昆曲"也。

小 说

到明清两朝，文学的重心，已可以说移转到白话小说一方面了。现在要谈明清的小说，不妨将中国全部小说的统系说一说。中国小说的统系可以分成两个段落说：一是文言的纪传式小说，二是白话的章回体小说。

文言的纪传体小说，也可以称为古代的短篇小说。他的来源很早，在先秦时代杂见各书中的神话——如《庄子》《列子》《孟子》《楚辞》等书中——又有专讲神话的《山海经》《穆天子传》等，都是后人采取小说材料的大本营。到汉朝便有笔记小说出来，如东方朔的《神异经》《十洲记》，班固的《汉武故事》《汉武内传》，郭宪的《汉武洞冥记》、刘歆的《西京杂记》，伶玄的《飞燕外传》，还有最香艳的《杂事秘辛》。

《杂事秘辛》——杂事，是指汉宫中的杂事。但本书是专记后汉桓帝选后的一段事实：有大将乘商的女儿名莹的，极有美名，桓帝欲娶莹为皇后。照帝王家的习惯，先派老姬吴姁到乘家去检查莹的身体。书中描写美人身体的美，十分细腻动人。只是说莹的脚道："足长八寸；胫跗丰妍，（祇）〔底〕平趾敛，约缣迫（袜）〔袜〕，收束微如禁中"。又他的"拊不留手""筑脂刻玉""胸乳菽发""火齐欲吐"已尽够我们追想的了！《杂事秘辛》附录里说："若宋玉之'娃光眇（际）〔视〕目增波'，郭舍人之'啮妃女唇甘如

饴'，唐玄宗之'软温新剥鸡头肉'，杜樊川之'纤纤
玉笋裹轻云'之数语，皆妙于形容，亦足为一时之艳；
然未有摩画幽隐，言人所不忍言若《秘辛》之摇人心目
也！"

到六朝时候，因受佛老的影响，笔记小说大概描写神仙鬼
怪。如张华的《博物志》、干宝的《搜神记》、陶潜的《搜神后
记》、刘敬叔的《异苑》、刘义庆的《幽明录》、吴均的《续
齐谐记》、王琰《冥祥记》、王浮的《神异记》、王嘉的《拾
遗记》、裴启的《语林》、郭澄之的《郭子》、刘义庆的《世
说》、沈约的《俗说》、邯郸淳的《笑林》、侯白的《启颜
录》①：他们的写成这种笔记，都有他们的背景与环境的；或是
佛家道家欢诱人的作品，或是晋时人表现他清淡的特性。清谈的
记录，最有名的是《世说新语》。

《世说新语》——现存共三十八篇，纪录从汉到东
晋时间一班士大夫的言语行为和他的特性，依着各人的
性情，分德行、言语、文学、方正等类。他所引证的书
名，有四百多种；但各书大部失传，所以更觉得可贵。
崔朝庆说："观此可以见当时朝野上下之风尚，而'竹
林''兰亭'诸公之言论风采，跃然纸上，如闻其声，
如睹其人，诚小说之杰作也！"

到了唐朝，虽然也是文言笔记式的小说时代；但此时的作
风，显然有与以前不同的倾向。便是唐以前的小说，是以小说为
文章的寄托，为义理的（煊）〔渲〕染；对于所寄托的小说情

---

① 底本作"《名颜录》"。

节，只是粗陈梗概，不求详细。如阮籍的《大人先生传》、刘伶的《酒德颂》、陶潜的《桃花源记》《五柳先生传》以及王绩的《醉乡记》、韩愈的《圬者王承福传》、柳宗元的《种树郭橐驼传》等，都是为主义的寄托，而为抽象的描写。到了唐人的小说时期，却是有意为小说了。——便是为小说而写小说。——胡应麟说："至唐人乃作意好奇，假小说以寄笔端。"所谓作意好奇，便是有意为小说，因为小说中都是搜奇志怪，所以唐朝人称为"传奇文"。——后世的戏曲，很多在唐人小说中取得材料。——现在流行的《唐代丛书》，便是一部唐人小说的总集。

　　《唐代丛书》——搜集的全是唐朝人的短篇小说，大约可以分为四类：属于恋爱的，有《霍小玉传》《李娃传》《章台柳传》《会真记》《游仙窟》等；属于宫廷的，有《梅妃传》《长恨歌传》《太真外传》《海山记》《迷楼记》《开河记》《李卫公别传》《高力士传》等；属于神怪的，有《柳毅传》《杜子春传》《南柯记》《枕中记》《非烟传》《离魂记》等；属于侠义的，有《虬髯客传》《红线传》《刘无双传》《剑侠传》等。

有一个名张鷟的，年少时写《游仙窟》，遗流在日本，日本人十分看重他。书中记张文成奉皇帝命，到黄河的发源地方去，在路上一家大屋子中住宿。屋子里有两个女子，名叫十娘、五娘，和他饮酒欢笑，彼此调情，热闹了一夜。书中常用诗词骈文，叙述十分艳丽。《唐书》说："新罗、日本使至，必出金宝购其文。"这便是流传到日本的原因。他里面最艳丽的一段："于是夜久更深，情急意密，鱼灯四面照，蜡烛两边明。十娘即唤桂心，并呼芍药，与少府脱靴履，叠袍衣，阁幞头，挂腰带；然后自与十娘施绫被，解罗裙，脱红衫，去绿袜。花容满面，香风裂鼻。心去无人制，情来不自禁。插手红裤，交脚翠被。两唇对口，一臂支头。拍搦奶房间，摩挲髀子上。一喵一快意，一勒一伤心，鼻里酸痩，心中结缭。少时眼华耳热，脉胀筋舒。始知难逢难见，可贵可重。俄顷中间，数回相接……"他这种生硬的笔致，是雅俗互见的文字，开后来平话小说的风气。沈既济的《枕中记》、沈下贤的《湘中怨》《秦梦记》，都是传奇的一类。当时最得多人传读的便是牛僧孺的《玄怪录》，现在虽失传，但在《太平广记》中还可以看到几则。内有"元无有"一则：

> 《玄怪录》"元无有"——宝应中，有元无有，尝以仲春末，独行维扬郊野。值日晚，风雨大至。时兵荒后，人户逃窜，遂入路旁空庄。须史，霁止，斜月自出。无有坐北轩，忽闻西廊有行人声。未几，见月中有四人，衣冠皆异，相与谈谐，吟咏甚畅，乃云："今夕如秋，风月如此，吾党岂不为一言，以展平生之事也？"吟咏既朗，无有听之具悉。其一衣冠长人即先吟曰："齐纨鲁缟如霜雪，寥亮高声予所发。"其二黑衣冠短陋人，诗曰："嘉宾良会清夜时，煜煜灯烛我能持。"其三故弊黄衣冠人，亦短陋，诗曰："清冷之泉候朝汲，桑绠相牵常出入。"其四黑衣冠人，诗曰："爨薪贮泉常煎熬，充他口腹我为劳。"无有亦不以四人为异，四人亦不虞无有之在堂隍也，递相襃赏，美其自负，则虽阮嗣宗《咏怀》亦不能加矣。四人迟明乃

237

归旧所，无有就寻之堂中，惟有故杵、烛台、水桶、破
铛，乃知四人即此物所为也。

他的用笔虽是拙笨，但后来的《酉阳杂俎》《聊斋志异》《阅微草堂笔记》等，都是摹仿他，而在艺术上渐渐进步的。《酉阳杂俎》也是唐朝人段成式写的，书有二十卷，续集十卷，记录奇异事物，从仙佛到动植物，分类写入。李义山是诗人，但也写笔记式小说，有《义山杂纂》；不只是传奇，且有教训式的文字。如下面三段：

《义山杂纂》——

（杀风景）松下喝道，看花泪下，苔上铺席，斫却垂杨，花下晒裈，游春重载，石笋系马，月下把火，步行将军，背山起楼，果园种菜，花架下养鸡鸭。

（恶模样）作客与人相争骂。做客踏翻台桌。对丈人丈母唱艳曲。嚼残鱼肉归盘上。对众倒卧。横箸在羹碗上。

（十诫）不得饮酒至醉，不得暗黑处惊人，不得阴损于人，不得独入寡妇人房，不得开人家书，不得戏取物不令人知，不得暗黑独自行，不得与无赖子弟往还，不得借人物，用了经旬不还。

到了宋朝，他们又结了一部小说的总集，便是《太平广记》。这是奉了帝王的命令而工作的。采用的书，有三百四十四种，分类写成五十部；部中又分卷，共五百卷。——如神仙、报应、女仙、征应、异僧、定数、精怪、再生等卷。——书中把汉魏以来到唐宋的小说都收集在里面。此外，有徐铉的《稽神

录》、张君房的《乘异记》、张师正的《括异志》、聂田的《祖异志》等；但大都是摹仿的前代的传奇体裁，写些不足动人的怪异。原来他们都拿他看做是一种文章的游戏，既没有情感，又没有使命；写的是一班士大夫，读的也是一班士大夫，只求写得有古文的笔法，有博雅的词句，便足使士大夫茶余酒后的谈助了。因此一般平民是不能享用的。所以笔记小说中采取平民的材料，也是很少的。

平民色彩最重而最能描写平民生活的，便是所谓"话本"。用白话体写许多社会的琐事。这一转变，小说的材料更丰富了；小说的范围，更趋向大众化了。但这个不得不归功于佛家的引导。佛家要把他迷信的流毒，普及到愚夫愚妇的心中，便借重中国文学的力量，写出种种佛曲、佛家说轮回说因果的小说来。佛曲如：《鱼篮宝卷》《孟姜仙女宝卷》《珍珠塔宝卷》《梁山伯宝卷》《刘香女宝卷》《目莲三世宝卷》等，都是能深据中下社会人心坎中的故事。每一种宝卷，必是夹说夹唱的叙述一件故事。——最多是民间的故事。——历尽艰苦，最后必因故事中的主人信仰佛法而得到幸福，或成了神仙。最近在清朝光绪年燉煌石室中，发见了唐代人的钞本小说甚多，其中如目莲僧入地狱救母的故事，唐太宗入地狱的故事，唐三藏取经的故事，都可以证明在唐宋间佛家利用小说宣传迷信的力量。因此，中国的小说，也受了他的影响；从士大夫阶级的文言记传体，蜕化到平民阶级的白话章回体一个阶段上面去。

白话章回小说的第一幕，便是所谓"诨词小说"，是用通俗体写成戏言笑语、滑稽传说等故事。当时因他写的是白话，便有一班人专说小说为业的，所谓"说话人"——便是现在的说书——在《古杭梦游录》上说：

> 说话有四家：一曰小说，谓之"银字儿"。如烟粉
> 灵怪传奇说公案者皆是，搏拳提刀赶棒及发迹变态之
> 事。"说铁骑儿"，谓士马金鼓之事。"说经"，为演
> 说佛书。"说参"，谓参禅。"说史"，谓说前代兴废
> 战争之事。

因"说话人"的需要，一班平民听说话人说话的需要，那话
本也特别发达起来。——话本，是说话人所根据的底本。——最
早的话本，如《宣和遗事》等。——说宋徽、钦二宗被掳，及梁
山大盗事，为后来《水浒》的蓝本。——每一回的开端，大概有
"话说"二字。每回用一诗开始，也用一诗结束。接着便有说史
的《五代史平话》，说小说的《京本通俗小说》，《今古奇观》
是在《京本通俗小说》以后出现的。在《今古奇观》以前，有所
谓"三言"：一是《喻世明言》，二是《警世通言》，三是《醒
世恒言》。在今日都失传。但我们看他的目录，便知道《今古奇
观》的材料，大都是从"三言"中采来的。

白话章回体的小说到明朝，便十分成熟了；最早而最著名
的，便是《水浒》《三国志》《西游记》《金瓶梅》，所谓小说
界的四大奇书，现在约略分说在下面：

《水浒传》——他是从《宣和遗事》脱胎来的。《宣和遗
事》说有杨志、宋江等三十六员猛将，后为张叔夜所招降；《水
浒传》便增多为一百另八人。他最大的技能，将一百另八人不同
的个性，一一细细写出。最重要的是：宋江、卢俊义、林冲、杨
雄、花荣、柴进、张青、徐宁、李俊、关胜、晁盖、吴用、刘
唐、秦明、阮小二、阮小五、阮小七、燕青、石秀、武松、鲁智

深、李逵、戴宗、朱仝①、雷横等三十六人的描写，最是细腻；便是同一刚性的人物，如武松、鲁智深、李逵等人，能写出各个不同的精神行为来。传说当写《水浒》时，作者先画出三十六人的形像，挂在壁上，对着他凝神描摹，所以能写得书中人个个活跃纸上。至于《水浒传》的作者是谁，至今还有三种不同的传说：主张出于施耐庵的，有胡应麟的《庄岳委谈》："今世传街谈巷语，有所谓演义者，盖尤其传奇、杂剧下，然元人武林施某所编《水浒传》，特为盛行；世率以其凿空无据，要不尽然也。余偶阅一小说序称：'施某尝入市肆，细阅故书于敝褚中，得宋张叔夜擒贼招语一通，备悉其一百八人所由起，因润饰成此编。'其门人罗某亦效之，为《三国志》，绝浅鄙可嗤也！……世传施号耐庵，名字竟不可考。"主张出于罗贯中的，有王圻的《续文献通考》："《水浒传》罗贯著，贯字本中，杭州人，编撰小说数十种。而《水浒传》叙宋江事，奸盗脱骗机械甚详；然变诈百端，坏人心术，说者谓子孙三代皆哑，天道好还之报如此！"主张施作罗续的，有金圣叹的话："一部书七十回，可谓大铺排，此一回可谓大结束。读之正如千里群龙，一齐入海，更无丝毫未了之憾。笑杀罗贯中，横添狗尾，从见其丑也！"其实读小说的人，不知道作者的名姓，于我们欣赏文学的情感上，是毫无关系的。平心而论，《水浒传》写前半部才气正旺，阔大处阔大，精细处精细；一到后半部，笔力也弱了，情节也是硬凑了。偌大一部长篇小说，要他写得始终如一，本是不容易的事；但现在通行的《水浒传》，又有一百二十回本，与七十回本两

---

① 底本作"朱同"。

种。一百二十回本的前半，叙述一百另八人陆续到梁山相会；后半叙述宋江率领众英雄应朝廷招安，北伐契丹、南征方腊。虽立了大功，但多数英雄都死于战役；有病死的，有出家的，有飘流在海外的。结局甚是凄惨！金圣叹便竭力反对这种一百二十回本，他便只取前七十回成一本，到"梁山泊英雄惊恶梦"便绝止，给后人留下了无穷的感慨。但"《水浒传》叙写妇人处，却是大失败。他写阎婆惜，写潘金莲，写杨雄妻，恰都似一模子里铸出的人，毫无显著的个性，也许作者对于妇人性格是完全不曾留心观察的。"——见《文学大纲》。

《三国志》——《三国志》小说的写成，是根据陈寿的《三国志》正史来的；但在以前说话人，已有"说三分"的——便是魏蜀吴三分中国——苏东坡《志林》里说："涂巷中小儿薄劣，其家所厌苦，辄与钱，令聚坐听说古话。至说三国事，闻刘玄德败，频蹙眉有出涕者；闻曹操败，即喜唱快。"这便是史家"正统"的遗毒，深入了小孩子的心里。在金元人杂剧中，也常有用三国故事做题材的，可见罗贯中的写成《三国志》小说，是从正史、杂剧、话本各方面收集下来的材料；只是他处处拘泥史事，不能像《水浒传》一般把书中人物写得十分痛快。再书中的词句，文言白话杂用；他的布置，他的穿插，远不如《水浒传》的生动可爱。只因他处处关合正史，又是奉蜀汉为正统的，正合上了一班士大夫的心理；且书中又丝毫没有儿女情爱的事体，一班道学先生，便许他的子弟拿《三国志》当作课外的读物，因此读《三国志》的人便多了。纶巾羽扇的诸葛先生、凤眼长髯的关公、黑面阔肩的张飞等人物，自幼儿便盘旋在小脑壳里；把这些人影放大，关公便成了今日的神人了，诸葛亮在今日看来，反成了呼风唤雨的茅山道士！至于他笔墨的坏，已有《五杂俎》说："惟《三国演义》与《钱唐记》……等书，俚而无味。何者？事太实则近腐，可以悦里巷小儿而不足为士君子道也！"但他书中既不诲淫，又不诲盗，全书一百二十回，从"宴桃园豪杰三结义"起，到"降孙皓三分归一统"止，原原本本，把史实搬了下来；一般不能读深奥古文的人，大家都拿他代通俗的历史书读。在明朝皇宫里，竟拿他并在四书五经里去读。所以《三国志》的势力，正因他的庸俗而得到多数人的欢迎。——至于文学上的价值，它是很低下的。

《西游记》——这是中国第二期长篇白话小说中的代表作品。他的题材，当然是采取唐朝和尚玄奘西域十七年、经历一百余国的一段史事来的。但在《西游记》未出现以前，已有《三藏取经诗话》——用诗来做题纲，用话来叙事——杨致和的《西游记传》、李志常的《长春真人西游记》、《辍耕录》院本中的唐三藏、《录鬼簿》上的《唐三藏西天取经》等的写物；而在唐人小说的《独异志》上，有"沙门玄奘唐武德初往西域取经，行至罽宾国，道险，虎豹不可过，奘不知为计，乃锁房门而坐至夕开门，见一异僧，头面疮痍，身体脓血，床上独坐，莫知来由，奘乃礼拜勤求，僧口授《多心经》一卷，令奘诵之，遂得山川平易，道路开辟，虎豹藏形，魔鬼潜迹。至佛国，取经六百余部而归。"现在流传的吴承恩一百回本的《西游记》，大该取材上面种种作品而成功的。书中写唐三藏经历种种不同风俗的国土，又遭过八十一次妖魔鬼怪的灾难；幸得他三个弟子的保护，到底达到了印度，取得佛经。他写的虽是种种怪诞不经，但最叫人可以佩服的，是他想像力的伟大。说来细微曲折，处处适合人情。从灵根育孕源流起，写到五圣成真，笔笔不懒，精神饱满。这是一切长篇小说所不可及的。现在把他书中的情节，概括的引用几句话："且说东胜神洲傲来国花果山的一仙石，含天地之精气，生一石猴；此石猴从着群猴，在花果山水帘洞里称美猴王。后游西牛贺洲，从须菩提祖师修仙道，被命法名为孙悟空。学得七十二般变化的法术，一筋斗能飞行十万八千里。又入龙宫，得禹王遗物的金箍棒，所向无敌，无敢当猴王之威者。曾被召到天上，因怒授官之小，大闹天宫；二次依佛祖如来的法力，才得镇压监押在五行山下。玄奘入天竺之际，孙悟空厄已释，请为弟子。又加上猪悟能（猪八戒豚妖）、沙悟净（沙和尚河童之精）二人，周流十四年，大小八十一难，劳苦备至；幸赖三徒弟的灵力，征服群妖，渐达天竺。得经二十五部，五千零四十八卷。贞观二十七年返唐京，受太宗皇帝以下之欢迎。"——见君左译日本盐谷温《中国小说概论》。——《西游记》为什么要写成这样的怪诞？据《五杂俎》说："西游记曼衍虚诞，而其纵横变化，以猿为心之神，以猪为意之驰；其始之放纵，上天下地，莫能禁制，而归于紧箍一咒，能使心猿驯服，至死靡他。盖亦求放心之喻，非浪作也！"郑振铎在《文学大纲》上说："作者的滑稽的口吻，时时可以在书中各处发现。他的想像力，也异常的丰富。八十一难，是很容易写得重复的，他却写得一难有一难的不同的经历，却不使读者有重复之感。所写的人物，也极活泼真切。……甚至连每个怪每个魔，也各有各的性格，各包含着极真挚的人性。无论取了其中那一段来，都可成为一篇很好的童话。"

《金瓶梅》——《水浒传》中，有西门庆与武大郎妻潘金莲通奸一事，明朝嘉靖年间，便有一个文人，把《水浒》中的西门庆做骨子，扩大起来，写成这一部古今第一淫书的《金瓶梅》。这书的定名，是取西门庆的三个宠妾的名儿凑成的。书中所描写的，尽是西门庆一家的朋友、妇女、酒色、饮食的事体，只因他用笔十分细腻，描写十分深刻，凡是市井小人贪小多事的情状，写来活现纸上。西门庆奸淫过的，共有十九人，又有男宠二人，意中人三人；潘金莲奸淫过的共有五人，意中人是武松。刻划淫色浪态，无微不至。但他写书中人的个性极强，一个女人，有一个女人的装饰，有一个女人的口气。当时袁宏道读了十分赞叹。全书一百回，其中五十三回到五十七回，原是缺的，后来有人给他补上。这书初写成的时候，只有抄本，直到明朝万历年间，才有刻本。至于书的作者，却传说不一：有多数疑心是明文士王世贞写的。因明时大臣严世蕃与王有深仇，王欲报仇，便写《金瓶梅》一书，托人献与世蕃。此时书纸上已有毒汁染着，世蕃翻书时，用口涎去黏纸，那毒汁入口，世蕃便被毒死。这种想像的传说，后来很多。有的说是分宜与蔡京父子的事，有的说是陶仲文与林灵素的事，有的说是陆炳与朱勔的事。总之，都是一班读者用道学面目，为保全作者的名誉而假托出种种传说来，去说明作者的不得已而写出这部淫书的苦心。其实，作者所以写成《金瓶梅》的意义，他已在第一回中说明了："有一处人家，先前怎地富贵，到后来煞甚凄凉。权谋智术，一毫也用不着。亲友兄弟，一个也靠不着。享不过几年的荣华，倒做了许多的话靶。内中又有几个斗宠争强，迎奸卖俏的，（超）〔起〕先好不妖娆妩媚，到后来也免不得尸横灯影，血染空房！"我们再看他结局的一段："孝哥翻过身来，却是西门庆，项带沉枷，腰系铁索。复用禅杖只一点，依旧还是孝哥儿睡在床上。……原来孝哥即是西门庆托生。"这是很显明的，作者眼看社会道德堕落，淫恶的人在肆无忌惮；明知道正言庄论不能感动他们，便假托这因果报应、人生虚伪的事实来警醒他们。因书中西门庆在得意的时候，与一班帮闲抹嘴不守本分的人，结成十弟兄，横行乡里，奸占妇女；他既霸占武大郎的妻潘金莲作了妾，后又与金莲的丫头春梅私通，又与李瓶儿私通，也娶为妾。——"金瓶梅"三字，从这三人得来。——这时家中姬妾满堂，又得了两三场横财，家产越是富厚起来；后来李瓶儿生一子，西门庆又结交上奸相蔡京，得了金吾卫副千户的官职，更是贪赃枉法、淫乐无度。但潘金莲妒忌李瓶儿有子，用计谋死李子。李瓶儿也因哀伤过度死去。西门庆仗着药力，日夜与潘金莲狂荡淫乐，到底因吃春药太多，中毒而死。金莲、春梅又与西门庆之婿陈敬济通奸，事情败露，被西门庆妻逐出。金莲寄住旧时邻人王婆家，遇武松来，被杀。——武松是武大郎的弟弟，因潘金莲前药死武大郎，此时武松为兄报仇而杀潘金莲。——春梅卖与周守备为妾，后因生子，得立为夫人。那时西门庆的另一妾孙雪娥，被人拐去发卖；春梅因与孙有宿怨，便将孙买来家中，百般的凌辱她，后又把孙卖到酒店中去做娼妓。又推说陈敬济是她的弟弟，留他在守备府中，暗地里私通着。周守备官升济南兵马制置，敬济也做了参谋官。后来金国的兵杀进中国来，周守备阵亡，春梅又与守备前妻的儿子私通，竟因狂淫死去。这时中国受金兵的扰乱，百姓四处避难；西门庆的妻子月娘，生有一个遗腹子，名孝哥，母子二人逃离到济南去。在路上遇到了一个普净和尚，对孝哥说因果报应的事体，孝哥便出家做和尚，取名明悟。作者对于人情世故，十分明白；他写这部小说，也无非想叫世人觉悟的意思。他把《水浒传》中潘金莲与西门庆的事，拉长到一百回，并不觉得有敷衍杂凑的地方。《文学大纲》说："此书在世为禁书，以其处处可遇见淫秽的描写，这也许是明人一时的风气。"鲁迅的《中国小说史略》说："在当时实为时尚，成化的方士李孜、僧继晓已以献房中术骤贵；至嘉靖间，而陶仲文以进红铅得幸于世宗，官至特进光禄大夫，柱国少师，少傅，少保，礼部尚书，恭诚伯。于是颓风渐及士流，都御史端盛明，布政使参议顾可学，皆以进士起家，而俱藉'秋石方'致大位，瞬息显荣。世俗所企羡，徼幸者多，竭智力以求奇方，世间乃渐不以纵谈闱帏方药之士为耻。"如删去了这些违禁的地方，却仍不失为一部好书，它的叙写，横恣深刻，《西游》恐怕还比不上！

上面所说的小说中的四大奇书，我们须知道他的产出，是跨在两个期间上的：《水浒传》《三国志》，是属于第一期的；《西游记》《金瓶梅》是属于第二期的。在这两期中，还有许多白话体的章回小说出现，现在就将比较重要的来说一说：

《隋唐志传》——又名为《隋唐演义》，现在流传的是褚人获的改订本。他和《三国演义》犯了同样的毛病，从隋宫剪彩，写到唐朝立天下，里面所搬演的人物太多，不能个个都写得活泼；又处处拘忌历史，不能尽量发挥他的想象力。但他在民间的势力，却与《三国志》《水浒传》差不多。

《平妖传》——又名《北宋三遂平妖传》。叙述北宋时候汴州人胡浩，得到一幅仙画；胡妻拿画烧毁，灰绕住了胡妻的身子，便得了孕，生一女名永儿。有狐精圣姑传仙法，能够拿纸豆变成兵马。后来永儿嫁王则，果然占住城池造反；官兵文彦博带兵来讨伐，不胜。王则失了人心，他部下诸葛遂智、马遂、李遂三人，帮助官兵打败王则，捉了胡永儿：所以称为《三遂平妖传》。

《东游记》——在《西游记》以外，又有《东游》《南游》《北游》三记，统名《四游记》。《东游记》又名《上洞八仙传》，兰江吴元泰著。叙述李铁拐——名玄——成仙以后，又度钟离权成仙，权又度吕洞宾成仙。钟、吕二人，又度韩湘、曹友二人成仙；另与张果、蓝采和、何仙姑三人会合成为八仙，同赴蟠桃会。他们各有宝物，可以站在宝物上面渡过海去。有龙王的儿子，抢去蓝采和脚下所踏着的玉版，这八仙便和龙王大战起来。八仙放火烧东海，龙王打了败仗。最后得观音前来调解，彼此讲了和。他这样的材料，原是从民间传说中得来的。文体文言白话夹杂，情节却是变幻动人的。

《南游记》——又名《五显灵官大帝华光天王传》。叙述一妙吉祥童子，得罪了如来佛，罚他做马耳娘娘的儿子，称做三眼灵光。他有五种神通，报了父亲的仇，到天上来；因为偷金枪，被上帝杀死，又转生在炎魔天王家中，称做灵耀。拜天尊为师，骗取了他的金刀，炼成金砖，大闹天宫。玄天上帝用水收服了他，罚他投生在姓萧的人家，名叫华光。仍是不安分，与神魔交战，捉住铁扇公主，强迫做他的妻子。又在地狱中去寻访他的母亲，大闹地府。后来他发见了他的母亲也是妖怪，原名吉芝陀圣母；吃去了姓萧的妻子，变做了萧氏的模样，暗地里还是吃人，后被佛罚她在地狱中受苦。华光救他母亲出了地狱，但他的母亲依然是要吃人；华光去求医生，医生说只有仙桃可以医治，华光便变成齐天大圣模样，到天上去偷得仙桃来，医好了他母亲吃人的病。那真的齐天大圣，犯了偷仙桃的嫌疑，便来找华光问罪。

齐天的女儿月孛，用骷髅骨打伤华光的头；华光快死，有火炎王光佛出来调解，度华光去成了佛。

《北游记》——又名《北方真武玄天上帝出身志传》。在宋朝的道士处，便造出真武玄天上帝的名称来。说元始天尊命令周武王去伐纣王，管理阳世；玄帝收服魔鬼，去管理阴世。《北游记》便根据这种传说，叙述玄帝在玉帝筵前，忽然动了凡心，分出三魂之一去投胎在刘姓家中。后得如来、三清的劝化，便隐居在蓬莱山修道；又动了凡心，投生在哥阇国里。第二次投生在西霞国里，做了两次王子。后出家成道，玉帝封为荡魔天尊，命他去收服天将，又投生做净洛国王子，遇到斗母元君的劝化，在武当山成道。玄帝正回到天宫，望见地面上有妖气，知道是天将作乱，便又下凡降伏了龟蛇二怪，收了赵公明与雷神及月孛等共三十六天将，统属玄帝部下。但扬子江中有锅和竹缆两个妖怪，不曾收服得，玄帝便派一个化身，在武当山镇守。——《四游记》的一类小说，显然是受了佛教、道教的影响，而有意写出来达到他宣传作用的。

《封神传》——专记姜太公帮助武王夺商朝天下，那太公又得天下诸神帮助；事定以后，太公便出榜封神。全书共有一百回，书中许多神道名字，一半根据民间传说，一半是出于作者意造。但自从这小说中姜太公一封以后，一般迷信神权的人，不但更加坚了他的信仰，更从此定了神道的阶级。至于写成这部小说的动因，在《浪迹续谈》里说："林樾亭先生，尝为余谈《封神传》一书，是前明一名宿所撰；意欲与《西游记》《水浒传》鼎立而三，因偶读《尚书·武成篇》'唯尔有神尚克相予'语，衍成此传。其封神事，则隐据《六韬·阴谋》《史记·封禅书》

《唐书·礼仪志》各书，铺张俶诡，非尽无本也。"这话很对。但他所说的名宿，我实在不敢恭维！他的思想既委鄙，布置也杂乱，用笔更是晦暗，远不及《西游记》的滑稽而雄肆。《西游记》的写神权，好似希腊人的讲宗教，他自己绝不迷信，他只是假托神怪的变幻、奇突，来表现他的艺术。像写《封神传》的人，还谈不到这种意境。他最多只有一种"三教同源"的方士见界；引用的神道，忽有属于儒家的，忽有属于道家的，忽有属于佛家的。交战的时候，各逞他的道术，彼此都有死伤；但最后助周朝的诸神，终得胜利。——这里面含有宣传君权的色彩。帝王受命于天，为天之子；顺天者昌，逆天者亡。——截教终归失败。最后纣王自己烧死，武王得了国家，姜太公封诸神，周武王封诸侯。无端又造出许多神道来，增加了民间许多迷信，又造出许多和尚、道士投机的利源！

《三宝太监西洋记》——这部小说的根据，是《明史》中一段："郑和云南人，世所谓三宝太监者也。永乐三年，命和及其侪王景宏等通使西洋。将士卒二万七千八百余人，多赍金帛。造大舶……自苏州刘家河泛海至福建，复自福建五虎门扬帆，首达占城；以次遍历诸国，宣天子诏，因给赐其君长。不服，则以武慑之。先后七奉使，所历凡三十余国。所取无名宝物，不可胜计，而中国耗废亦不资。自和后，凡将命海表者，莫不盛称和以夸外番，故俗传'三宝太监下西洋'为明初盛事云。"这固然是一种谈史的作品，但他全书又不免假托神怪。一百回书中，第一回到第七回，写的是碧峰长老下生出家降魔的事。第八回到第十四回，写的是碧峰长老与张天师斗法的事。第十五回以下，虽写郑和挂印招兵西征，但也是得张天师与碧峰长老保护的。一路遇到灾难，遇到妖怪，又靠神权解救。最后是郑和收服了三十九国，都派使臣入贡。全书情节支离，文笔又低劣；只因他叙说神怪的事甚多，所以得到一般社会的欢迎。——与《封神传》有同样的作用——至于他所以写成此书的动因，有他的序文说明："今者东事倥偬，何如西戎即序？不得比西戎即序，何可令王郑二公见也？"明朝自从嘉靖以后，常常受日本的侵略，但中国兵力薄弱，无法抵御，民间怨恨国力的堕落，便写成这部小说，借他吐吐气。可惜他文笔又坏，迷信又深，要吐气却更使人闷气了！

《西游补》——他是继续《西游记》的孙行者三借芭蕉扇以后写的。叙述孙行者因化斋饭，被鲭鱼精迷住，走到梦境里去。他打算去向秦始皇借驱山铎，赶去火焰山；忽跑进了万镜楼，照见过去未来一切情景，弄得神思颠倒。他自身忽化成美人，忽化成阎罗。后听得虚空主人发一声喊，才离了梦境。中间孙行者也曾被情爱迷住，依书中卷首说："悟通大道必先空破情根，破情根必先走入情内，走入情内见得世界情根之虚，然后走出情外，认得道根之实。"这便是他所以写这小说的宗旨了。全书十六回，用笔流利滑稽，颇能引人的兴趣。中有一段说孙行者寻不到秦始皇，便遇到项羽一段："忽见一个黑人，坐在高阁之上。行者笑道：'古人世界有贼哩！满面涂了乌煤在此示众。'……只见台下立一石竿，竿上插一首飞白旗，旗上写六个紫色字：'先汉名士项羽'。行者看罢大笑一场。……行者即时跳起细看，只见高阁之下，坐着一个美人，耳朵边只听得叫：'虞美人！虞美人！'行者登时把身子一摇，仍前变做美人模样，竟上高阁，袖中取出一尺冰罗，不住的掩泪；单单露着半面，望着项羽，似怨非怨。项羽大惊，慌忙跪下；行者背转；项羽又飞趋跪在行者面前叫：'美人！可怜你枕席之人，聊开笑面！'行者也不做声，项羽无奈，只得陪哭；行者方才红着桃花脸儿，指着项羽道：'顽贼！你为赫赫将军，不能庇一女子，有何面目坐此高台？'项羽只是哭，也不敢答应。行者微露不忍之态，用手扶起道：'常言道："男儿两膝有黄金。"你今后不可乱跪！'"

《玉娇李》——这小说是假托《金瓶梅》的原作者王元美的名而发表的。全书二十回，叙述明朝白玄的女红玉，才貌双全。因代他父亲写《菊花诗》，流传在外面，引起人的羡慕。有御史杨廷诏来求婚，配他的儿子杨芳；白玄嫌杨芳才学浅薄，不许。后白玄到金人营中去，迎接太上皇；红玉由吴翰林保护回金陵去。见了苏友白的题壁诗，便欲将红玉嫁给友白。友白错认了别的丑貌女子，以为是红玉，便拒绝了这桩婚事。后苏在路上，遇到了许多少年，写和红玉的新柳诗，谁的诗和得好，便嫁给谁。友白也写了两首和诗，被张轨如偷去，献给白玄，玄读诗十分赞叹，便留张轨如在家。后来又有苏有德，冒着友白的名来求婚，见了张轨如，两人冲突起来，秘密一齐揭穿。同时真的友白，因爱慕红玉的诗才，也渡江来求婚；在路上遇了盗，在李家暂住。又遇到一个少年，名卢梦梨，因佩服友白的文才，便把妹子许嫁了友白。友白进京去考中第二名，变姓柳氏，在山阴禹迹寺中游玩，遇到白玄；白玄爱他的才，便将自己女儿和甥女一齐许配给他。原来白玄的甥女便是卢梦梨，常改男装，在外面游玩。前在李家遇苏友白，心中早已爱上了友白。今日听她舅父说，将他表姊妹二人，一齐许给姓柳的做妻子，心中十分不快活。后友白到白玄家中来说明，自己便是苏友白；那卢梦梨也说明，前许嫁的妹妹，便是为自己留后步的。

《平山冷燕》——这部小说的定名，是把书中主人翁平如衡、山黛、冷绛雪、燕白颔四人的姓字凑成的。原来书中叙述的山黛，和丫环冷绛雪，都是才女，便是皇帝也知道她们的名气。这两个女子，性情十分活泼，常常改着男装，和当时的才子平如衡、燕白颔二人做诗酬答。不料遭了恶人的陷害，幸得平燕二人在京中考试，中了会元会魁，救了这两个女子。后来由皇帝的命令，将山黛嫁给了燕白颔，冷绛雪嫁给了平如衡，完成了一部才子佳人的小说。——用意运笔，都是十分迂腐！

《好逑传》——又名《侠义风月传》。他用意与前两书相同，但用笔稍好。他书中所写的女子，不但是才女美女，且又是侠女。书中开头叙述一个美男子铁中玉，有侠气，有大力。他是御史铁英的儿子。中玉进京去，遇到大央侯沙利强夺韩愿的妻子；中玉用计，又去夺回韩愿的妻子来，自己避祸到山东历城去。有兵部侍郎水居一的女儿冰心，貌美有才识，有大学士的儿子过其祖，向水家用威力求婚，水居一暗中把侄女去代冰心嫁了。其祖用计害居一，用种种方法谋取冰心，托县官假传皇帝的命令去逼冰心，被中玉揭破他的奸计，从此冰心心中感激中玉。恰巧遇到中玉大病在冰心家中，冰心尽心看护五日，两人便订了婚约。过便托御史万谔，上奏章毁冰心的名誉。皇帝命皇后验冰心身体，果然是贞女，便奉旨完成了他俩的婚姻。——用《诗经》中"窈窕淑女，君子好逑"的句子，所以称为《好逑传》。

《铁花仙史》——他是有意要脱离才子佳人的窠臼，叙述蔡其志和他的好友王悦订为儿女亲家，王悦的儿子儒珍七岁能写诗，有神童的名，但家中一天穷似一天。蔡家欲离婚，把女儿去改嫁夏元虚。儒珍有同窗好友陈秋麟，已中解元，便去向蔡家求婚。他原意欲娶得蔡女若兰以后，便转嫁与儒珍的。不料若兰得了消息，便暗地里逃去，寄养在苏诚斋家里。夏元虚的妹妹瑶枝，应点秀女进京去；在路上船沉落水，也被苏诚斋救去，儒珍恰巧又到诚斋家去做门客。蔡其志年老孤零，欲迎王儒珍到家中认为义子。但儒珍已中解元，娶诚斋的女儿馨女做妻子，瑶枝也私奔秋麟。苏诚斋的侄儿苏紫宸，是秋麟的好友；这时带兵去打平海盗，成了神仙。识破私奔秋麟的原不是瑶枝，却是花妖；用五雷法赶走了花妖，真的瑶枝便也嫁了秋麟。后诚斋知道若兰是儒珍的未婚妻，便也把若兰嫁给了儒珍。两家夫妻都服了紫宸的仙丹，年纪到了八十多岁，无疾死了。——是尸解去，成了神仙。

《后水浒》——名《后水浒》的小说，有数种：一种是截取一百十五回本的六十七回以后，宋江等受招安，擒方腊等四大寇，所以又名为《荡平四大寇传》。——卷首有赏心居士序。——一种是山阴俞万春写的《结水浒》，共七十回，又名《荡寇志》。当时梁山上的大头目，大半被官兵杀死；他的用意是要证明当年宋江并没有受招安、平方腊的事体。梁山好汉遇到官兵，非败即死，头巾气太重，毫无生动变化的地方。一种是具名古宋遗民的著的。叙述宋江既战死，其余好汉，尽力为宋朝抵抗金朝，但不能得胜，李俊十分灰心，带领众弟兄飘海到暹罗去，做了国王——这情形很像唐朝的虬髯客。

《野叟曝言》——写这小说的人，个人主义极深，他要显得作者是个文武全才，所以书中无所不谈。上从经史天算，下至三教九流，到头来一样也谈不好。书中主人，在作者看来，是一个万能的人，其实适是处处献丑！他又怕读小说的人觉得厌倦，便又夹了几回极下流的肉欲描写。才学双全的文素臣，便是作者夏敬渠的自道。东拉西扯的竟成了一百五十四回的长篇小说，又分为二十卷；用"奋武揆文，天下无双正士；镕经铸史，人间第一奇书"二十字来做卷目。开口见喉咙，作者的迂腐浅陋，也便可想而知了！正如《文学大纲》中说得好："在文艺上看来，这部小说，却不是一部很好的小说。它的主人翁，处处都是空想的行动，都是不自然的做作，都是强把他的学问庋载于小说中的。像这样的小说，自然是不会得好的！"可怜它的能够流传到现在，还是靠着他书中一点描写淫秽的地方！

在这一时期中，讲史的小说特别的发展，自从称为罗贯中写的《隋唐演义》《说唐全传》以后，接着便有周游的《开辟演义》，《东周列国志》《西周志》《四友传》《七国志》《前汉演义》《后汉演义》《西晋演义》《东晋演义》《北宋志传》《南宋志传》以及后来的《二十四史通俗演义》都是。记述个人历史的，还有《英烈传》《精忠全传》《说岳全传》《女仙外史》《征东征西全传》《杨家将全传》《五虎平西南传》等，更是多得记不清楚。内中《东周列国志》特别受人欢迎：因为他处处依据历史，大多数人拿他当历史书读；但在艺术本身上讲，是没有什么价值的。正是蔡奡说的："若说是正经书，却毕竟是小说样子……但要说他是小说，他却件件是从经传上来。"所以这部小说，便两无所取了。

在这时候，又有一派短篇小说产生出来：唐朝人笔记式的短篇小说，可以算是第一期；这时的短篇小说，可以算是第二期。但第二期与第一期，显然不同的地方，第一期是用文字铺排的地方多，第二期是记事的地方多；《今古奇观》可算一个代表。此外有《拍案惊奇》七十五卷，记七十五件事体，写的都是前代的奇闻轶事；因为他书中有许多龌龊话，后来被官厅禁止。《石点头》十四卷，也是每卷记一件事。《醉醒石》十五卷，记故事十五篇。《西湖二集》三十四卷，记三十四件事，所叙述的全是与西湖有关系的事；既称二集，当然有一集的，但现在已是不能再见了。《十二楼》十二卷，共有十二件关系于楼上的事。——如《合影楼》《夺锦楼》《三与楼》《夏宜楼》《归正楼》《萃雅楼》《拂云楼》《十卺楼》《鹤归楼》《奉先楼》《生我楼》《闻过楼》等——在短篇小说中，最受一时欢迎的，要算蒲松龄的《聊斋志异》了。全书共有四百三十一篇，书中寄托鬼怪狐精的地方多，寄托人事的地方少。有的搬弄古典、作文章的游戏；有的描写人情，有许多寄托愤世嫉俗的地方。在现在的眼光看来，有许多见界鄙陋的地方，又在文笔上恢复了古典派的作风。但疑古玄同说："《聊斋志异》似尚不能尽斥为'见识卑陋'……其对于当时龌龊社会，颇见愤慨之念；于肉食者流，鄙夷讪笑者甚至。"胡适之说："《聊斋》里面，如《续黄粱》《胡四相公》《青梅》《促织》《细柳》诸篇，都可称为短篇小说。《聊斋》的小说，平心而论，实在高出唐人的小说，蒲松龄虽喜说鬼狐，但他写鬼狐却是人情世故，于理想主义之中，却带几分写实的性质，这实在是他的长处。"后来摹仿《聊斋》的作品，有袁枚①的《子不语》，沈凤起的《谐译》和邦额的《夜谈随录》，浩歌子的《萤窗异草》，管世灏的《影谈》，冯起凤的

---

① 底本作"袁牧"。

《昔柳摭谈》，纪晓岚的《阅微草堂笔记》，王韬的《遁窟谰言》《淞隐漫录》《淞滨琐话》，宣鼎的《夜雨秋灯录》，俞曲园的《右台仙馆笔记》，梁恭辰的《池上草堂笔记》等：一时风起云拥。但大半是用笔迂缓，设事平淡，很多道学气太重的。

到了清朝白话的章回小说，已到了第三期。在这一期里最享盛名的，有讽刺小说《儒林外史》，人情小说《红楼梦》两种；各有一种意义，各长一种笔路。现在约略拿他分别说一说：

《儒林外史》——这部小说是清代人吴敬梓写的。当时一般读书人太没有气节，太不讲究真实学问，敬梓写这部书，专攻击当时所谓儒林的。《中国小说史略》中说他："秉持公心，指摘时弊；机锋所向，尤在士林。其文又蹙而能谐，婉而多讽。"《文学大纲》中却说他："一面指击当时颓败的士风，一面发挥他自己的理想社会与理想生活。……文笔很锋利，描写力很富裕，惟见解带太多的酸气，处处维持他的正统的儒家思想，颇令读者有迂阔之感；又结构也很散漫，论者谓：'其书处处可住，亦处处不可住；此其弊在有枝而无干，无惑每篇自为篇，段自为段矣。'"这两种批评都是对的。

《儒林外史》中的人物大概是真的；杜少卿就是他自己，杜慎卿是他的哥哥青然，庄尚志便是程绵庄，虞育德便是指吴蒙泉；此外的人，都可查考的。他的时代离明朝灭亡还不到一百年，读书人受了明朝八股文的遗毒，他们除写读几篇所谓"制艺"以外，不知天高地厚，还要摆尽架子，自命为将来的圣人贤人。吴敬梓一枝笔写来，又生动又深刻；我们今日读他书中一班腐儒，好似一个一个都露在眼前。讲到吴敬梓的个性，他是一个浪漫的文人；家中虽有一点点财产，他既不会生利，又很为化钱，不多几时便穷得连饭也没得吃。这时雍正帝正举行博学鸿词科，安徽巡抚要保举他去应考，他不愿去，跑到金陵地方去住。幸得许多文人很敬重他，供给他个人的生活。他到老年，自称文木老人，在扬州地方，更是穷得可怜，但还是很高兴，发起绕着南京城赛跑。我们从他的行为上，完全可以看出他是一个很讲气节，看轻功名的书呆子来。他《儒林外史》中，写一个会弹琴做诗的缝衣工人的话道："我们这个贱行，是祖父遗留下来的，难道读书识字，做了裁缝就玷污了不成？况且那些学校中的朋友，他们另有一番见识，怎肯和我们相与？而今每日寻得六七分银子，吃饱了饭，要弹琴，要写字，诸事都由得我；又不贪图人的富贵，又不伺候人的颜色，天不收，地不管，倒不快活？"这是何等的厌恶功名，何等的鄙弃读书人啊！

吴敬梓写小说最高的技术，便是能在人不经意的地方，把一个外貌极正经的人，只须用三言两语，把这人的作伪心理完全描写出来。他写书中一个最有名讲究礼教的范进一段道：

先是静斋谒过，范进上来叙师生之礼。汤知县再三谦让，奉坐吃茶，同静斋叙了些阔别的话，又把范进的文章称赞了一番，问道："因何不去会试？"范进方才说道："先母见背，遵制丁忧。"汤知县大惊，忙叫换去了吉服，拱进后堂，摆上酒来。……用的都是银镶杯箸。范进退前缩后的不举杯箸，知县不解其故。静斋笑道："世先生因遵制，想是不用这个杯箸。"知县忙叫换去，换了一个瓷杯、一双象牙箸来。范进又不肯举动。静斋道："这个箸也不用。"随即换了一双白颜色竹子的来，方才罢了。知县疑惑他居丧如此尽礼，倘或不用荤酒，却是不曾备办。落后看见他在燕窝碗里拣了一个大虾圆子送在嘴里。

他最是痛恨这班假仁假义的伪君子，所以他写书中一个马二先生的行为道：

> 那些富贵人家的女客，成群结队，里里外外，来往不绝……马二先生身子又长，戴一顶高方巾，一幅乌黑的脸，腆着个肚子，穿着一双厚底破靴，横着身子乱跑，只管在人（窠）〔窝〕子里乱撞。女人也不看他，他也不看女人。前前后后跑了一交。……马二先生觉得倦了，直着脚跑进清波门。到了下处，关门睡了。因为走多了路，在下处睡了一天。

他因一方面厌恶极端作伪的人，所以一方面描写一个极端放浪的人；使这作伪的人，愈觉得可厌恶。即如他叙述王玉辉因欲图一个烈女的名气，生生的把他一个心爱的女儿逼死了，成了一个殉夫的烈女；居然造起祠堂，建起牌坊来。王玉辉正在众人称贺的时候，反觉伤心起来，躲着不肯出来。他自己说："在家日日看见老妻悲恸。"这是何等冲突的心理？反映出虚伪礼教杀人的罪恶来！

《儒林外史》只有一个缺点，在他书中，完全显示出作者的个性太迂阔了。迂阔不近人情，教成读者去做一个避世逃名的废物，于世于己，两无利益。——我们正要造成多量与恶浊社会奋斗而进化的人——再他的全书，是没有结构，没有章法的，只是随意写去；写完一人，再写一人，好似几篇短篇小说凑成的，前后情节毫不相干，实在算不得是一部长篇小说。只是他描写的深刻，讽刺力的锐利，又全部用纯粹白话写成，都可以在文学上留给后人做一个好榜样。

《红楼梦》——它是十八世纪在中国震动中外的一部描写人情的长篇小说。读它的人，往往拿它与《水浒传》《西游记》《金瓶梅》三部小说看做有同等的价值。其实在技巧上看，前三部书有赶不上《红楼梦》的地方：《水浒传》一百零八个好汉，人多容易写得热闹。《西游记》写神仙鬼怪，完全寄托在幻想上，作者尽可以有假托的余地；任你如何不近人情，都可以讲到。《金瓶梅》范围比较的狭小，用笔受了拘束；但书中家庭与社会并写，有一班无赖小人做陪衬，尽多有描写的材料。独有《红楼梦》，既限于一姓一家的事体，又专写在同一环境中一班不知世务富贵儿女的生活，而要写得细微曲折，体贴玲珑，一丝不漏，一毫不错，真当得"心细如发，才大如海"的八个字！

写《红楼梦》的人，谁都知道是曹雪芹。他的祖父曹寅，父亲曹頫，世代做南京织造官，专替皇家买办器物、织造衣料的，平日最与皇帝家中接近。又因康熙帝五次下江南，却有四次住在南京织制衙门里的。雪芹自幼儿看惯了皇宫里的规距，又自己是一个十足的纨袴子弟。后来雪芹家境衰落，甚至住在乡间挨饥受冻。他回想起昔日的繁华，尽有许多脂粉女儿，一时都风流云散。因此他写这部《红楼梦》，一是回忆前情；二是看破虚荣；昔日红楼今成一梦。他开首便说明自己做书的意志道：

　　　今风尘碌碌，一事无成，忽念及当日所有之女子，一一细考较去，觉其行止见识皆出于我之上。何我堂堂须眉，诚不若彼裙钗女子？实愧则有余，悔又无益。是大无可如何之日也！当此，则自欲将已往所赖天恩祖德，锦衣纨袴之时，饫甘餍肥之日，背父兄教育之

恩，负师友规训之德，以至今日一技无成，半生潦倒
之罪，编述一集，以告天下人：我之罪故不免，然闺
阁中本自历历有人，万不可因我之不肖，自护己短，
一并使其泯灭。

——国初钞本原本《红楼梦》

全书是叙述石头城里，有一家富贵大宅姓贾；他的祖因有
功，封宁国公、荣国公。宁国的儿子代化，代化生敬；荣国的儿
子代善，生二子一女。子名赦名政，女名敏。敬生一子名珍，一
女名惜春；赦生一子名琏，女名迎春；政生二子名珠，名宝玉。
珠娶妻李纨，后便死。二女名元春，名探春。元春入宫，册封做
妃子。贾政的夫人王氏有妹，嫁在薛家，生女薛宝钗；有弟兄生
女名王熙凤。王熙凤嫁给贾琏做妻子，薛宝钗嫁给宝玉做妻子。
敏嫁在林家生一女，名林黛玉；因死了母亲，便也寄住在贾家。
代善的妻史氏最长寿，称史太君，又称贾母。贾母的弟兄生一孙
女，名史湘云。贾珍生一子名蓉，娶妻秦可卿，早死。琏生一
女，名巧姐；在十二钗中，年纪最小。此外还有一女尼名妙玉，
寄在贾家栊翠庵中。贾家是金陵人。从元春起，联合李纨、史湘
云、王熙凤、薛宝钗、林黛玉、秦可卿、妙玉、惜春、迎春、探
春、巧姐十二女子，都正在年轻，各有美貌，称为"金陵十二
钗"。全部《红楼梦》所叙述的，全是这十二钗平日一颦一笑，
一言一动，在同一的生活中，写出他不同的个性来。只有贾宝玉
在一群女人中厮混，调脂弄粉，饮酒赋诗，享尽人生艳福。他与
林黛玉二人做了全书的主人翁；上半部写他二人的欢乐，下半部
写他二人的死亡。——林黛玉死，贾宝玉出亡。——自他二人死
亡以后，全家的声势，也从此衰息。

宝玉的名字，是因他在母胎中，嘴里便含着一块玉产生出来，极得他祖母史太君的宠爱。自幼在姊妹中养大，便也染了女儿的气质；天性又是多情，终日忙着替姊妹调脂弄粉。他表妹林黛玉，十一岁时来贾家。宝玉比她长了几个月，所以唤她林妹妹，宝钗却比宝玉大一岁。宝钗和黛玉的性情是站在反对方面的。黛玉自幼儿有吐血病的，身体弱，性情偏急，多愁多疑，因此情感也比人特别的深；宝钗身体肥美，性情柔顺，但城府很深，处处迎合人心，得到多数人的同情。宝钗平日与宝玉的交情，总是不接不离；而黛玉却用全副精神向着宝玉，眼中除宝玉以外，几乎没有别人，因此平日遭人妒恨的地方也多。因元妃回家省亲，贾家便盖一座省亲别墅，后改名大观园。只是叙述一座大观园的伟大而曲折，便可以见到写书人的才气。他写进门景色便好："迎面一带翠嶂，挡在前面；白石崚嶒，如鬼怪，如猛兽，纵横拱立，上面苔（苏）〔藓〕成斑，藤萝掩映；其中微露羊肠小迳。"他写宽旷的地方："两边飞楼插空，雕甍绣槛，皆隐于山坳树杪之间。俯而视之，则清溪泻雪，石磴穿云。白石为栏，环抱池沼。石桥跨港，兽面衔吐。桥上有亭。"他写幽静的地方："一带粉垣，里面数楹精舍，有千百竿翠竹遮映入门，便是曲折游廊。阶下石子幔成甬路。上面小小两三间房舍，一明两暗，里面都是合着地步打就的床几椅案。从里间房内，又得一小门，出去则是后园，有大株梨花兼着芭蕉。墙下忽开一隙，清泉一派，开沟仅尺许，灌水入墙内，浇阶缠屋，至前院盘旋竹下而出。"他写阔大的地方："崇阁巍峨，层楼高起，面面琳宫合抱，迢迢复道萦纡，青松拂檐，玉栏绕砌，金辉兽面，彩焕螭头。正面现出一座玉石牌坊来，上面龙蟠螭护，玲珑凿就。"他写精巧处："几间房内，竟分不出间隔来。四面皆是雕空玲珑木板，或流云百幅，或岁寒三友，或山水人物，或翎毛花卉，或集锦，或博古。各种花样，皆是名手雕镂，五彩销金嵌宝的。一槅一槅，或有贮书处，或有设鼎处，或安置笔砚处，或供花设瓶、安放盆景处。其槅各式各样，或天圆地方，或葵花蕉叶，或连环半壁。倏尔五色纱糊就，竟系小窗；倏尔彩绫轻覆，竟系幽户。且满墙满壁，皆系随依古董顽器之形，抠成的槽子。诸如琴、剑、悬瓶、桌屏之类，虽悬于壁，却都是与壁相平的。"最难得的，他能在如此的繁华境界里，忽然安插一处田园景色："转过山怀中，隐隐露出一带黄泥筑就矮墙，墙头皆用稻茎掩护。有几百株杏花，如喷火蒸霞一般。里面数楹茅屋。外面却是桑、榆、槿、柘，各色树木新条，随其曲折，编就两溜青篱。篱外山坡之下有一土井，傍有桔槔辘轳之属。下面分畦列亩，佳蔬菜花，漫然无际。"像这样布置，才能脱离一班小说中所说的"牡丹亭""芍药圃"的窠臼。

元妃省亲过后，便命令一班姊妹，都搬进大观园去住。又因宝玉自幼儿与姊妹们厮混惯的，便也许宝玉住在园内。宝玉住的是怡红院，宝钗住的是蘅芜院，黛玉住的是潇湘馆。宝玉是极端崇拜女性的人，他常说："女儿是水做的骨肉，男子是泥做的骨肉。"自己看自己是一个臭男子。因此他终日以在女儿跟前奔走趋奉为事。他模样又长得动人，说话又能迎合女孩儿的心理，所以园中自姊妹嫂氏，以至丫鬟仆妇，都和他好。宝玉心中最钟情的，便是林黛玉；但他对于嫂嫂王熙凤、表姊薛宝钗、表妹史湘云、女尼妙玉，随着都吐露几句拈情挑爱的言语，送暖呕寒的举动。各姊妹身傍都有俊俏的丫鬟，便是宝玉自己身傍也有四个大丫鬟。第一次领导他性交的，是他身傍的大丫鬟袭人。又有晴雯，和他母亲身傍的丫鬟金钏儿，黛玉身傍的丫鬟紫娟，都与他有一段缠绵悱恻的情史。尤其是与晴雯、金钏儿两个丫鬟的事，最是哀艳：金钏儿因哄宝玉吃他嘴上的胭脂，被主母责逐，含羞投井而死。晴雯因貌美，多得宝玉的怜爱，被同伴妒忌，进谗言于王夫人，抱病被逐出园。宝玉偷出园去，与晴雯决别，彼此换穿小衣一段，最能惹得读者的眼泪。在宝玉看做钟情于儿女，为一生莫大的事业。但"知子莫如父"，贾政却时时逼着他读书。无奈他祖母贾母，时时偏袒；母王夫人，也随处掩护；众姊妹姑嫂，也事事引诱他走到情爱的路上去。这贾宝玉所以终成为"名教之罪人"，把好好一家基业，弄得风流云散，一场空花。书中《红楼梦》曲末一支道：

> 为官的家业凋零，富贵的金银散尽；有恩的死里逃生，无情的分明报应。欠命的命已还，欠泪的泪已尽……看破的遁入空门，痴迷的枉送了性命。好一似食尽鸟投林，落了片白茫茫大地真干净！

我们读了这支曲，便可以想见这班人的下场景况了。但宝玉正和姊妹们缠得亲密的时候，何曾想到有这样的凄凉况味？例如十九回的"意绵绵静日玉生香"一节：

> 宝玉揭起绣线软帘，进入里间，只见黛玉睡在那里，忙去上来推她道："好妹妹，才吃了饭，又睡觉！"将黛玉唤醒。黛玉见是宝玉，因说道："你且去逛逛。我前儿闹了一夜，今儿还没有歇过来，浑身酸疼。"宝玉道："酸疼事小，睡出来的病大。我替你解闷儿，混过困去就好了。"黛玉只合着眼说道："我

不困，只略歇歇儿，你且别处去闹会子再来。"宝玉推
她道："我往那里去呢，见了别人就怪腻的。"黛玉听
了，嗤的一声笑道："你既要在这里，那边去老老实实
的坐着，咱们说话儿。"宝玉道："我也歪着。"宝玉
见没有枕头，因说道："咱们在一个枕头上罢。"黛玉
道："放屁。外头不是枕头，拿一个来枕着。"宝玉出
至外间，看了一看，回来笑道："那个我不要，也不知
是那个脏婆子的。"黛玉听了，睁开眼，起身笑道：
"真真你就是我命中的妖魔星。请枕这一个。"说着，
将自己枕的推与宝玉，又起身将自己的再拿一个来，自
己枕了。二人对面倒下。黛玉因看见宝玉左边腮上有钮
扣大小的一块血渍，便欠身凑近前来，以手抚之细看，
又道："这又是谁的指甲刮破了？"宝玉侧身，一面笑
道："不是刮的，只怕是才刚替他们淘漉胭脂膏子，溅
上了一点儿。"说着，便找手帕子要揩拭。黛玉便用自
己的帕子替他揩拭了，口内说道："你又干这些事了。
干也罢了，必定还要带出幌子来。便是舅舅看不见，别
人又当奇事新鲜话儿去学舌讨好儿，吹到舅舅耳朵里，
又大家不干净惹气。"

　　宝玉总未听见这些话，只闻得一股幽香，却是从黛
玉袖中发出，闻之令人醉魂酥骨。宝玉一把便将黛玉的
袖拉住，要瞧笼着何物。黛玉笑道："这冷天气，谁带
什么香呢。"宝玉笑道："既然如此，这香是那里来
的？"黛玉道："连我也不知道。想必是柜子里头的香
气，衣服上薰染的也未可知。"宝玉摇头道："未必。

这香的气味奇怪，不是那些香饼子、香球子、香袋子的香。"黛玉冷笑道："……"宝玉笑道："凡我说一句，你就拉上这么些？不给你个利害，也不知道。从今儿可不饶你了！"说着翻身起来，将两只手呵了两口，便伸向黛玉膈肢窝内两胁下乱挠。黛玉素性触痒，不禁宝玉两手伸来乱挠，便笑的喘不过气来，口里说："宝玉，你再闹，我就恼了。"宝玉方住了手，笑问道："你还说这些不说了？"黛玉笑道："再不敢了。"一面理鬓，笑道："……"宝玉笑道："方才求饶，如今更说狠了。"说着，又去伸手。黛玉忙笑道："好哥哥，我可不敢了。"宝玉笑道："饶你，只把袖子我闻一闻。"说着，便拉了袖子，笼在面上，闻个不住。黛玉夺了手道："这可该去了！"宝玉笑道："去？不能。咱们斯斯文文的躺着说话儿。"说着，复又倒下。黛玉也倒下，用手帕子盖上脸……

像这样一对痴儿女，朝夕言笑追随，耳鬓厮磨，若生生的给他们拆开了，势必至要闹到死的死，走的走。但世上做父母的，往往好用主观的情感去支配儿女婚姻。宝玉和黛玉，固然是情投意合了，但照黛玉这样孤僻的性情，多病的身体，倘然给贾家做了媳妇，万不能支持偌大的一个门户。那王熙凤就是一个榜样。王熙凤不但是身体健美，性情活泼，能说能辩，能收能放；她在母家的时候，便拿她当男孩儿看待。嫁到贾家来，阖府内外事体，由她一人主持。什么大场面，她都见过；什么大事体，她都做过。她一方面伺候的祖姑、翁姑、叔伯、姊妹们人人欢迎，一方面调度得丫鬟、仆妇、家人、小厮们个个佩服。她还要勾通官府，偷天换日的卖人情，犯国法，积聚她的私财。略用小计，瑞大叔竟为她害着单恋而死；尤二姐[1]也被她骗入府中，吞金而死。她一方面又卖弄风骚，小蓉儿辈都在她面首之列。如此一个干练而刁辣的妇人，倘叫林黛玉和她做妯娌，如何是他的对手？因此贾政与王夫人，一度的磋商，竟不问儿女的私情，便使宝玉与宝钗订了夫妇。

据说曹雪芹的《红楼梦》只写到八十回，这时贾家正渐渐走到衰运上去。金钏儿投井，尤二姐吞金，晴雯被逐，大观园中已满罩着惨雾愁云；且荣宁二府开支日大，收入日少，家中子侄如贾珍、贾琏辈只知放浪淫乐、挥金如土。巍巍贾府，竟有衰败的气象。高鹗又接下去写四十回，那贾家的气运，便一步一步向失败的道路上走去。如宝玉的害了疯呆病，黛玉的成了吐血症，元妃死在宫中。贾母年老，急欲见一见孙媳妇的面；贾政便明知故犯的用秘密的手腕，趁宝玉痴状的时候，使他与薛宝钗行结婚的礼。宝玉神志忽清忽混，他在洞房第一夜，便发觉他所娶的不是他所心爱的林妹妹，因此他的病更重。一方面黛玉的吐血也愈凶，一面热热闹闹的行着结婚礼，一面林黛玉便凄凄凉凉的在潇湘馆中，焚去诗稿，痛苦愤恨而死。天下多少痴男女，读到黛玉死的一段文字，不知为她流去多少眼泪！贾家自从黛玉死后，更加衰败得快。贾赦因犯了"交通外官、倚势凌人"的罪，闹得抄家的抄家，充军的充军。贾母老年人受不住这惊恐，便也享尽了繁华死去。接着家中遭盗匪大规模的抢劫，甚至把一个美貌的女尼妙玉也生生的抢了去。探春出家，迎春被夫家磨折而死；

---

① 底本作"尤三姐"。

那好胜要强的王熙凤，到此时也灰心失意而死。薛宝钗虽嫁得了宝玉，但家中境况还不如从前，那宝玉的性格痴痴癫癫，前后判若两人。他从前是一个惜玉怜香的多情男子，如今却成了一个大彻大悟的佛门子弟。这样的冷落凄凉，虽则宝钗腹中已有孩儿，但看宝玉的精神，一天不如一天。原来他迷信他的情人林妹妹是成仙去了，所以他立志要出家去寻觅他的情人。他竟借着考试出了家门，虽是他已高中了第七名，但宝玉却从此海阔天空遁入空门去了。当年何等繁华的一个富贵门第，如今只落得家破人亡，凄凉满眼。这虽是写小说的人有意假造事实，来惊觉世人的迷梦；但是他书中的一场大开大阖的结构，细微曲折的描写，决非高手不办。再分析着说，写前半部的热闹，还不如写后半部的凄冷的不容易落笔。平心而论，高鹗的技巧，实在胜于曹雪芹；他替曹雪芹收拾残局，又能写得前后如一，便是笔法也分辨不出高低来。《红楼梦》全书有男子二百三十五人，女子二百十三人，一人有一人的个性。共一百二十回，九十万字。通篇虽有几处时日、情节矛盾的地方，但大概情形是不错的。最可贵的，他用笔自始至终，毫不懈松，好似珠的穿在线上，又如珠的走在盘中，又活泼又紧凑。《文学大纲》中说他："写贾母，便活画出一个偏爱的席丰履厚的老妇人来；写黛玉，便活画出一个性情狭小，时时无端愁闷的有肺病患者的少女来；写王熙凤，也便活画出一个具深沉的心计的能干少妇来。甚至于不重要的焦大、薛蟠、刘老老、板儿，以及几个仆人的'家的'，也都写得很活泼，如我们所常遇到的真实的人物。"——这我们也可知道他技巧的一班了。

因后世爱读《红楼梦》的人多，便有一部分去做考证工夫的；说书中的贾府，便是康熙朝宰相明珠家的事，宝玉便是隐射明珠的儿子纳兰成德——这是俞樾一班人的主张；又有说宝玉便是隐射清朝的顺治皇帝，黛玉便是董鄂妃——这是王梦阮一班人的主张；又有说金陵十二钗，便是隐射康熙朝的一班名士，如姜宸英、朱彝尊一行人——这是最近蔡元培所主张的，他是看作这书，是有政治气味的；更有一部分人，专找书中叙人叙事时地的错误的；有一部分便专做题咏《红楼梦》、评估《红楼梦》工作的。凡这种种，统名为"红学"。最近如胡适的写《红楼梦考证》，都是红党的大事业。但我以谓这是成了一种癖，于《红楼梦》本身的文学价值上，没有什么关系的，所以我不愿多说。

除八十回的《红楼梦》、一百二十回的《红楼梦》二种外，继续模仿的作品有《后红楼梦》《红楼后梦》《红楼梦补编》《红楼复梦》《红楼补梦》《绮楼重梦》《红楼再梦》《红楼幻梦》《红楼圆梦》《增补红楼》《鬼红楼》《红楼梦影》，等等，大概是不满意于宝玉与黛玉的结局而写的。他们的技巧，不但赶不上曹、高二人，且这种"画蛇添足"的事，是根本无聊的。

在这个时期里，除了上面两种有名的作品以外，还有以下的值得我们提起的几种：

《绿野仙踪》——这书初看去，是涉于迷信的，实在是作者在那里表示一种厌世思想。他厌世的动因，书中已明告我们。书中主人翁冷于冰，在奸相严嵩家中作客。眼看着他害死忠臣杨继盛，便觉悟官场的危险，起了厌世的决心。他的描写神仙生活，都是用着全副精神，细腻深刻，叫读他的自然能提起兴趣来。里面有一段描写妓院生活，也十分动人；写官场的势利，忠臣的惨死，叫人读了也是寒心的。全书八十回，作者的具名是百川。

《镜花缘》——书中人物，全拿女子做一个中心。胡适说：
"是一部讨论妇女问题的小说；他对于这个问题的答案，是男女
应该受平等的待遇，平等的教育，平等的选举制度。"他的主
义，也许没有这样鲜明，但他有意的为古来才女名媛吐气，这是
随处可以看得出来的。作者李汝珍，据说他的知识很丰富，对于
音韵、星象、卜筮、书法、弈技等等都能懂得。他一生不得意，
写《镜花缘》的时候，年纪已有六十岁了。他把自己一生的知
识，都发泄在这部书上；尤其是对于音韵，有很长的谈话。借小
说讲学问，我总认为不是一个好办法。何况他所讲的学问，不见
得一定是有价值的。他书中叙述唐朝女皇帝武则天，在冬天欲赏
花，下圣旨令百花开放。花神不敢违抗命令，便在寒风严霜中，
把花一齐放开了，因此百花仙子犯了罪罚，落在人世上，成了
一百个女子。当时有男子唐敖，考试中了探花。正在得意的时
候，被人告他是反叛徐敬业的同党。唐敖因要避去势利场中的危
险，便附着他舅子林之洋的商船，出去飘洋。在海外遇到了很多
的奇人怪物，他所说的大半是根据《山海经》的。最后唐敖在一
山上吃了仙草，便成了仙，永不回家去。他女儿闺臣也飘海寻访
他父亲，回国时，正是女皇武则天考试才女，闺臣与那罚在人间
的百花仙子都去赶考。不料这班才女，在本书的后半部上，竟能
够拿枪动杖、呼风唤雨的打起仗来。里面滑稽的地方，如林之洋
的在女人国包小脚、涂脂粉，完全把用在女人身上的事体，用在
男子身上，这里面含有报复的意思。便是君子国，也是有意讽刺
世上的小人。内中有一段道：

　　来到闹市。只见一隶卒在那里买物，手中拿著货物

270

道："老兄如此高货，却讨恁般贱价，教小弟买去，如何能安心！务求将价加增，方好遵教。若再过谦，那是有意不肯赏光了。"只听卖货人答道："既承照顾，敢不仰体！但适才妄讨大价，已觉厚颜；不意老兄反说货高价贱，岂不更教小弟惭愧？况敝货并非'言无二价'，其中颇有虚头。俗云：'漫天要价，就地还钱。'今老兄不但不减，反要加增，如此克己，只好请到别家交易，小弟实难遵命！"

这话虽是形容得过分，但他正是要说一班商人并非"言无二价""漫天要价，就地还钱"的丑劣行为，再那班依仗官势的隶卒，最是善吃白食敲竹杠的壤坏，如今说这克己话反出在隶卒嘴里，这是作者的痛骂处。总之，全部《镜花缘》，也是作者因愤世嫉俗而写的。

《儿女英雄传》——《儿女英雄传》，虽也是为女子吐气的小说，但他把一个有才智武勇的女子，范围在人情以内。写的也是近于人情的事体，不像《镜花缘》一般力求怪异。一个精明干练的十三妹，在旅馆中遇到了一个天真未开的安公子，不由得动了她的怜爱。虽是书中处处表示十三妹的救护安公子，是出于侠义；但强者恋爱弱者，这是男女心理上一种自然的作用。十三妹原名何玉凤，他因大官纪献唐与她有杀父之仇，因此练得一（生）〔身〕武技。四处侦探纪献唐的踪迹，欲得便报仇。因她天性义侠，见有不平的事，她便拔刀相助。她在能仁寺中救了安公子与张金凤，又由她自任媒人，把张金凤配与安公子为妻，其实她早已看中了这个少年老诚的安公子。——聪明伶俐的女子，往往爱玩弄忠厚老实的男子——只因她大仇未报，且女儿家任你如何漂亮，在当时的环境中，总不便替自己做媒人的。因此，她借着别的事，留下了安公子传家的宝砚；一面又赠与她刻不离身的雕弓，算是交换了两人的聘物。全书五十三回，上半部写来生龙活虎、石破天惊，尤其是闹能仁寺的一段笔墨写来畅快淋漓，洗尽弱女子娇羞觍靦的习气，表出十三妹侠义慧美的个性来。作者文康，是一个满洲人，他用纯粹的流利的北平话写小说，单就传布国语的价值上看，也就不小。独可惜后半部，处处用礼教道德传统的思想，来劝十三妹嫁安公子，愈闹愈僵，笔墨也愈写愈晦滞，叫人读了满身不舒服。因此，在这书思想上说，实在是无可取的；专就前半部说，却不能磨灭他的文学价值。——据一般人猜想，书中的纪献唐，便是清代的大将年羹尧。

《品花宝鉴》——同性恋爱，原是性的变态，现在把这变态认做正式的爱，而去竭力描写他，居然也是你贪我爱、吃醋撚酸，写成数十回的小说，如《品花宝鉴》一般的，更是出于人情以外。但每一种小说的写成，能得多数读者的欢迎，流传到今日，还没有消灭，这都是有他的背景，有他的事实，有他的文学价值存在里面的原因。《品花宝鉴》描写同性恋爱，自有一班变态心理的读者在欢迎着。《品花宝鉴》忘其所以的大讲其深情厚爱，自有一班情场失意，慰情聊胜于无的读者在欢迎着；《品花宝鉴》用当时社会所谓风雅的笔路去写着，自有一班自命为风雅的读者在欢迎着。因此《品花宝鉴》也被这种方面的读者所拥护而存在而流传。

同性恋爱有出于天性的，有出于环境的。出于天性的是少数，而出于环境的，在世界各国，如军队中、学校中，随地都有发生的可能。而在中国因明朝以后，禁止官吏和读书人有狎妓的行为，同时有许多读书人，聚集在都会地方应考，又有许多官吏在京城客地里，有候补的，有办公事，每日间空下来无处发泄他的性欲。因环境的驱迫，大家便去和那唱小旦的男戏子寻开心。明知道他一般是男子的身体，但唱小旦的大都是面目俊美的男孩子，又因他在做戏的时候，竭力要模仿女人的行动说话。久而久之，他在平时，也不觉流出娇柔的神韵来。那玩戏子的人，也将错就错，拿他当女儿身体一般的看着，爱着。在起初只是唤他来陪酒说笑、唱曲取乐，后来这班大人先生，竟一天一天的迷恋起来，竟和一班唱戏的男孩子发生了肉体的关系。那时便有一班投机的人，买了许多年轻貌美的孩子，把他用胭脂花粉打扮起来，学得一身媚骨、几折歌舞，专供一班变态性欲的男子去玩弄——名叫"像姑"，又称"相公"。

《品花宝鉴》中所写的，几尽是一班痰迷心窍的人玩相公的事实。作者是清朝从道光至咸丰时间的人，名陈森，字少逸[①]，是常州地方人。他久住在北京地方，原是玩相公的一个老手。所以他把同性恋爱的事实，用异性恋爱的情感来描写着。书中记梅子玉与杜琴言的交情，竟与一般人情小说的写才子佳人的恋爱一样的写法。如杜琴言到梅子玉家中去望病的一段：

> 琴言到梅宅之时，心中十分害怕，满拟此番必有一场羞辱。及至见过颜夫人之后，不但不加呵责，倒有怜恤之心，又命他去安慰子玉，却也意想不到。心中一喜一悲，但不知子玉病体轻重，如何慰之，只得遵夫人之命，老着脸，走到子玉房里。见帘帏不卷，几案生尘，

---

① 底本作"逸少"。

273

一张小楠木床，挂了轻绡帐。云儿先把帐子掀开，叫声："少爷！琴言来看你了。"子玉正在梦中，模模糊糊应了两声。琴言就坐在床沿，见那子玉面色黄瘦，憔悴不堪。琴言凑在枕边，低低叫了一声，不绝泪涌下来，滴在子玉的脸上。只见子玉忽然呵呵一笑道："七月七日长生殿，夜半无人私语时。"

写《品花宝鉴》的人，宛然以才子看梅子玉，以佳人看杜琴言。最可笑的，一样的玩相公，他却硬要分出高品与下品。他最后一回，有名士与名旦在九香园相会，把各戏子的像书一成花神，每一像由名士写上像赞，把各像各赞刻在石上，供养在九香楼下。这时各戏子已不唱戏了，便各把衣裙首饰当众烧毁。书中说烧毁时，"忽然一阵香风，将那灰烬吹上半空，飘飘点点，映着一轮红日，像无数的花朵，与蝴蝶飞舞，金迷纸醉，香气扑鼻，越旋越高，到了当天，成了万点金光，一闪不见"，这算是他最高的寄托了。

《花月痕》——这是最早写妓院生活的一部小说，他的原意是要描写一个落魄的名士。又拿一个得意的书生来反衬。得意的书生又配上一个得意的女子，落魄的名士却配上一个痴情而又薄命的女子。这两个女子，都是娼妓出身。他一方要发泄穷书生的牢骚，一方又要抬高所谓名士的身价。他把寒士落魄的痛苦，拿妓女皮肉生涯的痛苦来形容；一方又把痴情女子艰贞的节操，来比拟寒士的骨气。这真是穷书生得意之笔。著者具名为"眠鹤主人"，在清咸丰年间写成（一八五八年），在光绪年间始流行在社会上。书中写韦痴珠、韩荷生两人都一样有才学，又是十二分有交情的。两人各有一心爱的妓女，韦的名秋痕，韩的名采秋。

但韦痴珠自命清高，与人落落寡合；因此命运十分恶劣，穷途潦倒。在秋痕虽有一片嫁痴珠的痴心，只因鸨母勒索身价，受了金钱的压迫；终至痴珠穷愁以死，秋痕也自己缢死，殉了他的爱情。同时韩荷生飞（皇）〔黄〕腾达，因战事立了大功，直到封侯的地位。采秋也仗着金钱的助力，嫁与荷生，竟受封一品夫人。韩的结局，是"班师受封，高宴三日"。韦的结局，是"零丁一子，扶棺南下"。人情冷暖，写来十分透（澈）〔彻〕，写情也哀感缠绵。作者真姓名是魏子安，年少时候放诞风流。书里的韦痴珠，便是他自己的化身。他写妓女刘秋痕，活画出一个是不合时宜的书呆子，一个是愁病冷艳的穷妓女。他写刘秋痕的一往情深，几乎是一个离魂的倩女，那里像一个迎新送旧的娼妓。他写得虽是深刻，但适是处处表示他呆书生的呆思想。又因作者要卖弄他的诗才，差不多把他所有的诗，都写在书里了。符兆纶批评他："词赋名家，却非说部当行。其淋漓尽致处，亦是从词赋中发泄出来。……"但在我说来，他的诗词却写得平常而滥，叫人读了，只觉得累垂。他的得力处，却在能以名士的牢骚，寄托美人的哀艳。全书十六卷，五十二回，后半写韩荷生因妖法战胜，更觉得无聊。

从《花月痕》以后，以妓院为背景的小说很多，有名的如《青楼梦》《绘芳园》《青楼宝鉴》《海上花列传》，最近的如《九尾龟》《海上繁华梦》等都是的。《青楼梦》是俞达写的，别号慕真山人。他是一个老嫖客，书中所写妓女的生活，都是他一生实验过来的。纯粹写妓女生活的小说，要算这部书最早了。书中主人是金挹香，有文才，最爱嫖。他功名成就了以后，便娶了五个妓女，一个做妻，四个做妾。后做余杭知府官，他的父母都因修道成仙，骑鹤上天。挹香也入山修道，所有妻妾都成了仙人。挹香生平所结识的三十六个妓女，也一律去做了天上散花苑主座下司花的仙女。这真是自说自话，太不顾事实。又是一般纨袴淫棍，在滥淫伤身之后，便妄想成仙，到天上再去宣淫的一般普通心理。书中结局原无足取，但因他描写当时妓女生活甚是细腻，在文学上、社会背景上，略有一读的价值。《海上花列传》是清光绪年间松江人韩子云写的，他别名云间花也怜农。全书六十四回，当然写这一类妓女生活的小说，非老于此道的人莫办。韩子云也是嫖客中的健将，所以他写的书中人，大半是实在的。此书的特色，便是能用上海白话，写出书中人的语言。在方言学上，及社会历史上，都占着极重要的地位。全书以赵朴斋一人为线索，赵在十七岁时到上海，便沉迷在娼妓的淫窟里，弄得吃尽当光，身染病毒，流落在上海，当一名人力车夫。随处夹叙出当时上海一班浪游的绅商和纨袴子弟，他所描写的妓院，上自长三，下至花烟间都有。例如赵朴斋初游花烟间的一段：

　　　王阿二见小村，便搿上去嚷道："耐好啊，骗我阿是？耐说转去两三个月畹，直到仔故歇坎坎来。阿是两三个月呷，只怕有两三年哉！"小村忙陪笑央告道："耐勿动气，我搭耐说。"便凑着王阿二耳朵边轻轻的说话。说不到四句，王阿二忽跳起来，沉下脸道："耐倒乖杀哚！耐想拿件湿布衫拨来别人着仔，耐末脱体哉，阿是？"小村发急道："勿是呀，耐也等我说完仔了嗱。"王阿二又爬在小村怀里去听，也不知咕咕唧唧说些什么。只见小村说着，又努嘴。王阿二即回头把赵朴斋瞟了一眼，接着小村又说了几句。王阿二道："耐末那价呢？"小村道："我是原照旧晚。"王阿二方才罢了，立起身来。剔亮了灯台。问朴斋尊姓，又自头至足细细打量。朴斋别转脸去装做看单条。只见一个半老娘姨，一手提水铫子，一手托两盆烟膏，蹭上楼来……把烟盒放在烟盘里，点了烟灯，冲了茶碗，仍提铫子下楼自去。

王阿二靠在小村身傍，烧起烟来。见朴斋独自坐着，便说："榻床浪来躺躺哩。"朴斋巴不得一声，随向烟榻下手躺下，看着王阿二烧好一口烟，装在枪上，授与小村，"飕飕飕"直吸到底……至第三口，小村说："勿吃哉！"王阿二调过枪来，授与朴斋。朴斋吸不惯，不到半口，斗门咽住。王阿二将签子打通烟眼，替他把火。朴斋趁势捏他手腕。王阿二夺过手，把朴斋腿膀尽力摔了一把，摔得朴斋又酸，又痛，又爽快。朴斋吸完烟，却偷眼去看小村，见小村闭着眼，朦朦胧胧、似睡非睡光景。……

这一段不但写的极纯粹的方言，却又把当时烟色流毒于社会的现象都写了出来。又有赖公子赏识女伶人一节，把当时阔少的行径，以及时世的风尚，都能活现在纸上。

文君改装登场，一个门客凑趣先喊声："好！"不料接接连连你也喊好，我也喊好，一片声嚷得天崩地塌，海搅江翻。只有赖公子捧肚大笑，极其得意。唱过半出，就令当差的放赏。那当差的将一卷洋钱，散放在巴斗内，呈赖公子过目；望台上只一撒，但闻索郎一声响，便见许多晶莹焜耀的东西，满台乱滚。台下那些帮

闲门客，又齐声一号。文君揣知赖公子其欲逐逐，心上
一急，倒急出个计较来。……

这部《海上花列传》当时是附刊在一种所谓"海上奇书三
种"的杂志里的。每七日出一册，每册发表两回，随写随发表，
原无一定的结束。是把无数段落，凑成长篇，依着社会上新发生
的时故，随意拉来做材料。所以全局结构散漫，书中也没有一定
的主人翁，在小说的文学上讲，是没有何等价值的。只因他有深
刻的描写，所以能吸住一班读者的感情。后来的《九尾龟》《海
上繁华梦》等娼门小说，更赶不上他的笔，处处只是夸张作者老
嫖客的架子，除教人向卖皮肉的去敲诈取巧以外，毫无其他做供
献。他们于酒绿灯红、狂嫖滥赌之余，兴到便写，没有一定可以
结束的地方，可以把书写到无穷的长。在文学的技能上，是无可
取的。他这种体裁，影响到后来写小说的人很大；到现在各日报
上，都登着这一种烂调小说去敷衍篇幅。

说到这里，且把叙述长篇小说的系统暂搁一搁，应当把另一
种所谓弹词小说的统系来说一说。所谓弹词，是夹着一段唱句一
段说白而叙述事情的小说。在每到唱句的时候，是要弹着弦索
的，所以名为弹词。弹词小说的来源，最早是佛家的宝卷。宝
卷的用意，原欲说因果报应的事实来宣传佛家的意旨的。但后
来渐渐有人用说故事的方法来写弹词，只求情节有趣，不问主
义怎么样。这种写本，在民间的势力却也不小。——便是宝卷，
在江浙一带，也有人宣唱着，供人听着消遣为职业的，名为宣
卷，最著名的如《鱼篮宝卷》《赵五娘宝卷》《孟姜女宝卷》
《目莲僧救母宝卷》等。——又在北方，有唱大鼓等，在南方有
说书、唱滩簧等；大半是从弹词小说中采来的材料。什么《珍珠

塔》《玉蜻蜓》《三笑姻缘》《倭袍传》《玉钏缘》等便是。不识字的妇女儿童等，大部分都熟知书中的情事，又大都对于它感有十分浓厚的兴趣。因他能得一般社会的欢迎，所以这一类弹词小说，愈写愈长，如《安邦志》《定国志》与《凤凰山》三部，共有六百七十四回，二百万字。把情节呵成一气。后《玉钏缘》《再生缘》《再造天》三部弹词，情节也是连续的。《玉钏缘》二百三十四回，《再生缘》八十回，《再造天》十六回，也不算短了。接着又有《天雨花》《凤双飞》《笔生花》等。大部著作多数写儿女私情、家庭琐事。所以为一般妇女所爱听，所爱读。其中也有很多情节曲折、哀艳动人的。如《玉蜻蜓》叙述申贵生与女尼志贞恋爱，死在庵中。生一子名元宰，由姓徐的养活他。后来中了状元，仍回到申姓家中，迎志贞回家去奉养。《珍珠塔》叙述方卿与表妹陈翠娥自幼订定婚姻，后方卿家穷，他的姑母又是他的岳母，图赖婚姻。后来终靠着未婚妻陈翠娥珍珠塔的资助，又能以艰贞相守，方卿功名成就，得以一双两好，富贵团圆。所谓"后花园私定终身""落难公子中状元""夫荣妻贵大团圆"是一切弹词小说所共有的公式。内中如《再生缘》，署名为侯香叶夫人著，《笔生花》为邱心如女士著，因适合妇女心理，尤为一般女子所爱读爱听。现在将弹词及宝卷的文字、格式，各举一段例子在下面：

例一：《双珠凤》弹词（第十七回私订）

（旦）事急难苏，这情由奇绝，怎生发放何犹别？恨丫头疏防失悔，方才猜测。见冤家深深拜揖。（生）小生剀切陈情，小姐高明见谅！（旦）啊哟！他这般光景，秋华又不来了；被他戏谑起来，如何是好！（白）

霍小姐到着子急哉。（唱）只得抽生款款把篮提，慢
摆腰肢步转移，身进内房门两扇。（白）文大老官野
着急哉。（小生唱）啊哟哟！小姐小姐！慢慢些走！
抢步前来扯住衣。（白）秋华想想看，路子倒尸个！
故出事务，有舍是介容易个！（唱）急急忙走到楼中
去。（白）小姐是进去个哉。（唱）使女慌张拉住衣。
（白）吨得出来！悟道个搭舍场化了乱闯个！（小生
白）姐姐！来了么？（贴旦）我是勿曾到舍场化去哈！
（唱）倻既叩过头，领赏封。快到韩家去接主翁！闺门
禁地无人到，久住高楼罪岂容。（贴旦）快燥点下楼去
罢！（白）文大爷想想看，若要偷媳妇，须通媒得知。
若瞒子秋华，只怕勿能勾成功。也罢！（唱）我只得低
头拜恳好秋华。重把千斤托了他；若能在小姐跟前说几
句话，姻缘两字手中拿。（小生白）阿姐姐！（贴旦
白）勿要拜阿！是要拜杀我呢，那光景？（小生白）阿
约！姐姐啊！我父在日拜文华，洛阳才子官声家。南阳
索债春间到，尼庵偶尔见娇娥。拾取珠鸾天意合，并非
是我念头差。卖身端为着千金女，终日思量眼望穿！
（贴旦）要死啊！若说个势头，野勿犯着到故搭场化
来；若讲到卖身投靠，咿勿是罗个害倻个！说里做舍？
（唱）勿得知何方光棍油头子，假做斯文把珠凤拿？拴
合卖婆倪寡妇，花言巧语靠人家。（小生白）姐姐啊！
小生实是宰相之儿，洪门秀士。（唱）洛阳才子人人
晓，文必正谁人不晓得咱！（贴旦）吨得出来！洛阳才
子野勿关我事，文必正野是我个腰乔。快点下楼去罢！

（小生白）啊哟！姐姐啊！我要相求发个大慈悲，念小生有兴而来，岂肯兴尽而归！衷肠已诉千金晓，要姐姐撮合成功，感恩不忘！（贴旦白）小姐说赏俉两锭银子，我说两锭少点，介了倍子一倍，还有舍个撮合呢（小生白）姐姐？啊！你是乖人哟！（贴旦）唔！夯得紧个！（小生唱）啊哟！姐姐啊！烦鼎力，进深闺，在小姐跟前讲一回！……

例二：《香山宝卷》

皇帝勅下三人，女子招亲侍奉。欲何文武？速急回言！当有妙书公主进前启奏：儿顺父命，愿得文士为亲。须先体察，如无刑伤过犯，技艺下辈等人。朝门之外，挂传金榜，普召天下；考试贤良秀才，能通万卷之诗书，举笔成文，出言成诗，孝义仁信，才貌两全，人相气概，少年洒落，不肥不瘦，不长不短，真实才学，随机应用，方为一国之至宝，万邦之光辉。有这般大公器者，便可成亲。文能安邦民安乐，武能护国绝干戈。

南无观世音菩萨！妙书公主回言答：儿愿文士纳为亲。先须体察无过犯，金榜名传第一人。知书达理人相好，端严洒落少年人。驸马把笔安天下，兴林一国尽安宁。黄金殿上封官显，紫袍玉带号忠臣，若有这般明贤士，须要举保便成亲。

皇曰：大姐顺父招夫，文士为亲。妙音，你意下何为？说与我知。妙音公主躬身便答：姊姊既认招文，奴奴愿招武者。武者须选文武双全，有志奋勇，不劳军

281

兵，拱手降伏，边邦宁静，干戈永息，喝尽朝班，山河一统，镇国掌兵，无敌大将，一人之下，万人之上，威风凛凛，人相巍巍。恐怕烟尘动时，要他护国护民。有此功能者，方可成亲匹配，婚姻务要的当。千兵易讨寻经论，一将难求教外传。

南无观世音菩萨！妙音公主忙便奏：为愿武者纳为亲。武者须是名上将，领兵护国镇乾坤，喝水成冰通军马，如龙八爪护皇城。神钦鬼奉如天将，威风万里众钦尊。恐怕边邦烟尘动，要他守护父皇城。父皇见奏龙颜悦，天生女子孝心人。次宣妙善前来问：我儿今且听原因，姊妹三人儿最小，朕缘偏惜掌中珍！巍巍堂堂如花貌，端端正正紫金容，举步如如身不动，音声朗朗不摇唇。寡人与你频抬举，拾取一人在宫门；招取一位忠臣士，万里山河托此人。大姊招文为驸马，二姊愿纳武为亲，女儿欲要何文武？随心如意道知文。武官能武亦徒然，任汝名题金榜上。

皇曰：朕宫中只有三个女子，青春正当，合招驸马，护国护民，代天行化。大姊招文，二姊招武，一能孝，一能顺；正是有志不在年高，自然通晓世间大礼。妙善你意下何为？三公主上前便说：女孩儿身同心不同，各有所见。伏望爷爷明镜朗鉴！一片白云横谷口，几多归鸟尽迷巢。

南无观世音菩萨！妙善当时忙便答：父皇且自请回尊，爷爷只忧无太子，奴愁生死别无因。父皇枉有多金宝，怎免轮回死生门？奴奴命似风前烛，世间难得百年人。镇掌山河棋一局，百年世事一梦中。静思古往今来事，泼天声价总成空。朝朝扛哄呼万岁，阎王相请莫知闻。苑庵胜住黄金殿，蘚衣赛挂锦袍人。功名势退汤浇雪，趁时回首可修身。三寸气在千般用，一旦无常万事休。文官能文徒然事，锦袍玉带一场空。风清月白修行好，老来学道果难成。奴奴若是招驸马，沉埋地狱出无门。任他二姊招驸马，奴愿今身至佛身。文官武官司都不愿，一心要做出家人！……

上面所引两种作品，文句甚是鄙俗，尤其是宝卷一类。但因其是鄙俗，所以最适合于下层社会的心理，传布最广，而潜势力也极大。他的种类也便大量的生产出来。弹词最擅长的工夫，便是能用最细腻的描写，来吸引一般妇人孺子的心情；尤其是对于南方的妇女个性最是适合。所以在上海、苏州、杭州、南京、扬州一带地方，都有一种说书的职业，专在酒楼茶肆中，唱说弹词，供人消遣的。现在将最著名的弹词，开一个目录在下面：

《再生缘》（侯香叶夫人[①]著）、《再造天》（仝上）、《天雨花》（陶贞怀著）、《珍珠凤》、《义妖传》（陈遇乾编）、《双金锭》（仝上）、《玉钏缘》《倭袍传》《玉蜻蜓》《笔生花》（邱心如女士著）、《三笑姻缘》、《换空箱》（愚溪著）、《双珠凤》《描金凤》（马如飞编）、《珍珠塔》（同上）、《一捧雪》《十五贯》（鸳湖逸史著）、《荆钗记》《双玉杯》（醉墨斋主人著）、《玉连环》（朱素仙著）、

---

① 底本作"侯香夫人"。

《还金镯》（夏斐文著）《龙凤金钗》《落金扇》《天宝圆》（随安散人著）、《来生福》（橘中逸叟著）、《玉鸳鸯》《绘真记》（邀月楼主人著）、《六美图》《百花台》（鸳水主人著）、《金台全传》《文武香球》（二乐轩主人编）、《玉夔龙》《六月雪》《凤凰图》《潘必正寻姑》《回龙传》《玉堂春》《万花楼》《九美图》《玉蜻蜓》《双珠球》《十美图》《凤双飞》（程蕙英著）、《云中落绣鞋》《廿一史弹词》《廿五史弹词》《明史弹词》

宝卷又称佛曲，他的目的虽在宣传佛教，但他所寄托的事实，大都是家庭琐碎、儿女缠绵，深得一班家庭妇女所欢迎。尤其在南方，流行最早，最少也有一千多年的历史。一切弹词、鼓词，都从佛曲变化出来的。最近在燉煌石室中，又发见六朝时的佛曲数种，所以知道他的来源很古。现在将最著名的宝卷，也开一个目录出来。

《香山宝卷》《鱼篮宝卷》《孟姜仙女宝卷》《鹦哥宝卷》《珍珠塔宝卷》《延寿宝卷》《如如宝卷》《五祖黄梅宝卷》《梁山泊宝卷》《还金得子宝卷》《昧心恶报宝卷》《伏虎宝卷》《赵氏贤孝宝卷》《金锁宝卷》《妙英宝卷》《刘香女宝卷》《蓝关宝卷》《白蛇宝卷》《目莲三世宝卷》《还金镯宝卷》《何仙姑宝卷》《秀女宝卷》《雌雄杯宝卷》《现世宝卷》《杨公宝卷》《龙图宝卷》《正德游龙宝卷》《何文秀宝卷》《庞公宝卷》《双贵图宝卷》

弹词、宝卷等，原是最合于下意识的妇女所赏玩的。至最近三四十年来，所谓维新的风气一开，一面女子也离了她的闺房绣阁，挟着书包到女学堂去，讲男女平权、婚姻自由；所以弹词小说，渐渐的失了迷笼女子的力量。一方面又经教育家竭力打破迷信的观念，所以宝卷的势力范围，也渐渐缩小。现在只有一班失学而享乐的妇女，或是念佛老婆，还迷恋着这种石印小册子。而所谓新女子、新男子所爱读的，当然是新小说了。而第一个攫得少年的情感的，便是梁启超的《新小说杂志》。他的创作，有《新中国未来记》《世界末日记》《十五小豪杰》等，是把主义寄托在理想事实上的。同时有李宝嘉的《官场现形记》，吴趼人的《二十年目睹之怪现状》，曾朴的《孽海花》，刘铁云的《老残游记》，都是讽刺当时社会的。现在分别约略说在下面：

李宝嘉《官场现形记》　李宝嘉，别号南亭亭长，字伯元。在少年时，便有文学天才；因功名不得意，便在上海创办小报，名《指南报》，后又办《游戏报》；最后发行《海上繁华报》，风行一时。伯元第一期作品，有《庚子国变弹词》《海天鸿雪记》《李莲英》《繁华梦》《活地狱》及附刊在《绣像小说》杂志中的《文明小史》。他第二期的作品，便是《官场现形记》了。他最先规定，将现形记写成一百二十回，分为十编。但伯元在四十岁上便害肺病死了。《官场现形记》只写了六十回。但就这六十回，已把当时无耻的官场，一切迎合、钻营、朦混、罗掘、倾轧等等丑态描写得十分深刻。他自己的序文上说："亦尝见夫官矣，送迎之外无治绩，供张之外无材能；忍饥渴，冒风暑，行香则天明而往，禀见则日昃而归，卒不知其何所为而来，亦卒不知其何所谓而去！岁或有凶灾行振恤，又皆得援救助之例，邀奖励之恩；而所谓官者，乃日出而未有穷朋。及朝廷议汰除，则上下蒙蔽，一如故旧。尤其甚者，假手宵小，授意私人；因苞苴而通融，缘贿赂而解释。是欲除弊而转滋之弊也。于是群官搜括，小民困穷，民不敢言，官乃愈肆。南亭亭长有东方之谐谑与淳于之滑稽；又熟知夫官之龌龊卑鄙之要，凡昏瞶糊涂之大旨，以含蓄蕴让存其忠厚，以酣畅淋漓阐其隐微。……穷年累月，殚精及诚，成书一帙，名曰《官场现形记》。"现在摘抄一段《官场现形记》中的文字在下面做一个例证：

　　这天，贾大少爷起了一个半夜，坐车进城……一直等到八点钟，才有带领引见的司官老爷把他带了进去。不知走到一个甚么殿上，司官把袖一摔，他们一班几个人在台阶上一溜跪下。离着上头约摸有二丈远，晓得坐在上头的就是"当今"了。……贾大少爷，虽是世家子弟，然而今番乃是第一遭见皇上，虽然请教过多少人，究竟放心不下。当时引见了下来，先看见华中堂。华中堂是收过他一万银子古董的，见了面问长问短，甚是关切。后来贾大少爷请教他道，"明日召见，门生的父亲是现任臬司，门生见了上头，要碰头不要碰头？"华中堂没有听见上文，只听得"碰头"二字，连连回答道，"多碰头，少说话：是做官的秘诀。"……一席话说得贾大少爷格外糊涂，意思还要问，中堂已起身送客了。……贾大少爷无法，只得又去找徐大军机。……徐大人道，"本来多碰头是顶好的事。就是不碰头，也使得。你还是应得碰头的时候，你碰头；不必碰的时候，还是不必碰的为妙。"……说了半天，仍旧说不出一毫道理，只得又退了下来。后来一直找到一位小军机，也是他老人家的好友，才把仪注说清。第二天召见上去，居然没有出岔子。

————二十六回

这把当时官场圆滑敷衍的神情，描写得淋漓尽致了。

吴趼人《二十年目睹之怪现状》 这是吴趼人一生所写的小说中最有价值的一种。他的小说，是专为讽刺当时人情风俗写的，所以含有极显明的时间性。如《恨海》《九命奇冤》等，都能得到当时社会的同情心。《二十年目睹之怪现状》，每回是附登在梁启超主办的《新小说》杂志中。他是当时所谓时事长篇小说的一种，拿社会上随时发生的新闻，随时拉进去做他的材料。所以"有话即长，无话即短"。绝没有章法布局等文学上的艺术。全书写到一百零八回便停止。说他未完也可以，说他已完也可以。书中有一个别号"九死一生"的做主人。把他二十年来所见所闻的奇事，不论官民士商，各社会的恶劣丑事，都写在里面。但因他嫉世太深，一切描写恶劣现状不免有过分的地方。因此感人的力量反而减少，只供人当作"话柄"一般的谈谈罢了。现在也摘抄一段在下面，做一个例证：

我在枕上，隐隐听得一阵喧嚷的声音出在东院里……嚷了一阵，又静了一阵；静了一阵，又嚷一阵。虽是听不出所说的话来，却只觉得耳根不得清净，睡不安稳。直等到自鸣钟报了三点之后，方才朦胧睡去。等到一觉醒来，已是九点多钟了，连忙起来穿好，走出客堂。只见吴亮臣、李在兹和两个学徒、一个厨子、两个打杂，围在一起，窃窃私语。我忙问是甚么事……

亮臣正要开言，在兹道："叫王三说罢，省了我们费嘴。"打杂王三便道："是东院符老爷家的事。昨天晚上半夜里，我起来解手，听见东院里有人吵嘴……原来符老爷和符太太对坐在上面，那一个到我们家里讨饭的老头儿坐在下面，两口子正骂那老头子呢。那老头子低着头哭，只不做声。符太太骂得最出奇，说道：'一个人活到五六十岁，就应该死了，从来没见过八十多岁人还活着的！'符老爷道：'活着倒也罢了，无论是粥是饭，有得吃吃点，安分守己也罢了；今天嫌粥了，明天嫌饭了。你可知道要吃得好，喝得好，穿得好，是要自己本事挣来的呢？'那老头子道：'可怜我并不要好吃好喝，只求一点儿盐菜罢了。'符老爷听了，便直跳起来说道：'今日要盐菜，明日要盐肉，后日便要鸡鹅鱼鸭；再过些时，便燕窝鱼翅都要起来了。我是个没补缺的穷官儿，供应不起！'说到那里，拍桌子打板凳的大骂……骂够了一回，老妈子开上酒菜来，摆在当中一张独脚圆桌上，符老爷两口子对坐着喝酒，却是有说有笑的；那老头子坐在底下，只管抽抽咽咽的哭。符老爷喝两杯，骂两句；符太太只管拿骨头来逗叭儿狗玩。那老头子哭丧着脸，不知说了一句甚么话，符老爷顿时大发雷霆起来，把那独脚桌子一掀，訇訇一声，桌上的东西翻了个满地，大声喝道：'你便吃去！'那老头子也太不要脸，认真就爬在地下拾来吃。符老爷忽的站了起来，提起坐的櫈子对准了那老头摔去……"我听了这一番话，不觉吓了一身大汗，默默自己打主意。到了吃饭时，我便叫李在兹赶紧去找房子，我们要搬家了。

　　　　——第七十四回（书中所说的老头子，
　　　　　　　　　便是那符老爷的祖父。）

刘铁云《老残游记》　刘铁云名鹗。他在光绪年间，是一位很有学问、很有见识的人。一生好游历，大江南北，无处不到。当时中国文化十分闭塞，刘铁云独上书请筑铁道，开山西全省矿产。被一般顽固头脑的人，反而骂他是汉奸。他又是一位考古家，搜集得河南古塚中甲骨文甚多；对于龟契文字，也有相当的供献。后被政府说他私卖太仓的积谷与欧洲人，犯了流罪，死在新疆。《老残游记》原是用小说体裁，写他在游历中所见所闻的人情、风俗、政治、地理；他自己的主义，也夹写在里面。书中具着"洪都百炼生"的假名。因他对于人情的透辟，对于世道的悲愤，写来深刻精当，一人一事，都好似活跃在眼前。他写玉大人以残刻手段草菅人命，博得清官的好名誉。中有一段道：

　　于家父子方说得一声"冤枉"！只听堂上惊木一拍，嚷道："人赃现获，还喊冤枉？把他站起来！去！"左右差人连拖带拽拉下去了。这边，值日头儿就走到公案前跪了一条腿回道："禀大人话：今日站笼没有空子，请大人示下。"玉大人一听，怒道："胡说！我这两天记得没有站什么人，怎会没有空子呢？"值日差回道："只有十二架站笼，三天已满；请大人查簿子看。"玉大人一查簿子，用手在簿子上点着说："一、二、三，昨儿是三个；一、二、三、四、五，前儿是五个；一、二、三、四，大前儿是四个，没有空，到也是不错的。"差人又回道："今儿可否将他们先行收监？明天定有几个死的，等站笼出了缺，将他们补上好不好？请大人示下。"玉大人凝了一凝神说道："我最恨这些东西，若要将他们收监，岂不是又被他多活了一天去了吗？断乎不行！你们去把大前天站的四个放下，拉来我看。"差人去将那四人放下，拉上堂去；大人亲自下案，用手摸着四人鼻子。说道："是还有一点游气。"复行坐上堂去，说："每天打二千板子，看他死不死！"……

这是如何残忍而毒辣的一个酷吏，也亏得刘铁云一枝尖利的笔能够刻画得出来的！但他写到柔情逸志的地方，却又是另一种风韵。你看他描写王小玉唱大鼓书的一段神情道：

王小玉便启朱唇，发皓齿，唱了几句书儿，声音初不甚大，只觉入耳有说不出来的妙境：五脏六腑里，像熨斗熨过，无一处不伏贴，三万六千个毛孔，像吃了人参果，无一个毛孔不畅快。唱了十数句之后，渐渐的越唱越高，忽然拔了一个尖儿，像一线钢丝抛入天际，不禁暗暗叫绝。那知他于那极高的地方，尚能回环转侧；几转之后，又高一层。接连有三四叠，节节高起。恍如由傲来峰西面攀登泰山的景象。初看傲来峰削壁千仞，以为上与天通；及至翻到傲来峰顶，才见扇子崖更在傲来峰上；及至翻到扇子崖，又见南天门更在扇子崖上——愈翻愈险，愈险愈奇。那王小玉唱到极高的三四叠后，陡然一落，又极力骋其千回百折的精神，如一条飞蛇，在黄山三十六峰半山腰里盘旋穿插，顷刻之间，周匝数遍。从此以后，愈唱愈低，愈低愈细，那声音渐渐的就听不见了。满园子的人都屏气凝神，不敢少动。约有二三分钟之久，仿佛有一点声音从地底下发出。这一出之后，忽又扬起，像放那东洋烟火，一个弹子上天，随化作千百道五色火光，纵横散乱。这一声飞起，即有无限声音俱来并发。那弹弦子的亦全用轮指，忽大忽小，同他那声音相和相合，有如花坞春晓，好鸟乱鸣。耳朵忙不过来，不晓得听那一声的为是。正在撩乱之际，忽听霍然一声，人弦俱寂。这时台下叫好之声，轰然雷动。……

这样声色温柔的事，他却用那样挺硬奇突的笔写出。他偶尔游戏，便有如此独到的文学的技巧。我们不但能从这一段文字上面看出他的文艺价值来，更能从这文字反面看出他的性格来，他是怎样一个桀骜不驯的性格啊！

曾孟朴^①《孽海花》　曾孟朴^②写《孽海花》时，署名用"东亚病夫"，他也是一位老于世故的文人。他生在清代末年，眼见耳闻的奇事异闻太多了，写成这一种有历史性质的小说，将当时社会上所表现出来的种种色，一齐归纳在这书里。他所写的，不但当时实有其人，且亦实有其事。因此爱读的人很多。全书原预算写六十回的，但他只写了二十回。——现虽又在续写，陆续在《真美善》杂志上披露，只可惜已失了时效。——书中拿中状元的金沟一人做线索。——金沟实在是影射当时吴县人洪钧。洪钧在上海娶名妓傅彩云为妾，后出使英国。彩云冒称夫

---

① 底本作"曾孟璞"。
② 同上。

人，游历各国，闹了许多笑话。后来洪钧死在北京，彩云仍在上海当妓女，改名曹梦兰；在天津当妓女，又名赛金花。义和团闹事这一年，八国联军进北京，联军统领瓦德西原和赛金花在德国时认识的。这时大宠爱赛金花，两人并骑连车，出入宫庭，十分煊赫。《孽海花》一书夹叙当时朝野有名人士，又用尖刻嘲谑的笔，写出文章，结构用词，在当时都称上乘。但在今日看来，也还不失为流利，自然现在也抄录一段，在下作一个例证：

> 进门一个影壁，绕影壁而东，朝北三间倒厅，沿倒厅廊下一直进去，一个秋叶式的洞门。洞门里面方方一个小院落，庭前一架紫藤，绿叶森森；满院种着木芙蓉，红艳娇酣，正是开花时候。三间静室垂着湘帘，悄无人声。那当儿，恰好一阵微风，小燕觉得正在帘缝里透出一股药烟，清香沁鼻。掀帘进去，却见一个椎结小童，正拿着把破蒲扇，在中堂东壁边煮药哩。见小燕进来，正要起立，只听房里高吟道："淡墨罗巾灯畔字，小风铃佩梦中人！"小燕一脚跨进去笑道："'梦中人'是谁呢？"一面说，一面看。只见纯客穿着件半旧熟罗半截衫，踏着草鞋，本来好好儿一手持着短须，坐在一张旧竹榻上看书，看见小燕进来，连忙和身倒下，伏在一部破书上发喘，颤声道："呀，怎么小燕翁来！老夫病体竟不能起迓，怎好！怎好！"

在这一批新派的谴责社会的小说未流行以前，还有一种侠义小说，专以描写一班侠客飞檐走壁、劫富济贫，又路见不平，拔刀相助，种种豪侠的行为，虽说全是写小说的人，向壁虚造出来，聊以快意的，但也可得社会上早已有强凌弱、富欺贫、种种不平的事，因此有这一类反应的小说出来聊快人心。最得人欢迎的，当然要算《三侠五义》。——又名《七侠五义》。——以后有《小五义》《续小五义》《英雄十八义》《英雄小八义》《七剑十三侠》《七侠十八义》以及《刘公案》《李公案》《施公案》《彭公案》等同性质的小说书出来。后出的侠气书，不但是千篇一律，毫无结构，且是荒诞不经，不近人情。便是《七侠五义》，有续出到二十四集之多，文字粗俗，情节浅陋，竟成了一种恶书，更无文学价值可言。现在把这一类重要的几种书，略把他的内容，分别约略写在下面：

《三侠五义》 清光绪五年时，便有《三侠五义》小说流行在社会，著者名石玉昆——或是假名——凡是写这一类书，都有一定不移的章法。书中总要一个清官忠臣做他的骨干，便有许多侠客豪士替他在街市村落中私行察访，除暴安良、建功立业。《三侠五义》一书，便拿包拯为骨干。——他官做到龙图阁学士，所以一般人都称为包龙图。——《宋史·包拯传》说："立朝刚毅，贵戚宦官，为之敛手，闻者皆惮之。人以包拯笑比黄河清，童稚妇女，亦知其名，呼曰包待制。京师为之语曰：'关节不到，有阎罗包老。'旧制凡诉讼不得，径造庭下，拯开正门，使得至前陈曲直，吏不敢欺。"因这一段文字，便使后人敷衍成数百万字的侠义小说，后来民间的传说，愈出愈奇，竟说包拯一人兼管阴阳两界的讼事，"日断阳事，夜断阴事"，几乎在下等社会中，是众口一词的。在下乘的佛教中，又说包拯死去，做了阴世里第五殿的阎罗种种神话，不言可知是附会出来的了。包公案的传说，在北宋时已有。到元朝时，便采纳敷衍成杂剧。——内中最有名的，是"断立太后"及"审乌盆鬼"两案，到了明朝，便有《龙图公案》一书出现——又名《包公案》——书中记包拯断奇案六十三事，文字虽是粗俗，但种种都是写《三侠五义》极好的小说材料。

《三侠五义》第一卷，便写宋真宗有刘姓、李姓二妃同时得胎，真宗便约定生子的便立为皇后。刘妃便与太监郭槐秘密设计，待李妃果生子，便把一只剥去皮的死猫去换得婴儿，又将婴儿交与宫人寇珠，命他将婴儿缢死，抛在水里。寇珠心中不忍，便暗地抱着婴儿去交给陈林，寄养在八大王家里，假说是八大王的第三子。那刘妃又在真宗前进谗言，逐去李妃。后真宗死，未有太子。八大王的第三子，便即皇帝位，便是仁宗皇帝。后包拯以龙图阁学士兼任开封知府，在穷苦人家，寻得前姓李的妃子——便是仁宗皇帝的生母——包拯便断令太后还宫，仁宗母子重得相见。所谓"狸猫换子"故事，现在无论男女老小，都是知道的。至于乌盆鬼的事，依《三侠五义》中说：有苏州人刘世昌做缎匹买卖的。卖得银钱回家，路过造盆罐的赵大家中去投宿。谁知赵大害了刘世昌的性命，劫了刘世昌的银钱，又将刘世昌的尸骨，烧化成灰，拿骨灰和泥烧成乌盆。后来这个盆儿落在张别古手中，鬼便在盆儿里说起话来了，把自己被赵大谋死的情形，完全说出，要张别古①替他去告状。告在包拯案下，包拯审问明白盆鬼的冤屈，便去捉了赵大来抵罪——这便是现在平剧中的《乌盆计》——书中写张别古告状一段道：

> 老头儿为人心热，一夜不曾合眼，不等天明爬起
> 来，挟了乌盆，挂起竹杖，锁了屋门，竟奔定远县而

---

① 底本作"赵大"。

来。出得门时，冷风透体，寒气逼人，又在天亮之时，若非张三好心之人，谁肯冲寒冒冷，替人鸣冤！及至到了定远县，天气过早，尚未开门；只冻得他哆哆嗦嗦，找了个避风的所在，席地而坐。喘息多时，身上觉得和暖。老头儿又高兴起来了，将盆子扣在地下，用竹杖敲着盆底儿，唱起什不闲来了。刚唱到"八月中秋月照台"句，只听的一声响，门分两扇，太爷升堂。

这种用笔，正如俞曲园先生所赞叹的话，"事迹新奇，笔意酣恣，描写既细入毫芒，点染又曲中筋节。正如柳麻子说'武松打店'，初到店内无人，驀地一吼，店中空缸空甏，皆瓮瓮有声，闲中着色，精神百倍。"——见《俞曲园序文》。——但俞曲园又嫌他第一卷书中"狸猫换子"太不近史实，便又根据史书另撰。第一回《三侠五义》的定名，原因书中有南侠展昭，北侠欧阳春，双侠丁兆兰、丁兆蕙，称为三侠；又有钻天鼠卢方、彻地鼠韩彰、穿山鼠徐庆、翻江鼠蒋平、锦毛鼠白玉堂等，称为五义。——又因这五人的绰号，都有一个"鼠"字，所以又称"五鼠"。——这一群原是纵横江湖的大盗，便是皇宫中的财物，他们也常常要去盗劫。后因包拯的人格感化了，他们便先后投诚，愿为贤长官出力，除暴安良。后有襄阳王赵珏造反，把他同党的名册去藏在冲霄楼中。五义士协助巡按使颜查散在四处探访，白玉堂子身入冲霄楼去盗取名册，便陷落在铜网阵中死去。但俞曲园认为三侠的名称，与事实不符，双侠明明是两人，又称小侠艾虎、黑妖狐智化、小诸葛沈仲元三人成了七侠，便把书名改成《七侠五义》。

《三侠五义》全书的结构，以及他所分配的事实，不免幼稚而太近于理想。虽他前半部书是全在《包公案》中采得材料，后半部书却努力去描写一班江湖好汉的侠义行为。他们的思想虽是简单，行为虽是粗暴，但写来也恰到好处。尤其是描写白玉堂、蒋平、智化、艾虎四人最肯出力，四人中更以写白玉堂为最好。他写白玉堂，全用倒叙法，在三十二回里，写一个"头戴一顶开花儒巾，身上穿一件零碎蓝衫，足下穿一双无根底破皂靴，头儿满脸尘土"。到三十七回上，方才说出这个便是白玉堂。写白玉堂的个性，处处表示出他是一个骄傲、狠毒、好胜、轻举妄动等坏脾气。虽然凡是称为江湖上好汉的，都有这个坏脾气。因这个坏脾气，所以所谓好汉的，往往都没有好结果，白玉堂也不能例外。书中说白玉堂死在铜网阵里的惨状，被乱刀砍死，被乱箭射的"犹如刺猬一般……血喷淋漓，漫说面目，连四肢俱各不分了"。但写智化又是不同了，他是一个有智谋的人。二百十二回中，智化说道："贤弟不知凡事别了，身临其境，就得搜索枯肠，费些心思，稍一疏神，马脚毕露。假如平日，原是你为你，我为我。若到今日，你我之外，又有王二、李四，他二人原不是你我，既不是你我，必须将你之为你，我为之我，俱各撇开，应是他之为他。既是他之为他，他之中，决不可有你，亦不可有我；能苟如此设身处地的做去，断无不像之理。"这是何等胆大细心的人。——蒋平与智化，是一样的人物。——至于艾虎虽是一个小孩子，胡适说他描写得"粗疏中带着机警，烂漫的天真里又带着活泼的聪明"，这个话是不错的。现在我抄录一段《三侠五义》的原文在下面，可以从文字里看出他描写的力来。——见三十九回。

公孙策道："大哥，你自想。思他们五人号称'五鼠'，你却号称'御猫'。焉有猫儿不捕鼠之理？这明是嗔大哥号称御猫之故，所以知道他要与大哥合气。"展爷道："贤弟所说似乎有理。但我这'御猫'乃圣上所赐，非是劣兄有意称'猫'，要欺压朋友。他若真个为此事而来，劣兄甘拜下风，从此得不称御猫，也未为不可。"众人尚未答言。惟赵虎正在豪饮之间，却有些不服气，拿着酒杯，立起身来道："大哥，你老素昔胆量过人，今日何自馁如此？这'御猫'二字乃圣上所赐，如何改得？倘若是那个甚么白糖唰黑糖唰，他不来便罢。他若来时，我烧一壶开开的水把他冲着喝了，也去去我的滞气。"展爷连忙摆手，说："四弟悄言，岂不闻窗外有耳？……"刚说至此，只听拍的一声，从外面飞进一物，不偏不歪，正打在赵虎擎的那个酒杯之上，只听当啷啷一声，将酒杯打了个粉碎。赵虎唬了一跳，众人无不惊骇。只见展爷早已出席，将榴扇应掩，回身复又将灯吹灭。便把外衣脱下，里面却是早已结束停当的。暗暗将宝剑拿在手中，却把榴扇假做一开，只听拍的一声，又是一物打在窗扇上。展爷这才把榴扇一开，随着劲，一伏身窜将出去，只觉得迎面一股寒风，嗖的就是一刀。展爷将剑扁着往上一迎，随招随架。用目在星光之下仔细观瞧，见来人穿著簇青的夜行衣靠，脚步伶俐，依稀是前在苗家集见的那人。二人也不言语，惟闻刀剑之声，叮当乱响。展爷不过招架，并不还手。见他刀刀紧逼，门路精奇。南侠暗暗喝采。又想道："这朋友好不知进退。我让你，不肯伤你，又何必

赶尽杀绝。难道我还怕你不成。"暗道："也叫他知道
知道。"便把宝剑一横。等刀临近，用个"鹤唳长空"
势，用力往上一削，只听噜的一声，那人的刀已分为两
段，不敢进步。只见他将身一纵，已上了墙头。展爷一
跃身，也跟上去。

一路说来，把中国几千年来的小说统系，粗条大叶的叙述
着，似乎已可告一段落了。他文学作品，一方面固是表示民族个
性的，一方面又不能避免时代的影响。我们中国站在二十世纪的
世界潮流里面，一切政治、社会、学术、经济，种种方面，都发
生了变化，在文学方面，当然也要大起变化的。尤其是小说。自
从梁启超提倡创作新体小说，林琴南笔述西洋翻译的小说以来，
小说的体裁意义与组织文字等等，日驱于现代化。这是最近三十
年来的一个大变动，不可不附带的大略说一说。

　　林琴南的翻译小说　　林琴南名纾，他原是一位桐城派最后一
代的古文作家，当时古文已走到了一步末运上面去。林琴南自己
是不懂得外国文的，他所翻译的小说，约有一百五六十种。大半
是一位魏易先生替他把外国文口译出来，由林先生用古文笔法写
出。因当时小说杂志盛行最早的如梁启超的《新小说》、商务书
馆的《绣像小说》、吴趼人的《月月小说》，又有《新新小说》
《小说旬报》《小说林》《小说时报》，后商务书馆又发行《小
说月报》《小说世界》，中华书局发行《中华小说界》，许啸天
主编《眉语》等，风起云涌。各种单行本小说，有先附印在各杂
志中的。林琴南的小说，在《小说月报》中也连篇的刊载着。林
先生最初译的一本，便是最有名的小仲马著的《茶花女遗事》。
当时林在北京大学任国文教授，有空便与魏易二人翻译美法各国

最有名的小说。当时他还年轻，写文章又快。据说，他每天工作四小时，每小时可写一千五百字，那口译的人话还不曾说完，他的文章却已写完了。就现在所知道的，林先生的小说作品，共有一百五十六种，内一百三十二种已出版，尚有十四种原稿，还由商务印书馆保存着。这里面翻译英文的，有九十四种，法文的二十六种，美国的十九种，俄国的六种，此外希腊、那威、比利时、瑞士、西班牙、日本等国的名小说，都有一二种翻译出来。至于拿原著的人来分类最多的是哈葛德，如《迦茵小传》《鬼山狼侠传》《红礁画桨录》《烟火马》等二十种，出版最早。科南道尔的作品，有《歇洛克奇案》《开场电影》《楼台》《蛇女士传》《黑太子》《南征录》等七种。托尔斯泰的有《现身说法》《人鬼关头》《恨缕情丝》《罗刹因果录》《社会声影录》《情幻》等六种。小仲马的有《茶花女遗事》《鹦鹉缘》《香钩情眼》《血华鸳鸯枕》《伊罗埋心记》五种。狄更司的有《贼史》《冰雪因缘》《滑稽外史》《孝女耐儿传》《块肉余生述》五种。莎士比亚的有《凯彻遗事》《雷差得记》《亨利第四纪》《亨利第六遗事》四种。史各德的《撒克逊劫后英雄略》《十字军英雄记》《剑底鸳鸯》三种。欧文的有《拊掌录》《旅行述异》《大食故宫余载》三种。大仲马的有《玉楼花劫》《蟹莲郡主传》二种。此外如伊索的《寓言》，易卜生的《梅孽》，威司的《鹊巢记》，西万提司的《魔侠传》，地孚的《鲁滨孙飘流记》，斐鲁丁的《洞冥记》，史委夫特的《海外轩渠录史》，蒂芬孙的《新天方夜谈》，兰姆[1]的《吟边燕语》，贺迫的《西奴

---

① 底本作"兰"。

林娜小传》，史拖活夫人的《黑奴吁天录》，预勾的《奴雄义死
录》，巴尔萨的《哀吹录》，德富健次郎的《不如归》，全是东
西洋名小说家的名著。至于林先生的创作，却也有几种，如《金
陵秋》《官场新现形记》《冤海灵光》《劫外昙花》《剑胆录》
《京华碧血录》笔记，小说有《技击余闻》《畏庐琐记》《畏庐
漫录》，传奇有《天妃庙》《合浦珠》《蜀鹃啼》，大都是描写
一对少男少女经过一番情海风波，最后得到团圆，都免不了小说
的俗套。从这一层看来，林琴南是并没有小说天才的，只是他善
用古文笔法，应着时代，而得到一班读者的欢迎罢了。但是多产
的作家，却不能不算是他第一个了。

伍光建的《侠隐记》　林琴南的古文派，后来被胡适之起来
提倡白话文打倒了。一切文章，都要用白话写。尤其是小说，非
用白话不能形容尽致，口气逼真。虽然用白话写小说，如《红楼
梦》《儒林外史》等，早已实行了；但胡适所提倡的是种现代白
话文。现代白话文里面，多少带有欧化的气味。但在白话文运动
未实现以前，已有一个苍头突起的伍光健先生，他用简老精当的
笔，来翻译一部大仲马著名小说《侠隐记》。当时伍先生用君朔
二字作译者的假名，全书有正续二集，约五六十万字。最叫人敬
重的，他能笔笔谨严，通体不懈，叙事又能引人入胜，变幻无
常。讲到书所叙述四个侠士的行为，真是可歌可泣，无形中促进
人群的友谊不少。

《侠隐记》全书的情节，是这样的：当法国王路易十三在位
的时候，民间正蕴酿着革命的风潮，同时主教与国王也因互争政
权，在暗地里侵轧得十分利害。所有朝野人士，都显然分了两
党。主教有主教的党羽，国王有国王的党羽。主教部下有亲兵，

国王部下有火枪手。虽在名义上同是国家的军队，但实际上是国王与主教相斗的工具。在这乱世，最容易产生豪杰，当时便有一班世家子弟、失意英雄，各各化名去投军，要找得机会一显他的好身手。便有火枪手三人，一名阿托士，一名颇图斯，一名阿拉密，都是假名来充军人的火枪手。既是属于国王的，那火枪营兵士也人人与主教的亲兵作对。双方都好似有不共戴天之仇，一般一见面，便要决斗。但这三人都是头等的打手，主教的亲兵常常被他们打败，这时忽由乡间来了一个聪明而勇敢的青年，名达特安的。他和这三个火枪［手］一见如故，从决斗里结下了生死患难之交。从此火枪手如虎添翼，主教亲兵更是无法抵敌。但主教立殊理是一个能用阴谋的人，他探听得皇后安公主与英公爵巴金汗，是有私情的。皇后并私地里将法王送给她的一副金刚钻衣纽，给了巴金汗带回英国去。主教得了这个机会，便要毁坏皇后，羞辱国王，假意劝国王开一个盛大的跳舞会，又指明要皇后在会场上把这副［金］刚钻石钮子拿出来挂在身上。这一下把个皇后急得走投无路，这时皇后身傍有一个侍女邦氏的便自告奋勇，愿回家去求他丈夫邦那素，替皇后到英国去送信，取回那副钻石钮子来。谁知邦那素被主教威逼着，却已投降了主教。而达特安的卧房，便在邦氏夫妇的楼上。达特安一面迷恋了邦氏的颜色，一面却因爱邦氏，便愿帮助皇后去取回钻钮来。他们四个侠士，是有难同当、有福同享的联合着。四个人的力量智谋，在最短期间，拼着万死一生，把一副钻钮，刚刚在开跳舞会的一天，由达特安去取回来，使皇后在会场上能够应用。皇后便亲手赏了达特安一只贵重的指环。达特安急去看他的爱人邦氏，谁知邦氏已被主教派女侦探密李狄掳去监禁起来了。这密李狄是一个绝世的美人，但也生着蛇蝎一般的心肠。最初阿托士曾娶她做妻子，后在她肩上发见了女犯人的刺花，便弃去了她。密李狄仗着自己的美貌，便到处去迷惑人。主教利用她去做国际侦探。这时英国向法国宣战。这四侠士都要出发前线去，达特安一方又挂念他的爱人，随地在寻找着。密李狄又到英国去实行她的阴谋，被捕送在监狱里。谁知她又利用她的姿色，迷惑了一个狱卒，放她逃出了牢狱。一面狱卒又去替她刺死了把金汗公爵。密李狄逃回法国，被四侠捉住，处以死刑。但达特安的爱人邦氏，在特达安赶到的时候，已被密李狄用毒药谋死，只受到临死时的一吻。——上面是正集里的事，续集里开场，路易十三和主教立殊理都死去了。法国政权在主教马萨林手中，马是王后的情夫。达特安已升了火枪营统领，阿拉密已做了教士，而颇图斯、阿托士两人，却站在达特安的反对方面。几经艰苦，四侠重结合在一起。这时法国革命暴发，达特安因职位的关系，站在民众的反对方面保护着皇帝、皇后；但始终与主教马萨林反对。后来四侠又在英国吃尽辛苦，做营救英王查理的事；查理虽然终于受民众裁判，上了断头台。但他们的一番侠义行为，读了实在叫人羡慕。他们因为营救英王，便违背了法国的政治，四个人都被法国主教捉去监禁起来。最后仗着达特安一个人的智谋，不但营救了他的同伴，并收服了主教。法王与人民讲了和，又过着太平日子。全书共九十八回，在翻译小说中，算第一巨作。他不但情节变幻动人，又因文句简净俏皮，另有风趣。这样的译笔，怕不是伍先生是做不到的吧。现在引证一二段译文在下面：

　　达特安两步跳出前厅，赶下楼去，一跳四级，不提

　防碰了一个火枪手，一面跑，一面说道："对不起，我

忙得很。"刚跑到楼下，那人一手拉住他的带子说道："你忙得很么？你想说一句对不起就完了么？这可使不得。统领今天还可以叫我们下不去，你可不能摆这种模样给我们看！"——那人原来就是阿托士，医生看过之后，正要回去。——达特安认得是他，答道："我实在不是有意碰你的，我不妨再告诉你，我实在是忙得了不得，请你让我走罢！我的事要紧。"阿托士放手说道："你这个人不见得懂礼法，我一看见，就知你是乡下来的。"达特安回头答道："你也不必问我是那里来的，你也不配教训我。"阿托士道："为什么我就不配？"达特安道："我是着急要捉一个人，不然，我要……"阿托士忙接住道："你不必远跑，就可以找着我。"

……

那时颇图斯站在大门同守门的兵说话，两个站得相近，只容一个人打中间走过。那达特安像一枝箭打当中跑来，谁知那时刮了一阵风，刮起颇图斯的外衣，刚把达特安全裹起来。颇图斯死命的拉住那外衣，达特安跑不出来，用力的扯来扯去，把那人肩上挂的绣花带子底全露出来！原来那条带子面上虽绣得好看，那阴面却是皮的。因那颇图斯买不起全条绣金的带子，只买了一条半金半皮的，故此常怕冷，常披上那件外衣，颇图斯见了大怒道："你这人疯了，那里有这样碰人的？"达特安摆脱出来答道："对你不起，我忙得很，我要赶一个人。"颇图斯道："你忙的时候，丢了眼睛的么？"达特安道："不，我的眼甚好，别人看不见的时候，我的眼睛都看得见。"颇图斯怒极了，说道："你这样碰火枪手，你是该打。"达特安道："你说打么？你这话说得太重了。"颇图斯道："有胆子肯当面同仇家见仗的人，却不嫌这句话太重。"达特安道："我明白了你是见了仇人不肯跑开的。"说毕，便大笑而跑。颇图斯正要动手，达特安道："等你不披外衣时再打。"颇图斯道："今日一点钟，在罗森堡相会"……（第四回"达特安惹祸"）

邦氏忽然十分高兴，喊了一声，爬到房门口喊道："达特安！达特安！是你么？我在这里，你进来罢。"达特安喊道："康士旦！康士旦！你在那里？"同时几个人把门推开了，跑进房来。邦氏倒在榻上，不省人事。达特安看见了，把手枪摔在地下，跪在邦氏跟前。阿托士把手枪放在腰间，颇图斯、阿拉密把刀藏好在身边。邦氏道："达特安！我的恋爱的达特安！你果然来了！"达特安道："宝贝康士旦！我们到了！找着你了。"邦氏道："那个女人还告诉我，说你不来了，我晓得你是要来的，幸亏我没同她走，我快活得很。"达特安道："你说的是什么女人？"邦氏道："我的同伴一位夫人，同我很好，还要帮我逃走，她以为你们是主教的亲兵，她先逃走了。"达特安道："你的同伴？你说的是什么同伴？"邦氏道："她的马车停在庵门口，她说是你的好朋友，你还把我们两个的事告诉过她。"达特安道："她叫什么名字，你忘记了么？"邦氏道："我听见过她的名氏一趟，你等等，这真奇怪，我为什么觉得天翻地覆的，我眼也看不见了。"达特安道：
"快帮忙！快帮忙！她两只手冰冷了，她晕倒了！"颇
图斯去喊人来救，阿拉密跑到桌子拿水，一眼看见阿托
士钉着眼看酒钟子，脸上十分惊懼的。阿托士说道：
"难道那个女人又害了一条人命么？我倒不肯相信。"
达特安喊道："拿水来！拿水来！"阿托士见了，很伤
心，断断续续的说道："可怜这个女子！可怜这个女
子！"达特安亲邦氏的脸，过了一回，邦氏睁开眼。达
特安道："谢天谢地，醒过来了。"阿托士向邦氏问
道："你赶快说，是谁吃这钟酒的？"邦氏道："我吃
的。"阿托士道："谁倒酒给你吃的？"邦氏道："那
个女人。"阿托士道："那个女人是谁？"邦氏道：
"我记得了，她叫戚脱夫人。"四个人听了，大叫一
声。邦氏的脸变了死色，气喘不出来，倒在颇图斯、阿
拉密两个人手上。达特安捉住阿托士的手问道："你看
她是什么？难道是……"阿托士咬牙切齿道："我看很
不好。"邦氏喊道："达特安！达特安！你不要走开，
我快死了。"达特安跑到身边，看见邦氏眼也直了，浑
身大战，脸上全是死色。达特安喊道："颇图斯！阿拉
密！赶快去求救。"阿托士道："也是枉然不中用的
了，那个女人，放的毒是没得救的。"邦氏声音很微的
说道："救命啊！救命啊！"后来伸着两手捧住达特安
的头，很恋爱的看着他，同他亲亲嘴。达特安①同疯了

---

① 底本作"达士安"。

的一样，喊道："康士旦！康士旦！"邦氏长叹了一声死了，达特安心如刀割的叫了一声，倒在邦氏身边。颇图斯滴下泪来，阿拉密两眼望天，阿托士画十字。（第六十三回"太迟了"）

我在二十年前已拜读伍先生这部大作，我觉得他布局的周密、描写的深刻、文字的细腻，在在叫人叹服。我当时逢人便说，像这样的作品，不但在译本中少见，便是在近来创作中也不可多得。——近来时髦的翻译家主张硬译，又创作品竭力模仿欧化，真是天晓得。——我因传说，而被友人借去不还的《侠隐记》，约有十四五部。——被人借去一部，自己再买一部，但很多人因书太长，而没有耐性看的。看小说尚且没有耐性，更不用说读正经书了。可叹可叹！——果然现在《三剑客》的影戏也很得到中外人热烈的欢迎，而伍先生的《侠隐记》，也加上新式标点重新排印，充作中学国语文科补充读本了。

向恺然的《留东外史》　向恺然别名不肖生，他写一部《留东外史》，离今已有十六七年。当时不肖生也无意写小说。他也毫无布局，毫无结构。和当时李涵秋写的小说《广陵潮》等所谓社会小说一般，应报纸的要求，临时采集一点新闻充材料，随意写去，既无线索，又无结局，可拉至无限长的滥调小说罢了。所以《留东外史》，也是取材于当时一班在日本中国留学生无赖子弟所闹出来的伤身辱国的笑话。但不肖生自己也是声色征逐之流，以个中人写个中事，自然更觉切贴。张冥飞序《留东外史》说："所写之诸人之不肖，事迹乃非人类之所应有，其或者无名之裸虫之所为乎！而后乃恍然于无名之裸虫，其中大有羽虫中之枭，毛虫中之獍在也。呜呼噫嘻！留东者，何事也？非所谓海外

壮游者耶。留东者,何人也?非所谓优秀分子耶!以优秀分子而
事壮游,而惟以饮食男女为事,则宜乎不肖生之不堪注目而不免
又后言矣。夫不肖生则亦声色货利中人也。饮食男女之事,特声
色货利中之一部分而已。不肖生又何也有后言者,无如不肖生以
不肖著,称自命为声色货利中人。而惟以饮食男女为事,则犹为
表里如一。若彼留东诸公则皆自命为中国未来之主人翁者,而亦
惟知有饮食男女之事,乃知声色货利,而犹未及完全知觉其流连
若亡为可耻,其见小识隘为可怜也。"《留东外史》的得以风行
一时,也无非因读者下意识的欣赏。他描写卖淫国妇女的声色,
曲折写来,妙到毫颠。全书写到九十回,原已结束了。后因市侩
贪他可以得利,便又请向君续写到一百六十回。后半部另开途
径,因当时二次革命失败,大小党人都避走东京,游荡的游荡,
投诚的投诚,自然有许多笑话闹出来。恰好做了《留东外史》后
半部绝好的资料。虽说如此,他后半部牵强硬凑的痕迹却随处可
以见到。我现在所以提到这部作品,却有两种原因,一是他多少
留有时代的色彩,二是也爱他的笔力流动。现在也写一段原文在
下面:

> 一晚北风甚紧,张思方已脱衣睡了,忘记将电灯扭
> 熄,想爬起来,又怕冷,便睡在被里想等有人走过时,
> 叫他进房来扭。不一刻,果有脚步声响,渐走到自己房
> 门口来。张思方听得出是节子的脚音,便装睡不做声。
> 节子打开门笑道:"你已睡了吗?"张思方不做声。
> 节子更笑道:"刚才还听见你开门响,不信你就睡着
> 了。"说着走进身来,刚弯腰看张思方的眼,不提防张
> 思方一只手突然伸出来,一把将节子的颈抱了。节子

立不住，往前一栽，双膝跪在被上，张思方乘势接了个吻。节子连忙撑开笑道："你这样欺人家不提防，算得什么？"张思方央求道："好妹妹！和我睡睡。"节子向张思方脸上呕了一口道："你说什么？不要太……"张思方笑道："不要太什么？"节子立起身来，拍了拍衣服，掠了掠鬓发，回头望着张思方道："我也要去睡了。"从着，往外就走。张思方也恐怕山口河夫及夫人知道，不敢行强。便说道："你去请将电灯扭熄，我怕冷，不起来了。"节子笑道："烧着一炉这大的火在房里，还怕冷吗？"说着，伸手去扭电灯，身裁矮了，差几寸扭不到。顺手拖出一张帆布椅垫脚，身子立上去，帆布不受力，幌了几幌，几乎跌下。张思方捏着把汗，连叫仔细。节子过意闪几下，引得张思方笑。张思方道："不要真跌了，天冷，时候也不早了，快扭熄了下去睡罢。"节子一手拿住电灯盖，一手扭着机捩，嚓的一声，扭熄了。张思方见灯熄了半晌，没听见下来的声音，问道："扭熄了，为什么不下来呢？"只听得嚓的一声，又打燃了，如是一扭燃一扭熄，嗤嗤的笑个不了。张思方眼睛都闪花了，连连叫道："还不快下来，定要跌一交好些吗！"节子才住了手笑道："我一点力都没有了，懒得再和你闹睡去。"随即下了椅子，关好门去了！此后两人见面，更不像从前了，背着人便你抠我，我掀你的，有时还搂做一团。……（第二十七章）

《留东外史》之所以可贵，第一在用笔爽达，第二在描写周到，第三在有意义。——一方面腐心于留东学生的伤身辱国废时失业，一方面又痛骂投诚的国民党员寡廉鲜耻。通体又无时不表示东人的蛮横小器、东瀛妇女的淫荡成性。同时在上海又流行两派小说，一是酸腐的民权素派，一是浅薄的礼拜六派。民权素派如徐枕亚的《玉梨魂》，虽在乡僻私塾咬文嚼字，似通非通的陈旧社会间占相当势力，但正如《中国文学进化史》中所说"全为无病之呻"；实是害人不浅。礼拜六派的小说，又是开口司的克，闭口达克脱，不中不西放脚式的模仿西洋小说，直到今日演成自由谈派、快活林派，写成不古不今、不痛不痒的敷衍文章，互相标榜，居然以小说家、文学家自命。现在也不值得去说他。

自从胡适、陈独秀辈倡导文学革命，以白话文为活文学，古文为死文学。钱玄同大骂"桐城谬种""选学妖孽"，是暗指林琴南一派小说说的。他们以《新青年》杂志为大本营。胡适发表《建设的文学革命论》，陈独秀发表《文学革命论》等文章后，四海响应。从此以后，无论什么作品，都应当用白话来发表，小说更不能例外。接着便有周作人几位先生，更进一步用欧化语体来翻译小说。再进一步，索兴用欧化语体来写创作小说。现在将最近的翻译小说和创作小说两方面来开一个极简短的单子。——翻译的，要算俄文最多。

俄国小说　普希金的小说集，甲必丹之《女郭》，哥里的《巡按外套》，屠格涅夫的《罗亭》《贵族之家》《前夜》《父与子》《烟》《新时代》《春潮》《薄命女》《浮士德》《爱西亚》《胜利的恋歌》《畸零人日记》，《初恋十五封信》《村中之月》《猎人日记》，杜思退益夫斯基的《穷人》《一个诚实的贼》《主妇》，阿史特洛夫斯基的《贫非罪》《雷雨》《罪

与愁》①，托尔斯泰的《复活》《我的生涯》《忏悔》《活尸》
《黑暗之势力》《教育之果》《黑暗之光》《儿童之智慧》《假
利券》。珂罗连科的《音乐师》，玛加尔的《梦》，柴霍甫的
《伊凡诺夫》《三年》《海鸥》《妻》《范尼亚叔父》《三姊
妹》《樱桃园》《悒郁》《犯罪》。高尔基的《草原上》《玛尔
伐》。安特列夫的《小天使》《往星中》②《人的一生》《七个
被绞的人》《黑假面具》《安邦斯》。玛比利时的《悲哀》《小
人物的忏悔》《邻人之爱》《狗跳舞》。阿支巴绥夫的《沙宁》
《战争》《工人绥惠略夫》《血痕》。路卜洵的《灰色马》。
勃罗克的《十二个》。塞门诺夫的《饥饿史》。拉美克的《六
月》。爱罗先珂的《桃色的云》《枯叶杂记》《世界的火灾》
《过去的幽灵》及其他《爱罗先珂童话集》。蒲宁的《张的
梦》。先罗什伐斯基的《苦海》。潘特里芒的《爱的分野》，柯
伦泰的《赤恋》。益格华甫的《新俄学生日记》等。

　　法国小说　卢梭的《爱弥儿》，嚣俄的《活冤孽》《死囚
之末日》《吕伯兰》《欧那尼》《吕克兰斯》《艳夏》《银瓶
怨》。莫利哀的《悭吝人》《夫人学堂》《时髦女子》。小仲马
的《茶花女》。莫泊桑的《遗产》《一生》《水上歌儿》《拉髭
须》《田家女人心》。佛罗贝尔的《马丹波娃利》《坦白》。法
朗士的《友人之书》《蜜蜂》③《堪克宾》《红百合》《黛丝》
《裁判官之威严》。贝洛尔的《鹅妈妈的故事》。都德的《磨坊

---

① 底本作"《罪与写愁》"。
② 底本作"《徒星中》"。
③ 底本作"《密蜂》"。

文札》《达哈士孔的狒狒》《小物件》。伏尔泰的《赣第德》。
果尔蒙的《处女之心》《色的热情》《鲁森堡之一夜》。孟代的
《纺轮故事》。昂多仑的《木马》。左拉的《一夜之爱》《奈丹
与奈侬夫人》《洗澡》《猫的天堂》《失业》。梅黎曼〔的〕
《炼魂狱》《神秘的恋神》《铁血女郎》《嘉尔曼》。边勃鲁意
的《阿弗洛狄德》。缪塞的《风先生和雨太太》。维勒特拉克的
《商船坚决号》。罗曼罗兰的《贝多汶传》《白利与露西》《爱
与死》《苦望》《克利司朵夫》。米尔波的《工女马得兰》。
沙多勃易盎的《少女之誓》，纪得的《窄门》，戈恬的《超越》
《时空的爱》，绿谛的《菊子夫人》，卜赫佛的《曼侬》，圣比
尔的《波儿》与《薇姑》等。

英国小说　狄更司的《劳苦世界》，高尔斯华绥的《争斗》
《银匣》《法网》《长子》《相鼠有皮》《鸽与轻梦》。萧伯纳
的《武器与武士》《不快意的戏剧》《华伦夫人之职业》《密
月》。嘉莱尔的《阿丽思漫游奇境记》《镜中世界》。司威夫特
的《加里佛游记》。沙士比亚的《哈梦雷特》《罗密欧与朱丽
叶》①《威尼斯的商人》《如愿》。斐鲁丁的《约瑟安特罗传》
《大伟人威立特传》。王尔德的《狱中记》《同名异娶》《一个
理想的丈夫》。温德米夫人的《扇子》《道林格兰画像》《鬼》
《莎叶美》。格斯克尔的《菲丽斯表妹》。司蒂芬士的《玛
丽》。哈代的《人生》《小讽刺》《儿子的抗议》《姊姊的日
记》。辟内罗的《谭格瑞的续弦夫人》。罗斯金的《金河王》，
琼斯的《玛加尔及其失去的天使》，格士克的《克兰弗》。高德

---

① 底本作"《罗密欧与朱丽菓》"。

司密的《窘新郎》。爱特加华士的《天真的沙珊》。德林瓦脱的《林肯》。娜克丝的《少妇日记》等。

德国小说 歌德的《浮士德》《少年维特之烦恼》《央推拉》《克拉维歌》。霍普特曼的《异端》《日出之前》《织工》《火焰》《獭皮》。尼采的《查拉图司屈拉钞》。福沟的《涡提孩》。苏特曼的《忧愁夫人》。嘉米锁的《失了影子的人》。司笃姆的《灵魂》《燕语》《茵梦湖》。狄尔的《高加索民间故事》。海涅的《哈尔次山旅行记》《新春》《莱森寓言》。苏尔池的《和影子赛跑》。福骑的《深渊》。汤谟斯曼的《意志的胜利》。谠恩的《费德利小姐》。席勒耳的《威廉退尔》《强盗》。凯拉的《罗密欧和朱丽叶》《烈那狐的历史》。葛林的《德国民间散事》等。

日本小说 武者小路实笃的《一个青年的梦》《妹妹》《人的生活》《爱欲》《母与子》《新村》《他的结婚及其后》《恋爱》《结婚》《贞操》。菊池宽的《第二底接吻》《恋爱病患者》《真珠夫人》。阙木田独步的《恋爱日记》。芥川龙之介的《小说集》。岛崎籐村的《新生谷》。崎润一郎的《痴人之爱》。石川啄木的《我们的一团与他》，金子洋文的《地狱》。内山花袋的《棉被》，夏目漱石的《草枕》。前田河广一郎的《新的历史戏曲集》。林房雄的《一束古典的情书》。仓田百三的《出家》及其弟子井原西鹤的《好色一代女》。高山樗牛的《日夜底美感》。秦丰吉的《好色德国女》。尾崎红叶的《多情多恨》。横光利一的《新郎的感想》。幸田露伴的《风流佛》等。

其他 挪威易卜生的《挪拉》《国民之敌》《小爱友夫》

《海上夫人》《野鸭》。般生的《新闻记者》。韩生的《魏都丽姑娘》。阿尔皮斯孙的《三公主》。

丹麦　安徒生的《月的话》《旅伴》①。爱华耳特的《两条腿》《十二姊妹》。

比利时　梅脱灵的《青鸟》《挪拉亭与巴罗米德》《爱的遗留》《茂娜凡娜》。

波兰　显克微支的《你往何处去》《炭画》。蒙地加罗廖亢夫的《薇娜未央》。

西班牙　伊巴皋兹的《启示录》《四骑士》《良夜》《幽情曲》《醉男醉女》。柴玛萨斯的《他们的儿子》。

意大利　但丁的《神曲》。亚米契斯的《爱的教育》。科洛堤的《木偶奇遇记》。唐南遮的《琪珴》。陶康濮卜屈的《十日谈》。

奥大利　显尼志劳的《阿那托尔》。福洛依特的《少女日记》。

匈牙利　约凯的《黄蔷薇》。尤利勃的《只是一个人》。

华国　华寇尔的《梅萝香》。辛克莱的《石炭王》《屠场》。

上面所说各类翻译小说，算是新文化运动以后，最近的成功，当然还有许多因限于我个人的记忆力，而遗漏的很多。但几种重要的名作，大概全在里面了。这一类新作品，造成了近时新青年的新信仰。这虽由于少年的性格，喜新厌故的居多，但在文学价值上讲，也确有几种值得我们咀嚼不厌而称颂不置的，现在

---

① 底本作"《旅件》"。

我略述几种名作的历史在下面：

《父与子》　Отецисын① （1862）　俄国文豪屠格涅夫的作品，他是寄托在俄国当时新旧思想冲突的背景上。书中叙述有堡罗、尼古拉兄弟二人，是崇拜旧思想的"父"时代的代表；另有巴札洛甫，是崇拜新思想的"子"时代的代表。巴札洛甫是一个少年医生，他是不屈膝于任何崇敬的威权面前，不承受任何没有证明的一个理想的人，对于一切法律制度、社会习惯，都不值得他的顾念，当时他因回家的便，便去探望他的朋友——可以说是他的同志——阿尔卡其，便住在阿尔卡其家里。那充满旧思想的保罗，便是阿尔卡其的叔叔，他和巴札洛甫因思想上的冲突，常常争执，甚至决斗起来。

《浮士德》　Faust（1.1808　2.1832）德国文豪歌德写的一部《浮士德》，不知道得了多少人的同情，他原是一种剧本，分前后两卷，共有四十八场，前卷说本书主人翁浮士德牺牲现在的快乐，专心探求学问。法学、医学及神学，他都研究过，都不能满他的意，又去研究魔术，结果也是失望，使他悲愤得快要自杀。正要把毒药送进嘴去的时候，忽听得耶稣复活节的歌声，感动了他，迷恋过去的心情，便向田间散步。在归途中，遇到一个化成犬形的恶魔名梅菲特费勒斯的伴送他回家。原来这恶魔，是受了神的命令，来引诱浮士德，使他堕落的。到家中，恶魔现了本相，百般的煽惑他，使浮士德厌弃他理想的学问，而追求现世。第一步把他引诱到一家酒店里，使他见到四个堕落的书生，饮到魔术酿造成的酒，做出种种狂浪的态度来。但浮士德还能把

---

① 底本作"Olzii Dieti"。

持他的本心，魔鬼更进一步给他饮了返老还童的药，又使他与妖妇同住。浮士德终于受了妖妇的诱惑，他自身完全成一个美少年了。他照着镜子，怜惜自己的美貌，又打动了少年的风情。魔鬼又引导他与一个纯洁美丽的少女名格列辰的去亲近，但格列辰受了情丝的束缚，悲剧从此开始了。浮士德追求着格列辰，不久便发生了肉的关系，他俩不顾危险，贪着一时的欢爱。但格列辰的母亲与哥哥百计千方的去阻碍他二人的接近。浮士德大怒，把这母子二人一齐杀死，他欲避免杀人犯的罪名，便随着魔鬼，逃到培洛根山上去。魔鬼用种种方法扰乱他，但浮士德终是不能忘情于格列辰的。但格列辰既失了她的恋人，又死了母兄，不久她便生下一个小儿，她在悲苦疯狂的时候，把自己的婴儿杀死，最后她也被捕而监禁在牢狱里。浮士德和魔鬼在黑夜的时候，骑着天马从空中下来，到监狱里去探望格列辰。浮士德见了格列辰，诉尽相思之苦，但格列辰因痛心于骨肉之惨死，又怨恨情人的残暴，便甘心在狱中受罪，拒绝浮士德的劝诱。浮士德没奈何，便挥泪别了他的爱人，格列辰于浮士德去后，却犹恋恋于往日的恩情，连唤着浮士德的名。这悲哀的唤声，却长留在浮士德的耳中。在后卷里说魔鬼又引着浮士德去游着文化的世界，亲身经历着希腊的文明、文艺复兴朝的文明，直到眼前的世界文明，一一享受着。结果浮士德依旧不满意于文明的现实生活，依旧在他新的理想中去求满足。不久，浮士德也便死了。因为浮士德的思想依旧能战胜恶魔而死，所以在他死后，天使便从魔鬼手里去夺回浮士德来，带浮士德进了天国，重与格列辰相见，便享受那现实世界所不能了解的灵的爱。

《复活》 Resurrection（1899） 俄国文豪托尔斯泰写这

部小说，是要说明男女间肉欲的痛苦，而希望将爱情提高。书中主人侯爵南赦留道甫少年时和少女玛司洛娃恋爱，发生了肉体关系，后来又抛弃了她，因而玛司洛娃堕落了，去当着娼妓。不久又犯了谋杀的嫌疑，被监禁在监狱里。待到审判的时候，那法庭上的陪审官中有一位便是南赦留道甫，当时他见了玛司洛娃，便立刻忏悔过去的罪恶，极力替玛司洛娃设法脱除罪名，但终于无效，判决流到西比利亚去。南赦竟抛弃了他的锦绣前程、富贵家庭，伴着玛司洛娃同行在途中，竭力维护，最后玛司洛娃原谅了南赦的过失，又痛悔自己的罪过，虽是堕欢不能重拾，但玛司洛娃从此也不失为一个好女子。

《沙宁》 俄国文豪阿支巴绥夫写这部小说，是很显明的承认人类间有兽欲，但他看兽欲是要与爱情分开，不能混合在一起。更要渐渐的去节制兽欲，使爱情能够从情欲中生张出来。所以康纳安说他拿沙宁①"作他的小说的英雄，就是想像和假定一个已经摆脱社会专制的一个人，情愿随遇而安的过他的小生活，打定生意，顺受人生供给他的，或忧或乐。他家住在一个驻兵的小市镇，他回家，很留心看那里的男男女女所作的事当消遣。他们都是受不能满意的欲望所苦，只有他的母亲不算。因为这位老太太是极其循规蹈矩的、冷到冰度的了。沙宁看见诺维柯夫恋爱他的妹妹立达到了无望程度。他看见立达上了一个当军官而是拿手诱引妇女的人的当，入了圈套，因为她自知能力薄弱。又因为怕社会评论，只好接连受着这样可恨的激动。他看见四面八方的男男女女，都让他们做爱情和欲望。从手指缝漏出去了。他看见

---

① 底本作"山宁"。下同。

西门诺夫死在这个空气中，死也是糊糊涂涂的，是毫无意义的。男女都跳入可怕的关系中，又常常藉口解说。他们费了许多事，要把过而不留的快乐，作永久的快乐来调和社会。明知这种暂时的快乐，不过是情欲和接近的偶然诸事的结果，爱情原是罕见的。……"

《茶花女》La Dame aux Camelas（1852）　法国文豪大仲马的儿子小仲马秉受了他父亲的文学天才。他又是他父亲的私生子，受尽人世凄凉，把他亲身所感受到的，以及他用敏锐的眼光，在社会上看出来的种种问题，具体化的写成小说与剧本。尤其是剧本，他在一千八百五十二年，先写成《茶花女》小说后写成剧本，名誉大震起来。茶花女是一个名妓，她虽享尽物质上的虚荣，但因此更感到精神上的痛苦，后来有少年亚猛送给她热烈的爱情，两人便生死缠绵起来。但亚猛是清白人家的子弟，他的父亲因欲顾全门第，用很严厉的手段，把他二人的情丝生生的斩断了。茶花女失了亚猛，如失去了她的心，重入风尘，伤心失意，害肺病死。亚猛远游归来，绝世美人已化成残尸腐骨。这样的情节，固然能博得多情人同声一哭。但小仲马的写成这样作品，因他自己身世飘零，对于茶花女是要寄与他无限的感激。

《华伦夫人底职业》　Mrs. Warren's Profession（1893）英国文豪萧伯纳写成这样一个剧本，也是要表社会上一般的病态。全剧共分四幕，在沙莱乡村地方，有一个快活强壮的少女葳薇，正在她自己院子里游息，忽然来了一个中年的艺术家，又是无政府主义者，名唤白莉。接着又是一个五十岁上下的实业家，名唤克落夫的，陪着葳薇的母亲华伦——是四十岁左右而装饰很华丽的美人——一同进院落来。白莉和克落夫都是由华伦夫人介绍而来见葳薇的。正在这时，又来了一个少年，肩上背着猎枪，他名唤弗兰克。在这幕戏里，华伦夫人是含着秘密的，葳薇完（合）〔全〕不知道，但也不免起了疑惑。到第二幕里，华伦夫人底职业，葳薇渐渐有一点觉到了，便直接去问她的母亲，华伦夫人说出一番很悲哀的女子为生活所压迫而操这贱业不得已的苦衷。第三幕，克落夫向葳薇调弄，葳薇严厉的拒绝。克落夫嘲笑她娼门之女，无拒绝游客之理，又从他言语中知道少年弗兰克是她的异父兄妹，这更使她失望的。第四幕，葳薇便在裁判巷中立了一个事务所，她拒绝了三个男子的爱，拒绝了母亲的爱和送给她的金钱，而成了一个很有志气的自立女子。她对她母亲有几句最深刻的话。"我很知道时派的道德，完全是假装的。倘然我耗费谁底钱，把我今后的生活，专一在时派上面过，我可以不用人家告诉我一个字，做得和那最愚蠢的妇人一样的无价值，一样的污浊，但是我不肯做成无价值的人，我不愿意安乐地坐着马车在公园里面四处疾驰，去帮我底缝衣的和车子工人招揽生意。我不愿意呆呆地坐在剧场里面去显扬一个金钢石摆得满窗的铺子。……总之我底事业，不同您的事业，我底生活，不同您的生活，我们定要分离的。"

《沙乐美》　Salome（1891—1892）　英国文豪王尔德取材于《新约》，写成这一个剧本，《新约·马太传》十四章说："……起先希律为他兄弟腓力的妻子希罗底的缘故，把约翰拿住，锁在监里。因为约翰曾对他说：'你娶这妇人，是不合理的。'希律就想要杀他，只是怕百姓，因为他们以约翰为先知，到了希律的生日，希罗底的女儿，在众人面前跳舞，使希律欢喜；希律就起誓，应许随伊所求的给伊。女儿被母亲所使，就说请把施洗约翰底头放在盘子里，拿来给我。王便忧愁，但因他所起的誓，于是打发人去，在监里斩了约翰，把头放在盘子里，拿来给了女子。"王尔德便根据这一段记录，便写成《沙乐美》的戏剧。沙乐美，便是希罗底的女儿。当约翰被幽囚在井底时，常常发喊，这喊声传在沙乐美的耳中，便引起她的恋爱。但沙乐美颇有她母亲（很）〔狠〕毒的遗传性，她几次求约翰的恋爱不可得，便欲得到她爱人的头，借此发泄她的私怨。但是约翰是有人民拥护他的，倘然杀害了约翰的性命，那希律的生命，也便发生危险；所以希律为保全自己的生命起见，在沙乐美得到她爱人的首领的时候，便喊了一声"杀了那个女人！"于是沙乐美也便压死在兵士的盾牌下面。——这是王尔德要表现他热情的象征而写成的。

《少年维特底烦恼》Leiden des jungen Werthers[1]（1774）　德国文豪歌德写成这部小说，使当时德国底青年都受了他热烈的影响，造了一个青年悲观的人生，甚至有自杀的。这是德国文学上狂飙运动已到了极点。书中叙述一少年名维特，与一美丽的少女名绿蒂的相恋爱。直到那少女嫁了别人，他还恋爱不止，弄得十分烦恼，直至自杀。全书用尽文学的艺术，来描写少年在快乐和悲哀的两个时期。全书用书信体写成。歌德自己在情海中，也有同样的历史：这时他年纪只有二十五岁，他的写成此书，差不多是一种自传的意义，当时得到多数读者的心理，立刻有二十几国翻译他的文字，又因书中主人维特的服式是天青色的礼服，和菫色的背心；后来德国青年都拿这样的服式，算是时装，大家穿着

----

① 底本作"Wertters"。

起来。

《海上夫人》The Lady from the Sea（1888） 挪威戏剧家易卜生，要从这戏剧中认识绝对自由的爱情。共有五幕：主人艾梨妲是一个看守灯塔人的女儿，自幼便与海亲近惯了；所以很爱海上的生活，不问晴雨，她总是在海上水中游泳，大家取她一个绰号，便唤她海上夫人。后来嫁了一个做医生的丈夫，名范格尔的。范格尔虽是第二次取妻子，却很爱艾梨妲。而艾梨妲在未嫁范格尔以前，曾经恋爱过一个海船上做水手的，名唤弗利曼，他们已订定了婚约。后来弗利曼因杀死一个船主，逃罪到海外去，很久没有消息。艾梨妲嫁了范格尔以后，因丈夫待她很好，便也忘了从前的情。范格尔是一个绅士人家，处处要讲礼节，把个艾梨妲拘束得很苦；艾梨妲几次想恢复从前在海上的自由，而范格尔几次用柔情来阻止她。艾梨妲因厌倦绅士家庭的生活，便也连带想起了弗利曼。正在这时，弗利曼便回来了，要和艾梨妲履行从前的婚约；范格尔却很慷慨的允许艾梨妲用她自由的意旨去决定自己的前途。艾梨妲这才感激她丈夫的深情，便对她丈夫说了一句："从今以后，我决不离开你了！"拒绝了弗利曼的要求。

上面所说的，是最近中国文坛上在翻译小说工作上一部分的成功。至于在创作工作上，也有一部分值得叙述的：最初当然因胡适一班文学先锋，提倡白话文，提倡短篇小说。接着在第一期中有名的创作是鲁迅的《呐喊》与《彷徨》，许钦文、王鲁彦、老舍、芳草等，都是同派。高长虹、向培良、高歌一派，是反对鲁迅的。此外如王统照、沈从文、刘大杰、胡也频、丁玲与叶绍钧等，另是一派。叶的《隔膜》《火灾》《线下》《城中》种种作品，都可以代表这一派。又有一班女作家，如冰心、绿漪、沅君等的作品，因站在女子的地位，便表现她超肉爱的自然的情和美。郭沫若和郁达夫一派，是崇拜无理知的热烈的冲动。又可以分为两组：一是专描写颓废流浪生活的，如叶灵凤、孙席珍等人。一是描写迷恋于肉爱中的，如张资平、滕固、金满城、黄中、章衣萍、邵洵美等，都是的。有专描写乡土文艺的，如许地山的《缀网劳蛛》与《空山灵雨》，郑吐飞的《椰子集》，卢梦殊的《阿串姐》，马仲殊的《太平洋的暖流》，陈春随的《留西外史》，黎锦晖的《旅欧外史》，徐霞村的《巴黎生活》等。到最近又有一派革命文学家出来，主张用革命的热情，灌输在文学作品里。这里又可分为两组：一是除郭沫若、张资平以外，新兴的有蒋光慈、杨邨人、钱杏邨、龚永卢、巴金等人的作品，是热烈的一路；一是茅盾、胡云翼、黎锦明等人的作品，是幽默的一路。在戏剧运动方面，也有相当成功的人，如田汉的《咖啡店之一夜》《湖上的悲剧》《苏州夜话》《古潭里的声音》，侯曜的《复活的玫瑰》《山河泪》《弃妇》，熊佛西①的《青春的悲哀》，濮舜卿的《人间的乐园》，徐公美的《歧途》，洪深的《贫民惨剧》《赵阎王》《第二梦》《少奶奶的扇子》，蒲伯英的《阔人的孝道》《道义之交》，陈大悲的《幽兰女士》《张四太太》，郭沫若的《三个叛逆的女性》，徐葆炎的《妲己》，王独清的《杨贵妃之死》，欧阳予倩的《潘金莲》，杨骚的《迷雏》《她的天使》，杨荫深的《一阵狂风》《磐石与蒲苇》，徐保炎的《受戒》，白薇女士的《琳丽》《打出幽灵塔》，罗江的《恋爱舞台》《齐东恨》，丁西林的《一只马

---

① 底本作"熊西"。

321

蜂》，胡春永的《爱的生命》，郑伯奇的《抗争》，向培良的
《沉闷的戏剧》《死城》，黄朋其的《还未过去的现在》，胡也
频的《鬼与人心》，玫伦女士、胡适的《终身大事》，王统照的
《死后的胜利》，敬渔隐的《玛丽》等。——中国新剧运动，最
早在一九〇七[1]年。有王熙普、马湘伯、许啸天等人，组织春阳
社素人演剧团，第一次在上海圆明园路兰心剧院公开表演《黑奴
吁天录》[2]，万人空巷，深得社会的同情；同时留学日本的中国
学生，如陆扶轩、欧阳予倩一班人，组织春柳社演剧团体，都能
根据文学的立场，去做着研究的工作。到一九一五年，这两个素
人演剧的份子，在上海会合，任天知、许啸天辈领导进化团在南
京路建造极大的舞台，每日表现新剧。最能震动一时的，有许
啸天的《同命鸳鸯》——又名《血泪碑》。——不但在各埠新剧
舞台上表现，便是一班旧伶人，也因它能够吸得多数观众，历
五六年，在长江平津一带，公演不休。当时进化团中特出人才，
如陈大悲、汪仲贤等，到现在，都有相当的供献。一方面春柳社
同志，也在谋得利剧场公开表演，他们最得意的作品有《不如
归》《王熙凤大闹宁国府》等。后来新剧为一班投机分子市侩所
利用，所有洁身自好的，都退了出来；直到现在，还没有正式的
组织。

附新兴小说作家作品名表。

鲁迅——《呐喊》《彷徨》《热风》《华盖集》《而已集》
《朝华夕拾》

---

① 底本作"一九七〇"。
② 底本作"《黑奴吁录》"。

周作人——《域外小说》《自己的园地》《雨天的书》《谈虎集》《谈龙集》《泽泻集》《永日集》

许钦文——《故乡》《毛线袜》《赵先生的烦恼》《鼻涕阿二》《回家》《幻象的残象》《胡蝶》《若有其事》《仿佛如此》

王鲁彦——《柚子》《黄金》

老舍——《赵子曰》《老张的哲学》《二马》

顾仲起——《爱情的过渡者》《残骸》《爱的痴狂者》《笑与死》《生活的血迹》《坟的供状》

王任叔——《监狱》《殉》《死线上》《阿贵流浪记》《破屋》《情诗》

曾孟朴——《鲁男子》《孽海花》

曾虚白——《德妹》《魔窟》《潜炽的心》

厉厂樵——《囚犯》《丈夫》《求生不得》《拉矢吃饭及其他》

高长虹——《实生活》《从荒岛到莽原》《春天的人们》《时代的先驱》《光与热》《心的探险》《献给自然的女儿》《走到出版界》《游离》《青白》

向培良——《我离开十字街头》《沉闷的戏剧》《死城》《英雄与人》《飘渺的梦》

高歌——《清晨起来》《高老师》《压榨出来的声音》《野兽样的人》

刘大杰——《渺茫的西南风》《黄鹤楼头》《支那女儿》《盲诗人》《白蔷薇》

王统照——《春雨之夜》《霜痕》《一叶》《黄昏》《童

心》《死后的胜利》

沈从文——《阿丽思中国游记》《雨后》《好管闲事的人》《老实人》《呆官日记》《革命者》《第一次的恋爱》《男子须知》《入伍后》《十四夏间》《长夏》《山鬼》《鸭子》《蜜柑》

胡也频——《活珠子》《圣徒》《诗稿》《鬼与人心》《爱与饥饿》《R夫人的战略》

汪静子——《蕙底风》《寂寞的国》《耶苏的吩咐》《翠英及其夫的故事》

许杰——《暮春》《惨雾》《飘浮》《子卿先生》

虞冀野——《三弦》《春雨》《时代新声》

郭沫若——《三个叛逆的女性》《瓶》《星空》《落叶》《橄榄》《水平线下》《塔》《前矛》《恢复》

张资平——《冲积期化石》《飞絮》《苔莉》《爱之焦点》《不平衡的偶力》《最后的幸福》《雪的除夕》《植树节》《蔻拉梭》《青春》《梅岭之春》《素描种种》《柘榴花》

成仿吾——《流浪》《使命》

王独清——《圣母像前》《死前》《杨贵妃之死》《前后》

蒋光慈——《鸭绿江上》《少年飘泊者》《纪念碑》《野祭》《菊芬》《最后的微笑》《短裤党》《哭诉》《丽莎的哀怨》

钱杏邨——《革命的故事》《欢乐的舞蹈》《义塚》《荒土》《一条鞭痕》《暴风雨的前夜》《饿人与饥鹰》《力的文艺》

龚冰庐——《黎明之前》《炭矿夫》《血笑》

茅盾——《幻灭》《动摇》《追求》《虹》

黎锦明——《雹》《尘影》《烈火》《蹈海》《一个自杀者》《马大少爷的奇迹》

胡云翼——《西冷桥畔》《中秋月》《爱与愁》《婚姻的梦》

郁达夫——《沉沦》《茑萝集》《迷羊》《在寒风里》

叶灵凤——《菊子夫人》《鸠绿媚》《天竹》《白叶杂记》《女娲氏之遗孽》

叶鼎洛——《前梦》《乌鸦》《未亡人》《白痴》《男女》《双影》《脱离》《处女的梦》《朋友之妻》

潘汉年——《离婚》《曼英姑娘》《爱的秘密》

孙席珍——《花环》《战场上》《到大连去》《凤仙姑娘》《金鞭》《女人的心》

滕固——《壁画》《死人之叹息》《迷宫》《平凡的死》《银杏之果》

黄中——《三角恋爱》《妖媚的眼睛》《红花》

邵洵美——《火与肉》《花一般的罪恶》《天堂与五月》

陈白尘——《漩涡》《一个狂浪的女子》《歧路》①《罪恶的死》

金满成——《我的女朋友们》《爱与血》《林娟娟》《鬼的谈话》《花柳病村》《黄绢幼妇》

罗西——《玫瑰残了》《桃君的情人》《你去吧》《莲蓉

---

① 底本作"《岐路》"。

月》《爱之奔流》《蜜丝红》①《坟歌》

　　沈松泉——《少女与妇人》《醉吻》《死灰》

　　郑振铎——《山中杂记》《家庭的故事》《恋爱的故事》

　　蒋山青——《秋蝉》《春兰》《月上柳梢头》《无谱之曲》

　　周全平——《烦恼的网》《梦里的微笑》《苦笑》

　　李金发——《微雨》《食客与凶年》《为幸福而歌》

　　赵景深——《栀子花球》《荷花》

　　杨骚——《迷离》《她的天使》《受难者的短曲》《心曲》

　　上面这一群作家，可以归纳在两个统系之下：一个是文学研究社，一个是创造社。前一个是重于文学的研究，后一个是偏重于文艺的创作，所以后来发表在社会上的各作品，文学研究社颇多有介绍西洋文学的论文，或是翻译的作品。他们自身有时发表他的创作，但比到创造社的份子，在量上自然要减少得多；而在引导中国文学界，踏到世界文学的大途径，质的供献上，又自有不可磨灭的功绩。会中的要人，如鲁迅、周作人、沈雁冰、郑振铎、赵景深一辈都是的。创造社的作品，刚好人人表现了他热烈而充分的个性，又因作者受着最近革命的刺激，所以他们很多有把男女的热情，寄托在革命的背景里写出来的。因此颇得当时一般飘流在时代热潮上的青年男女所欢迎。社中的重要人物，如郭沫若、郁达夫、张资平都是的。但在最近的一个时期，他们自身也受到无产阶级文艺的影响，因提倡普罗列塔利亚文艺，对于无产大众寄以无限的同情，岌岌有制造社会大革命的趋势，因此遭了当道的忌讳，封闭书店，逮捕人物，无所不用其极的向他压

----

①　底本作"《密丝红》"。

迫着。

中国文学的一部分小说的统系，我讲到这最近的一步分化，似乎可以告一段落了。回过身来，我还要说一说，中国在十九世纪以来的散文和诗歌的趋势和作家，算是我对于《中国文学史》讲话的尾声。

十九世纪中国的散文与韵文

十七世纪以来，中国散文的作家，依旧是承接前代的派别，可分为古文、骈文二派。——正在清朝初年——古文家是承接了明代末年钱谦益、艾南英等的宗派，钱等又承接归有光的宗派。归又称震川先生，他是和王慎中、唐顺之同一主张恢复司马迁古文笔法的。同时有王世贞主张用词藻为文，归有光因他不近古，便竭力排斥他道：

> 今世之所谓文者，难言矣！未始为古人之学，而苟得一二，妄庸人为之，巨子争附和之，以诋排前人。韩文公云："李杜文章在，光焰万丈长。不知群儿愚，那用故谤伤？蚍蜉撼大树，可笑不自量。"文章至于宋元诸名家，其力足以追数千载之上而与之颉颃，而世直以蚍蜉撼之，可悲也！

> ——《项思尧文集序》

归震川虽痛骂王世贞，但王是明朝万历年间的刑部尚书，因势位的关系，他又曾竭力替忠臣杨继盛伸冤，得到多数人的同情，所以在文坛上享了二十年的盛名。当时的文人、学士、山人、词客，下至僧道，都在他牢笼之中。王世贞的文学见界，最看重西汉时期的文章，诗又最崇拜盛唐时候的。他主张凡是大历年以后的书，一律不读；可惜，后来他大讲修饰文章，堆砌得太厉害，到老年攻击他的人渐渐的多了。至于钱谦益——号牧斋——虽是竭力推重归有光，他的《题归熙甫集》道："士生于斯世，尚能知宋元大家之文，可以与两汉同流，不为俗学所渐灭；熙甫之功，岂不伟哉！"但牧斋写文章的气派，又完全和归有光不相同。钱的天才甚高，学问又是很博，写有《初学》《有学》两种集子。他原是明朝的礼部尚书，后来投降了清朝，到清乾隆时候，因他不忠，便拿他的文集也销毁了。便是他的诗，沈德潜辑《清诗别裁》的时候，也不曾收录他一首。平心而论，钱的诗才实胜于文才，颇有高超的情致。他的《狱中杂诗》道：

良友冥冥恨下台，寡妻稚子尺书来。平生何限弹冠意，后死空余挂剑哀。千载汗青终有日，十年血碧未成灰。白头老泪西窗下，寂寞封题一雁回。

钱谦益以后的文人，便要算侯、魏二人了。侯便是侯方域——字朝宗——原是明朝户部尚书侯恂的儿子，到明亡后，他便住在家乡研究文学。当时与桐城方以智——密之——如皋冒襄——辟疆——宜兴陈贞慧——定生——称为四公子。这四人都是有文学天才的。方域年轻时候，常出入妓院中，名妓李香十分和他恋爱。侯方域的《李姬传》道："李姬者，名香……侠而慧，略知书，能辨别士大夫贤否……少风调皎爽不群。十三岁，从吴人周如松受歌《玉茗堂四传奇》，皆能尽其音节……雪苑侯生，己卯来金陵，与相识。姬尝邀侯生为诗，而自歌以偿之……未几，侯生下第。姬置酒桃叶渡送之……侯生去后，而故开府田仰者，以金三百镪，邀姬一见。姬固却之。开府惭且怒，且有以中伤姬。姬叹曰：'吾向之所赞于侯公子者谓何？今乃利其金而赴之，是妾卖公子矣！'卒不往。"后来孔尚任便根据了这一段文字，写成《桃花扇》曲本。究竟聪明人能早自脱离情网，便努力写文章。他最崇拜韩、欧的文章，所以他的《壮悔堂文集》里所写的文章，大都是才气奔放的多。他的文学见界，可以在《与任王谷》一书里看到，现在我节录一段在下面：

> 大约秦以前之文，主骨；汉以后之文，主气。秦以前之文，若《六经》，非可以文论也，其他如老、韩、诸子、《左传》《战国策》《国语》，皆敛气于骨者也。敛气于骨者，如泰华三峰，直与天接，层岚危嶝，非仙灵变化，未易攀陟，寻步计里，必蹶其趾。姑举明文如李梦阳者，亦所谓蹶其趾者也。运骨于气者，如纵骨长江大海间，其中烟屿星岛，往往可自成一都会。即飓风忽起，波涛万状，东泊西注，未知所底。苟能操柁觇星，立意不乱，亦自可免漂溺之失。此韩、欧诸子所以独嵯峨于中流也。六朝选体之文，最不可恃。士虽多而将嚚，或进或止，不按部伍。譬用兵者，调遣旗帜声援；但须知此中尚有小小行阵，遥相照应，未必全无益。至于摧锋陷敌，必更有牙队健儿，衔枚而前；若徒恃此，鲜有不败。今之为文，解此者，罕矣！高者欲舍八家，跨《史》《汉》，而趋先秦；则是不筏而问津，无羽翼而思飞举。岂不怪哉！

魏，便是魏冰叔——名禧——他的哥际瑞、弟弟和公，三人都有文学天才的，又都是宁都地方的古文健将，所以当时称为"宁都三魏"。三魏中，冰叔更是胜人，当时人称为"魏叔

329

子"。他家住在翠微峰上，文人来往的甚多；如彭士望、林时益一班文士，都带着家眷同住，当时称为"易堂诸子"。魏禧的文章，竭力摹仿《左传》和苏洵的笔法，又主张力避空泛，文中须有见识和议论，笔力雄健，振作精神不少。——易堂诸子中，著名的有九人，称做"易堂九子"。便是：魏冰叔、魏际瑞、魏和公、彭士望、林时益①、李腾蛟、邱维屏、彭中叔、曾青藜等。

侯、魏二人以外，还有汪琬、姜宸英②等人，都是古文派的中坚份子。汪号苕文，又称钝翁。他的作品，有《钝翁类稿》③一百十八卷。——后删定为《尧峰文钞》——《四库提要》说："魏禧才杂纵横，未归于纯粹。方域体兼华藻，稍涉于浮夸。惟琬学术既深，轨辙复正；其言大抵原本六经，与二家迥别。其气体浩瀚，疏通畅达，颇近南宋诸家；蹊迳亦略不同，庐陵南丰固未易言。要之，接迹唐、归，无愧色也！"依这一段话看来，汪琬文学的地位，还要高出在侯、魏二人之上呢！姜宸英又号西溟，年少时便写得很好的古文，名誉很大。当时清朝的康熙皇帝常常提起道："听说江南有三个布衣，还得不到官做吗？"三布衣，除秀水朱彝尊、无锡严绳孙以外，便是姜宸英了。但姜宸英年纪到了七十岁才做官，一做官便犯了罪，死在监狱里。这是最不值得的了！魏禧说："朝宗肆而不醇，尧峰醇而不肆，惟西溟在醇肆之间。"这评论是很确当的。

当时的古文运动，经过归有光、钱谦益、侯朝宗、汪琬、

---

① 底本作"林士益"。
② 底本作"姜震英"。
③ 底本作"《纯翁类稿》"。

姜宸英这班人一路提倡下来，已有相当的成熟；到以后有桐城古文家方望溪——名苞——出来把古文在形式上立定一种法，在精神上立定一种义，称为古文义法。以后桐城派的古文势力大盛。——因为方苞是安徽桐城人，所以大家称他这一派为桐城派。曾国藩说："历城周永年书昌为之语曰：'天下之文章，其在桐城乎！'由是学者多归向桐城，号'桐城派'。"——见《欧阳生文集叙》——至于方苞文学的特性，我们可在戴名世①的《方灵皋稿序》一文中可以约略看出。——包苞字灵皋——现在节录一段原文在下面：

> 灵皋少时，才思横逸，其奇杰卓荦之气，发扬蹈厉，纵横驰骋，莫可涯涘渎已，而自谓弗善也；于是收敛其才气，浚发其心思，一以阐义理为主，而横及于人情物态，雕刻炉锤，穷极幽渺，一时作者，未之或及也。盖灵皋自与余往复讨论，面相质正者且十年。每一篇成辄举以示余。……尝举余之所谓妙远不测者，仿佛想像其意境。而灵皋之孤行侧出者，固自成其为灵皋一家之文也。灵皋于《易》《春秋》训诂，不依傍前人，辄时有独得。而余平居好言史法……论古人成败得失，往往悲涕不能自已；盖用是无意于科举，而唾弃制义尤甚。乃灵皋叹时俗之披靡，伤文章之萎薾，颇思有所维挽救。

戴名世的文才，原也不弱于方望溪。不幸名世因写《南山集》惹祸，死在狱中。方望溪的声誉，却一天高似一天。方望溪

---

① 底本作"载名世"。

初到京城地方，见万斯同，万对他说了两句话道："勿读无益之书，勿为无益之文。"方苞从这两句话上，得力不浅。从此便努力读书，《通志堂九经》，方苞诵读三次，写的文章，愈觉严整而洁净。望溪自己说写文章的方法道："春秋之制义法，自太史公发之而后之深于文者亦具焉。义即《易》之所谓言有物也；法即《易》之所谓言有序也。义以为经，而法纬之，然后为成体之文。……夫纪事之文，成体者，莫如左氏，又其次，则昌黎韩子，然其后义法皆显然可寻。"（《书史记货殖传后》）。又他《书史记十表后》道："十篇之序，义并严密而词微约，览者或不能遽得其条贯，而义法之精变，必于是乎求之。始的然其有准焉。欧阳氏《五代志考叙论》，遵用其义法，而韩柳书经子后语，气韵亦近之，皆其渊源之所渐也。"在方氏的意境中，总是承认《史记》《五代史》及韩柳诸家，是学古文的好模范，也惟有在这几种作品里，看得出严密的义法来。他又说："周秦以前，文之义法，无一不备。唐宋以后，步趋绳尺，而犹不能无过差。"虽说如此，却也不免被钱大昕斥他为"不读书之甚者"！钱氏的《潜研堂文集·与友人书》中的一段话道："方氏文，波澜意度，颇有韩、欧阳、王之规模，视世俗冗蔓揉杂之作，固不可同日语，惜乎未喻古文之义法尔。夫古文之体，奇正、浓淡、详略，本无定法，要其为文之旨有四：曰明道，曰经世，曰阐幽，曰正俗。有是四者，而后以法律约之，夫然后可以羽翼经史，而传之天下后世；至于亲戚故旧聚散存殁之感，一时有所寄托而宣之于文，使其姓名附见集中者，此其人事迹原无足传，故一切缺而不载。非本有可纪而略之，以为文之义法如此也。方氏以世人诵欧公《王恭武》《杜祁公》诸志，不若《黄梦升》《张子野》诸志之熟，遂谓功德之崇，不若情辞之动人心目。然则使方氏援笔而为王、杜之志，亦将舍其勋业之大者，而徒以应酬之空言了之乎？……以此论文，其与孙矿、林云铭、金人瑞之徒何异？文有繁有简，繁者不可灭之使少，犹之简者不可使之增多。左氏之繁，胜于《公》《榖》之简，《史记》《汉书》互有繁简，谓'文未有繁而能工'者非通论也。太史公，汉时官名，司马谈父子为之，故《史记》自序云：'谈为太史公。'又云：'率三岁而迁为太史公。'《报任安书》亦自称太史公。公非尊其父之称，而方以为称'太史公曰'者，皆褚少孙所加。《秦本纪》《田单传》别出他说，此史家存类之法，《汉书》亦间有之，而方以为后人所附缀。韩退之撰《顺宗实录》，载陆贽《阳城传》，此实录之体应尔，非退之所创，亦不知而讥之。盖方所谓古文义法者，特世俗选本之古文，未尝博观而求其法也：法且不知，而义于何有？昔刘原父讥欧阳公不读书，原父博闻识胜于欧阳；然其言未免太过。若方氏，乃真不读书之甚者！"钱氏的话，虽也未免太过，但方式的主张也未免有偏解的地方。只是写文章要有义法，是确实不移的真理。

方苞生在康熙七年，死在乾隆十四年，年八十二岁。死后，他的门人搜集望溪生前所有的作品，刻成《望溪集》。望溪有一个大弟子，名刘大櫆，写文章爱摹仿庄子和韩昌黎的笔法。方苞竭力赞扬他说道："如苞何足言，同里刘生，乃韩欧才！"刘氏——字海峰——经他这一吹嘘，声誉更大起来。有姚鼐字姬传的，也师事刘大櫆，学古文笔法。从此桐城派的统系更是鲜明起来。他们自命归有光而后有方望溪，方望溪而后有刘大櫆。刘大櫆而后有姚姬传。其实刘、姚二人，是方苞一派下面的两大支流，我可以列一个统系出来。

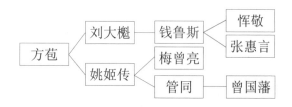

姚鼐对于文学的见地，我们可以从他《复鲁絜非书》中看出。他说："天地之道，阴阳刚柔而已。文者天地之精英，而阴阳刚柔之发也。惟圣人之言，统二气之会而弗偏；然而《易》《诗》《书》《论语》所载，亦间有可以刚柔分矣。值其时其人，告语之体各有宜也。自诸子而降，其为文无弗有偏者：其得于阳与刚之美者，则其文如霆，如电，如长风之出谷，如崇山峻崖，如决大川，如奔骐骥；其于光，如杲日，如火，如金镠铁；其于人也，如凭高视远，如君而朝万众，如鼓万勇士而战之。其得于阴与柔之美者，则其文如升初日，如清风，如云，如霞，如烟，如幽林曲涧，如沦，如漾，如珠玉之辉，如鸿鹄之命而入寥廓；其于人也，漻乎其如欢，邈乎其如有所思，暖乎其如喜，愀乎其如悲。观其文，讽其音，则为文者之性情形状，举以殊焉。且夫阴阳刚柔，其本二端，造物者糅，而气有多寡进绌，则品次亿万，以至于不可穷，万物生焉。故曰一阴一阳之为道。夫文多变，亦若是已。糅而偏胜可也，偏胜之极，一有一无，与夫刚不足为刚，柔不足为柔者，皆不可以言文。今夫野人孺子闻乐，以为声歌弦管之会尔；苟善乐者闻之，则五音十二律必有一当，接于耳而分矣。夫论文者，岂异于是乎？宋朝欧阳、曾公之文，其才皆偏于柔之美者也。欧公能取异己者之长而时济之，曾公能避所短而不犯；观先生之文，殆近于二公焉。抑人之学文，其功力所能至者，陈理义必明当，布置取舍，繁简廉肉不失法，吐辞雅驯不芜而已。古今至此者，盖不数数得；然尚非文之至。文之至者，通乎神明，人力不及施也。"姚鼐根据这一路的见地，便搜集西汉以后的文章，编成《古文辞类纂》一书。书的序文（理）〔里〕说："凡文之体类十三，而所以为文者八：曰神、理、气、味、格、律、声、色。神理气味者，文之精也；格律声色者，文之粗也。然苟舍其粗，则精者亦胡以寓焉？学者之于古人，必始而寓其粗，中而寓其精；终则御其精者，而遗其粗者。文士之效法古人，莫善于退之；尽变古人之形貌，虽有摹拟，不可得而寻其迹也。其他虽工于学古，而迹不能忘。杨子云、柳子厚于斯，盖尤甚焉。以其形貌之过于似古人也。而遽摈之，谓不足与于文章之事，则过矣！然谓之非学者之一病，则不可也。"他除编一部《古文辞类纂》以外，又把自己所写的文章，收集成一个集子，名《惜抱轩集》。他在清乾隆年间，担任过《四库全书》的纂修官，又当过梅花、钟山、紫阳、敬敷四个书院的讲师。门弟子极多，最著名的有梅曾亮、管同、刘孟涂、方东树、姚石甫一辈人。他们都是桐城派古文家的嫡系。同时刘大櫆的弟子，有钱鲁斯；钱的弟子有恽敬、张惠言一班人，自创阳湖派。其实桐城、阳湖两派都是从方苞一个统系里出来的，只是阳湖派的文章好用对句——骈体——好用词藻，后也知在经史古文方面用力。恽敬有《大云山房文集》，张惠言有《茗柯文集》；比较的恽敬的笔力苍老，用字简当。此外号称阳湖派的，还有陆继辂、董士锡、李兆洛一班人。陆祁孙的《七家文钞序》里说："盖皋文——张惠言——研精经传，其学术源而及流；子居——

恽敬——泛滥百家之言，其学由博而反约。二子之致力不同，而其文之澈然而清，秩然而有序；则由望溪而上，求之震川、荆川、遵岩，又上而求之庐陵、眉山、南丰、新安，如一辙也。"

桐城派文学统系，传到曾国藩手里，虽已到了末运，但曾国藩能把文章应用到人生实际上面去，能不失去文章的本质，实是能打破历来一切文人咬文嚼字的恶习气了。所以他在《复陈右铭太守书》中，很鲜明的标示了文章的四种戒律。我把他附写在下面：

第一戒，不可摹仿剽窃。他说："大抵剽窃前言，句摹字拟，是为戒律之首。"

第二戒，切忌褒贬不当。他说："称人之善，依于庸德；不宜褒扬溢量，动称奇行异征，邻于小说诞妄者之所为。贬人之恶，又加慎焉！"

第三戒，不可文无主旨。他说："一篇之内，端绪不宜繁多。譬如万山磅礴，必有主峰；龙衮九章，但挈一领。否则首尾冲决，陈义芜杂，滋足戒也！"

第四戒，忌用僻字涩句。他说："识度曾不异人，或乃竞为僻字涩句以骇庸众。斫自然之元气，斯才士之所同蔽，戒律之所必严。"

有了曾国藩这四条戒律，我可以说纸上的文章虽死去，而实用的文气却复活了。一切文字作品，原欲达意表情记事。——总之，只求能适用罢了。根本用不到这许多空花头和怯排场的！

当时文章的派别，除桐城、阳湖两派以外，还有所谓仪征、魏晋两派：仪征派的创始人，实在要算是阮元、阮福父子两人。在这统系之下，最有力的，还有一个刘师培。阮元的文学主张，是散文、骈文不可偏废的，尤其是骈文重于散文。他在《文言说》一文中道："孔子于乾坤之言，自名曰文，此千古文章之祖也。为文章者，不务协音以成韵，修词以达远，使人易诵易记，而惟以单行之语，纵横恣肆，动辄千万字；不知此乃古人所谓直言之言、论难之语，非言之有文者也。……孔子以用韵比偶之法，错综其言，而自名曰文。何后人之必欲反孔子之道，而自命曰'文'，且尊之曰'古'也？"阮福更把文、诗、笔分为三部分。他的意思，散文只适用于笔。——大概记事的文称做笔——他说，自宋明以来，文人都把笔错认为文，所以弄得文无比偶。刘师培在《广文言说》《文笔词笔诗笔考》两篇文中，也说明用词采用对句是文章的正宗。所以自魏晋六朝以来，全讲究用韵用对句写文章；到唐宋以后，不知文笔的分别，往往以笔冒文。照这一派文人的说法，所以一切散体文，竟不能称他为文了。最近如王闿运也和他们一鼻孔出气，他在《王志》一文中说："古今文体，分单复二派。盖自六经以来，秦汉之后，形格日变，要莫能再创他体也。……复者，文之正宗；单者，文之别调。……"他们都拘泥着文章的形式，来辨别文章的性质，实在可以说幼稚而又浅薄的了！此外又有汪中、李兆洛一班人，来创导魏晋派。他们的见界，是要把文学的作风，回复到魏晋的时期；只求复古，不问散骈。我现在节写两段汪中的作品在下面：——一是表示他摹仿古赋的作风，一是表示他摹仿古文的作风。

　　于时玄冥告成，万物休息，穷阴涸凝，寒威懔栗，黑睂拔来，阳光西匿。群饱方嬉，歌号宴食。死气交缠，视面惟墨。夜漏始下，惊飙勃发。万窍怒号，地脉荡决。大声发于空廓，而水波山立。于斯时也，有火作焉。摩木自生，星星如血，（火）〔炎〕光一灼，百舫

尽赤。青烟睃睃，沫若沃雪。蒸云气以为霞，炙阴崖而
焦蒸。始连楫以下碇，乃焚如以俱没。跳踯火中，明见
毛发，痛謈田田，狂呼气竭。转侧张皇，生涂未绝。倏
阳焰之腾高，鼓腥风而一唤。洎埃雾之重开，遂声销而
形灭。齐千命于一瞬，指人世以长诀。发冤气之烝蒿，
合游氛而障日。行当午而迷方，扬沙砾之嫖疾。衣缯败
絮，墨渣炭屑，浮江而下，至于海不绝。

——《哀盐船文》

岁在单阏，客居江宁城南，出入经回光寺，其左有
废圃焉。寒流清泚，秋菘满田。室庐皆尽，惟古柏半
生，风烟掩抑；怪石数峰，支离草际：明南苑妓马守真
故居也。秦淮水逝，迹往名留。其色艺风情，故老遗
闻，多能道者。余尝览其画迹，丛兰修竹，文弱不胜，
秀气灵襟，纷披楮墨之外，未尝不爱赏其才，怅吾生之
不及见也！夫托身乐籍，少长风尘，人生实难，岂可责
之以死？婉娈倚门之笑，绸缪鼓瑟之娱，谅非得已。在
昔婕妤悼伤，文姬悲愤，矧兹薄命，抑又下焉。嗟乎，
天生此才，在于女子……犹不可期。奈何钟美如斯，而
摧辱之至于斯极哉！

——《经旧苑吊马守真[①]文》

魏晋派自经汪、李二人倡导以后，在南方更盛行这一派的风
气。著名的如：谭献、谢枚、杨听胪、庄仲求、庄中白、郭晚
香、孙彦清、褚叔寅、袁爽初、诸迟菊、朱文笏、范仲林一辈

———

① 底本作"马守贞"。

人，可见当时的（熟）〔热〕闹了。谭献在他的《复堂日记》中说道："明以来，文士心光，埋没于场屋殆尽；苟无推廓之日，则江河日下。予自知薄植，窃欲主张石庄、章实斋之书，辅以容甫、定庵，略用挽救。而先以不分骈散为粗迹，为回澜；八荒寥寥，和者日希。"这是他们一班文学的标识，也是自高身价的话。但研究文学，仅仅在用文立体的形式上讲，终是落于下乘。最近章太炎的评论魏晋文道："魏晋之文，大体皆坿于汉，独持论仿佛晚周；气体虽异而其守己有度，伐人有序，和理在中，孚尹旁达，可以为万世师矣！……夫雅而不核，近于诵数，汉人之短也；廉而不节，近于疆箈，肆而不制，近于流荡，清而不根，近于草野，唐宋之过也。有其利而无其病者，莫如魏晋。然则依放典礼，辨其然非，非涉猎书记所能也；循实责虚，本隐之显，非徒窜句游心于有无同异之间也。……"平心而论，汉文近于拙，唐宋文近于虚；只有魏晋文，能虚实得中，文理兼到。但这也是时代使然，什么时代表现出什么文学来，我们正不必戕心灭性的去造出许多不适用于现代的假古董来——古文——空耗气力，徒费光阴。

至于骈文的兴衰，也是跟着时代走的。第一期在六朝，是骈文最兴盛的时代；第二期在清朝乾嘉年间，又出了许多骈文作家。写文用对句，或协平仄，在先秦汉魏诸子书中或古赋中，偶然可以看到；但大都不是有意写成的，且也不是统篇写对句的。到了晋与南北朝时期，一方面有陆士衡、陆士龙兄弟二人，写文章专用对仗，用音韵又用词采，四字六字夹着写下去。因为他句句相对的，所以称为骈体；因为他用四字六字句写成的，所以又称四六。到唐朝，有韩、柳辈，虽极力排斥骈文，特别标示出自己的散文为古文，但南北朝的骈文已成为时代的产儿。到了清朝初年，骈文家又渐渐的抬起头来；第一辈要算毛西河、陈其年二人；西河虽不是专写骈文，但他写的骈文，颇有六朝人的气味；其年是爱写骈体文的。汪尧峰赞叹他道："唐以前不敢知，自开宝后七百年，无此等作矣！"但其年还夸口道："吾胸中尚有骈文千篇，特未暇写出。"如此外吴绮园、章藻功、尤西堂一辈，当时都称骈文好手。山阴人胡稚威、阳湖人洪亮吉、江都人汪容甫，都享骈文家的大名；尤其汪、洪二人，称为清代骈文家的领袖。又有邵荀慈、王芥子、刘星炜、吴穀人、曾宾谷、吴山尊、孔巽轩、董方立等人的作品，都收录在《骈体正宗》一书里，成了骈文家的一个统系。其实这一类作品，直等于文章游戏，原讲不到文学的价值上去。现在写一段格式在下面：——我们可以看出他堆砌束缚的痛苦来。

> 有洞焉：别开世界，独辟乾坤。石流乳水，壁立云根；瑶房玉宇，万户千门。楼五云而风起，台八宝而鸾骞，草茁阶而成带，池引泉而有源。举凡丹书琼笈之秘，金简玉册之繁，莫不云谲波诡而伴几席之温存！
>
> ——陈文翰《桃李源赋》

骈体文，有声调上的美、词采的美和字句整齐的美来帮助他，在文学上虽没有重大的价值，而在形式上却很得一般读者的爱好，所以至今还有一部分人拥护他，保守他。且这种文字的游戏，只有中国这种单音字、方体字，可以做得到。所以一班恋旧的文字死忠臣，更觉得骈体文在世界的文字地位里更觉可贵了。近人严既澄说道："中国自有完备的文字以后，最早的文章，便已趋向于对偶的一途；即在散文之中，也常有一二联的骈句。自到了魏晋以后，骈体的文章，便大大的盛行起来。中国的文学作品，素来是讲究声调的。而这种文体，一联一联地排比整齐。六个音的句子底下，也对上六个音的一句；四个音的底下，也对上四个音。似乎于声调方面，大有好处。所以在韵文和散文之外，会发展出这样的一种骈体来。平心而论，做得好的骈体文，不但字句整齐，连平仄也参错互用，不使凌乱。念起来是很动听的。——然而毕竟不如散文的晓畅流利。所以清代那位古文家管同，劝他的朋友梅曾亮不要做骈文，也以为骈文不适用于复杂的意思。而且骈体文最注重运用古典，其用意在乎借古人同样的事情来做衬托，不必将所要叙的事，率尔直说出来。这更是束缚得太过！多用典必难免流于堆砌繁杂，有时要引两个典故来陪衬一件事情，才凑得成一联，那更是太不经济了！"在今日这样复杂的社会里，繁重的人生里，像这样劳而无功的游戏文章，其势必入于天然淘汰之列的。

近代的诗人

最近二三百年来，在诗词一方面，多数人总说是钱牧斋、吴梅村二人。他二人虽都是变节投降清政府的，但他们的诗才，却是不可磨灭的。钱的诗，我已引证过，现在再引证吴梅村的三首诗在下面：

《梅村》——枳篱茅舍掩苍苔，乞竹分花手自栽。不好诣人贪客过，惯迟作答爱书来。闲窗听雨摊诗卷，独树看云上啸台。桑落酒香卢橘美，钓鱼斜系草堂开。

《悼亡》——秋风萧索响空帏，酒醒更残泪满衣。

辛苦共尝偏早去，乱离知否得同归？君亲有愧吾还在，
生死无端事总非。最是伤心看稚女，一窗灯火照鸣机！

《自叹》——误尽平生是一官，弃家容易变名难。
松筠敢厌风霜苦，鱼鸟犹思天地宽。鼓枻有心逃（甬）
〔甫〕里，推车何事出长干！旁人休笑陶弘景，神武当
年早挂冠。

梅村原是明朝的臣子，后明亡，满清入关，侯方域劝他不可
失节去做新朝官员，但他终于被逼迫着做清廷的国子祭酒，心中
十分愧悔，临死时吩咐用僧人衣帽收敛，墓石上只写："诗人吴
梅村之墓"。他的诗有"我本怀人旧鸡犬，不随仙去落人间"，
又"死生总负侯嬴诺，欲滴椒浆泪满尊"，都是表示惭愧的意
思。他的人格虽有欠缺，而他的诗才却不可磨灭的。《四库提
要》中说："其少作，大抵方华艳发，吐纳风流，有藻思绮合、
清丽芊眠之致。及乎遭逢丧乱，阅历兴亡，激楚苍凉，风骨弥为
遒上；暮年萧瑟，论者以庾信方之。其中歌行一体，尤所擅长。
格律本乎四杰，而情韵为深；叙述类乎香山，而风华为胜。韵协
宫商，感均顽艳，一时尤称绝调！"他的长歌，确是一气呵成，
回肠荡气。现在因篇幅关系，不能钞录，只抄一节他最叫人爱读
的《永和宫词》在下面：

贵妃明慧独承恩，宜笑宜愁慰至尊。皓齿不呈微索
问，蛾眉欲蹙又温存。本朝家法修清宴，房帷久绝珍奇
荐。敕使惟追阳羡茶，内人数减昭阳膳。维扬服制擅江
南，小阁炉烟沉水舍。私买琼花新样锦，自修水递进黄
柑。中宫谓得君王意，银环不妒温成贵。早日艰难护大
家，比来欢笑同良娣。奉使龙楼贾佩兰，往还偶失两宫

欢。虽云樊嬺能辞令，欲得昭仪喜怒难。……

虽说和钱、吴同时的诗人，还有杜濬于的五言近体诗，申涵光、吴嘉纪二人的五言古体诗；此外又有孙豹人、顾黄公、陈元孝、屈大均等人，原也不弱。但究竟赶不上钱、吴二人的哀感动人。当时有龚鼎孳，与钱、吴二人虽同称江左三大家，却也赶不上钱、吴二人的风骨。倒是王次回、冯定远二人的作品，却别有风趣；尤其是王次回的《疑雨集》，最能动人儿女之情。现在写几首在下面，算做一个例证：

> 月到西南倍可怜，照人双笑影娟娟。擎来始信云非梦，抱定还疑玉是烟。忍把狂欢消此夜，难将辛苦答从前。由来半刻千金值，只得如花一黯然。
>
> ——《纪事》

> 旧碧罗衫旧苴衣，药痕和泪遍淋漓。开箱瞥见心如捣，似见攒眉忍痛时。检得遗笺两幅余，去年今日饷离居。自言臂颤难成字，特为关心力疾书。
>
> ——《杂悲》

到了诗人宋琬、施闰章起来主持南北两派，正值清朝康熙年间，世局太平，作风又是不同。当时称为南施北宋。宋号荔裳，施号愚山，荔裳有《安雅堂集》，愚山有《学余堂集》。沈归愚称："宋诗以雄浑磊落胜，施诗以温柔敦厚胜。"宋的《从军行》有："有客有客髯而紫，左挟秦弓右吴矢。自言家本关中豪，黄金散尽来江汜。年来倦上仲宣楼，裹粮且记侯嬴里。腰间匕首徐夫人，河畔荒丘魏公子。悬知吊古有深愁，慷慨登车不可止！……"施的《过湖北山家》有："路回临石岸，树老出墙根。野水合诸涧，桃花成一村。呼鸡过篱栅，行酒尽儿孙。老矣吾将隐，前峰恰对门。"像这一类句子，把一个豪爽、一个淡远的个性都表现出来了。后来有一个王士祯别号渔洋山人的，诗品更是淡远，一时诗人都拿渔洋为标准；同时虽也有人对他表示不满，但究竟同情于他的人比较的多。谢无量先生的《中国大文学史》里说："论者谓'士祯之在清，如宋之有东坡，元之有道园，明之有青邱；屹然为一代大宗，未有能易之者也。"纪晓岚说："括其宗旨，不出神韵之一言。虽末流剿袭，使模山范水之语，处处可移，论者不能无同异，要其选言新秀，吐属天然，不能不推为诗家一大宗也！"王的《秋柳》诗尤其是传诵一时，当时和者数百人，数百年来和《秋柳》诗韵的人也不知有多少，这可以想见他诗的价值了。现在选他几首短诗，写在下面：

《武侯琴堂》——竹筱娟娟静，江流漠漠阴。至今筹笔地，犹见出师心。遗恨成衔璧，元声有故琴。千秋弦指外，仿佛遇高深。

《青山》——晨雨过青山，漠漠寒烟织。不见秣陵城，坐爱秋江色。

《真州绝句》——晓上江楼最上层，去帆婀娜意难胜。白沙亭下潮千尺，直送离心到秣陵。

渔洋是一个性情潇洒、爱好山水的人，他虽做顺治年间刑部尚书的官，但他偷空总和一班诗友来往。在京城的时候，和汪苕文、程周量、刘公勇、梁曰缉、叶子吉、彭羡门、李圣一、董文骥一班人来往；在扬州又与林茂之、杜于皇、孙豹人、方尔止一班人来往。在如皋冒家水绘园中与陈其年、邵潜夫一班人诗酒歌唱，没有停止的日子，常常召集宾客在平山堂泛舟吟诗。吴梅村说他："尽了公事，夜接词人。"可以想见他的风流了。后结一文社，社中有李湘北、陈午亭、宋牧仲、宋荔裳、施愚山、曹顾庵、沈绎堂一班人，无日不吟诗。他的足迹，踏遍了秦晋洛蜀闽越江楚一带地方。眼底所收的山水景色，不知多少。他的"行人系缆月初堕，门外野风开白莲"等句，更是淡远有味！有《带经堂集》《精华录》，都是收集了他的作品，诗人都爱读他。独有他一位甥婿赵执信，写一部《谈龙录》，竭力破坏渔洋，说渔洋的作品，全是从模仿得来的。他写诗爱用深刻字，嫌渔洋的音韵太软弱，自己写《声韵谱》一书，专研究古人用韵方法。他说："古诗自汉魏六朝至初唐诸大家，各成韵调。谈艺者多忽不讲，与古法戾。"他最敬重的是冯远班，尝说："吾生平师友，皆在冯氏矣！"吴天章、朱锡鬯一辈人，都是他的诗友。他有诗集名《饴山堂集》。王渔洋虽遭赵执信的反对，但因爱赵的才，也不忍和他计较。其实渔洋的诗，确是到了化境，但不善学他的人，又容易流入浮泛一路。执信的诗写来，句斟字酌，但不善学他的人，也容易流入褊狭一路。只有查初白能兼得两家的长处，他的《汴梁杂诗》："梁宋遗墟指汴京，纷纷代禅事何轻？也知光义难为弟，不及朱三尚有兄。将帅权倾皆易姓，英雄时至适成名。千秋疑案陈桥驿，一着黄袍便罢兵。"他的诗情，在不接不离的地步。他的《捕鱼》诗有："笠檐蓑袂平生梦，臣本波烟一钓徒。"深得清康熙帝的赏识，从此便称他为"烟波钓徒查翰林"。查的诗，全收在《敬业堂集》里，但浑脱古厚的作风，终要让朱彝尊——字竹垞——在学问上讲，朱是一位史学家；在天才上讲，朱却是一位诗人。朱的诗有一首《雁门关》：

　　　　白登雁门道，骋望勾注巅。山冈郁参错，石栈纷钩连。度岭风渐生，入关寒凛然。层冰如玉龙，万丈悬蜿

蜓。飞光一相射，我马忽不前。抗迹怀古人，千载多豪
贤。邺都守长城，烽火静居延。刘琨发广莫，吟啸《扶
风篇》……时来英雄奋，事去陵谷迁。古人不可期，劳
歌为谁宣？嗷嗷中泽鸿，聆我慷慨言。

我们从他这一点作品里，也可以看出他的风格来。《曝书亭
集》是他诗文的总集子，集中关于考据的文章很多，对于中国史
学，颇有相当的贡献；所以他和当时的阎若璩、毛奇龄、龚自珍
一辈人，性质相同，一方面占着文坛的席位，一方面又占着学者
的席位。

比王渔洋晚一辈的诗人，便要数到袁随园了——名枚——虽
同辈的有沈德潜、蒋士铨、赵翼、黄景仁、张问陶等，但袁随园
的"性灵说"最能动人。沈德潜写诗，死讲格调，恰恰站在袁的
反对方面。当时称袁枚、蒋士铨、赵翼三人为乾隆三大家，而袁
除写诗以外，又善于谈诗，更能得到一班人的同情。《随园诗
话》里有几段很有文学价值的话，现在我选录在下面：

> 诗境最宽，有学士大夫读破万卷，穷老尽气，而不
> 能得其闻奥者。有妇人女子、村氓浅学，偶有一二句，
> 虽李、杜复生，必为低首者。此诗之所以为大也。

> 人有满腔书卷，无处张皇，当为考据之学，自成一
> 家。……何必借诗为卖弄？自三百篇至今日，凡诗之传
> 者，都是性灵，不关堆垛。

> 诗宜朴，不宜巧，然必须大巧之朴；诗宜淡，不宜
> 浓，然必须浓后之淡。

> 能吟诗词而不能博通经史者，犹之有园榭而无正屋
> 高堂也。

随园天才胜人，所以他的议论有独到的地方；便是他的论文，也颇有说人所不敢说的地方。他说道："古文者，途之至狭者也；唐以前无古文之名，自韩柳诸公出懼文之不古，而古文始名。是古文者，别今文而言之也；划今之界不严，则学古之词不类。""韩柳亦自知其难，故镂肝（鉢）〔鉥〕肾，为奥博无涯涘，或一两字为句，或数十字为句，拗之，练之，错落之，以求合乎古人。但知其戛戛独造，而不知其功苦，其势危也。误于不善学者而一泻无余。""贤者之大患，在乎有意立功名；而文人之大患，在乎有心为关系。"——见《答友人论文第二书》——他这种种说法，都是从他性灵说里推演出来的。因为他主张写一切诗文，都重性灵；所以他写诗文绝不雕斲，全是情感自然的表现。他的《杜牧墓诗》道：

> 萧郎白马远从军，前日樊川吊紫云。客里莺花逢杜曲，唐朝春恨属司勋。高谈潞泽兵三万，论定扬州月二分。手折芙蓉来酹酒，有人风骨类夫君。

这一类浑脱自然的诗，完全表示了他忠实的个性。他有这样的性灵，所以只配做一个文学家，不配做学问家。他一生的行为，也是风流倜傥。年四十岁便弃官回家，造一园亭在江宁城西，名为随园。生平爱结朋友，爱游山水。有人批评他的诗太不修饰，这正是他自然之处。随园又说："今之诗流，有三病焉：其一，填书塞典，满纸死气，自矜淹博。其一，全无蕴藉，矢口而道，自夸真率；近又有讲声调而圈平点仄以为谱者！……必欲繁其例，狭其径，苛其条规，桎梏其性灵，使无生人之乐，不已慎乎！"他虽反对死讲格调，但他也不主张毫无蕴藉；有了文学的天才，再加上人事的学识，才能达到有性灵又有含蓄的境地。

后来不善学随园的人，往往容易走到浮浅的路上去。

沈德潜诗，最重摹仿古人，尤其是最看重盛唐以前的作品。根据（地）这个意义，便选了一部诗集，专收古诗，名为《古诗源》。他说古体诗应当摹仿汉魏人的作品，近体诗应当摹仿盛唐诗人的作品。自唐元和年以后的诗，算不得是诗的正宗。但袁随园驳他的说法道："诗有工拙而无古今。……性情遭际，人人有我在焉；不可貌古人而袭之，畏古人而拘之。"这话是很对的！因为文学完全是个性的表现，一方面又是时代的表现，若毁灭了个性，抹煞了时代，一味去摹仿古人，那么，要你这假古董何用？沈的话未免太偏了！只是德潜又说："诗贵温柔，不可说尽，又必关系人伦日用。"这一句话却被他道着。同时蒋士铨的诗，却又充满了个性；因他胸中的积郁，却完全发泄在诗上，表露出他激烈酸楚的气来。他的《文信国遗像诗》：

> 遗世独立公之容，大节不夺公之忠。天已厌宋犹生公，一代正气持其终。小人纷纷作丞辅，公不见用且歌舞；朝廷相公国已亡，六尺之孤是何主？出入万死身提戈，天意不属尚奈何！十载幽囚就柴市，毅魄但欲收山河。节义文章皆可考，状元宰相如公少。山中谁救六陵移，地下真惭一身了！乱亡无补心可怜，天以臣节烦公肩。不然狗彘草间活，借口顺运谋身全。俎豆忠贞遂公志，岭上梅花公再世。乡人谁复继前贤，一拜须眉一流涕！

当时有诗人赵翼题蒋士铨的《归舟图》道："桃花贴浪柳垂堤，一叶扁舟老幼齐；难得全家总高致，介之推母伯鸾妻。"我们在这诗里也可看出蒋的性格来了。蒋是清朝乾隆年间的御史，一生刚直清节。而赵翼却是一个玩世不恭的人。赵字松云，是清乾隆年间人，生平爱游山水，浙东一带的山巅水涯，都有他的足迹。他到处吟诗，到处结识朋友；年纪到八十多岁，兴趣还是很高，性情和袁随园相同。所以洪亮吉说："袁是通天神狐，醉后露尾；赵如东方正谏，时带谐谑；蒋如剑侠入道，尚余杀机。"

此外的诗人，有杭世骏、厉樊榭。杭诗忠厚，厉诗峭洁；又有梅曾亮的诗，简练明白。他的《得家书》："满意家书至，开缄又短章……尚疑书纸背，反覆再端详。"这是情景逼真的。又有张维屏，是当时所谓"七子诗坛"中的健将。张字子树，是清道光年间的小官。他的诗集，名《听松庐诗钞》。他是广东人，广东的诗人，又有冯敏昌、胡亦常、张锦芳称做三子。后来锦芳又和黄丹书、黎简、吕坚三人结合起来，称做岭南四家。连合这岭南四家，和林伯桐、黄乔松辈，再加上张维屏，便是"七子"。浙江的龚自珍和何绍基诗名更大，他二人写的文章，也还不错。自珍号定庵，他的文章意气飞扬，诗也有天才，诗集名《破戒草》。有《梦中作》诗："黄金华发两飘萧，六九童心尚未销；叱起海红帘底月，四厢花影怒于潮。"又《送刘三》诗："刘三今义士，愧煞读书人！风雪衔杯罢，关山拭剑行。英年须阅历，侠骨岂沉沦？亦有恩仇托，期君共一身。"这是何等豪爽的意境！何绍基的诗，却比较的浑厚潇洒；他生平最崇拜苏东坡、黄山谷一辈诗人，所以他的诗也很有苏黄风味，诗集有《东洲草堂诗钞》。

贵州在荒山僻地，当时也出了两位诗人：一是郑子伊——名珍——一是莫友芝。郑的诗，沉郁严整，颇有地方色彩。有人说他"历前人所未历之境，状人所难状之状"。他的《下滩诗》：

"前滩风雨来，后滩风雨过。滩滩若长舌，我舟为之唾。岸竹密走阵，沙洲圆转磨。指梅呼速看，著橘怪相左。半语落上严，已向滩脚坐。榜师打嫩篙，篙律遵定课。却见上水路，去速胜于我。入舟将及旬，历此不计个。费日捉急流，险状胆欲懦。滩头心夜归，惜觅强伴和。"这岂不是充满了地方色彩、奇境奇笔的诗吗？——至于莫友芝的诗，却又远不如郑珍了。

叙述到这里，差不多已把最近一二百年来号为中国诗人的，略略写成了一个统系。最后我还要找出四个人来，结束了这个统系。——虽然他们的表见，不尽在诗上；但他们的诗，也有可以叙述的价值。——四人一是谭嗣同，二是黄遵宪，三是王闿运，四是秋瑾。谭嗣同胸襟阔大，才气纵横，原是政治舞台上人物；生平怀抱大志，不拘拘于小节，虽不是有意做诗人，但根据这样的气质写出诗来，不好也是好的了。梁启超评论他道："复生——谭的号——之行谊磊落，轰天撼地，人人共知，是以不论；论其所学，自唐宋以后，咕哗小儒，徇其一孔之论，固不足道。"所以我现在屈谭先生做一个诗人，谭是决不承认的。谭嗣同《狱中题壁》诗有："望门投止思张俭，忍死须臾待杜根；我自横刀向天笑，去留肝胆两昆仑。"有这样的豪气，却生长在卑鄙龌龊清朝末年的社会里，无怪他要遭断头的奇祸了。死时年仅三十三岁。他的作品，在文学一方面的，有《寥天一阁文》《莽苍苍斋诗》《远遗堂集外文》等。黄遵宪，在郑振铎的《文学大纲》里说："欲在古旧的诗体中，而灌注以新鲜的生命者，在当时颇不乏人，而惟遵宪为一个成功的作者。"黄字公度，他写的虽是旧诗，却又充满了文学革命的色彩。现在我写他的一首古诗在下面，我们很可以从他的作品里，看出他的文学主张来。

大块凿混沌，浑浑旋大圜；隶首不能算，知有几万年。羲轩造书契，今始岁五千；以我视后人，若居三代先。俗儒好尊古，日日故纸研；六经字所无，不敢入诗篇。古人弃糟粕，见之口流涎；沿习甘剽盗，妄造丛罪愆。黄土同抟人，今古何愚贤；即今忽已古，断自何代前？明窗敞琉璃，高炉蒸香烟；左陈端溪砚，右列薛涛笺；我手写我口，古岂能拘牵！即今流俗语，我若登简编；五千年后人，惊为古斑斓。

依他诗中的意义，竟有以文学革命的先锋自任，使一班专造假古董的诗人读了，真要惊死愧死！黄有《人境庐诗集》传在今日，不论新旧文学家都爱读他。王闿运，原是一个写骈体文的好手，但当时也是一位有名的诗人。他的诗，又是竭摹仿古人，写来颇有汉魏六朝的风味，恰恰站在黄遵宪的反对方面。他的诗集名《湘绮楼诗》，是湖南湘潭地方人，在民国时候，也曾充当过国史馆馆长。秋瑾，是女中的侠士，也是女诗人中独具天才的。我和她同做过几年的政治革命工作，深觉得她的性格文才，绝端与普通女子不同；便是寻常拘谨的男子，见了他也要惭愧无地的。她一生的价值，和谭嗣同不相上下，不仅仅在文学上表见她的人格，只是我们从她的诗上，也可以看出她的人格来。现在我抄录几首秋瑾的诗在下面：

瓶插名花架插书，数竿修竹碧窗虚。晴明天气吟诗地，畅好娥眉作隐居。羞写平原《乞米》书，月明如镜夜窗虚。为栽松菊开三径，门对西湖此地居。

——《杂兴》

片帆破浪涉沧溟，回首河山一发青。四壁波涛旋大

351

地，一天星斗拱黄庭。千年劫炉灰全死，十载淘余水尚
腥。海外神山渺何处，天涯涕泪一身零。

闻道当年鏖战地，至今犹带血痕流。驰驱戎马中原
梦，破碎河山故国羞。领海无权悲索窦，磨刀有日快恩
仇。天风吹面冷然过，十万云烟眼底收。

——《黄海舟中感怀》

像这样的诗，何尝有半点脂粉气。所以邵元冲序《秋瑾遗
集》说："女侠成仁取义，大节炳然，不必以文词名而自足以不
朽。然即以文词而论，朗丽高亢，亦有渐离击筑之风；而一唱三
叹，音节浏亮，又若公孙大娘，舞剑光芒，烂然不可迫视。此其
蕴之深者发之晔！……"女侠原无意与文人争席位，但文学史中
自不得不让女侠占一席位。——这便是秋瑾诗的价值了。

近代的词曲家

中国最近诗的统系，既已约略说过了，但词曲的统系又是怎
么样呢？《文学大纲》里说："诗的派别，号为'词'者专门的
作者，在这时也颇有几个，大都是继于张惠言他们之后的。龚自
珍之词亦甚有名，其作风豪迈而失之粗率，项鸿祚、戈戴、周
济、谭献、许宗衡、蒋春霖、蒋敦复、姚燮、王锡振诸人，则或
绮腻，或哀艳，或婉媚，皆未必有伟大的气魄如定庵。……"但
在龚自珍以前的词家名手，如吴梅村、毛大可、朱竹垞、陈其
年、王贻上、彭羡门、纳兰容若一辈，都是不可磨灭的。内中尤
其如朱竹垞、纳兰容若二人的作品，最叫人爱读。

朱竹垞《红豆词》

凝珠吹桼，似早梅乍萼，新桐初乳，莫是珊瑚零落。敲残石家树，记得南中旧事。金齿屐，小鬟蛮女，向西岸，树底盈盈。抬素手摘新雨。　　延伫，碧云暮。休逗入茜裙，欲寻无处，唱歌姁去。先向绿窗饲鹦鹉，迢怅檀郎路远。待寄与，相思犹阻。烛影下，开玉合，背人暗数。

纳兰容若《闺情词》

梦里蘼芜青一剪，玉郎经岁音书远。暗钟明月不归来，梁上燕，轻罗扇，好风又落桃花片。　　（又《无题》）谢却荼蘼，一片月明如水。篆香消，尤未睡，早鸦啼嫩寒，无赖罗衣薄，休傍阑干角。最愁人，灯欲落，雁还飞。

朱竹垞词，最是摹仿姜白石，他称姜为词家正宗。朱编《词宗》一书，共收唐宋金元人的词，有五百多家。当时和朱同享盛名的词家，又有陈维崧，陈是崇拜辛弃疾的。从此词的作风，便成朱、陈的两派。接着便是张惠言起来，他主张写词先重立意，讲究音律是词的小事。他说："宋之词家，号为极盛；然张先、苏轼、秦观、周邦彦、辛弃疾、姜夔、王沂孙、张炎，渊渊乎文有其质焉！其荡而不反，傲而不理，枝而不物，柳永、黄庭坚、刘过、吴文英之伦，亦引一端以取重于当世。"

至于当时的戏曲家，虽也有许多作品；但大半总是文人游戏的笔墨，不能拿来实地去演的。只有李笠翁的《十种曲》，孔云亭的《桃花扇》，二人的作品，还能顾到舞台实际。此外尤悔庵写《桃花源》《黑白卫》两种传奇，吴梅村写《通天台》曲本，王渔洋称他"激昂慷慨，可使风云变色，自是天地间一种至文"。他的价值，也便可想而知。和《桃花扇》齐名的，便是《长生殿》传奇，它是洪昉思的作品。又有桂未谷、舒铁云，都是清朝后期的作曲品家。尤其是舒铁云，他更长于音乐，能吹笛弹琴，因此他写的曲，最合于实际歌唱，是别人所赶不上的。

文学革命时代

一到了一千九百十七年以后，中国文学界的空气，便大大的变换了。第一个是胡适，倡文学革命的论调，推重白话文，打倒摹仿的古文。从前人看《水浒》《红楼》《西游记》等小说，为"卑卑不足道"的；他偏用了许多精神，替它写考证，写介绍文，看做是文学界中的无上妙品。从此写散文用白话，写新体诗不用韵，一切作品完全讲内质的充实、格调的自然。胡适最有关系的一篇《建设的文学革命论》里，提出了他的八不主义：一、不做"言之无物"的文字；二、不做"无病呻吟"的文字；三、不用典；四、不用套语烂调；五、不重对偶；——文须废骈，诗须废律。——六、不做不合文法的文字；七、不摹仿古人；八、不避俗话俗字。自经他这一提倡，文体上、诗体上得到了一个大解放，一班少年便和疯狂似的跟着他跑；一时白话文、白话诗的作品，真是"满坑满谷"，触目皆是。大家都搬弄些名词主义，写些"底""地""的""她""他""它"的文字，满纸空虚，满纸无聊。打倒了一批古文八股，却来了一批白话八股。弄得人头痛脑涨，莫明其妙！反对的人都说，这是胡适一个人闯出来的祸。其实还是那班不学无术的少年，在那里自招魔鬼。我们要知道胡适所提倡的，只限于解放文体，把旧式古文上的一切堆砌敷衍、渣滓醴齪一齐扫净。这时所胜的，纯是精神的表现、技巧的表现。材料充实、学识充实、思想充实、情感充实，才能达到文学充实的功效。一班浮薄少年，平日懒用苦功，懒下工夫；一听说写白话，便把"十字街头""象牙之塔""普罗文艺""无产大众"等等名词烂搬一阵。其空虚等于八股文，其堆砌又等于古文；其爱搬弄西洋古典，又无异于从前的骈体文、四六文等等！按到实际上说，白话文大难于写古文：古文好似脂粉装饰的娼妓，白话文好似裸体清洁的天仙化人，得不到一点点遮掩，生不得一点点瘢疵。你说一无学问、毫不修养的狂妄少年能够担负得起这样的大责任的么？我现在再把胡适对于一切文学的主张，节写几段在下面：

> 建设新文学 唯一宗旨，只有十个大字："国语的文学，文学的国语。"……我曾仔细研究，中国这二千年，何以没有真有价值真有生命的文言文学？我自己回答道：这都因为这二千年的文人所做的文学都是死的，都是用已经死了的语言文字做的；死文字决不能产出活文学。……读者不要误会，我并不曾说凡是用白话做的书，都是有价值有生命的，我说的是用死了的文言，决不能做出有生命有价值的文学来。这一千多年的文学，凡是有真正文学价值的，没有一种不带有白话的性质。……但是那已死的文言，只能产出没有价值、没有生命的文学，决不能产出有价值有生命的文学。……为什么死文字不能产生活文学呢？这都由于文学的性质，一切语言文字的作用，在于达意表情。这意达得妙，表情表得好，便是文学。那些用死文言的人，有了意思，

却须把这意思翻成几千年前的典故；有了感情，却须把这感情译为几千年前的文言。明明是客子思家，他们须说"王粲登楼"。……更可笑的，明明是乡下老太婆说话，他们却要打起唐宋八家的古文腔儿。……请问这样做文章，如何能达意表情？既不能达意，既不能表情，那里还有文学呢？所以我说：死文言决不能产出活文学。中国若想有活文学，必须用白话，必须用国语，必须做国语的文学！

——见《胡适文存一集》

　　新体诗　今日欲救旧文学之弊，先从涤除"文胜"之弊入手。今人之诗，徒有铿锵之韵、貌似之辞耳，其中实无物可言。其病根在于重形式而去精神，在于以文胜质。诗界革命，当从三事入手：第一，须言之有物；第二，须讲求文法；第三，当用"文之文字"时，不可故意避之。三者皆以救文之弊也。……"诗之文字"，原不异"文之文字"；正如诗之文法，原不异文之文法也。

——见《答叔永书》

　　"诗之文字"一个问题，也是很重要的问题。因为许多人只认风花、雪月、蛾眉、朱颜、银汉、玉容等字，是"诗之文字"做成的诗。读起来，字字是诗，仔细分析起来，一点意思也没有。所以我主张用朴实无华的白描工夫。……这一类的诗，诗味在骨子里，在质不在文。没有骨子的滥调，诗人决不能做这类的诗。所以我第一条件，便是"言之有物"；因为注重之点在言中

356

之物，故不问所用的文字，是诗的文字还是文的文字。

若要做真正的白话诗，若要充分采用白话的字、白话的文法和白话的自然音节，非要长短不一的白话诗不可。这种主张，可叫做诗体的大解放，就是把从前一切束缚自由的柳锁镣铐一切打破，有什么话说什么话，话怎么说就怎么说。这样方才可有真正白话诗，方才可以表现白话的文学可能性。

——见《尝试集序》

至于胡适所创导的新诗，是怎么样的一个格式呢？我现在引证他的一首题名"应该"的做一个例子。

他也许爱我，——也许还爱我！

但他总劝我莫再爱他，

他常常怪我。

这一天，他眼泪（玉）〔汪〕汪的望着我。

说道："你如何还想着我？

想着我，你又如何能对他？

你要是当真爱我，你应该把爱我的心爱他！

你应该把待我的情待他！"

……

他的话句句都不错——

上帝帮我！

我"应该"这样做！

据胡适自己说："那样细密的观察，那样曲折的理想，决不是那旧式的诗体词调所能达得出的。别的不消说，单说'他也许爱我，——也许还爱我。'这十个字的几层意思，可是旧体诗能表得出的吗？"新诗得到胡适这一提倡，那所谓"新诗人"，便和雨后春笋一般的起来了！就中如周作人、康白情、傅斯年、俞平伯、冰心女士都成了名。只有徐志摩一人专称诗人。——徐在民国二十年十一月间，烧死在济南号飞机里。——徐最近的新体诗，有《渺小》和《鲤跳》两首：

《渺小》——我仰望群山的苍老，他们不说一句话；阳光描出我的渺小，小草在我的脚下。我一人停步在路隅，倾听空谷的松籁；青天里的白云盘踞，转眼间忽又不在。

《鲤跳》——那天你我走近一道小溪，我说："我抱你过去。"你说："不！""那我总得挽你。"你又说："不！""你先过去。"你说："这水多丽！""我愿意做一尾鱼，一支草；在风光里长，在风光里睡。收拾起烦恼，再不用流泪。现在看，看我这锦鲤似的跳！"一闪光艳，你已纵过了水，脚点地时那轻！一身的笑，像柳丝腰；还在俏丽的摇水波里，满是鲤鳞的霞绮。

与胡适同时主张推翻古文的，有陈独秀。他说：

际兹文学革新之时代，凡属贵族文学、古典文学、山林文学，均在排斥之列。以何理由而排斥此三文学耶？曰：贵族文学，藻饰依他，失独立自尊之气象也。古典文学，铺张堆砌，失抒情写实之旨也。山林文学，深晦艰涩，自以为名山著述，于其群之大多数无所裨益也。其形体则陈陈相因，有肉无骨，有形无神，乃装饰品而非实用品；其内容则目光不越帝王权贵，神仙鬼

怪及其个人之穷通利达。所谓宇宙，所谓人生，所谓社
会，举非其构思所及。此种文学公同之缺点也。此种文
学，盖与吾阿谀夸张、虚伪迂阔之国民性互为因果。今
欲革新政治，势不得不革新盘踞于运用此政治者精神之
文学。

——《文学革命论》

这是显然的，陈独秀是要以文学革新的手段，达到政治革新
之目的。而胡适却是要用白话文学的利器，来传布种种新学术、
新思想、新情感。他们的提倡白话文，原都有各个不同的背景。
后来有刘大白写《白屋文话》一书，专攻击古文，提倡白话文
的。他称古文为鬼话文。因古文是古人用的，古人已死去，所以
古文也应当死去；倘然在如今的新时代，还要提倡古文，这便是
活人说鬼话。世界上都是人，不是鬼，所以鬼话是不适用的。

除提倡白话文的一班学者以外，还有一班主张废除汉字——
便是现在我们所用的方体独音字——主张拿注音字母来替代汉
字。呐喊得最有力的，是黎锦熙、钱玄同——后废姓改称疑古玄
同。——赵元任、林玉堂、吴稚辉、蔡元培这几位文字革命家。
现在我把这几家的中心思想，摘写几句在下面：——要看全文，
有《文字历史观与革命论》一书。

黎锦熙说：

大凡一种文字，虽不能够纯粹地和语言一致，可也
不能够把语言中分析的各个音节当做文字。因为文字究
竟还是表示人们的思想情感的，是有生命的，是有心理
上的种种意象作背景的；决不是机械地把语言中一个一
个的音节表示出来可算数，若是如此，只可算是发音学

上考究此种语音的一种抽象的符号，决不可误认作言语学上表示此种语言的一种具体的文字。因为他已经失掉了心理上的根据；尽管社交上和生活上勉强地简单地把它来应用，但绝对不能够作表达文学和灌输文化的工具。——汉字就是这种东西了。

（见《汉字革命军前进的一条大路》）

吴稚辉说：

一、所谓六经、三史老古董的一部分，让汉文独立，不必与注音字母交涉。二、青年所读古书，其应用旧反切之处，皆以注音字母切之。三、通俗书报，小学读本，一律附注音字母于其傍，凡晓示大众之文告、广告同。四、凡致灶婢厮养之函牍，手写者可单用注音字母，印刷者必加以汉文。五、灶婢厮养互相通问，可单注音字母。

（见《补救中国文字之方法若何》）

蔡元培说：

汉字的不能改革，我也早有这种感想。曾于九年六月十三日，在国语讲习所，把我在注音字母未规定以前的意见发表过："在我个人意见，国音标记最好是两种方法：一是完全革新的，就是用拉丁字母。一是为接近古音起见，简直用形声字上声的偏旁——就是用声母——来替代一切合体的字。"我至今还是抱这种见界，而且以为是并行不悖的。

（见《汉字改革说》）

疑古玄同说：

我敢大胆宣言，汉字不革命，则教育决不能普及，国语决不能统一，国语的文学，决不能充分的发展。全世界的人们公有的新道理、新学问、新知识，决不能很便利很自由的用国语写出。何以故？因汉字难识、难记、难写故；因缰死的汉字，不足表示语音的利器故；因有汉字作梗，则新学新理的原字难以输入于国语故。……此外如字典，非用笔画分部，就没有办法；电报，非用数字编号，就没有办法；以及排板的麻烦，打字机的无法做得好，处处都足以证明这位老寿星的不合时宜，过不惯二十世纪科学昌明时代的新生活。

（见《汉字革命》）

胡适、陈独秀一班人，只就中国固有的文字上，求一种体的改变，使他比较的成了一种学术思想情感的利器，至于玄同、锦熙一班人，便更进一步，从改革文字形式下手。——但这都可以说是文字工具的改革。到了最近，又出了一班革命文学家，他们从思想上改革着手。——这实在是不涉文学范围的，因为他们所提倡的，是一种思想，是一种革命的思想，于文字上丝毫没有关系，但大家说是一种文学的改变，我也是顺潮流勉强把他列入文学里谈谈。——主张革命文学的人，大概是受了唯物史观及无产阶级革命思想等等的掀动，努力的把这思想灌输在文学里。靠着文学的力，来传布他思想的种子。起初是借文学来做传布思想的种子，进一步他们又主张没有革命思想的算不得是文学革命，就是文学须依附于革命。生生的把文学的地盘，为革命的势力所侵占了去。一时少年富于革命精神的人，便觉得世界上除革命外无学问，除鼓吹革命外无文学。这是非曲直，在富于理智的和富于情感的两方面都有他的说法。我写这一节文字，是一种史的叙述，所以也不愿加入他们的论战。我只说当时一班号称革命文学的主张，他的论调有下面几个人，可以做代表：

郭沫若说：

> 文学，是社会上的一种产物。她的生存，不能违背社会上的基本而存；他的发展，也不能违背社会的进化而发展。所以我们可以说一句：凡是合乎社会的基本的文学，方能有存在的价值，而合乎社会进化的文学，方能为活的文学进步的文学。……据这样看来，我们可以说，凡是革命的文学，就是应该受赞美的文学；而凡是反革命的文学，便是应该受反对的文学。应该受反对的文学，我们可以根本否认他的生存，——我们也可以简直了当地说她不是文学。大凡一个社会在停滞着的时候，那时候所产生出来的文学，都是反革命的，而且同时是全无价值的。……那没，我们更可以归纳出一句话来。就是：文学是永远革命的；真正的文学，是只有革命文学的一种。

> ——见《革命与文学》

郁达夫说：

> 凡是一种运动起来之后，必呈一种反对运动起来的现象。……这一种艺术家的热心的攻击出来之后，不消说同时又有一班名利薰心的艺术家出来作反对的运动。于是艺术史上，也同社会运动史一样，就分出许多阶级来互相斗争。……反抗心更热烈一点的，就与实际运动联成一气，堂堂地张起他们无产阶级的旗鼓来，把人生

和艺术合在一处。他们愿意用了他们的艺术，用了他们的生命，来和旧派文人宣战。……几乎要同社会实际的阶级斗争取一致的运动了。

——见《文学上的阶级斗争》

成仿吾说：

对于人性的积极的一类，有意识地加以积极的主张；而对于消极的一类，有意识地加以彻底的屏绝。在这里有一种特别的文学发生的可能，这便是所谓革命文学。……革命，是一种有意识的跃进；不问是团体的与个人的，凡是有意识的跃进，皆是革命。……革命的文学家，当先觉或同感于革命的必要的时候，他便以审美的文学的形式传出他的热情。他的作品，常是人们的心脏，常与人们以不息的鼓动。广义的说时，文学在此种意义上，多少总可以说是革命的；但是我们现在不妨依常识的见界，仍将文学分为一般的与革命的。

——见《革命文学与他的永远性》

蒋光慈说：

诗人总脱不了环境的影响，而革命这件东西，能给文学——或宽泛地说艺术以发展的生命。倘若你是诗人，你欢迎他，你的力量就要富足些，你的诗的源泉，就要活动而波流些，你的创作就要有生气些；否则，无论是你如何夸张自己。啊！你总要被革命的浪潮湮没，要失去一切创作的活力。……当群众忍受不了压迫，而起来呼喊暴动，要（怕）〔求〕自由，高举解放的红旗；而你诗人在傍边形同无事，或竟傍观也不观一下。

在这时候，那怕你的诗做得怎样好，你的话怎样有音乐的价值，你相信你自身，是如何的高尚；但是，又有谁注意你，需要你，尊重你，静听你呢？你将为群众所忘记，或为群众所唾骂，所唾弃。

——见《死去了的情绪》

在最近的过去的中国文学界中，尽闹这些革命文学，与否认革命便是文学。这双方的呐喊声，醉心革命的人，不但是思想是革命的，便是一切学术、制度、文学、器具，都要拉他归纳在革命的权威支配之下——几乎连吃饭、拉矢、都有一个革命式的了！——而那醉心文学的人，却极力要替文学保持尊严，说文学是有超然性的，有普遍力的，要使革命思想宣传的有力，固然要有好的文学，要使事实描写得动人，也是要有好的文学。革命尽管拿文学做工具去宣传思想，而文学始终是独立的，始终是革命依赖文学，不是文学依赖革命。所以我们若专讲文学的话，不必问他寄托客体的内容是什么？只须问他自有主体的价值是怎么样？技巧是怎么样？兴趣是怎么样？因此，同时也产生了一班否认文学是受阶级支配的言论来。

鲁迅说：

现在所号称革命文学家者，说是斗争和所谓超时代。超时代，其实就是逃避；倘自己没有正视现实的勇气，又要挂革命的招牌，便自觉地或不自觉地必然要走入那一条路的。身在现世，怎么离去？这是和说自己用手提着耳朵，就可以离开地球者一样地欺人！社会停滞着，文艺决不能独自飞跃；若在这停滞的社会里，居然滋长了，那倒是为这社会所容，已经离开革命。……斗争呢？我倒以为是动人的，人被压迫了，为什么不斗争？……这实在无须斗争文学作怪。我是不相信文艺的旋乾转坤的力量的，但倘有人要在别方面应用他，我以为也可以。譬如"宣传"就是。那没用于革命作为工具的一种，自然也可以的。但我以为当先求内容的充实和技巧的上达，不必忙于挂招牌。"稻香村""陆稿荐"已经不能打动人心了，"皇太后鞋店"的顾客，我看见也并不比"皇后鞋店"里的多。一说技巧，革命文学家是又要讨厌的；但我以为一切文艺固是宣传，而一切宣传却并非全是文艺。这正如一切花皆有色，而凡颜色未必都是花一样。革命之所以于口号、标语、布告、电报、教科书……之外，要用文艺者，就因为他是文艺。

——《答冬芬》

梁实秋说：

在革命的时期当中，文学是很容易的沾染一种特别的色彩；然而我们并不能说在革命的时期当中，一切的作家，必须创作"革命的文学"。何以呢？诗人，一切文人，是站在时代前面的；人民间的痛苦、社会的窳败、政治的黑暗、道德的虚伪，没有人比文学家更首先的感觉到、更深刻的感觉到。……对于现存的生活，用各种不同的艺术的方式表现他们对于现状不满的态度，情感丰烈的文学家，就会直率的对于时下的虚伪加以攻击。……文学家永远是民众的、非正式的代表，不自觉的代表，民众的切身的苦痛与快乐、情思与倾向，尤其是在苦痛的时代，文学家所受的刺激，格外的亲切。所以惨痛的呼声，也就分外的动人。所以富有革命精神的文学，往往发现在实际的革命运动之前！革命前之革命的文学，才是人的心灵中的第一滴清冽的甘露。那是最浓烈的，最真挚的，最自然的。与其说先有革命，后有革命的文学，毋宁说是先有革命的文学，后有革命。……文学家并不表现什么时代精神，而时代确是反映着文学家的精神。在文学上讲，"革命的文学"这个名词根本的就不能成立；在文学上只有"革命时期中的文学"，并无所谓"革命的文学"。站在实际革命的立场上来观察，由功利的方面着眼，我们可以说这是革命的文学，那是不革命的文学；再根据共产党的理论，还可以引伸的说"不革命的文学"，就是"反革命的文学"。但是就文学论，我们划分文学的种类、派别，是根据于最根本的性质与倾向；外在的事实，如革命运动、复辟运动，都不能借用做量衡文学的标准。并且伟大的文学，乃是基于固定的普遍的人性，从人心深处流出来的情思，才是好的文学。文学难得的是忠实，——忠于人性。至于与当时的时代潮流发生怎样的关系？是受时代的影响，还是影响到时代？是与革命理论相合，还是为传统所拘束？满不相干！对于文学的价值，不发生关系。因为人性是测量文学的唯一的标准，所以"革命的文学"这个名词，纵然不必说是革命者的巧立名目，至少在文学的了解上，是徒滋纷扰。并且人性的繁复深奥，要有充分的经验，才能得到相当的认识；在革命的时代，不见得人人都有革命的经验，精神方面情感方面的生活也是经验；我们决不能强制没有革命经验的人，写"革命的文学"。文学的创作，经不得丝毫的勉强，含有革命思想的文学是文学，因为他本身是文学，他宣示了一个时期中的苦恼与情思。——然而人生的苦痛，也有多少种，多少样：受军阀压迫的是痛苦，受帝国主义者侵略的是痛苦；难道生老病死的磨折，不是痛苦？难道运命的播弄，不是痛苦？难道自己心里犹豫冲突，不是痛苦？怎样才叫做革命的文学？

——见《文学与革命》

这两种不同的看法，一个是站在革命的立场看文学，一个是站在文学的立场看革命。前一种看文学，是受革命势力所支配的；后一种看革命，是靠文学做工具的。但文学却自有他超然独立的特性。除这两大派别外，还有拿色来分配文学的：红色文学，是共产党利用以宣传他们的共产主义的；黑色文学，是无政府党利用他鼓吹无政府主义的；白色文学，是人道主义家传布和平主义的标识；绿色文学，是世界语学家用他为提倡世界主义的标识；青色文学，是国民党鼓吹三民主义的标识；这种种异军突起，五色缤纷，正如《中国文学进化史》中所说的："正和政客军阀把持国政一样，每一派的政客军阀，所以得自由操纵国内一切，都有一个强国做他背后的牵引。这一派政客军阀，打倒那一派的政客军阀，实际上是这一个强国，战胜了那一个强国。介绍西洋文学，本是一桩正大的事，但因为介绍者个人主义的不同，把整个的西洋分成若干国别，又专门拜他自己所喜阅的，恭维到极巅，而排斥他自己所反对的。创作家中了他们的诱惑，于是生动的中国的文坛上的一切创作品的派别，背后都似政客军阀一般地有他们的牵引，都成了被动的而非自动的了。你们看许多留美学生，和美国文学的崇拜者，都在鼓吹'拜金主义'和'唯美文学'；通法国文学的，或由法国回来的留学生，都在那里高唱肉欲的浪漫的'色情文学'；留俄学生和列宁的崇拜者，唯恐中国文坛不能尽如他们的期望，——大家都来从事血的力的富于反抗性的新文艺；而一般日本迷，又在不停地作他们幽默的文字；现代的中国文坛，无形中尽被这四大势力所支配，而没有自己的地位。"

中国文学的前途

上面所说的中国文学，在历史上的统系，可说粗枝大叶的把他叙述过了。现在总括说一句：人类中无论是物质的、精神的、事实的、思想的，总是不停的在进化的；文学也是这个样子。文学虽说是人类情感的产物，但人类的情感是受生活支配的，生活是依据时代而转移的；生活一天一天的繁杂，时代一天一天的向上，文学也是一天一天的趋于完密。这不必美国摩尔顿把进化原理去应用到文学上才知道的。中国难，万事不如人。而一国的文学，是一种民族特性的表现。我们东方民族，自有东方色彩的文学。只须在文学上尽量的自然的表现了我们的本色，无所谓好不好的分别。在最近，虽受了西方各种文学派别的影响表现出一种极紊乱的态度来；但这是每一种学术思想时代转变应有的现象。你看着，不久的将来，在中国的文坛上，要开出一朵灿烂的花来了。